LE DERNIER ÉTÉ
DE JOANNE HUNTER

JOY FIELDING

JOY FIELDING

LE DERNIER ÉTÉ
DE JOANNE HUNTER

Traduit de l'américain
par Marie-Pierre Pettitt

Éditions J'ai lu

A Shannon et Annie

Titre original :

THE DEEP END

1

Le téléphone sonne.

Assise à la table de la cuisine, Joanne Hunter fixe l'appareil, rivée à son siège. Elle sait qui appelle et ce qu'il dira. Elle l'a déjà entendu et n'a aucune envie de l'entendre à nouveau.

Le téléphone sonne toujours. Joanne est seule dans la cuisine. Elle ferme les yeux avec lassitude pour essayer de conjurer les images d'un temps plus heureux.

— Maman...

Joanne entend la voix de sa fille cadette comme à travers une brume. Elle ouvre lentement les paupières et sourit à l'enfant, sur le pas de la porte, qui répète en regardant le combiné blanc au mur.

— Maman... Le téléphone sonne. Est-ce que je réponds ?

Elle est déconcertée par l'expression étrange de sa mère.

— Non, dit Joanne.

— C'est peut-être papa.

— Lulu, s'il te plaît...

Trop tard. La main de Lulu soulève déjà le récepteur.

— Allô... Allô... (Elle fait une grimace.) Qui est à l'appareil ?

Sa mère ordonne d'une voix dure :

— Raccroche, Lulu ! (Puis elle reprend, plus doucement.) Raccroche, ma chérie.

— Mais pourquoi quelqu'un appelle pour ne rien dire ? demande l'enfant.

Lulu s'appelle en réalité Lana, mais elle est Lulu pour tout le monde, à l'exception de sa maîtresse d'école. Elle paraît à la fois plus vieille et plus jeune que son âge. Elle a onze ans.

— Ça va, maman ? dit-elle.

— Très bien.

Son sourire est calme et sa voix a pris un ton rassurant.

— Dis-moi pourquoi quelqu'un téléphone comme ça.

— Je ne sais pas, dit Joanne. Ce doit être une erreur de numéro.

Elle doit mentir à sa fille. Oserait-elle lui dire que la mort est au bout du fil ? Elle change de sujet.

— Tu es prête à partir ?

Lulu regarde ses vêtements.

— Je déteste cet uniforme. Ils auraient pu choisir quelque chose de mieux !

Joanne considère la charpente solide de Lulu. Elle est bâtie comme son père, tandis que Robin, l'aînée, tient d'elle. Toutes deux ont les traits de leur père. Joanne pense que le short vert foncé et le T-shirt jaune citron mettent en valeur le teint clair de Lulu et ses longs cheveux bruns. Elle sait qu'il est inutile d'essayer d'en persuader sa fille.

— Les uniformes des camps sont toujours dégueulasses, grommelle Lulu.

— Tu es très mignonne avec ça, dit Joanne.

— J'ai l'air grosse !

C'est une idée que Robin lui a récemment mise dans la tête.

— Tu ne parais pas grosse du tout, je t'assure.

(L'inflexion de la voix de Joanne indique clairement que le sujet est clos.) Est-ce que Robin est prête ? (Lulu fait oui de la tête.) Est-ce qu'elle est encore furieuse ?

— Elle est encore furieuse.

Joanne rit parce qu'elle sait que c'est vrai, tout en souhaitant que ce ne le soit pas.

— A quelle heure papa vient nous chercher ?

Joanne consulte sa montre et se lève.

— Bientôt. Je ferais bien de me préparer.

— Pourquoi ? demande Lulu. Tu viens avec nous ?

— Non. (Elle vient de se souvenir qu'ils ont décidé qu'il serait mieux que Paul les accompagne seul au car.) J'ai envie de me changer.

— Pourquoi ?

Joanne passe une main nerveuse sur son T-shirt orange et son short blanc. L'orange est loin d'être la couleur favorite de Paul, et son short est vieux. Sur l'un des revers, elle aperçoit une tache qu'elle n'avait pas remarquée. Elle aimerait paraître à son avantage aux yeux de Paul. Elle considère ses pieds nus. Ses orteils sont violets d'avoir été comprimés dans des chaussures d'une demi-pointure trop petite pour jouer au tennis. Elle pense à les cacher, puis se ravise. Si Paul les remarque, cela leur fera un sujet de conversation. Voilà des semaines qu'ils ne se sont adressé la parole que pour parler des enfants.

La sonnette retentit. Les mains de Joanne volent à ses cheveux. Elle ne s'est pas encore coiffée ce matin. Elle aurait peut-être le temps de courir là-haut, pendant que Lulu accueille son père. Elle se donnerait un coup de brosse et enfilerait la robe bain-de-soleil turquoise que Paul a toujours aimée. Elle ferait une apparition dans le hall, juste avant leur départ, lui laissant une brève vision d'elle qui lui donnerait à réfléchir à ce qu'il vient de faire.

Trop tard. Lulu est à la porte d'entrée. La main sur la poignée, elle se tourne vers sa mère qui, instantanément, affiche un sourire.

— Tu es très bien, maman.

Elle ouvre.

L'homme qui les salue est Paul Hunter, le mari de Joanne depuis presque vingt ans. Il est de taille et de corpulence moyennes. Joanne décèle, sous sa chemise bleue à manches courtes, le contour de ses muscles : c'est le résultat de ses séances de gymnastique. Il lui vient à l'esprit qu'elle préfère ses bras comme elle les a toujours connus. Elle a toujours eu de terribles difficultés à se faire au changement. C'est probablement une des choses qui ont éloigné Paul.

Il a passé un bras autour des épaules de sa fille cadette, chaleureux :

— Bonjour, Joanne ! Tu as l'air en pleine forme.

Joanne essaie d'articuler un mot mais sa voix la trahit. Elle sent ses genoux faiblir et craint de tomber ou de se mettre à pleurer, ou les deux ensemble. Elle ne veut pas que cela arrive. Paul se sentirait gêné et c'est la dernière chose qu'elle désire. Elle veut par-dessus tout que son mari depuis presque vingt ans se sente à l'aise chez lui parce qu'elle espère encore qu'il reviendra. Après tout, rien de définitif n'a été décidé. Il n'y a que deux mois qu'ils sont séparés. Il réfléchit et elle est encore dans les limbes. Son avenir l'obsède.

La présence de Paul remplit l'entrée.

— Comment ça se passe ?

— Très bien.

Elle sait qu'il la croit parce que cela l'arrange. Il préfère ignorer l'attente fiévreuse de ses yeux, le tremblement dans sa voix, non parce qu'il est cruel, mais parce qu'il a peur, peur de se trouver obligé de reprendre une vie dont il ne veut plus, peur parce qu'il ne sait pas par quoi la remplacer.

— Qu'est-ce qui arrive à tes doigts de pieds ?

Lulu répond pour elle.

— Maman a joué au tennis avec des chaussures trop petites.

— Ils ont l'air plutôt mal en point, dit Paul.

Et Joanne remarque combien il est bronzé et comme il a l'air reposé.

Bravement elle se lance.

— En fait, ils ne me font pas mal. Ils étaient douloureux avant de tourner au violet mais, à présent, ils sont engourdis.

Exactement comme elle. Ce serait le mot juste si elle devait décrire sa vie, mais elle le garde pour elle. Elle sourit tout en se demandant si elle devrait l'inviter à entrer au salon et à s'asseoir. Paul consulte sa montre et dit négligemment, comme s'il ne tenait pas à s'en aller :

— Nous devrions y aller. Où est Robin ?

— Je vais la chercher, dit Lulu.

Elle disparaît dans l'escalier, laissant ses parents avancer sur leur corde raide sans le filet de sécurité de sa présence.

Joanne suit Paul dans la grande cuisine claire et propose :

— Tu veux du café ?

— Non, merci.

Il marche droit à la porte de verre coulissante et regarde dans la cour en hochant la tête.

— Quel chaos !

— On s'y habitue.

Le chaos auquel il fait allusion et auquel Joanne s'est habituée est un énorme trou bordé de béton, en forme de boomerang, et qui devait être leur piscine. Dessinée par Paul (avocat de son métier), elle était censée donner le plus de place possible pour nager dans un espace défini. Elle remplaçait, à l'origine, les vacances d'été ou, comme l'avait si bien expliqué le technicien de Rogers Pools, quelques jours avant que sa société tombe en faillite, elle équivalait à une résidence secondaire moins les embouteillages.

— Je fais tout ce que je peux pour essayer de faire avancer les choses, dit Paul.

— J'en suis certaine.

Et elle lui sourit pour le convaincre qu'elle est persuadée qu'il n'y est pour rien.

— C'était moi qui en avais eu l'idée.

— De toute façon, je ne nage pas.

Il se détourne de la baie vitrée.

— Comment va ton grand-père ?

— Toujours pareil.

— Et Ève ?

— Toujours pareil, également.

Ils se mettent à rire.

— Toujours ces coups de téléphone ?

— Non.

Elle ment, sachant que la vérité l'inquiéterait. Il serait obligé de lui répéter ce qu'il lui a déjà dit : tout le monde reçoit des coups de téléphone de maniaques ; il n'y a aucun danger ; si elle a peur, qu'elle appelle la police ; ou mieux, le mari d'Ève, il est sergent de police et habite à côté. Voilà ce qu'il lui a déjà dit, et il a ajouté, aussi gentiment qu'il le pouvait, que sa réaction était exagérée, à son avis ; c'était probablement inconscient, mais elle voulait ainsi se l'attacher en insistant sur ses responsabilités vis-à-vis d'elle, même s'il les a momentanément évacuées en la quittant.

Il n'a pas suggéré, comme son amie Ève, que les appels étaient peut-être un produit de son imagination, une façon comme une autre de se défendre de sa situation présente. Joanne ne comprend pas l'hypothèse d'Ève, toutefois celle-ci est non seulement sa meilleure amie mais aussi psychologue. Quant à Joanne, elle est séparée, tout simplement.

Séparée. Joanne se le répète silencieusement tout en suivant Paul dans l'entrée. Une belle définition, une définition schizophrénique. Séparée, comme dans un œuf le jaune du blanc.

Les filles les attendent, au pied de l'escalier.

— Vous n'avez rien oublié ? demande leur père.

10

Joanne scrute ses filles, cherchant à retrouver dans ces femmes en herbe les enfants de naguère. C'est Lulu qui a le moins changé depuis la petite enfance. Ses yeux bruns immenses, cadeau de son père, lui mangent le visage. La bouche enfantine s'est affinée et a pris sa forme adolescente, les lèvres ont acquis une moue presque sensuelle, le petit bout de nez en trompette s'est affermi. Seuls les yeux n'ont pas changé. Tout a grandi autour d'eux.

Robin est différente; elle a elle aussi le nez retroussé de son père et sa mâchoire carrée. A quinze ans, elle sort à peine de la puberté alors que Lulu y fait son entrée. Le résultat est comique. Rien ne va ensemble. Les jambes sont trop longues, le buste trop court et la tête trop grosse. Dans un an ou deux, pense Joanne, Robin sera belle, le cygne élégant après le vilain petit canard. Ce qui la surprend, c'est qu'au même âge, elle n'était pas si concernée par la mode. Robin est très in. Elle s'habille exactement comme il faut. Même aujourd'hui, elle a trouvé le moyen de compenser la fadeur de son uniforme par un foulard de mousseline rose shocking noué avec défi dans ses cheveux courts permanentés. Ses yeux, noisette comme ceux de sa mère, fixent le sol.

Paul ouvre la porte et sort dans le soleil éclatant.

— J'attends dans la voiture, dit-il.

Joanne sourit à ses filles. Son cœur lui pèse. C'est la première fois, elle vient de s'en apercevoir, qu'elle va se trouver complètement seule. Elle a passé toute sa vie à vivre « avec » et « pour » d'autres. Pendant les deux mois à venir, elle n'aura à s'occuper que d'elle-même. Avant qu'elle ait le temps d'ouvrir la bouche, Lulu commence:

— Ne t'en fais pas, maman, je connais le couplet par cœur: je ferai attention, je ne prendrai pas de risques stupides, j'écrirai au moins une fois par semaine et je prendrai le temps de manger. J'ai oublié quelque chose ?

— N'oublie pas de bien t'amuser.

— Je m'amuserai, assure Lulu.

Et elle jette ses bras autour du cou de sa mère.

— Ça ira, maman ?

— Moi ?

Elle repousse quelques cheveux rebelles qui tombent sur les yeux de sa fille.

— Je vais passer de bonnes vacances.

— Promis ?

— Promis.

— Les choses finissent toujours par s'arranger.

Lulu parle si sérieusement que Joanne est obligée de cacher son sourire derrière sa main.

— Qui t'a appris ça ?

— Toi, maman, tu le dis tout le temps.

Le sourire de Joanne se précise.

— Ce qui veut dire que tu m'écoutes. Il ne faut plus se demander pourquoi tu es si intelligente.

Elle embrasse Lulu autant que l'enfant le lui permet et la regarde courir jusqu'à la voiture de Paul. Robin arrive sur ses talons.

— Vas-tu essayer au moins de te distraire ? dit Joanne.

Robin reprend les paroles de sa mère :

— Je vais passer de bonnes vacances !

— Je suis sûre que tu comprendras que nous avons pris la bonne décision...

— Tu as décidé, pas moi.

Joanne continue. Elle sait qu'elle n'a jamais pris une décision importante seule de toute sa vie.

— Enfin, ton père et moi l'avons décidé. Nous avons besoin de nous éloigner un peu l'un de l'autre et de réfléchir.

— Tu parles de ce que papa et toi êtes en train de trafiquer ?

Robin a mis juste assez de politesse dans sa question pour que Joanne se demande si sa cruauté implicite n'est pas voulue.

— Oui, je parle de ça. Bref, tâche de profiter de tes vacances, tu finiras peut-être par regretter qu'elles n'aient pas été plus longues.

— Sûrement.

— Je peux t'embrasser ?

Joanne attend l'assentiment de sa fille et interprète son silence comme un feu vert. Elle l'entoure de ses bras et embrasse les joues trop fardées.

La main de Robin rectifie son maquillage, au cas où sa mère l'aurait quelque peu effacé. Peut-être sont-ce mes baisers qu'elle efface ? se demande Joanne.

— Prends bien soin de toi.

Et elle la regarde sauter les marches et disparaître à l'arrière de la voiture de son père.

Paul s'installe au volant et se retourne vers la maison. Il agite la main à l'intention de sa femme avant de démarrer.

Joanne rentre dans la maison, le téléphone se met à sonner. Elle traverse la cuisine et l'ignore. Elle se baisse pour débloquer la barre au bas de la porte coulissante, tourne la clef et pousse la porte, grande ouverte. Elle sort sous la véranda qui attend toujours une dernière couche de vernis et descend les marches, toutes neuves, qui mènent à la piscine. Le téléphone sonne toujours. Lentement, elle s'accroupit sur l'une des dalles roses qui constituent les abords du trou bétonné, et laisse pendre ses jambes dans ce qui devait être le grand bain. Il est difficile de plaindre une femme qui possède une piscine, pense-t-elle, en levant la tête vers la maison voisine où elle aperçoit sa meilleure amie, Ève, qui la regarde de la fenêtre de sa chambre.

Joanne lève la main et lui fait un signe, mais la silhouette à la fenêtre se retire et disparaît. Joanne met sa main devant ses yeux pour les abriter du soleil et tente de situer son amie. Mais Ève est invisible et Joanne se demande si elle n'a pas eu une hallucination. Son esprit lui joue des tours en ce moment...

Elle entend Ève lui dire :

— Je ne veux pas insinuer qu'on ne t'appelle pas au téléphone.

— Mais alors, qu'est-ce que tu veux dire ?

— Quelquefois, l'imagination prend le pas sur la réalité.

— Tu en as parlé à Brian ?

Ève est sur la défensive.

— Évidemment, puisque tu me l'as demandé. Il a répondu que tout le monde recevait des appels obscènes et que tu n'avais qu'à raccrocher au nez du type.

— Je ne suis pas sûre que ce soit un homme. La voix est tellement bizarre. Je ne sais pas si c'est une voix jeune ou vieille, masculine ou féminine.

— C'est un homme, c'est sûr, dit Ève, les femmes ne donnent pas de coups de téléphone obscènes à d'autres femmes.

Joanne la reprend.

— Ce sont plus que des coups de téléphone obscènes. Il dit qu'il va me tuer, que je suis la prochaine. Pourquoi me regardes-tu comme ça ?

Ève est sur le point de protester mais elle change d'avis ; elle essaie d'atténuer la dureté de ses insinuations par un sourire plein de compréhension :

— J'étais juste en train de me demander si ces appels ont commencé avant ou après le départ de Paul ?

Joanne se pose exactement la même question. Elle s'efforce de placer dans un ordre chronologique les événements de ces derniers mois. Mais, comme un enfant devant l'éternel dilemme de la poule et de l'œuf, elle est incapable de déterminer ce qui vient avant quoi.

Une chose est sûre : depuis quelque temps sa vie se trouve complètement bouleversée ; elle a l'impression d'être suspendue au plafond par les talons, tous les objets familiers lui tombent des mains ; ils sont déformés et prennent des proportions inhabituelles. Elle n'a rien à quoi se raccrocher. Elle ne peut plus se mettre en sécurité dans des bras rassurants. Elle entend Lulu répéter la phrase dont elle s'est servie si souvent dans le passé, celle que sa propre mère avait l'habitude de lui dire : « Les choses finissent toujours par s'arranger. »

Joanne s'aperçoit que la sonnerie du téléphone vient de s'arrêter et elle se lève. Elle fait le tour du chantier jusqu'au petit bain et descend les trois marches qui mènent au bassin vide. Je deviens peut-être folle, pense-t-elle. Elle se dit que c'est probablement la solution la plus simple à ses problèmes.

Joanne Hunter voit le monde disparaître à mesure qu'elle progresse dans le grand bain. Elle appuie son dos contre le ciment rugueux à l'endroit où le boomerang tourne et, lentement, glisse le long de la surface dure jusqu'au sol où elle s'assied, les genoux sous le menton. La sonnerie persistante du téléphone reprend. Je sais que vous êtes seule maintenant, semble-t-il lui dire. Joanne hoche la tête dans un signe d'assentiment silencieux, et cherche à effacer les images d'un temps plus heureux.

2

Joanne se le rappelle maintenant, le téléphone a sonné pour la première fois avant qu'Ève franchisse la porte d'entrée, deux mois plus tôt.

Elle avait décroché et dit, comme tout le monde :

— Allô ! (Puis :) Allô, allô ! (Enfin, elle avait haussé les épaules et raccroché.) Ce sont des gosses.

Elle hochait encore la tête de mécontentement quand elle introduisit Ève quelques minutes plus tard.

— Es-tu prête ?

— Il faut que je trouve ma raquette. Je crois qu'elle est fourrée quelque part dans le placard de l'entrée.

— Dépêche-toi ! Il paraît que le nouveau professeur est superbe et je ne voudrais pas manquer une minute de la leçon.

— Je me demande pourquoi je te laisse m'entraîner dans ces histoires.

— Parce que tu l'as toujours fait. C'est ce qui fait ton charme.

Joanne arrêta ses recherches et émergea d'un fouillis d'imperméables. Elle se tourna vers son amie depuis presque trente ans.

— Te rappelles-tu ce que ma mère avait l'habitude de dire ?

L'expression d'Ève indiquait clairement qu'elle ne s'en souvenait pas.

— Elle me disait : Si Ève te demandait de sauter du pont de Brooklyn, est-ce que tu le ferais ?

Ève se mit à rire.

— Au moins, elle ne téléphonait pas à tous tes amis à deux heures du matin pour savoir où tu étais passée, et elle ne descendait pas réparer la plomberie quand tu t'amusais avec un garçon dans la salle de jeux.

— Je ne me suis jamais amusée avec un garçon dans une salle de jeux.

— Je sais. Tu as toujours été d'une pureté révoltante.

Elle regarda en direction de la cuisine.

— On dirait que les travaux de la piscine avancent. Je ne les perds pas de vue de la fenêtre de ma chambre.

— Ils parlent de dix ou quinze jours maximum. Tu vas voir qu'ils vont terminer dans les délais prévus.

Elle extirpa triomphalement sa raquette du fond du placard.

— Je vais les prévenir que je sors.

— Dépêche-toi, on va être en retard.

— Tu es toujours tellement pressée.

Joanne courut à la cuisine et ouvrit la porte coulissante pour dire aux ouvriers qu'elle serait absente quelques heures.

A son retour, Ève commenta :

— Tu es toujours si lente. Il faut de la dynamite pour te faire bouger.

— Voilà pourquoi nous sommes amies depuis si longtemps. Si nous étions toutes les deux comme moi, nous n'irions jamais nulle part, et si nous étions comme toi, nous nous serions brouillées depuis longtemps.

Dans la voiture qui les emmenait au Fresh Meadows Country Club, Joanne pensait que c'était la stricte vérité, et que c'était une bonne image de leur longue amitié. Elles s'étaient connues à l'école, à l'âge qu'on dit ingrat. Et à douze ans, Ève sortait déjà du rang. Elle était grande, dégingandée, avec un rire contagieux et une voix autoritaire.

Ève avait annoncé un matin, en classe :

— Il me faut une partenaire pour les sciences.

Et elle avait désigné Joanne. Joanne ne disait mot. Elle se sentait muette de bonheur : la fille la plus populaire de la classe l'avait choisie, elle.

Le professeur avait distribué des grenouilles mortes destinées à la dissection.

— Es-tu toujours aussi calme ? lui avait demandé Ève.

Le corps flasque d'une grenouille était posé sur la table, devant elles, et Joanne avait espéré de toutes ses forces qu'elle n'allait pas vomir. Elle avait répondu dans un souffle :

— J'ai peur.

— Tu as peur d'une grenouille morte ?

Ève avait retourné la bête d'un air négligent.

— Je ne pense pas que je pourrai y arriver.

— Tu n'as pas besoin d'essayer.

Ève avait paru enchantée.

— Je vais le faire toute seule. J'adore les trucs de ce genre : le sang, les boyaux... Si j'étais un garçon, je deviendrais médecin.

Elle avait fait une pause et examiné sa nouvelle partenaire d'aussi près que si elle était le spécimen à disséquer.

— Pourquoi ne dis-tu jamais rien en classe ? Personne ne s'aperçoit que tu existes.

Au lieu de répondre à la question, Joanne avait demandé :

— Pourquoi m'as-tu choisie comme partenaire ?

— Parce que tu ne l'ouvres jamais. (Elle avait eu un sourire espiègle.) Tu comprends, j'aime être le point de mire.

Elles étaient devenues inséparables. On voyait rarement l'une sans l'autre. La mère de Joanne la taquinait affectueusement : « Si Ève te demandait de sauter du pont de Brooklyn, est-ce que tu le ferais ? »

Probablement, pensa Joanne comme Ève s'engageait sur le parking bondé.

— Il y a une place là-bas, dit Joanne. A ta droite.

Et Ève tourna instantanément sur la gauche.

Joanne se mit à rire en se rappelant que son amie avait dû passer son permis de conduire trois fois.

— N'est-ce pas Karen Palmer ?

— Où ? dit Ève.

Elle manqua de peu la voiture qui les suivait comme elle entreprenait de faire une marche arrière pour se garer dans un espace vacant, et percuta le pare-chocs avant d'une Mercedes flambant neuve.

— Là ! Elle entre au club. On dirait que c'est elle mais... il y a quelque chose de changé.

— Mon Dieu ! Elle a des seins !

— Quoi ?!

18

— On lui a bricolé la poitrine en même temps que le visage. Tu avais déjà vu Karen Palmer avec des seins ?

Elles avançaient vers le club.

— Pourquoi aurait-elle fait une chose pareille ?

— Parce que son mari a toujours aimé les grosses poitrines. Tu n'as pas remarqué la façon dont il regarde la tienne quand il te parle ?

Elles déposèrent leurs sacs au vestiaire et se dirigèrent vers les courts.

— C'est donc si important ? demanda Joanne.

— Pour certains, oui. Brian, par exemple, aime les fesses. Je ne t'ai pas dit ce qu'il a fait l'autre nuit ?

Joanne l'interrompit.

— Épargne-moi, je n'ai aucune envie de le savoir.

— Tu n'es pas drôle, tu ne me laisses jamais rien raconter.

— Je me sentirai mal à l'aise la prochaine fois que je regarderai Brian dans les yeux, si je connais trop de détails de votre vie sexuelle.

— Crois-moi, ses yeux ne sont pas ce qu'il a de mieux à regarder !

— Ève !

Ève l'imita.

— Joanne !

Un grand blond tout en muscles s'avança vers elles.

— Ève et Joanne ? dit-il. Je suis Steve Henry, le nouveau professeur de tennis.

Elles prirent leurs positions sur le court et Ève murmura :

— Quel homme ! Qu'est-ce que tu en penses ?

— Il a l'air d'être un bon professeur.

— Ce n'est pas ce que je voulais dire, souffla Ève.

Et elle lui lança un clin d'œil malicieux.

— Je ne regarde pas les hommes de cette façon, trancha Joanne.

Ève la taquina.

— Mais lui, il te regardait.

— Il regardait mon revers nul, tu veux dire ! Et si je t'entends dire une fois de plus « à suivre », je me mets à hurler.

— Ce n'est pas ton revers qui l'impressionne, c'est ton derrière. Tu le sais très bien !

— C'est un dragueur, voilà tout. Il doit penser que flirter avec les femmes d'un « certain âge » fait partie de son travail.

— Il ne m'a pas draguée, moi !

— Ton revers est parfait.

— Non. Je n'ai pas tes jambes.

— Ni moi ta bouche. Boucle-la, tu commences à me gêner.

Ève dit le plus sérieusement du monde :

— Je voudrais comprendre pourquoi tu te sous-estimes toujours ?

— Je ne me sous-estime pas.

— Si. Tu t'es toujours sous-estimée, du moins depuis que je te connais.

— Je connais mes limites.

— Qu'est-ce que ça veut dire ? Regarde-toi : un peu plus de confiance en toi, quelques mèches blondes, et personne ne te résisterait.

Joanne prit un air gêné et passa une main dans ses cheveux châtain clair.

— Et perdre trois kilos, me faire enlever les poches sous les yeux et aligner les dents.

— Parles-en à Karen Palmer, son mari est dentiste. Et pendant que tu y es, demande-lui où elle s'est fait faire les seins.

— Demande-le-lui toi-même, elle est derrière toi.

Une femme affichant une expression de surprise perpétuelle les salua.

— Bonjour ! Avez-vous entendu parler de l'étrangleur ?

— C'est le troisième de l'année, dit Ève. Dire qu'on s'est installés à Long Island pour être en sécurité !

— Cette pauvre femme ! Étranglée et coupée en morceaux !

Karen Palmer était lancée sur le sujet, elle enjolivait son récit et sa voix prenait une intonation lugubre qui vous faisait froid dans le dos.

— Pouvez-vous imaginer ce qu'elle a dû ressentir pendant ces moments horribles ? La terreur qui a dû s'emparer d'elle ?

Les yeux de Karen Palmer s'agrandirent comme si elle était témoin de la scène.

— Sommes-nous obligées de parler de ça ? demanda Joanne.

Ève sourit devant la déception de Karen Palmer.

— Elle n'est pas drôle, dit-elle, on ne peut jamais parler de rien avec elle.

Karen Palmer haussa les épaules et changea de conversation.

— Vous avez pris un cours ?

— Le nouveau professeur louche sur Joanne, dit Ève.

Elle se mit à rire, retira son sac de l'armoire et en claqua la porte.

Soulagée, Karen se risqua à donner un conseil.

— Si j'étais toi, je donnerais suite, il en vaut la peine.

— Tu as mis le doigt sur la plaie, dit Ève. Joanne ne donne jamais suite.

Joanne se sentit rougir.

— Très drôle.

— Tiens, elle rougit, dit Ève. Il n'y a pas de fumée sans feu.

Elle buvait du petit-lait.

— Il est à peine sorti de l'adolescence, marmonna Joanne.

— Il est à son apogée, clama Ève.

Karen les renseigna.

— Il a vingt-neuf ans.

— C'est le début du déclin, dit Ève, mais il est encore pas mal.

Elles quittèrent le club et marchèrent vers le parking.

— Vous êtes toutes les deux cinglées, dit Joanne. Vous avez toutes deux des maris charmants.

— Charmants, oui, dit Ève, mais nul n'est parfait. (Elle se tourna vers Karen, qui parut surprise.) Chez quel coiffeur vas-tu en ce moment ?

Elle essayait désespérément d'éviter de regarder le nouveau buste plantureux de leur compagne. Karen sourit.

— Chez Rudolph. J'y vais depuis des années.

Ève répliqua, impassible :

— Il faut que je me trouve un nouveau coiffeur. J'en ai assez des homosexuels. Vous leur demandez de vous rendre sexy, et ils vous font une tête de garçon.

Leurs yeux se portèrent malgré elles sur la poitrine de Karen au moment où leur amie montait dans sa Corvette.

— A bientôt, dit-elle.

Elle se tourna et se heurta contre la portière. Elle dit, l'air embarrassé :

— Je n'en ai pas encore l'habitude, mais ça vaut la peine. Vous verriez le sourire de Jim, chaque matin...

Et elle mit le contact.

— Je vais te raconter ce qui fait sourire Brian, dit Ève.

Une voix masculine appela, de l'autre côté du parking.

— Mrs Hunter, excusez-moi !

Joanne se retourna. Le nouveau professeur de tennis courait vers elles à longues enjambées.

— Quelle apparition ! dit Ève.

Il arriva à leur hauteur et sortit de sa poche de derrière un trousseau de clefs au bout d'une chaîne.

— Ô mon Dieu ! Merci beaucoup. Je les oublie partout.

Joanne sentit le rouge lui monter jusqu'à la racine des cheveux, quand elle prit ses clefs des mains du professeur.

— A la semaine prochaine, dit-il.

Il sourit et les quitta. Elles montèrent en voiture.

— Mrs Hunter est écarlate, dit Ève.

— Mrs Hunter rentre chez elle prendre une douche.

— Si tu penses que ça peut laver ta honte !

— Tu aimes vraiment me mettre dans l'embarras, hein !

— Oui, ça me plaît, je dois l'admettre.

Et elles éclatèrent de rire.

A l'instant où Joanne sortait de la douche le téléphone se mit à sonner.

— Oh ! la barbe !

Elle saisit une serviette qu'elle enroula autour d'elle et courut à l'appareil, près du lit.

— Allô ?

Il n'y eut pas de réponse.

— Allô !... Allô ?

Elle regardait les gouttes d'eau ruisseler le long de sa jambe gauche et disparaître dans l'épaisseur de la moquette beige. Elle décida de donner une dernière chance à son correspondant.

— Allô ?

Rien.

Elle raccrocha, dégoûtée. Un des ouvriers passa alors sous sa fenêtre. Il leva la tête et regarda dans sa direction sans qu'elle pût déceler s'il avait remarqué ou non sa présence. Joanne plongea aussitôt. L'avait-il vue ? Elle ne le pensait pas. Elle gagna la salle de bains à quatre pattes. Elle pouvait l'apercevoir, mais lui ne la voyait pas.

Observer quelqu'un sans en être vue lui donna un frisson. Toujours à quatre pattes, elle atteignit la salle de bains, s'assura d'un coup d'œil que les stores étaient baissés. Elle se releva et la serviette qui la protégeait tomba sur le carrelage.

Le miroir lui renvoya son image et, instinctivement, elle se détourna. Elle n'avait jamais aimé se voir nue même avant que le temps et les maternités aient transformé son corps à son désavantage... ou à son avantage... tout dépendait de l'endroit que l'on regardait. Elle se prit à penser à Karen Palmer, de quelques années sa cadette : elle avait soumis son corps et son esprit aux caprices d'un bistouri. Et pourquoi ? Pour son mari ? Par vanité ? Que ressentait-elle lorsqu'elle se regardait dans la glace si, d'année en année, la chirurgie lui offrait un nouveau modèle d'elle, comme on change de voiture ?

Elle se sentit curieusement attirée par le miroir qui couvrait le mur de la salle de bains. Son regard se posa sur son visage. Vieillir était un processus déroutant. Du doigt, elle lissa les fines petites rides autour de ses yeux. Quand étaient-elles apparues ? Elle suivit les contours de son visage et descendit le long de son cou pour évaluer les effets du temps. On vieillit de façon tout à fait insidieuse, et pourtant très perceptible, pensa-t-elle. Ses yeux ne reflétaient pas encore la sagesse des années, mais en accusaient certainement le passage. Les cernes qui les soulignaient et qui naguère disparaissaient avec une bonne nuit de sommeil étaient, à présent, partie intégrante de ses traits. Depuis combien de temps, au juste, l'avait-on regardée en lui disant qu'elle était belle ? Depuis très longtemps.

Son regard descendit à contrecœur jusqu'à sa poitrine qui, quelques années plus tôt, était haute et ferme ; elle était aujourd'hui beaucoup moins glorieuse. Elle s'affaissait légèrement, prenant l'aspect exotique des chaussures d'Aladin. Son ventre, autrefois très plat, s'arrondissait complaisamment, les hanches, elles, Dieu merci, restaient toujours minces. Seules ses jambes, un attribut qui faisait sa fierté, semblaient épargnées ; on n'y devinait pas le moindre vaisseau, pas la plus petite veine dont commençait à se plaindre Ève. A quarante et un ans, la culotte de cheval et la cellulite ne lui donnaient aucun souci et si ses fesses s'étaient un peu ramollies, Paul ne s'en était jamais plaint. Elle fouilla dans le placard sous le lavabo pour prendre le séchoir à cheveux. Paul aimait-il ses jambes ? Il n'avait jamais fait mention d'aucune préférence particulière pour une partie de son corps.

Le séchoir n'était pas à sa place.

— Parfait ! Où a-t-il bien pu le mettre ?

Elle ouvrit un autre placard. Il ne s'y trouvait pas non plus. En revanche, elle en retira quelque chose d'intéressant ; un magazine caché à l'extrémité d'une étagère tout au fond du placard.

Elle l'ouvrit : une jeune personne, les seins à l'air, lui souriait comme à une vieille amie. S'il y avait une certaine innocence dans son expression, il n'y en avait aucune dans sa pose. Son corps absolument nu s'appuyait avec volupté contre une luxueuse chaîne stéréo, un micro était fourré entre ses jambes.

Joanne imita la voix gouailleuse d'Ève.

— Qu'allons-nous chanter aujourd'hui ?

Elle commença à tourner les pages du magazine. Ses yeux s'agrandissaient au fur et à mesure.

— Ça alors !

Elle essaya de détourner le regard mais son attention restait rivée sur les photographies de plus en plus osées.

— Depuis quand Paul sort-il avec des filles comme ça ?

Il lui sembla en effet que, depuis quelque temps, il était préoccupé ; son sourire, d'habitude généreux, se faisait rare et il paraissait souvent ailleurs, voire carrément déprimé. Elle avait supposé que ce changement d'humeur était en rapport avec ses affaires. Paul préférait ne pas parler de son travail à la maison et elle avait choisi d'ignorer ce qu'elle croyait être un malaise passager. Tous les couples mariés traversent des crises de ce genre. Quand la tension provoquée par ses affaires tomberait, il redeviendrait lui-même et son intérêt pour elle reprendrait. Mais elle ne pouvait s'empêcher, en feuilletant ce magazine, de se demander s'il avait cessé de la trouver attirante, et si leur vie sexuelle n'était pas tombée dans une telle routine qu'elle avait perdu tout sens pour lui. Son corps avait-il encore quelque attrait pour Paul ?

Elle se prit à interroger tout haut les photographies devant elle.

— C'est donc ça qu'il aime ? Qu'est-ce qu'il vous trouve ? (Elle s'étudia dans le miroir.) Et comment me trouve-t-il, moi ?

Lentement, elle plaça son corps dans la position de l'un des modèles, sur les photos : les bras en arrière, la poitrine projetée en avant, les genoux relevés et les jambes écartées.

— Comment font-ils pour les rendre si roses ?

Un malaise l'envahit et elle se releva brusquement. Elle n'avait jamais soumis son corps à un tel examen, et n'avait jamais non plus essayé de le considérer avec les yeux de Paul. Elle se pencha et saisit ses orteils. Une autre pose du magazine. Entre ses jambes, elle se regarda à l'envers dans la glace et dit, sarcastique :

— Superbe !

— Maman ! Qu'est-ce qui t'arrive ?

Joanne se mit à quatre pattes et se redressa. Elle jeta le journal dans le placard. Elle en referma la porte d'un coup de pied, tout en attrapant une serviette de bain dont elle s'entoura, morte de honte.

— Mais qu'est-ce que tu fabriques ? dit Lulu.

— Je regardais mes doigts de pieds.

— Tu regardais tes doigts de pieds ?

— Ils me font mal depuis que j'ai joué au tennis. Que fais-tu à la maison, si tôt ?

— Les professeurs ont une réunion ou quelque chose de ce genre. Tu vois ce que je veux dire ? Ils ont toujours des réunions le vendredi après-midi. Je peux aller chez Susanna ? Son père vient d'acheter un nouveau flipper.

— D'accord, mais ne sois pas en retard pour le dîner.

Lulu était déjà en bas de l'escalier. Elle entendit la porte d'entrée s'ouvrir et se refermer et poussa un soupir de soulagement.

Le téléphone se mit à sonner.

Elle se précipita pour y répondre tout en veillant à ne pas passer trop près de la fenêtre.

— Allô !

Comme auparavant, il n'y eut pas de réponse.

— Oh non ! Ça suffit !

Elle attendit quelques secondes, écoutant ce silence lourd de menaces. Elle sentait des yeux invisibles l'observer : l'écouteur semblait une caméra. Elle raccrocha brusquement comme si elle venait de recevoir une décharge électrique.

— Va te faire voir, dit-elle.

Et elle se laissa tomber sur le lit. Elle se sentait en danger sans savoir pourquoi.

Quel magazine stupide, pensa-t-elle, en se rappelant son embarras devant l'expression stupéfaite de sa fille, découvrant sa mère la tête en bas, se regardant entre ses cuisses ouvertes. Non qu'elle fût particulièrement prude, mais elle n'avait pas l'habitude de parader nue devant ses filles. Elle-même n'avait vu sa mère dans cet état que lorsqu'elle était tombée malade et s'était affaiblie au point de ne plus pouvoir s'habiller seule. Mais qu'est-ce que Paul avait dans la tête pour acheter des magazines pareils ?

Joanne entendit de nouveau la porte d'entrée s'ouvrir et se refermer. Une voix masculine cria :

— Bonjour ! Il y a quelqu'un ?

— Paul ?

Joanne se redressa en sursautant. Elle se précipita à la penderie, en retira une robe et l'enfila en vitesse. Paul apparut sur le pas de la porte.

— Que fais-tu à la maison au milieu de l'après-midi ? Il y a quelque chose qui cloche ?

Il n'avait pas l'air en forme et elle l'embrassa gentiment sur la joue.

Il regarda par la fenêtre.

— J'aurais aimé parler à Mr Rogers. Tu l'as vu, aujourd'hui ?

— Non, il n'y a que les ouvriers. Il est peut-être passé quand je n'étais pas là. Ève et moi avons pris un cours de tennis au club. Il y a un nouveau professeur. Il dit que je me débrouille pas mal. Enfin, je n'en sais rien... Cela fait si longtemps que je n'ai pas joué...

Que racontait-elle au juste ? Et pourquoi était-elle si nerveuse ?

Son mari regardait par la fenêtre. Elle n'aimait pas la façon dont il se tenait, dont il inclinait la tête. Il se retourna avec une expression qui ne lui plut pas.

Elle essayait de ne pas penser à ce maudit magazine, mais elle n'y parvenait pas.

— Qu'est-ce qu'il y a ? dit-elle. Qu'est-ce qui ne va pas ? C'est à cause de la piscine ?

Il secoua la tête.

— Non. J'aurais voulu dire deux mots à Rogers, c'est tout. (Il continua du même souffle.) Ce n'est pas pour ça que je suis revenu si tôt. Ce n'est pas la piscine qui est en question, c'est moi.

— Toi ? Dis-moi ce qui ne va pas ! (La panique commençait à la gagner.) Tu as eu des douleurs dans la poitrine ?

Il la rassura aussitôt.

— Non, non ! Rien de tout ça.

Il y eut un long silence pénible, puis il lâcha enfin :

— Il faut que je te parle.

Joanne s'affaissa dans le fauteuil bleu, au pied de leur lit. Il la regarda et elle lut, sur son visage, la même expression que trois ans plus tôt, lorsqu'il était rentré précipitamment, au milieu de l'après-midi, pour lui apprendre que son père venait d'avoir une crise cardiaque et qu'on l'avait emmené à l'hôpital. Elle ne savait pas ce qu'il avait à lui dire aujourd'hui, mais elle devinait que cela ne lui plairait pas.

3

Cette nuit-là, après avoir entassé quelques vêtements dans une petite valise, son mari s'en fut à l'hôtel. Joanne repassa la scène dans son esprit, à la façon dont Ève l'aurait jouée.

Son amie est assise à sa place, nonchalamment appuyée au dossier du fauteuil bleu, ses cheveux roux tombent en vagues autour de son visage mince, et son menton repose sur la paume de sa main. Paul est dos à la fenêtre; il regarde Ève et lui parle comme si elle était sa femme.

Joanne entend Ève demander :

— De quoi s'agit-il, au juste ?

La voix qui sort de la bouche d'Ève est la sienne, mais plus insouciante, moins angoissée, presque provocante.

— S'est-il passé quelque chose au bureau ?

Joanne renverse la tête sur son oreiller et ferme les yeux pour contempler la scène, comme au cinéma. Elle perçoit le moment d'hésitation dans les yeux de son mari, le frémissement de ses lèvres ; elle le regarde se débattre pour libérer ses mots.

— Je me suis répété ça pendant des semaines, et maintenant...

Ève l'interrompt brusquement, impatiente et intriguée.

— Paul, vas-y ! Dis-le une bonne fois !

Paul se tourne vers la fenêtre, incapable de regarder sa femme en face plus longtemps. Il laisse tomber :

— Je pense que nous devrions nous séparer.

— Quoi ?!

Ève s'amuse. Elle sait que c'est une plaisanterie. Paul se tourne de nouveau vers elle. La voix plus assurée, il répète :

— Je pense que nous devrions nous séparer, vivre chacun de notre côté, pendant quelque temps.

— Tout ça parce que j'ai refusé d'aller faire du ski, l'hiver dernier ? (Ève le taquine.) Tu ne trouves pas que ta réaction est un peu exagérée ?

— Je suis sérieux, Joanne.

Ève voit qu'il l'est, en effet. Ses épaules s'affaissent. Pendant quelques secondes, quelques secondes seulement, ses yeux s'assombrissent, on dirait qu'elle va pleurer. Puis, presque imperceptiblement, son visage change ; ses mâchoires se durcissent, le nuage dans ses yeux disparaît. Elle regarde Paul avec des yeux secs et froids ; et quand elle ouvre la bouche, sa voix est dure et les phrases qui en sortent sont pleines de sarcasme.

— Ça te dérangerait de m'expliquer pourquoi ?

— Je ne suis pas sûr de pouvoir.

— Tu ferais mieux d'essayer.

Paul se tait, puis dit enfin :

— Je ne sais pas pourquoi.

— Tu ne sais pas pourquoi.

Ève répète la phrase, comme si elle comprenait l'explication, ce qui en souligne l'absurdité.

— Tu es avocat, Paul. En général, tu t'y entends pour manier les mots. Trouve quelque chose, n'importe quoi, mais quelque chose qui puisse expliquer pourquoi tu veux mettre au rancart un mariage de vingt ans. Je ne parle pas, naturellement, des deux filles issues de ce mariage. Ma requête est-elle déraisonnable ?

— Joanne, s'il te plaît, ne rends pas les choses encore plus difficiles pour moi.

Ève s'est levée et marche maintenant furieusement, de long en large.

— C'est moi qui rends les choses difficiles ! crie-t-elle.

Il reprend, faiblement :

— Crois-moi, Joanne, je ne veux pas te faire de mal.

— Alors, explique-toi !

— Je te ferais encore plus de mal en restant.

L'expression d'Ève est un mélange d'incrédulité et de mépris.

— Et comment, je te le demande, pourrais-tu me faire plus de mal en restant ? (Comme Paul se tait, elle reprend avec véhémence.) Comment ?

Elle arrête ses allées et venues et se plante devant lui, lui lançant en pleine figure, en détachant bien ses mots :

— Ne va surtout pas penser que tu le fais pour moi, Paul. Sois honnête avec toi-même. Tu ne fais pas cela pour moi, mais pour toi.

Pour la première fois depuis le début de l'entretien, Paul semble près de sortir de ses gonds.

— D'accord, je le fais pour moi. Mais est-ce que je compte pour des prunes ?

Ève réplique dans l'intention de le blesser :

— C'est possible.

— Je suis désolé, Joanne. Je ne sais que dire.

— Dis-moi pourquoi.

Ève le traque. Il ne va pas s'en tirer avec des excuses, même sincères.

Il examine la chambre autour de lui. Visiblement, il cherche une inspiration. Il profite du rire des ouvriers qui travaillent dehors et dit :

— Je ne suis pas heureux. Je sais : c'est un lieu commun.

— C'est d'une banalité ! Est-ce que cela aurait à voir avec Barry Kellerman ?

Barry Kellerman est un des associés de Paul. Un an plus tôt, il avait décidé de quitter celle qui était sa femme depuis dix-huit ans, la laissant seule avec quatre enfants de moins de dix ans. Après huit mois de sorties avec des créatures jeunes et adorables, il s'était fiancé à une certaine Erie County qui avait le même âge que la première Mrs Kellerman à l'époque de son mariage, c'est-à-dire vingt ans.

Paul semble sincèrement déconcerté.

— Je ne vois pas ce que Barry Kellerman vient faire là-dedans.

Ève propose :

— Peut-être ressens-tu une obscure jalousie en considérant inconsciemment que tu rates quelque chose.

Paul répond, trop rapidement peut-être :

— Je ne suis pas jaloux.

Ève attend la suite. Il admet finalement :

— Je sens, en effet, que je rate quelque chose. J'ai quarante-deux ans, Joanne. Quand nous nous sommes mariés, j'étais encore au collège.

— Mes parents nous entretenaient.

— Tu n'étais que la troisième fille avec laquelle je sortais sérieusement.

— Tu étais le premier.

Elle n'estime pas nécessaire d'ajouter « et le seul ». Il pose soudain une question qui la prend au dépourvu :

— N'as-tu jamais désiré un autre homme ? Ne t'es-tu jamais demandé comment ce serait avec un autre ?

Ève réplique méchamment.

— Si je me le suis demandé ? Tout le monde a des idées de ce genre. Mais on ne brise pas un mariage, on ne passe pas par-dessus deux filles qui ont besoin de leur père et on ne rompt pas l'unité d'une famille sous prétexte qu'on n'est pas « heureux » ! Et d'ailleurs, qui t'a promis que tu allais être heureux toute ta vie, tu peux me le dire ?

Il proteste faiblement.

— Je veux davantage de la vie.

Elle corrige.

— Tu veux moins, tu veux dire ! Une femme et deux enfants en moins.

— Je suis toujours le père de mes filles.

— Comme Barry Kellerman est toujours le père de ses enfants quand ça l'arrange ? Il arrive en coup de vent, avec des cadeaux coûteux et quelques paroles d'affection creuses, il les emmène rigoler quelques heures et les ramène chez leur mère quand ils commencent à lui taper sur les nerfs. Mais il n'a pas le temps de se préoccuper du chaos qu'il laisse derrière lui quand il monte dans sa nouvelle voiture de sport et repart vers sa nouvelle vie. Maman n'a qu'à réparer les dégâts.

— Je ne suis pas Barry Kellerman.

Ève rétorque avec raideur :

— Navrée ! C'est assez difficile pour moi de faire la différence, en ce moment.

— Je n'ai jamais triché avec toi, Joanne, pas une seule fois en vingt ans.

— Dois-je te remercier ? Quand je recevrai la convocation pour le divorce, dois-je me réjouir en me disant : « Super ! Il n'a jamais triché avec moi » ?

— Je n'ai pas parlé de divorce.

Ève considère le mari de Joanne.

— Quelque chose m'aura échappé. De quoi parlons-nous, au juste ?

Il répond posément.

— De séparation. Six mois, un an peut-être. Nous pourrons nous voir... aller au cinéma... dîner ensemble...

Ève demande, incrédule :

— Tu veux sortir avec moi ? C'est ce que tu es en train de me dire ?

Il approuve d'un signe et son visage reflète un peu d'optimisme.

— Tu veux revenir en arrière ? Tu veux que je redevienne une jeune fille ? Que je sorte avec l'homme qui a été mon mari pendant presque la moitié de ma vie ?

Ève est stupéfaite. Pour la première fois depuis le début de la confrontation, elle hésite sur la réponse.

— Je ne saurais pas comment faire. Je ne saurais pas quelle attitude adopter.

— Sois toi-même, simplement.

— Tu ne veux pas de moi !

— S'il te plaît, Joanne, je te demande juste un peu de temps, pour réfléchir. Je ne tiens pas à me précipiter dans un divorce. J'ai besoin de temps pour décider ce que je veux, pour savoir si je veux rester marié... Je ne sais plus rien, vois-tu. Il me faut être seul, me retrouver. J'espère que, dans quelques mois, j'y verrai plus clair et que je pourrai prendre une décision. Cette séparation peut être positive pour nous deux. Elle peut nous aider à prendre un nouveau départ.

— En général, les gens ne se séparent pas pour se retrouver, ils se séparent pour divorcer.

— Pas forcément.

— Paul, ne sois pas naïf ! Tu as pu constater ce qui arrivait aux autres. Tu as vu pour Barry et Mona Kellerman. Une séparation implique une nouvelle vie, et une nouvelle vie amène de nouveaux problèmes, qui s'ajoutent au problème de la séparation elle-même. Alors, si tu as des problèmes, tu ferais mieux de rester et d'essayer de les résoudre sur place. Il faut que tu m'en parles, il faut que tu essaies de me raconter ce qui cloche au lieu de m'en écarter. Mes parents ont toujours agi comme ça avec moi, et ils ont eu tort. Ils ont passé leur vie à essayer de me protéger, et un beau jour, plus personne. Tu te comportes exactement de la même façon avec moi. Ce n'est pas juste.

Paul sent la panique monter chez Joanne. Elle commence à le gagner également et il répond en hâte, pour essayer de la rassurer autant que pour se rassurer lui-même :

— Tout ira bien. Tu es forte, beaucoup plus forte que tu ne l'imagines. Tu feras face, j'en suis sûr. Ce moment sera probablement une révélation pour toi, et c'est moi qui risque de te perdre.

Ève répond d'une voix sans timbre.

— S'il te plaît, ne me dis pas ce que je vais devenir.

Le silence tombe entre eux, tandis qu'ils cherchent ce qu'ils peuvent encore se dire. A l'extérieur, une discussion assez vive s'élève entre deux ouvriers. Paul annonce :

— J'ai pensé que je pourrais prendre un appartement près du bureau. Les filles et toi, vous resterez ici. Tu n'auras aucun problème d'argent, je te le promets.

Ève réplique abruptement :

— Jusqu'à ce que tu rencontres une autre femme. Le monde est rempli de mères qui se débattent avec des problèmes d'argent, dans des situations où les ont plongées leurs ex-maris, une fois leur sentiment de culpabilité envolé.

Elle secoue la tête.

— C'est une chose étonnante que la honte.

Un silence inconfortable s'éternise. Chacun attend que l'autre parle.

Ève entend Robin qui rentre ; elle demande :

— Qui préviendra les filles ?

— Moi, dit Paul.

— Quand ?

— Quand tu le jugeras bon.

— Cet après-midi, nous sommes en train de faire ce que, toi, tu juges bon.

Paul entend leur fille bouger dans la cuisine, juste au-dessous d'eux. Sa voix devient aussi froide que celle d'Ève.

— Allons-y maintenant, dit-il.

— Lulu est chez Susanna.

— Pourrais-tu l'appeler ?

Le ton d'Ève est neutre.

— C'est toi qui as quelque chose à lui dire, appelle-la toi-même.

Paul hoche la tête.

Joanne ouvre les yeux pour scruter la pénombre de la chambre, et cette image reste dans sa tête.

Rien de toute cette scène n'est arrivé, en réalité.

Joanne n'a rien dit. Pas un mot. Elle est restée assise là, pendant que Paul essayait de s'expliquer, trébuchant sur les mots, s'excusant, choisissant ses expressions pour leur donner le sens qu'il voulait. Elle n'a pas ouvert la bouche, n'a pas fait un mouvement, excepté celui d'essuyer quelques larmes superflues. Elle est restée immobile, incapable de le regarder dans les yeux. Elle n'a pas protesté, n'a pas essayé de l'entortiller avec des petits mots doux, n'a pas contre-attaqué. Elle a écouté et, à la fin, elle a appelé Lulu chez Susanna, comme Paul le lui demandait, pour lui dire de rentrer à la maison. Puis elle est restée dans la chambre pendant que Paul répétait son histoire à ses filles. Après son départ, un peu plus tard, la réaction vint et leur colère se déchargea sur elle. Pas sur le père qui les quittait ; mais sur elle, comme elle l'avait prévu.

Elle aurait aimé leur signifier qu'elle n'y était pour rien. Mais elle se tut, sentant confusément que c'était de sa faute et qu'il n'y avait rien à dire.

Joanne se leva. La place vide à côté d'elle, dans le lit, lui faisait horreur. Elle s'avança vers la fenêtre et regarda dans la cour. L'obscurité d'une nuit sans étoiles masquait heureusement le trou béant laissé par les ouvriers. Son regard dériva dans la direction de la maison d'Ève. Les lumières du patio étaient allumées et donnaient du relief à la demeure. Elle ferma les rideaux, prit le téléphone et composa son numéro. Pas de réponse. Elle laissa sonner un moment puis s'aperçut qu'Ève lui avait annoncé qu'elle devait accompagner Brian à une réunion. Elle se demanda quand ils seraient de retour. Elle jeta un coup d'œil au réveil sur la table de nuit : il était presque minuit.

Lulu dormait ou faisait semblant quand Joanne avait entrouvert sa porte, un peu plus tôt. Robin était à une soirée.

Comme une automate, Joanne se recroquevilla sous les couvertures du grand lit que Paul et elle avaient acheté ensemble, douze ans plus tôt, quand ils avaient emménagé dans cette maison. Ils avaient longtemps dormi sur un matelas par terre, dans une maison plus vieille et plus petite, à Roslyn.

Ses parents avaient menti. Derrière ses paupières closes, elle essaya de ne pas deviner leur visage. Ils lui avaient promis la sagesse et la stabilité avec la venue de la maturité. Peut-être pas tant avec des mots que par leur exemple. Elle avait grandi et leurs sourires lui avaient promis que le monde serait à elle, qu'elle contrôlerait ses actes, qu'elle maîtriserait son destin, qu'elle prendrait ses décisions elle-même, qu'elle voterait et qu'elle serait en sécurité dans un monde stable.

Ils avaient eu raison pendant quelque temps et tout s'était déroulé comme prévu. Elle s'était mariée et avait porté des enfants. Ces enfants, à leur tour, l'avaient regardée comme une adulte confirmée et comme la gardienne de la sagesse. Elle faisait maintenant partie de cette conspiration dans laquelle, si on ne mentait pas ouvertement, on ne disait jamais vraiment la vérité. Elle entendit une clef dans la serrure, puis les pas de Robin dans l'escalier. Elle s'endormit avec le souvenir du parfum de sa mère.

Dans son rêve, le soleil brillait dans un ciel sans nuages. Les dalles de béton étaient chaudes sous ses pieds nus, dans la petite allée qui menait au cottage blanc. Elle devait avoir cinq ans. Son frère, de deux ans plus jeune, faisait la sieste. Des rires venaient de l'intérieur de la maison ; sa mère et sa grand-mère étaient déjà dans la cuisine et préparaient le dîner pour le retour des hommes. Ils étaient à la ville. Ils s'y rendaient chaque vendredi après-midi, pendant les deux mois d'été où la famille au complet partageait cette maison de campagne. Joanne avançait en sautillant vers la porte ; elle jetait des coups d'œil vers le portail, anticipant d'une heure ou deux l'arrivée des voitures. Son grand-père serait là le premier, massif et puissant ; son père arriverait ensuite, plus petit, avec un rire sonore et chaleureux ; ils apparaîtraient les bras chargés de pain frais, de galettes aux airelles et de cerises, assez pour tenir jusqu'à la semaine suivante. Son père se pencherait pour l'embrasser avant de disparaître à l'intérieur de la maison, mais son grand-père s'attarderait. Il poserait les provisions par terre et la ferait sauter dans ses bras de géant. Il la ferait tourner, encore et encore. Il lui dirait : « Quand tu seras grande, je t'apprendrai à jouer au gin rummy. » Et chaque semaine, Joanne se demanderait si elle était assez grande.

Elle atteignit la porte du cottage, impatiente de pénétrer dans les pièces sombres et tièdes. Elle entendit le rire enfantin et haut perché de sa mère, à travers la lourde porte de bois.

Le téléphone sonnait. Hébétée, Joanne tâtonna à la recherche de l'appareil. Ses yeux restaient fermés sur le souvenir de son corps d'enfant et sur le rire de sa mère. A cet instant, elle ne savait plus très bien qui elle était, mais elle était sûre de ne plus être une petite fille.

— Allô ! dit-elle.

Elle sortit lentement du sommeil, réalisant qu'il n'y avait personne au bout du fil : non pas le silence mais le signal « occupé ». Le téléphone avait-il vraiment sonné ? Elle était étendue sur le dos, son cœur cognait dans sa poitrine. Elle passa le reste de la nuit à demi assoupie, à se demander si le bruit qui l'avait éveillée était la sonnerie du téléphone ou le rire de sa mère, sa mère qui s'était enfin décidée à lui dire la vérité.

4

Le lendemain matin, quand Joanne quitta la maison, un peu avant midi, les filles dormaient encore, ou faisaient semblant. Elle se sentait fatiguée, elle avait les yeux gonflés par les larmes et le manque de sommeil. Elle les frictionna et entendit la voix de sa mère lui dire que cela n'arrangerait rien. Et que dirais-tu d'autre, à présent, maman ? pensa-t-elle. Elle interrogeait le ciel sans nuages en traversant la pelouse devant la maison pour se rendre chez Ève.

Joanne monta les marches de la maison voisine. Elle sentait la présence de sa mère près d'elle et elle murmura : « Tu as toujours aimé Paul. » Sa mère répondit simplement : « N'était-il pas aimable ? C'était un beau garçon, élégant ; il sortait d'une bonne famille ; il voulait être avocat et il aimait ma fille... »

Joanne se répéta : Il aimait... « Et que faire, maman, quand on cesse de vous aimer ? » Elle frappa à la porte d'Ève.

Personne ne vint ouvrir. Joanne frappa de nouveau, puis sonna. La sonnerie lui rappela celle du téléphone, au milieu de la nuit. Avait-il sonné ou avait-elle rêvé ? Quelle sorte d'esprit pervers pouvait s'offrir le luxe d'appeler les gens au milieu de la nuit pour les faire mourir de peur ? Elle s'était tournée et retournée dans son lit le reste de la nuit, incapable de trouver une position confortable sans la présence rassurante du corps de Paul. Elle allait avoir besoin de sommeil si elle voulait faire face à l'avenir immédiat, si elle voulait paraître devant ses filles le front serein. « Ne vous en faites pas, mes chéries, tout s'arrangera. »

En attendant, il lui fallait parler à Ève. Celle-ci remettrait les choses à leur place. Elle aiderait Joanne à comprendre le point de vue de Paul. « Dans une histoire, il y a toujours deux optiques différentes. » Elle pouvait déjà l'entendre. « La tienne et celle du salaud en face. » Ève la ferait rire et si elle n'y arrivait pas, elles pourraient au moins pleurer ensemble. Mais où était-elle ? Pourquoi n'ouvrait-elle pas ?

Brian apparut juste au moment où elle se décidait à abandonner. Le mari d'Ève était grand et bien bâti mais donnait toujours l'impression d'être gêné par sa carrure puissante. Ses yeux étaient étonnamment doux et ne reflétaient rien des horreurs quotidiennes auxquelles son travail le confrontait. Le visage du policier idéal, pensa Joanne lorsque Brian Stanley — qui paraissait exactement son âge, c'est-à-dire quarante-cinq ans — s'effaça pour la laisser entrer. Il souriait mais il était visiblement préoccupé.

— Tâchez de lui faire entendre raison !

Il fit un geste pour lui indiquer que sa femme se trouvait dans la cuisine.

Joanne traversa le hall, copie conforme de celui de sa maison. Ève était assise à la table de la cuisine, devant une tasse de café. Dès qu'elle aperçut son amie, Joanne sut que quelque chose allait de travers. Qu'est-ce qui cloche dans le tableau ? se demanda-t-elle, puis elle ajouta, tout haut :

— Qu'est-ce qui t'arrive ?

Ève était encore en robe de chambre et ses cheveux, en général très soignés, n'étaient pas coiffés.

Ève ne fit pas le moindre effort pour dissimuler son ennui.

— Rien. Beaucoup de bruit pour rien.

Sa mère apparut soudain, venant de nulle part. Elle planta un thermomètre dans la bouche de sa fille qui faisait la grimace et dit sentencieusement :

— Évidemment que ce n'est rien !

— Bonjour Mrs Cameron, dit Joanne.

Elle était très surprise de la voir là. Ses cheveux d'un blond paille étaient mêlés de nuances plus pâles.

— Mais que se passe-t-il ? répéta-t-elle.

— Ce qui se passe ? C'est que ma fille s'est effondrée hier soir, et qu'on a dû la transporter d'urgence à l'hôpital.

— Quoi ?!

Ève ôta le thermomètre de sa bouche.

— Je ne me suis pas effondrée et je vais parfaitement bien.

Sa mère lui parla comme si elle était une enfant de quatre ans :

— Remets le thermomètre dans ta bouche, veux-tu !

Ève regarda le plafond d'un air implorant mais s'exécuta.

— N'as-tu pas été prise de douleurs la nuit dernière, et n'as-tu pas été obligée de quitter la soirée ? Et Brian ne t'a-t-il pas conduite aux urgences du North Shore University Hospital ? Et ne m'a-t-il pas appelée ce matin aux aurores pour que je vienne m'occuper de toi parce qu'il devait sortir ?

Ève retira une seconde fois le thermomètre de sous sa langue et rectifia :

— J'ai eu quelques douleurs et tout le monde a réagi d'une façon exagérée.

Joanne en oublia momentanément ses problèmes.

— Quel genre de douleurs ? demanda-t-elle.

— Juste quelques pincements dans la poitrine. (Et elle montra l'endroit précis avec la pointe du thermomètre.) Cela a commencé il y a quelques semaines.

Sa mère répéta, incrédule :

— Des pincements dans la poitrine ! Elle oublie de te dire que les douleurs étaient si violentes qu'elle ne pouvait plus se lever.

— Tu n'y étais pas, hein ! cria Ève.

Joanne se rappela avoir été témoin d'innombrables scènes de ce genre dans sa jeunesse. Elle implora :

— Quelqu'un pourrait-il m'expliquer ce qui se passe ?

Elle se revoyait, des années plus tôt. Ève dominait aujourd'hui la silhouette trapue et rebondie de sa mère, mais toutes deux demeuraient ce qu'elles avaient toujours été : une mère autoritaire en face de sa fille rebelle.

Brian apparut sur le pas de la porte.

— Nous sommes allés à une soirée organisée par un collègue de ma division.

Ève l'interrompit.

— Je lui en ai parlé, dit-elle.

Sa mère s'empressa d'ajouter :

— Elle te dit tout. Crois-tu qu'elle me raconte quelque chose ?

— Maman !

La voix de Brian était plus qu'exaspérée.

— Écoutez, je dois m'en aller. Je suis déjà en retard. Voilà les faits : Ève a ressenti des douleurs dans la poitrine aux environs de minuit, et elle a eu du mal à se mettre debout, je l'ai emmenée à l'hôpital.

— Où l'on m'a fait subir des examens pour conclure que tout allait bien.

Brian tenta de continuer.

— Où l'on a commencé à t'administrer les premiers soins en cas de crise cardiaque.

— ... Et où l'on a découvert que ce n'en était pas une.

— Ils ont insisté pour que tu te soumettes à d'autres examens dans la semaine.

Joanne demanda, inquiète :

— Quel genre d'examens ?

— De la vésicule biliaire... On craint un ulcère, répondit Brian à la place de sa femme. Mais elle refuse de s'y rendre.

— Ah! Ça suffit! Toute cette histoire pour une indigestion. Je ne vais pas subir une série de tests désagréables pour qu'un médecin fasse une expérience intéressante à mes dépens. J'ai vu tout ce que je voulais voir des hôpitaux, merci.

— Tâchez de lui faire entendre raison, répéta Brian, il faut que je m'en aille.

Et il embrassa sa femme dans les cheveux, comme pour la rassurer, geste qui envoya un élancement douloureux quelque part, dans la poitrine de Joanne, et lui fit monter les larmes aux yeux. Elle se détourna rapidement pour les effacer d'un geste rapide. Ce n'était pas le moment d'annoncer la désertion de Paul.

Les trois femmes écoutèrent en silence Brian fermer la porte d'entrée derrière lui. Ève essaya d'ouvrir la bouche, mais sa mère y enfourna de nouveau le thermomètre.

— J'en ai assez! Vas-tu me laisser tranquille?

Ève jeta le thermomètre et le regarda éclater sur le sol. Le mercure roulait en petites billes grises sur le carrelage.

Sa mère se pencha pour ramasser le verre brisé et rafla d'une main experte les boules de mercure avec un mouchoir en papier.

— Ton problème, c'est que tu n'écoutes jamais personne, et tu vois où ça nous mène!

— Rentre chez toi, maman, dit Ève.

Elle dit cela gentiment, avec un petit rire étouffé qui se transforma soudain en une grimace de douleur qui la plia en deux.

Joanne et la mère d'Ève furent instantanément à ses côtés et demandèrent d'une seule voix:

— Comment te sens-tu?

D'une voix plus faible, sa mère interrogea, les mains tremblantes:

— Où as-tu mal?

— Ça va mieux, la douleur est partie.

Ève redressa les épaules et s'appuya au dossier de sa chaise.

— Cesse de t'en faire, ce n'est pas grave, dit-elle.

— Je n'en crois pas un mot. Regarde-toi, tu es livide.

— Je suis toujours livide. Tu n'arrêtes pas de me répéter de me maquiller davantage.

Joanne lança d'un air de ne pas y toucher :

— Tu devrais revoir un médecin. Qu'est-ce que ça te coûte de te faire faire quelques examens supplémentaires ?

Ève se tourna vers son amie de toujours et parut réfléchir un moment :

— D'accord.

— Évidemment, dit sa mère, pour elle, tu le feras mais pour moi...

— J'ai dit que j'irai, c'est ce que tu voulais, non ?

Mrs Cameron reporta son attention sur Joanne. Changeant brusquement de sujet, elle lui demanda d'un ton avenant :

— Comment vont tes filles ?

Joanne sourit.

— Ce sont de gentilles gamines, comme Ève.

Ève se mit à rire, mais pas sa mère.

— Vous vous êtes toujours entendues comme larrons en foire, toutes les deux. Mais dis-moi, ai-je tort de m'inquiéter parce que ma fille est emmenée d'urgence à l'hôpital par son mari qui, comme chacun sait, n'est pas exactement du genre à s'alarmer pour rien ? En fait, il ne s'occupe pas assez d'elle.

— Maman...

— Oui, je sais, ça ne me regarde pas. Tes filles disent-elles aussi que ce qui les concerne ne te regarde pas ?

— Mrs Cameron, si vous voulez, j'emmènerai moi-même Ève chez le médecin. (Elle se tourna vers Ève.) Quand est ton rendez-vous ?

— Vendredi matin. Nous ne manquerons pas la leçon de tennis.

44

— Du tennis, dit sa mère, c'est trop tôt après ta fausse couche pour jouer au tennis ! C'est ce qui a provoqué ces douleurs.

— On ne va pas remettre ça, dit Ève. J'ai fait une fausse couche il y a six mois, et j'ai pris une leçon de tennis hier après-midi. Et ce n'était même pas une leçon particulière ! On ne peut pas dire que je me sois surmenée.

— Tu travailles trop, tu donnes trop de cours, tu en fais trop.

— J'enseigne, maman.

— Tu es professeur, psychologue, et quoi encore ?

Elle jeta un coup d'œil à Joanne pour chercher un signe d'approbation complice.

— Je suis professeur de psychologie. Je ne travaille pas trop. J'ai tous mes vendredis libres et je donne quelques cours du soir, c'est tout.

— Et tu as besoin de donner des cours du soir, je te le demande ? A quarante ans, tu devrais avoir des enfants. Suis-je anormale parce que je désire avoir des petits-enfants ?

Ève donna un grand coup sur la table.

— Je ne veux pas parler de cela, maman, tu me rends folle.

— Tout va être de ma faute ! Dis-moi, Joanne, tes filles te traitent-elles de cette façon ?

Joanne se revit la veille, Paul faisant sa valise et la laissant se débrouiller seule avec ses enfants.

— Nous avons tous dit à notre mère des choses que nous avons regrettées par la suite.

— A propos, dit Mrs Cameron, comment va ton grand-père ?

— Il se porte bien. Je vais le voir cet après-midi.

— Tu vois ! dit la mère d'Ève. Elle a le sens des responsabilités, elle ! Personne n'a à lui rappeler qu'elle doit des attentions à sa famille.

Joanne regarda son amie qui, en retour, lui tira la langue.

— C'est ça, c'est amusant, n'est-ce pas ! Je vais regarder la télévision. Appelle-moi si tu as besoin de quelque chose. Je suis contente de t'avoir vue, Joanne. (Mrs Cameron allait passer la porte de la cuisine quand elle se retourna.) Parle-lui, veux-tu ? Rappelle-lui que je ne serai pas toujours là.

Quand la silhouette de sa mère eut disparu dans l'autre pièce, Ève ajouta :

— Elle sera là assez longtemps pour me rendre folle. Elle se fiche de moi ! Elle a déjà enterré trois maris et elle m'enterrera moi aussi.

— Elle n'a pas changé, dit Joanne, tu devrais en avoir l'habitude, maintenant.

— Il y a des choses auxquelles on ne se fait jamais.

Et à l'instant, Joanne sut qu'elle ne se ferait jamais au départ de Paul.

Ève ajouta à brûle-pourpoint :

— Tu as l'air fatiguée.

— Il y a un crétin qui m'a appelée au milieu de la nuit, pour ne rien dire. Ève...

Ève l'interrompit. Elle avait soudain l'air très vulnérable.

— Penses-tu que ces douleurs aient quelque chose à voir avec la fausse couche ?

— Je ne comprends pas...

Ève prit un ton léger.

— Je ne sais pas, ils auraient pu oublier quelque chose à l'intérieur, après le curetage. J'ai perdu beaucoup de sang.

— Je suis certaine qu'ils n'ont rien oublié. (La couleur revenait lentement aux joues de son amie.) Tu serais déjà morte.

Elles éclatèrent de rire.

— Merci, tu as toujours le mot pour rire.

La maison de santé de Baycrest se trouvait sur South Drive, un peu après l'hôpital de Great Neck.

C'était une vieille bâtisse de briques. Plusieurs rénovations successives n'en avaient pas modifié l'apparence. On avait remplacé les fenêtres par des panneaux vitrés isolants, plus modernes. Les murs intérieurs avaient été repeints de frais, dans des tons pêche, à la mode. Malgré tout, les couloirs dégageaient toujours la même impression de tristesse et d'abandon que les pensionnaires qui y déambulaient. Aucune couleur, si vive soit-elle, aucune forme d'art n'aurait pu masquer la convivialité artificielle de cette institution. La mort le disputait aux fleurs, pensa Joanne en traversant le hall qui menait à la chambre de son grand-père.

Elle entendit l'éclat avant même de voir paraître l'infirmière sur le pas de la porte.

— Quelle plaie, cet homme !

La grosse femme noire sortit de la chambre en lissant son uniforme. Elle faisait son possible pour se contenir. Reconnaissant Joanne, elle sourit.

— Pas votre grand-père, mon chou. Il n'a jamais créé aucun problème à personne. Il dort tout le temps, comme un bébé. Et puis, il est si mignon avec son petit bonnet.

— Mr Hensley vous donne du mal ? demanda Joanne.

Sam Hensley n'était guère populaire auprès des infirmières de la maison de retraite de Baycrest. Il était arrivé six mois plus tôt et avait déjà fait tous les étages de la maison.

— Je suis entrée pour lui demander s'il avait besoin d'aide pour aller sur le bassin. Et vous savez ce qu'il a fait ? Il me l'a envoyé à la figure. Heureusement, il était vide ! Vraiment, je me demande ce qui se passe chez certaines personnes, quand elles vieillissent. N'y voyez aucun manque de respect, Mrs Hunter, votre grand-père est un homme très comme il faut. Il n'ennuie jamais personne.

— Mon grand-père vit dans le brouillard.

Elle dit cela doucement en pensant qu'il était autrefois un homme grand, à la stature massive.

Il avait commencé à décliner l'année de la mort de sa femme, vers soixante ans. Il avait maigri, puis ses épaules s'étaient voûtées, sa tête s'était affaissée. Peu à peu, il s'était mis à ressembler à une tortue.

Il avait commencé à tisser son cocon peu après son entrée à la maison de retraite, cinq ans plus tôt, et il s'y était enfermé définitivement lorsqu'on avait découvert que la mère de Joanne avait un kyste au sein gauche. Il n'avait jamais demandé pourquoi les visites de sa fille s'étaient espacées, et quand le cancer l'avait emportée, trois ans auparavant — trois ans déjà ? —, Joanne s'en était étonnée en poussant la porte de la chambre du vieil homme. Elle avait décidé avec son père de lui cacher cette mort. Elle s'était glissée dans le rôle vacant et, chaque semaine, elle rendait visite à son grand-père, moins par sens du devoir que, comme l'avait deviné la mère d'Ève, parce qu'il représentait désormais son seul lien avec son enfance.

C'était cet homme-là qui s'asseyait près d'elle, au cottage, pendant de longs après-midi pluvieux, pour lui expliquer patiemment les subtilités du gin rummy. C'était lui qui faisait cuire les œufs à la coque à la perfection, les couvrant d'un petit chapeau fait au crochet, pour les garder au chaud à son intention. Puis il la regardait les manger, tout en lui racontant d'une façon animée sa semaine à la ville. Il était toujours gai et débordant de vie.

Joanne s'approcha du lit et prit une de ses mains dans les siennes.

— Linda ?

Sa voix n'était plus que le souvenir de ce qu'elle avait été.

— Oui, je suis là.

Elle prenait inconsciemment les inflexions de sa mère. Elle saisit une chaise. Elle ne se souvenait plus de la dernière fois qu'il l'avait appelée par son prénom à elle. C'est Joanne ! aurait-elle voulu dire, mais il ronflait déjà. Et elle restait là, la main passée au travers des barreaux du lit, à se demander si elle s'habituerait jamais à être appelée du prénom de sa mère.

Une voix derrière elle la fit sursauter.

— Ils finissent toujours par s'assoupir !

Joanne se tourna vers le lit dans lequel le vieux Sam Hensley dormait en général paisiblement. La femme à ses côtés continua :

— Il y a une minute à peine, il envoyait tout le monde promener. Vous l'auriez vu ! Il a jeté son bassin à la tête de l'infirmière. Je ne sais pas ce que je vais faire, dit-elle. S'ils le changent encore d'étage, je ne vois pas où ils vont le mettre. C'est la troisième maison de retraite que nous essayons. Je sors fumer une cigarette.

Joanne s'aperçut que le fils de la femme se trouvait également dans la chambre. Il avait appuyé le dossier de bois de sa chaise contre le mur ; la tête renversée sur son épaule droite, il fermait les yeux.

— C'est incroyable, reprit-elle, ils dorment tous. Si par hasard l'un des deux s'éveillait, pourriez-vous lui dire que je fume une cigarette dans le hall ?

Joanne la regarda sortir, cherchant à mettre un nom sur ce visage qui reflétait un curieux mélange de défaite et de suffisance. Elle l'avait rencontrée un mois plus tôt lorsqu'on avait transféré le père de cette femme dans la chambre de son grand-père. Marg... quelque chose. Joanne ne se souvenait plus. Elle sentit la main de son grand-père bouger dans la sienne. Crosby. Voilà ! Marg Crosby et son fils, Alan, un garçon de dix-huit ans. Peut-être un peu plus, ou un peu moins. C'est difficile à savoir de nos jours, aurait dit son grand-père.

Il murmura :

— Linda.

Machinalement, elle répondit.

— Oui, pa.

Rassuré, le vieil homme se rendormit.

— Où es-tu ? demanda Joanne tout bas. Où t'en vas-tu ?

Ses yeux parcoururent lentement le visage émacié, les joues affaissées et mal rasées. La bouche autrefois généreuse rentrait maintenant à l'intérieur, et le large front disparaissait sous une casquette sans âge perchée sur le dessus de son crâne, cadeau de Joanne, dix ans auparavant, pour son quatre-vingt-cinquième anniversaire.

Cette dernière décennie avait décimé la famille. Cela avait commencé avec sa grand-mère, puis son grand-père était entré dans une maison de retraite, sa propre mère avait découvert qu'elle était atteinte d'un cancer du sein qui s'était généralisé et l'avait emportée en dix-huit mois, tandis que son père succombait à une crise cardiaque, neuf jours après l'enterrement de sa mère. Et Paul qui la quittait. Il l'abandonnait, lui aussi.

Elle murmura, sachant qu'il ne l'entendait pas :

— Paul m'a quittée, grand-pa. Il en a assez d'être marié. Je ne sais pas ce que je vais faire.

Elle se mit à pleurer doucement. Le vieil homme ouvrit les yeux et la regarda attentivement, comme s'il comprenait soudain qui elle était, et ce qu'elle disait. Un instant, un éclair dans son regard fit revivre l'homme qu'il avait été.

— Grand-père ?

Il sourit.

— Travaillez-vous ici ? demanda-t-il.

C'est à ce moment que Sam Hensley se dressa sur son lit, raide comme un piquet, et entonna un chant. *It's a long way to Tipperary.* (Il beuglait avec une force surprenante.) *It's a long way to go!*

Saisi, le jeune Alan tomba presque de sa chaise. Il se mit d'un bond sur ses pieds et souffla en regardant nerveusement la porte :

— Grand-père, chut !

— Chut toi-même, si ça ne te plaît pas !

Et il se mit à beugler de plus belle. Alan adressa un sourire gêné à Joanne.

— C'est son quart d'heure militaire.

Sa mère et l'infirmière entrèrent en trombe dans la chambre. Marg Crosby aboya :

— Pour l'amour du ciel, papa, ferme-la !

L'infirmière essaya gentiment de le repousser sur ses oreillers.

— Allons, Mr Hensley, le concert vient d'être annulé.

— Allez vous faire voir, répondit Sam Hensley.

Et il saisit une boîte de mouchoirs en papier sur la table de nuit, visant soigneusement la corpulente infirmière.

— Papa, enfin...

Alan Crosby renversa le dossier de sa chaise contre le mur et dit, en réprimant un sourire :

— Pourquoi ne le laisses-tu pas chanter ?

Sa mère s'exclama avec impatience :

— Oh ! Alan, ne t'y mets pas, toi aussi !

On entendit une voix effrayée.

— Linda, qu'est-ce que c'est que ce vacarme ?

Joanne caressa la main tremblante de son grand-père.

— Ce n'est rien, je suis là.

5

Le jour suivant, le téléphone la réveilla peu avant sept heures. Joanne décrocha dans le brouillard.

— Allô ! Qui est à l'appareil ?

Il n'y eut pas de réponse.

Elle s'assit dans son lit et posa l'écouteur sur ses genoux. Puis elle tendit le bras et raccrocha.

— Ces foutus gamins...

Elle inspecta soudain la vieille chemise de nuit de coton qu'elle portait toujours pour dormir et grommela :

— Pas étonnant que ton mari t'ait quittée.

Elle se rallongea et tira les couvertures sur sa tête, pour essayer de faire barrage à la lumière du matin qui filtrait à travers les rideaux. Elle n'eut pas plus tôt enfoui son nez dans l'oreiller moelleux que des effluves de l'odeur de Paul montèrent à ses narines. Elle crut sentir son bras s'enrouler négligemment autour de la courbe de sa hanche, et ses genoux se glisser dans le creux de ses jambes.

Elle ouvrit les yeux. L'image de Paul s'imposait et elle allait la garder toute la journée devant les yeux. Peu importait ce qu'elle ferait, où elle irait, Paul était avec elle et il y resterait. Inutile de se débattre pour le chasser de son esprit, il la suivrait. Son seul moment de répit était ces quelques heures de sommeil gagnées à force d'épuisement à ressasser ses griefs et ses regrets. Cette nouvelle journée allait encore en allonger la liste : si seulement elle avait évité de faire ceci et si Paul avait fait cela... Si, par chance, il décidait de revenir, elle opterait pour telle ligne de conduite et s'y tiendrait. Elle se garderait bien de...

Elle s'était mise au lit à une heure du matin après avoir regardé à la télévision un film qu'elle n'avait aucune envie de voir. A trois heures du matin elle était encore éveillée dans son lit. Elle avait entendu la porte d'entrée s'ouvrir, puis Robin passer furtivement dans le couloir et refermer très doucement la porte de sa chambre.

Il devait être cinq heures quand elle avait sombré dans le sommeil. Il serait difficile de paraître vingt ans, avec seulement deux heures de sommeil par nuit, pensa-t-elle. Son apparence était pour beaucoup dans le départ de Paul. Telle fut la conclusion qu'elle tira de cette nuit d'insomnie. La femme qu'il

avait épousée avait vingt ans. Comment aurait-il pu
croire qu'elle vieillirait si vite ? Il serait peut-être
bon d'en parler à Karen Palmer et de lui demander
où elle s'était fait arranger ses poches sous les
yeux...

Une demi-heure plus tard, Joanne était toujours
en train d'essayer de se rendormir, quand le téléphone sonna de nouveau. Elle espéra que c'était
Paul qui appelait pour dire qu'il ne trouvait pas le
sommeil et qu'il allait rentrer. Elle murmura :

— Allô ?

Il n'y eut pas de réponse.

— Allô ? Allô ? Mais qu'est-ce que vous voulez ?

Elle allait raccrocher quand elle crut distinguer
un son.

Elle replaça l'écouteur près de son oreille.

— Je vous ai mal compris.

Il y eut un bref silence, puis :

— Mrs Hunter ?

— Oui ?

Joanne essaya rapidement de situer la voix rauque. Quelque chose en elle lui était vaguement familier, mais elle n'aurait su déterminer quoi. Ce n'était
pas quelqu'un de proche puisqu'on l'appelait « Mrs
Hunter ». La voix répéta :

— Mrs Hunter ?

— Qui est à l'appareil ?

Joanne se sentait mal à l'aise. Cette voix lui faisait
peur. On ne pouvait pas la ranger dans une catégorie précise : elle n'était ni jeune ni vieille, et curieusement asexuée.

— Avez-vous lu le *New York Times* ce matin, Mrs
Hunter ?

— Qui êtes-vous ?

— Lisez le journal du matin, Mrs Hunter. Quelque chose vous concerne. Page treize, première
colonne.

Et on raccrocha.

— Allô ?

Elle resta sans mouvement pendant quelques minutes, à écouter battre son cœur, les sens en éveil comme un animal qui sent le danger. A qui appartenait cette voix ? Que pouvait-il y avoir dans le journal du matin qui la concernât ? Quelque chose au sujet de Paul ?

Elle se leva, descendit l'escalier sur la pointe des pieds tout en enfilant les manches de sa robe de chambre. Les filles dormaient encore. Elle n'était même pas sûr que le journal serait là si tôt.

Elle le trouva dans le hall et l'emporta à la cuisine où elle le jeta sur la table de pin. La météo annonçait de la pluie. Un coup d'œil par la baie vitrée qui, au sud, tenait lieu de mur à la pièce, lui indiqua que les nuages s'amoncelaient en effet dans le ciel d'une façon inquiétante. Elle espéra que la pluie n'interromprait pas la construction de la piscine. Plus vite elle serait terminée, plus vite elle serait débarrassée des étrangers qui allaient et venaient sous les fenêtres de sa chambre ; ce qui la gênait particulièrement depuis le départ de Paul.

Elle passa rapidement à la page treize du journal et parcourut les différentes colonnes, sans rien trouver qui puisse la concerner. En général, elle évitait les premières pages du journal, la chronique des événements quotidiens la déprimait, et une telle lecture n'était jamais un bon départ pour la journée. Elle finissait toujours par apprendre les nouvelles importantes, et elle avait une façon bien à elle de considérer ce qui se passait dans le monde. Cela n'avait peut-être pas été assez pour Paul, elle le réalisait maintenant. Il était avocat, après tout, instruit et cultivé, et bien qu'elle-même ait été à l'université, elle devait reconnaître que, ces dernières années, elle s'était laissée aller en ce qui concernait les nouvelles du monde. Voilà trois ans, depuis la mort de ses parents, qu'elle ne lisait plus que le carnet du jour et les annonces des spectacles. Elle se rassurait en se disant que cela rendait la vie plus facile à toute la famille. Ses yeux reprirent leur course sur la page indiquée.

Elle n'y découvrit rien qui parlât de Paul ou de sa société, aucune information sur quelqu'un de sa connaissance. Il s'y trouvait la suite d'articles qui commençaient aux pages précédentes, un rapport sur un conflit avec les syndicats de l'industrie du vêtement, un compte rendu de l'incendie d'une pension de famille qui avait fait quatre morts et, enfin, des détails sur la femme coupée en morceaux, dans sa maison de Saddle Rock. Joanne haussa les épaules et referma le journal. Elle le rouvrit brusquement pour vérifier la page voisine. Rien non plus sur cette page. Mais qu'avait-on voulu qu'elle lise ? Elle feuilleta le journal pour en extraire les annonces consacrées aux spectacles. Elle venait de décider d'emmener les filles à Broadway, au théâtre, dans la semaine.

La dernière fois qu'elle y était allée, c'était pour une reprise de *Come Blow Your Horn*, au théâtre de Burt Reynolds Dinner, à Jupiter, en Floride. Elle avait passé là-bas de brèves vacances avec Paul, l'année précédente. Paul désirait peut-être une femme qui s'intéressât davantage à la vie culturelle, une femme qui se fît un point d'honneur d'assister aux principaux événements de la saison théâtrale. Si c'était le cas, il n'avait qu'à le lui dire.

Elle se remémora la soirée qu'ils avaient passée ensemble, au théâtre, en Floride. Paul semblait heureux à cette époque. Il était détendu et bronzé. Ils avaient aimé la pièce et étaient allés dîner. Pour conclure la soirée, Paul lui avait acheté un T-shirt souvenir, rouge avec une inscription en lettres blanches sur le devant : J'AI PASSÉ LA NUIT AVEC BURT REYNOLDS...

Au dos, on pouvait lire la suite : AU THÉÂTRE DE BURT REYNOLDS DINNER.

Elle ne l'avait jamais porté. Elle aurait dû. Puisqu'il le lui avait offert, c'est qu'il lui plaisait.

Elle en était à sa troisième tasse de café quand Lulu entra dans la cuisine en traînant les pieds, complètement endormie.

Elle regarda sa mère et annonça, comme si Joanne en était responsable :

— Il pleut.

— Cela ne durera peut-être pas. Que veux-tu pour ton petit déjeuner ?

— Du pain perdu.

Elle s'affaissa sur une chaise. Sa mère lui versa un grand verre de jus d'orange, puis elle mélangea dans un bol des œufs, du lait, de la vanille et une pincée de cannelle.

— Tu as bien dormi ?

Pour toute réponse, Lulu émit un grognement tout en feuilletant le journal d'un air absent.

— J'ai pensé que nous pourrions aller au théâtre cette semaine. Tu aimerais voir quelque chose ?

Lulu secoua la tête, indifférente.

— Que dirais-tu de la nouvelle pièce de Neil Simon ?

— Ce serait très bien, dit Lulu. (Et elle daigna sourire. Elle regarda dans la cour.) Mais quand auront-ils fini ?

— Bientôt, je l'espère.

Joanne laissa tomber deux tranches de pain trempé dans la poêle.

— Papa viendra-t-il avec nous ?

Les mains de Joanne se mirent à trembler légèrement. Elle essaya de contrôler sa voix.

— Je ne pense pas.

— On peut lui demander.

Joanne hésita.

— J'avais pensé que nous pourrions y aller toutes les trois seulement. Une sortie entre femmes, en quelque sorte.

— J'aimerais demander à papa. Est-ce que je peux ?

— Évidemment, si cela te fait plaisir.

Elle espéra que la conversation allait s'arrêter là, mais la fillette demanda abruptement :

— Pourquoi papa est-il parti ?

Joanne se préparait à placer une autre tranche de pain dans la poêle. Elle la laissa tomber sur la planche de travail, éclaboussant le devant de sa robe de chambre. Elle la décolla malaisément avec la fourchette et la mit à frire.

— Je ne sais pas très bien.

Elle retourna les deux autres tranches.

— Il ne te l'a pas dit ?

— Il m'a dit qu'il avait besoin d'être seul. C'est à peu près tout.

— Pour avoir le temps de réfléchir à quoi ? Il ne pouvait pas réfléchir à la maison ?

Joanne plaça les morceaux de pain perdu dans une assiette qu'elle poussa devant sa fille.

— Je ne sais pas, ma chérie, tu devrais lui demander.

Elle regarda Lulu étaler un bon morceau de beurre sur chaque tranche, et arroser le tout de sirop d'érable.

Lulu se mit à engloutir d'énormes bouchées de pain perdu, en évitant soigneusement le regard de sa mère. Les larmes qu'elle essayait de contenir perlèrent finalement aux coins de ses yeux.

— C'est à cause de moi ? C'est parce que je ne travaille pas bien à l'école ?

Joanne mit quelques secondes à comprendre.

— Oh ! non ma chérie, le départ de papa n'a aucun rapport avec toi.

Elle fut sur le point d'ajouter : « C'est à cause de moi... » Repoussant les cheveux sur le front de Lulu, elle continua :

— Tu ne te débrouilles pas mal en classe, tes notes ne sont pas mauvaises.

— Elles ne sont pas aussi bonnes que celles de Robin.

— Qui t'a dit ça ?

— Robin.

— Elle fait des statistiques ?

— Robin se comporte d'une façon très bizarre en ce moment, dit Lulu. Tu as remarqué ?

— Plus bizarre que d'habitude ? (Lulu sourit.) De toute façon, ne t'en fais pas pour tes notes. Robin est très différente. Elle a une mémoire d'éléphant. Comme Ève qui ne peut pas reconnaître sa main droite de sa main gauche, mais qui retient n'importe quoi. Cela ne veut pas dire que Robin est plus intelligente. Vous avez des manières différentes de vous exprimer, voilà tout.

— Je ne t'ai pas demandé de me faire un exposé.

Et elle quitta la pièce.

Joanne était en train de rincer l'assiette de Lulu quand le téléphone se mit à sonner. Elle regarda l'heure, méfiante. Il était exactement onze heures. Elle jeta un regard au *New York Times* sur la table.

— Allô !

Au bout du fil, une voix excitée lui répondit.

— Tu ne devineras jamais qui va devenir une star !

Joanne reconnut la voix de son frère.

— Warren ! Mais de quoi parles-tu, qu'est-ce qu'il t'arrive ?

— On veut faire de ton petit frère une star. Steven Spielberg lui-même, pas moins. Attends, je te passe Gloria, elle va tout t'expliquer.

Joanne se mit à rire.

— Gloria, c'est sérieux ?

La voix de sa belle-sœur lui parut encore plus enrouée que d'habitude.

— C'est vrai, dit Gloria. Tu imagines ? Je me tue au boulot depuis des années et voilà ce que je récolte. Ton frère a accouché un ou deux bébés de stars, et on l'a présenté à Steven Spielberg. Il se trouve qu'il cherchait un gynécologue pour son nouveau film. Il jette un coup d'œil à Warren et décide de lui donner le rôle, très court il est vrai. Il commence le tournage au mois d'août. Je suis tellement jalouse que je crois que je vais le tuer !

Joanne entendit des hurlements.

— Qu'est-ce que c'est ? cria-t-elle.

— Les filles se battent, comme d'habitude. C'est sans fin. Kate en veut à Laurie. Elle la déteste, je crois.

— Je suis sûre que non, dit Joanne.

— Si, dit Gloria, et je la comprends. Je la déteste, moi aussi. Comment allez-vous sur la côte est ? Quand allez-vous vous décider à vous remuer pour venir partager notre nouvelle vie de rêve ?

Joanne mentit.

— Tout va bien, ici.

Pourquoi ennuyer son frère et sa belle-sœur qui vivaient à cinq mille kilomètres de là et ne pouvaient rien faire pour elle ?

— Je te passe ton frère, dit Gloria.

La conversation dura cinq minutes. Warren lui fit la chronique des principaux événements de ces dernières semaines et Joanne, de son côté, les évita avec soin.

— Tu es sûre que tout va bien ? demanda son frère.

— Et qu'est-ce qui pourrait aller de travers, d'après toi ? (Robin se tenait sur le pas de la porte.) Oncle Warren vous embrasse. (La jeune fille s'effondra sur la chaise que sa sœur avait précédemment occupée et bâilla bruyamment.) Je suis étonnée que tu sois levée si tôt. Tu es rentrée bien tard la nuit dernière, dit Joanne à sa fille.

Les épaules de Robin se redressèrent exactement de la même façon que celles de Paul quand il se trouvait obligé de faire face à un sujet qu'il voulait éviter.

— Il était plus de trois heures, hein ?

Elle plaça un verre de jus d'orange sur la table. Robin le but d'un trait.

— Je n'ai pas regardé l'heure.

— Eh bien, moi, je l'ai fait. Je ne veux plus que tu rentres à cette heure-là. C'est compris ? (Robin acquiesça. Joanne continua plus doucement.) C'était une soirée agréable au moins ?

— Pas vraiment.

— Alors, pourquoi y être restée si tard ?

— Nous ne sommes pas restés.

— Qui ça, « nous » ?

— Scott et moi.

— Qui est Scott ?

— Un garçon. (Robin regarda sa mère timidement). Il est très gentil. Je suis sûre qu'il te plaira.

— J'aimerais le connaître. La prochaine fois que tu sortiras avec lui, amène-le à la maison.

Robin répondit un peu vite.

— Évidemment.

— Tu n'as jamais parlé de Scott, il est dans ta classe ?

— Non, dit Robin. (Et, consciente du fait que sa mère attendait des informations complémentaires, elle ajouta :) Il ne va pas à l'école.

— Il ne va pas à l'école ! Mais que fait-il, alors ?

— Il joue de la guitare dans un groupe rock.

Mal à l'aise, Robin remua sur sa chaise.

— Il joue de la guitare dans un groupe rock !

Joanne s'entendit répéter la phrase sur le ton qu'aurait eu la mère d'Ève.

— Quel âge a-t-il ?

Robin marmonna.

— Dix-neuf ans, peut-être vingt.

— Il est trop vieux pour toi !

— Il n'est pas trop vieux pour moi. Les garçons de mon âge sont des bébés.

— Comme toi.

Robin fusilla sa mère du regard. Joanne sentit qu'elle était allée un peu loin.

— D'accord, Robin, tu n'es plus un bébé, mais un garçon de vingt ans est trop vieux pour toi. Et que fait-il à part... le rock ?

60

Robin grogna de nouveau puis, consciencieusement, expliqua.

— Il faut du temps pour construire une carrière.

— Dans ce cas, pourquoi n'est-il pas au collège ?

— Il n'y a pas de diplôme pour les groupes de rock, au collège.

— Non, mais il y en a pour la musique.

— Scott dit qu'il n'a pas besoin de diplôme.

— Tout le monde a besoin d'instruction.

— Oh ! maman...

— Où l'as-tu rencontré ?

— A une soirée, chez quelqu'un.

— Quand ?

— Je ne sais plus. Il doit y avoir un mois.

— C'est très vague, tout ça !

— Je ne m'en souviens pas. Puisque je t'ai dit que je l'amènerai la prochaine fois que je le verrai ! Que veux-tu de plus ?

Joanne fixa le plateau de bois de la table comme si elle allait y voir s'inscrire la réponse qu'elle cherchait.

— Veux-tu prendre ton petit déjeuner ? dit-elle enfin.

Robin fit non de la tête.

— Je te promets d'aider Lulu à réviser sa composition d'histoire.

Et elle sortit.

Le téléphone sonna juste au moment où éclatait une violente dispute entre les deux sœurs, à l'étage.

Joanne se déplaça pour aller répondre et cria au passage :

— Les filles, s'il vous plaît !

Elle ne put savoir si elles l'entendirent, car les cris redoublèrent. Elle ferma la porte et décrocha.

— Allô !

— Mrs Hunter...

Joanne reconnut immédiatement la voix étrange. Elle avait peur, sans savoir pourquoi.

— Oui.

— Avez-vous lu la page treize du journal de ce matin ?

— Oui, je l'ai lue. Je pense que vous vous êtes trompé et que vous ne vous adressez pas à la bonne Mrs Hunter.

Elle sentit qu'elle commettait une erreur en parlant à cet inconnu.

— Vous êtes la prochaine, dit la voix.

Et il n'y eut plus rien.

— Allô !... Allô !... Je suis sûre que vous vous trompez...

Elle raccrocha et son regard revint lentement à la table. Le journal gisait, toujours ouvert. La voix résonnait à ses oreilles. Comme un aimant invisible, elle lui commanda de traverser la pièce jusqu'à la table. Nerveusement, puis avec détermination, elle le feuilleta jusqu'à la page treize dont elle parcourut les colonnes avec un malaise grandissant. Elle sauta la grève prévue par les ouvriers de l'industrie du vêtement et se mit à lire plus attentivement le récit de l'incendie de la pension de famille, pour en arriver enfin à l'histoire de la femme coupée en morceaux, dans sa maison de Saddle Rock. Une présence invisible derrière elle se pencha et lui souffla à l'oreille : « Vous êtes la prochaine. »

6

— Pour l'amour du ciel, pourquoi ne me l'as-tu pas dit plus tôt ?

Ève Stanley marchait de long en large dans le living-room de Joanne ; celle-ci était assise sur l'une des deux chaises pivotantes, recouvertes de tissu crème, qui flanquaient la cheminée de marbre noir.

— J'ai essayé le week-end dernier, mais tu ne te sentais pas en forme et ta mère était là... La semaine a passé sans que j'en aie l'occasion.

Elle dit tout cela faiblement, se sentant vaguement coupable. Elle ne savait de quoi au juste. La seule chose qu'elle savait, c'est qu'elle se sentait coupable de tout, en ce moment.

Ève se laissa tomber sur l'autre chaise et entreprit de se balancer nerveusement d'avant en arrière. Elle dit d'un ton conciliant :

— Admettons. C'est Brian qui m'a dit qu'il n'avait pas vu la voiture de Paul de toute la semaine. Je ne l'avais même pas remarqué. J'ai été tellement occupée avec mes douleurs et mes migraines. On peut mettre ma mère sur la liste... Quand je suis rentrée, cet après-midi, j'ai aperçu Lulu dans le jardin. Elle n'avait pas l'air très gaie...

— Elle a raté sa composition d'histoire.

— ... Je lui ai demandé si Paul était en voyage et elle m'a lâché la nouvelle. Inutile de te dire que j'en suis tombée à la renverse.

— Je suis désolée, j'aurais dû te prévenir mais je n'ai pas les idées claires.

— Je n'aurais jamais cru Paul capable de partir, le salaud ! Qu'il aille se faire pendre !

Joanne sourit.

— Je savais que tu trouverais le moyen de me remonter le moral.

— Et quelle explication ce vendu t'a-t-il donnée ?

— Il m'a dit qu'il n'était pas heureux.

Joanne se mit à rire en se mordant la lèvre inférieure pour éviter que son rire ne dégénère en sanglots.

— Il n'a pas le droit d'être heureux. Je lui souhaite une rage de dents chaque fois qu'il ouvrira la bouche. Est-il entré dans les détails ?

Joanne attendit un moment avant de répondre ; elle rassemblait ses idées.

— Je crois que c'est un malaise général plutôt qu'un détail en particulier.

— Un malaise...

Ève répéta le mot pour en apprécier toute la saveur.

— Il aurait été préférable que ce soit la fièvre. Penses-tu qu'il en a trouvé une autre ?

— Non. Il m'a dit qu'il ne m'avait jamais trompée.

— Tu le crois ?

— Je l'ai toujours cru.

Ève commenta d'un ton catégorique :

— Tu as toujours cru tout le monde.

— Et toi, tu penses qu'il me trompe ?

Ève répondit, sincère :

— Non.

— Je crois qu'il a cessé de m'aimer, dit Joanne.

— Et moi, je pense que c'est un salaud, dit Ève. C'est très vague tout ça. On n'arrête pas d'aimer quelqu'un sans raison du jour au lendemain. Il doit y avoir une raison précise. Comment ça allait sur le plan sexuel ?

— Sur le plan... ?

— Je sais que tu n'aimes pas en parler mais il faut aller au cœur du problème.

— Ça marchait bien. (Joanne se sentit rougir.) Peut-être pas aussi bien que toi et Brian...

— Moi et Brian ? ! (Elles éclatèrent de rire. Ève continua son interrogatoire.) Vous faisiez souvent l'amour ?

Joanne remua sur son siège. Ève ne paraissait pas gênée le moins du monde. Elle était penchée en avant, les coudes sur ses genoux.

— Je n'en sais rien. Je n'ai jamais tenu de comptes. Une ou deux fois par semaine, peut-être, je ne sais pas. Quand l'un des deux en avait envie.

— Tu es sûre ?

— Tu te fiches de moi ? Je ne suis sûre de rien.

— Étiez-vous imaginatifs ?

— Qu'est-ce que tu entends par « imaginatifs » ?

— Tu sais ! Vous avez essayé des nouveaux trucs ?

— Ève, je n'ai pas envie d'en parler et je n'en vois pas l'intérêt. J'ai passé en revue toutes les raisons pour lesquelles Paul aurait pu me quitter. Notre vie sexuelle en était peut-être une, je ne sais pas. Il ne s'en plaignait pas, mais sait-on jamais! Peut-être qu'en effet, je manquais d'imagination. Et pas seulement d'imagination. Il me manque un tas de choses, j'en suis sûre, et tout est de ma faute.

Ève se leva brusquement; la petite chaise se mit à tournoyer.

— Une minute! Qui dit que tout est de ta faute?

— Personne n'a besoin de me le dire. C'est évident. Pourquoi serait-il parti? J'ai toujours tout fait de travers.

— Je vois. En vingt ans, tu n'as rien fait de bien? (Joanne baissa la tête.) Que fais-tu de Robin et de Lulu?

— Elles n'ont rien à voir là-dedans. Elles ont leur indépendance.

— Et qui les a rendues indépendantes? Ne me dis pas que tu n'as rien fait de bien en vingt ans. Tu as deux filles superbes...

— J'ai deux filles superbes et odieuses...

Elle se sentit coupable et regarda autour d'elle, au cas où l'une des deux se serait glissée dans la pièce.

— Je veux dire... Je les aime plus que tout au monde, mais je ne comprends pas ce qui arrive aux filles quand elles atteignent un certain âge. Est-ce que nous étions comme ça?

— Si j'en crois ma mère, je n'ai pas changé. C'est peut-être une bonne chose que d'avoir fait cette fausse couche. (Elle s'assit cette fois sur le canapé de velours rayé beige et bleu et continua.) Elle m'a toujours souhaité une fille qui me ressemble. C'est l'unique raison pour laquelle elle désire des petits-enfants : elle pourra me regarder souffrir... Qu'est-ce que ma mère vient faire là-dedans? Nous étions en train de parler de toi. Nous disions donc que tu n'as rien fait de bon en vingt ans et que tu mettras le reste de ta vie à t'en remettre.

Joanne essaya de sourire, en vain.

— N'es-tu pas une bonne cuisinière, par exemple ? Je ne connais personne qui fasse les *pies* et les gâteaux mieux que toi.

— Ça ne compte pas.

— Qu'est-ce que ça veut dire ?

— Ça veut dire que ce n'est pas mon métier. (Joanne se leva et commença à marcher nerveusement.) J'ai fait des tonnes de *pies* et de gâteaux cette semaine, et pendant que je les confectionnais, je songeais à ces vingt dernières années, à ce que j'en ai fait, à ce que les autres ont accompli. Vois-tu, Ève, j'en suis arrivée à la conclusion que je suis un anachronisme vivant. Tout ce pour quoi j'ai été élevée est passé de mode.

— Être une femme fidèle est passé de mode ? Être une bonne mère est passé de mode et être une amie merveilleuse compte pour des prunes ? Si quelqu'un dit le contraire, je lui mets ma main sur la figure. Le salaud, qu'il aille au diable ! (Elle stoppa net.) Mieux vaut que je n'en dise pas davantage. Au cas où Paul et toi reprendriez la vie commune, ce qui ne va pas manquer d'arriver, tu te mettrais à me détester, et j'aurais perdu la seule amie que j'ai au monde.

Joanne sourit.

— Tu ne me perdras jamais. Tu as toujours fait partie de ma vie. Je ne peux pas imaginer que nous soyons séparées.

Ève s'avança vers elle et dit simplement :

— Je t'aime.

— Je t'aime aussi, dit Joanne. (Elles s'embrassèrent.) Au fait, à quelle heure est ton rendez-vous ?

— Oh ! Oublie ça. Ne te crois pas obligée de m'accompagner.

— Cesse de faire l'idiote ! Tu n'iras pas seule !

D'ailleurs, si je reste à la maison, je vais me remettre aux séances de cuisine et de pâtisserie.

— D'accord, j'accepte. Je dois être là-bas à neuf heures et demie. Je ne peux plus rien manger à partir de minuit, alors arrête de parler de cuisine et de pâtisserie.

Elle regarda son reflet dans le verre d'une des gravures sur le mur.

— Ciel ! Mais qu'est-ce que c'est que ça ? Regarde-moi, je suis horrible.

Elle repoussa quelques mèches qui lui tombaient sur le front et se frictionna les sourcils. De fines pellicules volèrent.

— Ma parole, je tombe en poussière.

— C'est ce qui s'appelle avoir la peau sèche, dit Joanne.

Ève se mit à rire.

— C'est la phase terminale. J'ai toujours eu la peau grasse.

— ... Les joies de la quarantaine !

— Je ferais mieux de m'en aller. J'ai une tonne de copies à corriger.

— Ève... (Elle s'engageait dans le hall d'entrée et la voix de Joanne la fit se retourner.) Sais-tu quelque chose de la femme qui habite à Saddle Rock ? (Ève la contempla, interloquée.) Celle qui a été assassinée.

— Rien de spécial, à part qu'elle a été violée, battue, étranglée et poignardée. Tout ce qu'il a pu lui faire, il le lui a fait.

— Elle est la troisième, cette année.

— D'après Brian, c'est le même type qui a tué les trois.

Joanne lui parla alors des appels téléphoniques qu'elle avait reçus.

— Il m'a dit que j'étais la prochaine.

A sa grande surprise, Ève éclata de rire.

— Je ne voudrais pas te vexer, mais tu fais une de ces têtes !

— Paul est parti ; je suis inquiète.

— Je sais, je ne devrais pas rire parce qu'un cinglé te téléphone pour te dire que tu es la prochaine sur la liste, mais je parie qu'il appelle la moitié des femmes qui vivent à Long Island. Il ne doit pas être très dangereux, Joanne. Les types qui prennent leur plaisir à distance ont rarement le courage d'en faire plus. Ce doit être un pervers qui prend son pied en terrorisant les femmes par téléphone. Sais-tu combien de dingues de ce genre il y a dans une ville comme New York ? Probablement la moitié de la population mâle. Écoute, je suis sûre que tu n'as pas à t'en faire mais, si cela peut te rassurer, j'en parlerai à Brian.

— Je t'en remercie d'avance.

Ève sourit et la prit aux épaules.

— Pas de merci. Ne t'inquiète pas, tu as déjà assez de soucis comme ça. Dis à Lulu de ne pas se tourmenter pour sa composition. Raconte-lui que je ratais tout au collège et que je n'aurais jamais eu mes diplômes si ma mère n'avait pas menacé le directeur. Elle était prête à me faire redoubler la dernière année pour l'obliger à me supporter encore quelques mois... (Elle ouvrit la porte et s'esclaffa.) Ah ! le pouvoir des femmes. N'oublie pas notre leçon de tennis, demain après-midi. (Au bas des marches, elle cria.) Rendez-vous à neuf heures dans l'allée.

— Tu devrais travailler davantage.

Quelques minutes plus tard, Joanne essayait de chapitrer Lulu qui venait de se resservir un second morceau de tarte.

— Ça suffit, Lulu, nous dînons dans une heure.

— Pourquoi tu l'as faite si on n'a pas le droit de la manger ?

Elle se fourra dans la bouche un énorme morceau de tarte au citron. Des miettes tombèrent à terre ; elle ne fit pas un geste pour les ramasser.

— Je l'ai faite pour le dessert.

— J'en mangerai au dessert aussi.

Joanne décida de changer de sujet.

— Nous allons essayer de trouver un système qui te permette de retenir les dates plus facilement.

Les sourcils de Lulu se soulevèrent d'une façon comique, ce qui eut pour effet d'agrandir encore ses immenses yeux bruns.

— Je me rappelle toujours la date de la bataille de New Orleans parce qu'à l'école j'ai appris une chanson qui en parle. « En 1814, nous fîmes un petit voyage... » (Elle s'arrêta.) Je ne me souviens pas des paroles, mais je me rappelle toujours la date. 1814. Je parie que tout le monde la connaît. On pourrait demander à Michael Jackson d'écrire une chanson sur la guerre civile.

— Ce ne serait pas une mauvaise idée, dit Joanne.

On frappa à la porte coulissante. Joanne se retourna. Un ouvrier lui souriait derrière le panneau de verre. Elle se leva lentement et ouvrit le cadenas. L'homme était grand, maigre et brun.

— Nous aurons fini aujourd'hui, dit-il. Je peux me servir de votre téléphone ?

Joanne s'effaça pour le laisser passer. Comme elle faisait glisser la porte pour la refermer derrière lui, elle remarqua les traces de doigts sales sur la vitre et les empreintes des chaussures boueuses sur le sol. Elle fit un geste vers l'appareil blanc.

— Il est au mur, dit-elle.

— Merci, répondit-il.

Et il sourit à Lulu. Dès qu'il leur tourna le dos, l'enfant fit des grimaces en direction de sa mère. L'homme se retourna brusquement et marmonna.

— C'est occupé. Votre mari est là ?

Joanne secoua la tête.

— Voulez-vous lui parler ?

— Ça peut attendre.

Il reporta son attention sur le téléphone, composa de nouveau le numéro et poussa un soupir d'impatience.

— C'est encore occupé.

Pour faire diversion, il baissa les yeux sur ses bottes et prit un air gêné. Lulu dit doucement :

— Papa a téléphoné.

— Quand ? dit Joanne. (Elle sentit que ses mains commençaient à trembler et les coinça entre ses genoux.) Pourquoi ne m'as-tu pas appelée ?

— Tu étais dans la salle de bains. Je ne t'ai pas appelée parce qu'il n'a pas demandé à te parler. C'était pour moi.

Joanne avala péniblement sa salive.

— Que voulait-il ?

— Connaître le résultat de ma composition et faire des projets pour le week-end.

— Pour le week-end ?

Joanne n'y avait pas pensé un instant.

— Il veut que j'aille en ville avec lui. J'ai dit que c'était d'accord.

— Tu aurais pu m'en parler avant.

Lulu répondit d'un air boudeur.

— C'est mon père, je peux le voir quand je veux.

— Personne n'a jamais dit que tu ne pouvais pas le voir.

L'homme se racla la gorge, puis il se tourna vers le mur, refit le numéro et se mit à parler à voix basse.

Pour se mettre au diapason, Joanne baissa inconsciemment d'un ton.

— Et Robin ?

— Elle a une soirée, samedi soir.

Joanne céda.

— C'est entendu. Passe le week-end avec ton père. Mais qu'il te ramène tôt dimanche, tu vas en classe lundi.

Lulu répondit avec insolence :

— Je sais que j'ai classe lundi, et papa le sait aussi.

— Lulu, pourrais-tu faire attention à la façon dont tu me parles ?

70

— Et qu'est-ce qui ne va pas dans la façon dont je te parle ?

— Excusez-moi...

L'homme les interrompit.

— J'ai terminé. Je vous remercie.

Comme il s'éloignait, Joanne nota des empreintes de doigts sales sur le combiné blanc. Il sortit et fit de ses mains osseuses un geste circulaire pour montrer les dalles de pierre fraîchement posées.

— Vous aimez ?

— Elles sont d'une jolie couleur, répondit Joanne.

— A demain, dit-il.

Joanne fit glisser la porte derrière lui et la verrouilla.

Lulu regarda l'homme maigre rire de bon cœur avec un de ses collègues.

— Il me donne la chair de poule.

— Pourquoi ? Il a l'air gentil.

— Je n'aime pas son regard. Ses yeux vous transpercent. On dirait qu'il fait des trous, comme dans les dalles du jardin.

La comparaison mit Joanne mal à l'aise.

— Tu regardes trop la télévision, dit-elle. De toute façon, tu ne le verras plus, ils ont presque fini.

— J'espère bien. Ce serait génial de pouvoir se servir de la piscine avant de partir pour le camp. Qu'y a-t-il pour le dîner ?

— Du poulet.

— Encore !

— Nous n'en avons pas mangé depuis longtemps.

— Moi, ce que j'aime, c'est la tarte au citron.

— J'en ai assez de faire des tartes au citron.

Joanne parla avec une sorte de fureur qui surprit Lulu.

Paul lui avait un jour demandé de lui faire une tarte au citron meringuée. C'était son dessert préféré. Sa mère en faisait souvent et il prétendait que c'étaient les meilleures.

71

Joanne l'avait pris au mot.

— Je parie que la mienne sera encore mieux.

Elle avait couru chez sa propre mère pour lui demander la recette. Elle l'entendait encore dire, tandis qu'elle rassemblait les ingrédients nécessaires :

— Il n'est pas ordinaire, ce Paul !

— Ça, tu peux le dire, avait répondu Joanne.

— Nous allons lui concocter quelque chose qui va porter un rude coup à la tarte au citron de sa mère. Ouvre grands tes yeux !

Elle s'était penchée et avait dit sur un ton confidentiel :

— Tout est dans la meringue.

Joanne l'avait attentivement regardée préparer la garniture et la meringue. Avec stupéfaction, elle l'avait vue se servir de pâte surgelée.

— Tu vas utiliser de la pâte surgelée, après tout cela ?

— Il n'y a rien de plus ennuyeux à faire que la pâte à tarte. De plus, personne ne fait la différence entre une pâte surgelée et celle que tu as passé la moitié de la journée à pétrir. Fais-moi confiance, il n'y verra que du feu.

Il avait fait la différence. Il avait d'abord mordu dans la meringue, qui formait, il faut le dire, un dôme parfait. Il avait mâché avec une lenteur délibérée et une certaine délectation. Puis il avait pris une autre bouchée et reposé son morceau de tarte sur l'assiette.

— C'est de loin la meilleure meringue que j'aie jamais goûtée. Il y a pourtant quelque chose que je ne comprends pas.

Joanne attendait les commentaires au garde-à-vous et demanda précipitamment :

— Tu ne comprends pas quoi ?

— Je ne comprends pas que les mains qui ont confectionné cette incroyable meringue aient pu faire aussi cette affreuse pâte à tarte.

Elle en avait fait une autre. Et puis une autre encore. Elle avait pétri et roulé la pâte jusqu'à ce qu'elle soit parfaite, jusqu'à ce qu'il fût obligé d'admettre que les tartes de sa mère ne soutenaient plus la comparaison, jusqu'à ce qu'il l'en aime plus fort et pour toujours. Mais, au fait, lui avait-il parlé des fabuleux clafoutis à la pêche de sa mère ?

A présent, quoi qu'elle préparât, il se plaignait que c'était trop riche. Les plats cuisinés ne lui convenaient plus. Il fallait réduire le taux de graisse. Il fallait repenser leur manière de se nourrir. Davantage de poulet, moins de viande rouge. Davantage de fruits et légumes, moins de pâtisseries et de sauces. Des fibres et du son, se plaisait-il à répéter, comme s'ils étaient les mots clés d'une assurance sur la santé.

Elle avait cessé de faire de la pâtisserie et de mijoter des petits plats. Elle avait acheté du poulet et du poisson à la place des côtelettes d'agneau et des steaks. Le réfrigérateur était bourré à craquer de pommes et de pamplemousses, de choux-fleurs et de jus de fruits. Des sachets de céréales diététiques traînaient dans la cuisine. Tout le monde allait aux toilettes avec une régularité alarmante et chacun se plaignait qu'on ne trouvait plus rien à manger à la maison.

Il l'avait quittée. Rien n'y avait fait. Elle se remémora l'air de contentement béat qu'avait pris Paul le jour où elle avait enfin produit la parfaite tarte au citron meringuée. Elle essaya de garder cette expression devant les yeux tandis qu'elle luttait désespérément pour trouver le sommeil, cette nuit-là.

7

— Alors, comment ça s'est passé ?

— Je t'en prie, sortons d'ici. Nous parlerons après.

Joanne dut se précipiter pour rattraper son amie qui se trouvait déjà à mi-chemin dans le couloir. Ève arrivait à l'escalier de sortie lorsque Joanne lui cria :

— Pouvons-nous au moins prendre l'ascenseur, cette fois ?

— Tu sais bien comment sont les ascenseurs d'hôpitaux ! (Elle poussa la porte qui donnait sur l'escalier et commença à descendre les marches.) Tu les attends une demi-heure et quand il en arrive enfin un, il est plein et tu dois attendre le suivant. De plus, ils s'arrêtent à tous les étages. Allez, viens, nous irons plus vite à pied. Je suis affamée. Rappelle-toi que je n'ai rien dans le ventre depuis hier soir excepté cet infect baryum qu'ils m'ont fait boire ce matin.

— Quel genre d'examens as-tu subis ?

Ève avait déjà dégringolé un étage et ne répondit pas à la question. Quand elles arrivèrent au rez-de-chaussée, elles étaient toutes deux hors d'haleine. Ève sourit.

— Ce fut plus agréable de les descendre que de les monter.

— Les muscles de mes cuisses ne me le pardonneront jamais, répondit Joanne.

— Dans des années, ils te remercieront. C'est un très bon exercice. Je prends toujours les escaliers. Les ascenseurs relèvent du complot communiste.

— Vas-tu te décider à me dire ce qu'ils t'ont fait, oui ou non ?

Elles poussèrent la lourde porte de l'hôpital et émergèrent à l'extérieur sous une pluie fine.

— Il pleut toujours, dit Ève.

— Où aimerais-tu prendre quelque chose ? demanda Joanne.

— Si nous allions à « The Ultimate » ? C'est agréable et c'est tout près.

C'était aussi bondé et elles durent attendre un bon quart d'heure pour avoir une table. Quand elles furent enfin assises, Ève commanda immédiatement une bouteille de vin blanc pour accompagner leur salade César.

Elle avala son verre d'un trait et s'en servit un autre.

— Tu as la permission de boire ? Que t'a dit le médecin ?

— Rien qu'un être humain normal puisse comprendre. Ils parlent le langage des dieux qu'ils croient être.

Joanne se mit à rire.

— Dans le temps, tu voulais être médecin.

— C'est une chance pour tout le monde que je sois née dix ans trop tôt. Tu ne veux pas goûter le vin ?

Elle attaqua sa salade.

— Je ne pense pas que je devrais, dit Joanne. Ça me donne sommeil, surtout l'après-midi.

— Tu dors tout le temps. Allez, ne sois pas timide.

Elle regarda Joanne prendre une gorgée du bout des lèvres.

— Boire du vin au déjeuner n'est plus décadent aujourd'hui, tu sais. Nous sommes libérées.

— Tu me prends pour une idiote ?

Le vin était bon. Elle le retint dans sa bouche quelques secondes avant de l'avaler, puis en prit immédiatement une seconde gorgée. A regret, elle reposa son verre sur la table et dit :

— Alors, ulcère ou calculs biliaires ?

— Après m'avoir attachée sur sa table de torture et retournée dans tous les sens, le toubib a déclaré que les radios ne montraient rien d'anormal. Il faut attendre les résultats des examens de sang.

— Pourquoi te font-ils des examens sanguins ?

— Pourquoi font-ils le reste ? Ils adorent vous coller des aiguilles un peu partout. Cela doit leur donner un sentiment de puissance énorme. Comment est ta salade ?

— Pas aussi bonne que le vin. (Joanne vida son verre.) Quelle est la suite des événements ?

— La vie continue. Nous finissons de déjeuner et nous allons jouer au tennis.

— Il pleut, dit Joanne.

— Alors, restons ici, et buvons.

Elle a une telle façon d'arranger les choses ! pensa Joanne. Pour finir, elles décidèrent d'aller au cinéma.

— Je ne peux pas croire que tu m'aies traînée jusqu'ici pour voir ça.

Joanne pouffa. Elle sentait sa tête en équilibre précaire sur ses épaules. Ève prit une poignée de pop-corn dans le sachet sur les genoux de Joanne et en renversa la moitié par terre.

— Merci beaucoup. Je croyais que tu n'aimais pas le pop-corn.

— Je croyais que tu n'aimais pas les films d'horreur.

— Je suis là parce que tu m'y as obligée.

— Tu n'étais pas en état de conduire. Je t'ai sauvé la vie.

— Y a-t-il quelqu'un d'autre dans la salle ?

Les lumières baissaient. Joanne regarda autour d'elle et aperçut quelques visages dans le noir.

— Ça devient très sombre, dit-elle.

— Oui, ma chère. Prépare-toi. Tu n'as plus que trente secondes à vivre.

76

Elles gloussèrent comme des gamines un peu pompettes. Le rideau s'ouvrit. L'écran s'enflamma et les trente secondes qui suivirent ne furent plus qu'un vacarme de mitraillettes dans une vision de corps qui s'effondraient.

Ève gémit.

— Exactement le genre de film que j'adore !

Joanne perçut un mouvement léger derrière elles. Elle se retourna juste à temps pour apercevoir un homme jeune coiffé d'un casque de motocycliste. Il s'assit derrière elles bien que le cinéma fût presque vide. Il souriait. Une rangée de dents blanches et brillantes dans l'obscurité. Il posa son casque sur ses genoux, mais garda les mains cachées dessous. Joanne se pencha vers Ève et murmura :

— Changeons de place.

— Pourquoi ? On est bien là.

— Allons nous asseoir au milieu.

Elle était à moitié levée. Ève la cloua à son fauteuil.

— Tu sais que j'aime les sièges au bord de l'allée.

— D'accord ! D'accord !

Joanne montra des places plusieurs rangs devant elles :

— Allons plutôt nous asseoir là-bas.

— C'est trop près, dit Ève.

— Écoute, Ève, il y a un drôle de type, juste derrière nous. Je n'aime pas son air.

Ève se retourna brusquement et regarda le jeune homme en plein visage.

— Il a l'air tout à fait normal. D'après ce que j'ai pu voir, il est plutôt mignon.

— Explique-moi pourquoi il est venu s'asseoir si près de nous et pourquoi il garde son casque sur ses genoux ?

— Cesse de te faire des idées et regarde le film. (Joanne comprit qu'Ève n'avait pas la moindre intention de se déplacer.) Détends-toi, je sens que cela va être génial !

Une ravissante ingénue aux longs cheveux blonds traversait l'écran, les yeux pleins d'une terreur évidente. Joanne regarda la pauvre fille sans défense tomber dans les bras d'un cinglé au visage déformé et armé d'un couteau. Il saisit la fille par les cheveux, lui tira violemment la tête en arrière et entreprit de lui trancher la gorge. Un sang rouge et brillant jaillit, coula au bas de l'écran pour former une mare sur laquelle ondulait en lettres capitales :
MONSTRE, CE SANG SERA TA PERTE !
Joanne sentit son estomac se révulser et Ève murmura :
— C'est vraiment un bon film.
— Tu es vraiment dérangée.
Elle sentit le dos de son siège vibrer et essaya de ne pas penser à ce que pouvait bien faire le jeune homme derrière elles. Sur l'écran, une autre jeune femme, en tout point semblable à la première, rôdait autour d'une vieille maison qui, visiblement, n'était pas la sienne. La musique tentait de l'inciter à quitter les lieux sur-le-champ. Comme elle ne faisait pas mine de l'entendre, Joanne décida que c'était probablement le public que l'on prévenait de vider la salle. La fille s'approcha d'un vieux rideau rouge à franges et le tira. Un jeune homme apparut, chancelant, un poignard planté dans sa poitrine et ressortant dans son dos. La fille se mit à hurler. Il lui tomba dans les bras en hoquetant de rire, puis entreprit d'extraire la fausse dague de sa fausse blessure. Le jeune couple californien — tous deux blonds et impeccablement bronzés — se mit alors à faire l'amour sur le plancher de bois brut et grinçant, sans se soucier de l'horrible monstre qui les guettait à la porte, le couteau levé et prêt à bondir.
Joanne se demanda ce qu'elle faisait là et détourna résolument les yeux de l'écran. Que faisait-elle en effet, au milieu de l'après-midi, un vendredi, au milieu de sa vie qui se désagrégeait, à regarder un film d'horreur sanglant et débile à

78

côté d'une amie qui avait peut-être un ulcère et devant un jeune homme probablement en train de se masturber à l'abri de son casque ? Avait-elle besoin de cette circonstance aggravante, quand son mari venait de la quitter et qu'un maniaque était suspendu à son téléphone pour la menacer de la couper en morceaux ?

Elle aurait dû s'en aller en courant à la vue de l'affiche : « Ce film vous donnera des cauchemars pour le restant de vos jours. » Qui avait besoin de cauchemars pour le restant de ses jours ? Elle n'avait pas eu le temps d'en parler à Ève qui s'était précipitée pour acheter les billets. Elle savait que c'était là sa façon de compenser les frustrations de la matinée. D'ailleurs, elle se sentait trop ivre pour conduire. Quoi qu'il en soit, depuis le temps qu'elle était à la dévotion des autres ! Faisant ce qu'on voulait ! Allant où l'on désirait aller ! Joanne Hunter était toujours prête à rendre service à tout le monde.

Ève demanda brusquement :

— Tu pleures ?

— Je ne crois pas.

— Tu vas être malade ?

— Pas que je sache.

— Dans ce cas, pourquoi tiens-tu ta tête sur tes genoux ? Tu pourrais au moins regarder le film.

Joanne releva la tête, juste à temps pour voir une troisième jeune femme au long visage anguleux et à la poitrine plate regarder avec un mélange de dédain et d'envie un second couple de Californiens se débattre avec les boutons de leurs vêtements, toujours sur le même parquet grinçant. Le téléphone sonna. La fille à la poitrine plate, inconsciente du danger qui la menaçait et que l'on devinait, tapi hors champ, dit d'un ton neutre :

— J'y vais.

Personne ne lui prêta la moindre attention et elle quitta la pièce, accompagnée d'une musique aux accents éloquents. La caméra la suivit dans la cuisine. Là, les yeux écarquillés, elle décrocha le combiné et articula un « Allô ! » d'une voix de gorge douce et contenue. Elle ne reçut aucune réponse et répéta : « Allô ! »

Mal à l'aise, Joanne bougea sur son siège et jeta un coup d'œil oblique à son amie qui gardait les yeux rivés sur l'écran. Pourquoi l'avait-elle donc amenée dans cette salle ?

— Ne sois donc pas si nerveuse, dit Ève. Tu peux être sûre qu'elle sera la survivante parce qu'elle n'a ni seins ni jules. Dans ce genre d'histoires, les seuls qui se font tuer sont ceux qui se laissent aller. A partir du moment où ils touchent au sexe, c'est comme s'ils étaient morts : le prix du péché... Ne te fais pas de bile pour celle-là, elle s'en tirera.

A l'écran, la fille répéta :

— Allô ?

Une voix menaçante murmura à l'oreille de Joanne :

— Mrs Hunter !

Elle sentit une haleine chaude sur sa nuque et bondit de son siège en hurlant.

Elle se retourna. Il n'y avait personne. Le jeune homme au casque avait disparu.

— Qu'est-ce qui te prend ? dit Ève. Tu as failli me faire mourir de peur !

— J'ai cru entendre quelque chose. Tu n'as pas entendu prononcer mon nom ?

Elle souffla, essayant d'imiter l'intonation.

— Mrs Hunter ?

— Ouais... Je le connais, ton nom. Mais je n'ai entendu personne. Tu n'aurais pas dû me faire ce coup-là. J'ai trop bu et maintenant, je suis obligée d'aller aux toilettes.

Elle se leva pour gagner les côtés de la salle.

Joanne dit précipitamment :

— Je t'accompagne.

— Pas question. Tu restes pour me raconter la suite.

Joanne la regarda remonter les rangées de sièges et aperçut un jeune homme assis, tout seul, au fond du cinéma. Le jeune homme au casque ? Elle scruta l'obscurité mais il éleva la main à la hauteur de son visage. Pour ne plus voir l'écran ? Pour se cacher ? Joanne ne put rien discerner. Elle se retourna.

Les deux Californiens se roulaient toujours par terre, mais cette fois c'était dans les affres de l'agonie. Au-dessus d'eux, la créature hideuse entreprit de les découper en tranches à l'aide d'un coutelas de boucher long comme Long Island. Mais que faisait-elle là ? se demanda de nouveau Joanne. Elle jeta un coup d'œil soupçonneux autour d'elle. Le garçon du fond s'était volatilisé. Elle n'était même pas sûre de l'y avoir vu. Elle se mit à fixer le plafond tout en se posant en silence une question douloureuse. « Quand serons-nous donc adultes ? » Ève regagna son siège. Elles suivirent le film dans un silence de mauvais augure.

— La pluie s'est arrêtée, dit Ève. C'est toujours ça de gagné.

Elles émergèrent du cinéma et commencèrent à descendre la rue en direction de la voiture de Joanne.

— Ne recommence jamais ça, dit celle-ci, me saouler et me traîner voir un film d'horreur ! J'ai les tempes qui bourdonnent.

— Rentre chez toi et fais un petit somme.

— C'est ce que je compte faire. Je n'arrive pas à comprendre pourquoi on réalise des films pareils.

— Parce que des gens comme toi et moi paient pour les voir.

Joanne se sentit tout à fait intéressée par le problème.

— Et à ton avis, pourquoi payons-nous pour voir ça ?

— Parce que nous savons que nous ne courons aucun danger.

Elles traversèrent la rue et longèrent plusieurs pâtés de maisons.

— Je crois que nous allons dans la mauvaise direction, dit Ève.

— Vraiment ?

Joanne n'avait pas la moindre idée de l'endroit où elle avait laissé sa voiture.

— Il me semble que tu t'es garée rue Manhasset.

Elles firent demi-tour et revinrent sur leurs pas. Soudain Ève montra du doigt une Chevrolet marron garée à l'autre bout de la rue.

— On dirait que c'est la tienne.

— Je crois. Tu vois ce que je vois sur le pare-brise ?

— Une contravention. (Elles arrivèrent près de la voiture.) Non, c'est trop grand, dit Ève. On dirait une feuille de journal. Le vent a dû la plaquer sur la vitre.

Ève parvint à la voiture avant Joanne et arracha le morceau de papier retenu par les essuie-glaces. Elle le parcourut rapidement, puis en fit une boulette qu'elle jeta dans le caniveau.

— C'est terrible, l'incendie de cette pension de famille.

Elles montèrent en voiture et brusquement, Joanne sursauta :

— Tu parles de quoi ? Quel incendie ?

Elle démarra lentement.

— Tu sais, celui de la semaine dernière. C'était sur la page de journal que j'ai jetée.

Joanne écrasa la pédale du frein, ce qui eut pour effet de les projeter en avant.

— Mais bon sang, qu'est-ce que tu fous ?

— Le journal ! Où l'as-tu mis ?

— Je l'ai jeté. Mais qu'est-ce qui te prend ?

Joanne avait déjà ouvert la portière : elle fit le tour de la voiture. Ève lui cria :

— Pour l'amour du ciel, qu'est-ce qui t'arrive ?

Joanne ramassa la feuille que le vent entraînait. Ève continuait à crier.

— Il y a des soldes chez Bloomingdale's ou quoi ?

Figée au bord du trottoir, Joanne se taisait. Elle agrippait le morceau de papier humide. La moitié de la page s'était déchirée et la pluie avait rendu pratiquement illisible ce qui restait de l'autre. Cependant, on ne pouvait s'y tromper. C'était la page treize du *New York Times* du dimanche précédent.

8

— C'est peut-être une coïncidence.

Ève se répétait la phrase autant pour se convaincre elle-même que pour apaiser son amie. Elles étaient assises dans le salon de Joanne et attendaient l'arrivée de Paul.

— Tu répètes ça sans arrêt, dit Joanne, mais tu le crois ?

— Je ne sais pas.

— Tu devrais de nouveau essayer de contacter Brian.

— J'ai déjà laissé deux messages.

— Alors, je vais essayer d'appeler quelqu'un d'autre.

— Vas-y !

Ève la suivit dans la cuisine.

— Et si tu attendais l'arrivée de Paul ?

— Un vendredi après-midi, avec la circulation ? Nous risquons d'attendre longtemps !

Joanne décrocha le combiné et le coinça contre son cou.

— Il ne paraissait pas très content à l'idée d'avoir à conduire jusqu'ici ; il a promis à Lulu de la prendre pour le week-end. Il devait venir demain.

— Tant pis. Un cinglé menace la mère de ses enfants, le moins qu'il puisse faire est d'arriver en vitesse pour l'aider.

Ève fit un geste du menton vers le combiné.

— Tu comptes le tenir longtemps comme ça, ou tu as l'intention de t'en servir ?

— Je ne connais pas le numéro.

Ève prit le carnet de téléphone de Joanne qui traînait sur le comptoir.

— Je te l'écris sur un papier.

Joanne composa le numéro, fit une erreur, recommença, se trompa une seconde fois ; tout était à refaire.

— Passe-moi ça, dit Ève.

Elle prit l'appareil et fit le numéro en un rien de temps.

— Pendant que j'y suis, je pourrais peut-être parler à ta place. On dirait que tu vas t'évanouir.

Joanne s'affaissa sur une chaise sans aucun souvenir d'avoir traversé la pièce. Ève lui souriait pour la rassurer et lui signifier que tout se passerait bien : elle prenait les choses en main.

— Allô ! Mon nom est Joanne Hunter. J'aimerais parler à quelqu'un qui puisse m'aider. J'ai reçu des menaces par téléphone. Merci.

Elle repoussa les cheveux qui retombaient devant ses yeux et fit une grimace dans la direction de Joanne qui la contemplait, admirative.

— Allô. Oui, je suis Joanne Hunter. J'habite 163, Laurel Drive et je voudrais vous signaler des appels téléphoniques menaçants que j'ai reçus récemment. Qui est à l'appareil ?

Joanne s'appuya au dossier de sa chaise. Elle n'aurait jamais pensé à demander le nom de son interlocuteur.

— Sergent Ein, répéta Ève.

Elle inscrivit le nom sur un papier.

— Oui, récemment.

Elle interrogea Joanne du regard, quêtant des précisions. Celle-ci lui souffla.

— Il m'a parlé pour la première fois samedi dernier, mais j'ai des appels bizarres depuis plus d'une semaine déjà.

— Je suis toujours là. J'ai des appels bizarres depuis plus d'une semaine déjà. Un homme... (Joanne fit un geste pour indiquer son incertitude. Ève corrigea.)... Enfin, je pense qu'il s'agit d'un homme, m'a appelée à des heures indues : très tôt le matin, à l'aube, en pleine nuit, et dimanche dernier, il m'a menacée. Oui, menacée. Qu'a-t-il dit exactement ?

Joanne murmura.

— Il a dit que j'étais la prochaine.

— Dimanche dernier, quand il m'a appelée, il m'a dit de regarder la page treize du *New York Times*. (Joanne approuva d'un signe de tête.) Je l'ai fait et j'y ai vu un article sur la femme assassinée à Saddle Rock. C'est tout près d'ici. Il a rappelé un peu plus tard en disant que je serais la prochaine.

Il y eut une pause.

— Oui, c'est tout ce qu'il m'a dit. Non, il n'a pas dit qu'il allait me tuer... mais, aujourd'hui, j'ai trouvé une page de journal sur mon pare-brise. C'était la page treize du *New York Times* de dimanche dernier. Celle qu'il m'avait dit de regarder. Cette personne me suit et s'il s'agit du meurtrier de l'autre femme, j'ai peur... Je sais. Je ne doute pas que vous receviez des tonnes d'appels. Je comprends, mais... Non, je n'aimerais pas faire ça. Ne pouvez-vous rien faire d'autre ?

Il y eut un long silence.

— Je comprends. Merci. (Elle raccrocha d'un air dégoûté et dit, sarcastique :) Les plus fins limiers de New York !

— Qu'est-ce qu'il a dit ?

— Exactement ce à quoi je m'attendais.

— C'est-à-dire ?

— A m'entendre dire que : « Vous êtes la prochaine victime » n'est pas précisément la pire des
menaces, que la police, ces derniers temps, a été
submergée d'appels émanant de femmes persua-
dées d'être les prochaines victimes de l'étrangleur
de banlieue — c'est ainsi qu'ils l'appellent —, que
certaines ont même été jusqu'à accuser leurs maris
ou leurs amants, et que s'ils devaient enquêter au
sujet de chaque appel curieux, ils perdraient tout
leur temps. Il m'a conseillé de changer de numéro
de téléphone, c'est tout. Il ne peut rien me suggérer
de plus et ne peut rien faire d'autre. A moins que
le maniaque, lui, ne fasse quelque chose.

— Auquel cas, je serai peut-être morte, conclut
Joanne.

— Allez, souris ! Brian ne permettra pas qu'il
t'arrive quoi que ce soit. C'est l'avantage d'avoir un
flic pour voisin. Je lui raconterai tout ce soir. S'il
rentre avant que je sois endormie ! Ce qui est fort
improbable cette semaine.

— Qu'a dit le policier quand tu lui as parlé du
journal sur mon pare-brise ?

— Pas grand-chose : ce peut être une plaisanterie
ou une coïncidence. Écoute, ce n'est pas drôle, je te
l'accorde. Mais si tu examines la situation objective-
ment, que peuvent-ils faire de plus ?

— Ils pourraient mettre ma ligne sur écoute.

— Malheureusement, ce n'est pas comme ça que
ça se passe. Pour agir, ils doivent attendre que
l'homme se découvre ou tente quelque chose... ce
qu'il ne fera pas, bien entendu. Que penserais-tu de
faire installer un système d'alarme antivol ? Maintenant que Paul est parti... même s'il revient... je veux
dire, quand il reviendra...

— C'est une excellente idée. Je me sentirais beaucoup plus en sécurité. Je vais demander à Paul
quand il arrivera.

— Pourquoi lui demander ?

— Je lui demanderai quand même.

La sonnette retentit et Ève se porta volontaire pour aller ouvrir. Joanne espérait qu'elle allait les laisser mais elle accueillit Paul avec un entrain surprenant et le suivit dans la cuisine, où elle s'accouda au plan de travail. Là, elle les observa avec attention. Elle n'avait pas l'air pressée de partir.

A la vue de Paul, Joanne sentit sa vieille douleur se réveiller. Elle le trouvait beau. Il parut s'inquiéter réellement au sujet de son histoire.

— Venons-en au fait, dit-il. De quoi ce type t'a-t-il menacée ?

Elle lui raconta en hésitant les appels téléphoniques reçus et lui parla de la page de journal sur son pare-brise.

— As-tu appelé la police ?

— Ève s'en est chargée.

— Et alors ?

— Ils ne peuvent rien pour le moment, expliqua Ève. Je vais en parler à Brian et j'essaierai de le persuader d'en faire plus.

— Où est ce journal ?

Joanne ne put se rappeler ce qu'elle en avait fait. Ève dit :

— Il est sur la table basse dans le salon.

Paul prit la feuille de papier et l'examina.

— Je ne vois rien qui parle d'un meurtre.

Joanne se sentit soudain un creux à l'estomac.

— C'est dans la partie manquante, dit-elle.

— On ne distingue même pas le numéro de la page.

Le ton de Paul laissait percer une légère impatience.

— C'est la page treize, dit Joanne. J'en suis certaine. J'ai lu plusieurs fois tous les articles qui s'y trouvaient. Il y avait celui sur l'incendie de cette pension de famille et, en dessous, un autre qui parlait d'une grève ouvrière dans l'industrie du vêtement.

— Mais cette page peut venir de n'importe où.

Joanne continua :

— Les articles de l'autre côté de la page sont exactement les mêmes.

— Joanne, tu es bouleversée. Je ne suis pas en train de minimiser la chose, mais ne crois-tu pas que tu as laissé la bride sur le cou à ton imagination ?

— Absolument pas, dit Ève.

— Je ne sais pas, dit Joanne.

Elle se laissa tomber sur une chaise pivotante. Après tout, pourquoi pas ? pensa-t-elle.

— Écoute, dit Paul, un cinglé t'appelle et te terrorise. Bien. Il est tout à fait normal que tu sois un peu secouée, surtout maintenant que je ne suis plus...

Il s'arrêta net et regarda vers Ève qui dit précipitamment :

— Bon, je m'en vais. Contente de t'avoir vu, Paul. (Elle ajouta avant de fermer la porte.) N'oublie pas de lui parler de l'alarme !

— Quelle alarme ? demanda Paul.

— Ève a pensé qu'il serait peut-être bon d'installer un système d'alarme antivol. Évidemment, si tu penses que c'est trop cher...

— Non, ce n'est pas trop cher. On a déjà prévu une installation électrique à cette intention et si cela peut te rassurer...

— Oui.

— Alors, fais-la installer sans tarder.

— Qu'est-ce que je fais ? demanda Joanne.

Elle se sentit stupide.

— Je m'en occuperai. Je t'appellerai lundi.

— Merci. (Ils se tenaient tous deux gauchement au milieu du salon.) Assieds-toi, tu veux du café ?

— Non, merci, il faut que je retourne en ville. Où sont les filles ?

— Parties faire un tour.

— Comment vont-elles ? As-tu eu des problèmes avec elles cette semaine ?

— Pas vraiment. Tu leur manques.

— Je sais. Elles me manquent aussi. Tout est très calme sans Lulu.

— Lulu attend le week-end avec impatience. (Elle s'efforçait de paraître gaie.) Elle est très curieuse de connaître le nouvel appartement de son père.

— Rien de spécial, dit Paul. Petit et très impersonnel. Lulu t'a donné mon numéro de téléphone ?

— Oui.

— N'hésite pas à m'appeler si tu as besoin de quelque chose.

— Je le ferai.

— Si c'est urgent, tu peux toujours me contacter au bureau.

— D'accord. C'est bon à savoir. (Il y eut un moment de silence gênant. Ce fut Joanne qui le rompit.) As-tu eu le temps de réfléchir ?

Paul regarda d'un air absent de l'autre côté de la pièce.

— Cela ne fait qu'une petite semaine que...

Joanne changea rapidement de sujet.

— J'ai fait une superbe tarte au citron hier, je pense qu'il doit en rester.

Paul se tapota l'estomac.

— Je préfère m'abstenir. Je suis en train d'essayer de faire disparaître ça.

— Tu as l'air en pleine forme.

— Merci.

— Moi, je dois être affreuse.

— Tu as bonne mine, un peu fatiguée, peut-être. Ces coups de téléphone ont dû t'empêcher de dormir.

— J'ai eu peur.

— J'en suis sûr, dit Paul.

— Tu n'étais pas là et...

— Essaie de ne plus y penser. La prochaine fois qu'il appelle, raccroche.

— Et si c'est lui qui a tué cette femme ?

— Mais non, ce n'est pas lui.

Joanne contempla son mari, l'air perdu.

— Tu me manques...

— Joanne, je t'en prie...

— Je ne crois pas que je vais y arriver, sans toi...

— Mais si. Tu es assez forte.

— Je ne veux pas.

— Tu le dois. (Il y eut un silence.) Je suis désolé, Joanne. Je ne voulais pas être dur. Je serai toujours là si tu as besoin de moi.

— J'ai besoin de toi.

— Tu ne peux pas continuer à te décharger sur moi chaque fois qu'il t'arrive un petit problème. Ce n'est pas bon pour toi, et ce n'est pas bon pour moi non plus.

— Ce n'est pas un petit problème.

— Qu'est-ce que c'est ?

Il agita le morceau de journal.

— Soyons réalistes et reprenons l'histoire depuis le début. Un type t'appelle, te demande de regarder dans le journal, puis te rappelle pour te dire que tu es la prochaine. Une semaine plus tard, tu trouves une page de journal déchirée sur ton pare-brise et tu réagis d'une manière exagérée...

— Je ne réagis pas d'une façon exagérée.

— D'accord. Je vois ce genre de chose à longueur de temps : les gens tirent toujours des conclusions hâtives...

— Je ne tire pas de conclusions hâtives.

— A-t-il appelé récemment ?

— Pardon ?

— A-t-il appelé récemment ?

Paul savait qu'elle avait parfaitement entendu sa question la première fois.

Elle fit non d'un signe de tête.

— Tu vois !

— Qu'est-ce que je vois ?

— Qu'il n'y a rien à craindre, Joanne. Si je me trouvais à la maison, tu n'y penserais même pas.

— Tu n'es pas à la maison.

— Et cela ne me fera pas revenir. Comprends-tu ce que tu es en train de faire ?

— Qu'est-ce que je suis en train de faire ?

— Je ne pense pas que tu en sois vraiment consciente.

— De quoi ?

— Tu me fais du chantage affectif.

— Pas du tout.

— Joanne, si tu tiens à ce que notre mariage ait une chance de survie, tu dois me laisser libre pour le moment. Inutile de chercher des prétextes pour me ramener ici.

Joanne se tut. Elle ne savait que penser. Avait-il raison ? Essayait-elle inconsciemment de le retenir ? Exagérait-elle toute cette histoire ? Le journal était mouillé et déchiré et le numéro de la page manquait. C'était vrai.

— Je dois m'en aller, dit Paul. Des clients m'attendent. (Elle le suivit jusqu'à la porte d'entrée.) Je ne voulais pas être sec.

— Tu ne l'as pas été.

— Je pense que c'est mieux ainsi.

— Tu as raison.

La sonnerie du téléphone retentit.

— Peut-être préfères-tu que j'attende ? dit-il.

Elle courut à la cuisine et décrocha avant que la sonnerie retentisse une deuxième fois.

— Allô ?

— Mrs Hunter.

Joanne se figea. Ses yeux cherchèrent ceux de Paul qui était toujours à la même place, dans le hall, et le supplièrent. Il fut près d'elle en deux enjambées et lui prit le téléphone des mains. Joanne retint son souffle, tout vacilla autour d'elle.

— Allô, dit Paul. Qui est à l'appareil ? (Joanne attendait. Dieu merci, il s'était trouvé là à temps.) Qui ? dit-il. Oui. Elle est à côté de moi. (Il lui tendit le récepteur. Que faisait-il ? Que se passait-il ? Puis il ajouta tranquillement :) Il faut que je parte. Dis à

Lulu que je viendrai la chercher demain, à dix heures. Je t'appellerai lundi pour l'alarme.

— Allô, dit Joanne.

Elle entendit la porte d'entrée claquer.

— Mrs Hunter ? (Cette fois, c'était plutôt une question.) Mrs Hunter, ici Steve Harry, le professeur de tennis de Fresh Meadow. Mrs Hunter, vous êtes là ?

Elle revit l'expression de Paul quelques instants auparavant et murmura :

— Je suis désolée, je n'avais pas reconnu votre voix.

Il se mit à rire.

— Il n'y avait aucune raison pour que vous la reconnaissiez. Pas encore.

Joanne se demanda ce qu'il voulait dire.

— J'ai pensé que vous aimeriez peut-être prendre rendez-vous pour une autre leçon pour remplacer celle que vous avez manquée aujourd'hui. J'ai du temps libre pendant le week-end et...

— Non, c'est impossible.

— Tant pis. Tout va bien ? (Il avait l'air sincèrement inquiet.) Vous semblez préoccupée.

— Non, ça va. Je crois que j'ai attrapé un petit rhume.

— Buvez beaucoup de jus d'orange et prenez de la vitamine C. C'est du tonnerre. (Comme elle se taisait, il continua.) Remettons cette leçon à vendredi prochain ?

— Parfait !

Elle raccrocha sans autre commentaire.

Comment avait-elle pu se tromper si lourdement ?

Et Paul qui se trouvait là ! Quand elle avait décroché et qu'elle avait entendu ce « Mrs Hunter » elle était tellement sûre...

La sonnerie du téléphone retentit de nouveau. Joanne tendit le bras. C'était Ève sans aucun doute. Elle avait vu la voiture de Paul disparaître et venait aux nouvelles. Elle décrocha.

— Mrs Hunter. (Joanne n'avait même pas eu le temps de dire « Allô ! ». Cette fois elle ne pouvait pas se tromper.) Avez-vous reçu mon message, Mrs Hunter ?

— Quel message ?

Elle se sentit descendre lentement contre le mur vers le sol sur lequel elle s'assit lourdement.

— Celui que j'ai laissé sur votre voiture, Mrs Hunter. Vous ne pouviez pas le manquer. Je l'avais placé en travers de votre pare-brise. Avez-vous aimé le film, Mrs Hunter ?

— Écoutez... (Elle essaya de prendre un ton décidé mais ne réussit qu'à paraître désespérée.) Écoutez, reprit-elle, je pense qu'il vaudrait mieux arrêter tout de suite cette petite plaisanterie. Mon mari ne l'apprécie pas.

— Votre mari est parti, dit la voix. Il est parti pour de bon. N'est-ce pas, Mrs Hunter ? Je sais que les femmes sont excitées quand leur mari n'est plus là pour s'occuper d'elles. Je ferai tout mon possible pour que vous n'ayez pas ce problème. Parfaitement, Mrs Hunter, ne vous en faites pas pour ça, avant de vous tuer, je vais vous donner du bon temps, vous pouvez en être sûre.

Joanne laissa tomber le récepteur qui rencontra le sol avec un claquement sec. Elle ne sut pas combien de temps elle resta là, assise sur ses talons, les genoux serrés contre la poitrine. Elle entendit enfin une clef tourner dans la serrure de la porte d'entrée. Un bourdonnement déplaisant se fit entendre. Les filles firent irruption dans la cuisine en demandant ce qu'il y avait pour le dîner.

9

Le mardi suivant, les deux employés de la société Ace Alarms se présentèrent à dix heures précises pour installer le système d'alarme chez Joanne. Paul avait tout organisé. Il suffisait à Joanne d'être présente.

— Je pense que vous voulez visiter les lieux, dit-elle.

Les deux hommes étaient bruns et musclés. Une génération les séparait. Ce pouvait être le père et le fils, pensa Joanne. Et elle se souvint de la déception de Paul à la naissance de leur second enfant. Si seulement elle lui avait donné un fils...

Elle se rabroua intérieurement et sourit, luttant contre le besoin de courir se réfugier dans le sanctuaire qu'était devenue sa chambre. Son malaise grandissait et elle essayait désespérément de se souvenir de tout ce que Paul lui avait dit la veille au téléphone. Il avait dit tant de choses.

En parlant avec des amis et des connaissances et, bien sûr, avec ses associés, il s'était convaincu que la société Ace Alarms répondait à ses besoins. Il n'avait pas négligé de rencontrer le personnel de différentes sociétés concurrentes et sa première impression s'était trouvée confirmée. Il avait déjà décidé, en accord avec les deux hommes, du système qui conviendrait le mieux à leur maison. Joanne avait oublié tout le reste quand il avait fait référence à « leur » maison comme s'il y vivait encore, ou comme s'il comptait y revenir bientôt.

— Votre mari n'a pas trouvé nécessaire d'étendre le système à toutes les fenêtres.

Le plus âgé des deux hommes, qui disait s'appeler Harry, l'informa de cette disposition comme elle les conduisait à la cuisine.

— Nous poserons des alarmes autour des fenêtres du rez-de-chaussée, à la porte d'entrée, autour des baies coulissantes. On peut les voir ? demanda-t-il.

Harry s'agenouilla et examina le seuil de la baie vitrée. Ses yeux se portèrent sur la cour.

— C'est un sacré chantier que vous avez là !

— Ils doivent couler le béton aujourd'hui, répondit Joanne. Ce qui veut dire que c'est bientôt terminé ; en tout cas, je l'espère.

— Ce n'est jamais fini, dit Harry. Avec une piscine, il y a toujours quelque chose à faire. Si vous voulez mon avis, ça vaut pas le coup. Évidemment, si vous aimez nager...

— Je ne sais pas nager, dit Joanne.

L'homme ne manifesta aucun étonnement et continua :

— Vous devez penser qu'ainsi, vous verrez davantage vos enfants à la maison cet été.

— Mes filles vont dans un camp de vacances. En revanche, mon mari nage volontiers.

Elle eut envie d'ajouter : « Il est parti », mais s'abstint d'autres commentaires.

— Pourriez-vous nous montrer la porte vitrée du bas ? demanda Harry.

— Tout de suite.

Elle s'entendit soudain parler avec une voix aiguë et s'en étonna. Les hommes la suivirent dans le hall. D'une voix haut perchée, elle continua :

— Vous avez vu la porte d'entrée ?

Elle serrait ses mains l'une contre l'autre pour les empêcher de trembler.

Harry répondit d'un ton comique :

— Oui, quand nous sommes entrés.

Elle conduisit les deux hommes dans l'escalier qui menait au niveau inférieur. La maison était construite sur trois piliers dont aucun ne se trouvait en sous-sol.

Ils entrèrent dans la pièce qui servait de salon à la famille, à l'arrière de la maison.

— Il faudra remplacer les verrous, dit Harry. Ceux-là sont des jouets. C'est une chance qu'ils n'aient pas déjà été forcés. On aurait pu ouvrir d'un bon coup de pied.

Il se pencha pour examiner les cadenas.

Dans la cour, Joanne aperçut l'ouvrier maigre et brun que Lulu n'aimait pas. Il la regardait et, quand leurs yeux se croisèrent, il détourna prestement les siens. Joanne pivota et rencontra le regard sombre du fils d'Harry fixé sur elle. Il n'avait pas ouvert la bouche depuis qu'il avait passé la porte. Elle avait le souffle court et s'obligea à respirer lentement et profondément. Elle aurait aimé s'asseoir sur le divan de velours gris. Ses jambes ne la portaient plus. Des fourmillements douloureux dans la plante des pieds et dans les talons la rivaient au plancher. Que lui arrivait-il ?

— Nous poserons des barres en travers des portes coulissantes, et une serrure à pêne dormant sur la porte d'entrée, dit Harry. Cela ne les empêchera pas d'entrer, mais il faudra qu'ils se donnent du mal. Les voyous n'aiment pas travailler dur, en général. Où est le compteur ?

— Le compteur ? Je ne sais pas. Où le place-t-on habituellement ?

Le fils d'Harry ouvrit enfin la bouche ; il éclata de rire. Il me prend pour une gourde, pensa Joanne, et il a raison. Je suis une véritable gourde. Ève doit savoir où se trouve le compteur, chez elle !

Harry sourit avec indulgence.

— Vous savez où se trouve votre chauffage central ?

Il dit cela gentiment, comme si c'était une bonne plaisanterie. Mais les plaisanteries de ce genre, Joanne ne les appréciait guère.

Joanne conduisit les deux hommes à la chaufferie. La grande boîte métallique abritant le compteur était fixée, bien en évidence, sur le mur face à la porte. On ne pouvait pas la manquer. Elle se sentit stupide.

— Voulez-vous une tasse de café ? demanda-t-elle.

— Volontiers, dit Harry. Et toi, Léon ? (Léon acquiesça sans mot dire.) Avec de la crème et du sucre pour moi, et noir pour mon frère.

Ils se mirent à examiner les fusibles.

Ainsi, ils étaient frères, pensa-t-elle en se dirigeant vers la cuisine pour préparer le café. Il y avait une grande différence d'âge entre eux. Elle commença à imaginer une histoire pour l'expliquer : le père d'Harry avait dû abandonner la mère de celui-ci pour une femme plus jeune. Ça se passait toujours comme ça. Quelques années après, il avait fondé une nouvelle famille et Léon était né. Au début, ç'avait été dur pour Harry mais, en grandissant, il s'était adapté et le deux demi-frères avaient appris à s'aimer et avaient décidé de travailler ensemble. Tout finissait bien, sauf pour la mère d'Harry, délaissée et solitaire, exclue de cette cellule familiale respectable.

Joanne regardait tomber le café goutte à goutte dans la cafetière de pyrex. Si Paul se remariait l'année prochaine, en lui laissant un peu de temps pour divorcer, dans moins de deux ans, Robin, qui allait sur ses dix-huit ans, et Lulu, qui allait en avoir treize, auraient un petit frère. Parce que, bien sûr, il ne pourrait s'agir que d'un garçon...

On frappa à la porte coulissante. Joanne sursauta comme si on l'avait frappée. L'ouvrier maigre et brun lui souriait à travers la vitre. Elle lut sur ses lèvres.

— J'aurais besoin d'utiliser votre téléphone...

Joanne hésita, se leva et fit glisser la porte. Elle estima qu'il avait à peu près la trentaine. Il entra sans se faire prier et son regard s'attarda sur la blouse de coton rose qu'elle portait, comme s'il s'agissait d'un déshabillé transparent.

— C'est là, dit Joanne.

Il savait parfaitement où se trouvait le téléphone. Il eut un sourire en coin en traversant la pièce qu'il détailla rapidement avant d'empoigner le téléphone. Il s'adossa au mur recouvert de papier à fleurs blanc et jaune, et ses doigts laissèrent de nouvelles traces sur le téléphone blanc. Il fit son numéro et dit, en montrant l'étiquette sur l'appareil :

— Tiens, vous avez changé de numéro !

Joanne hocha la tête et essaya de ne pas écouter sa conversation. Elle ouvrit bruyamment le placard et en sortit des tasses. Elle prit la crème dans le réfrigérateur et le sucre sur une étagère, tout en notant que la voix de l'homme avait par instants des accents rauques qui lui rappelaient quelque chose.

Par hasard, elle fixa sa nuque. Au même moment, l'homme se retourna et ils se retrouvèrent face à face. Il raccrocha négligemment et prit une pose décontractée, presque provocante. Il n'avait pas l'intention de s'en aller.

— Votre mari est là ?

Il avait déjà posé cette question, la semaine précédente, mais cette fois, le ton était différent.

— Il est à son bureau.

Elle pensa qu'il avait entendu sa conversation avec Lulu. Il s'était fait une idée de la situation.

On frappa soudain à la porte d'entrée et Joanne tressaillit.

— C'est une journée chargée, dit l'homme.

Il eut un sourire affecté. Joanne était au supplice. Les fourmillements la reprenaient et elle restait clouée au sol. Le sourire affecté se transforma en une grimace.

— Vous n'allez pas ouvrir ?

Joanne s'admonesta intérieurement. Elle réussit à soulever ses pieds et à gagner la porte. Ce n'était pas parce que cet homme avait l'air d'un salaud et d'un faux jeton qu'il en était un. Combien de fois avait-elle répété à ses deux filles que les gens méchants n'avaient pas toujours l'air méchant et que l'habit ne fait pas le moine. Il y avait sa voix bizarre, presque grinçante, bien sûr, mais des tas de gens avaient la même. Cela ne prouvait rien. Elle devait se méfier de son imagination. Tout lui paraissait sinistre.

Elle ouvrit la porte. Un petit homme trapu se tenait derrière.

— Mrs Hunter ?

Joanne reconnut le directeur des piscines Rogers.

— Bonjour, Mr Rogers.

— Il faudrait dégager la camionnette garée dans votre allée. Mes hommes ont besoin du passage pour couler le béton.

— Oh ! bien sûr. Veuillez patienter un moment. (Elle traversa le hall en courant et cria du haut de l'escalier.) Mr... Harry ? (Elle ne se souvenait plus de son nom de famille.) Mr Harry, pourriez-vous déplacer votre camionnette ?

Léon monta les marches quatre à quatre, passa devant elle sans mot dire, fit un signe de tête à Rogers et dévala le perron. Il est peut-être muet, pensa Joanne. Un accident de naissance, sans doute ?

— Vous faites des travaux ? demanda Mr Rogers.

— Ils installent un système d'alarme antivol.

— Bonne idée. Quelle marque ?

— Je ne sais pas. C'est mon mari qui s'en occupe.

Une fois de plus, elle se sentit stupide. Mr Rogers était déjà dans la cuisine, bien qu'on ne l'ait pas prié d'entrer. A travers la baie vitrée, il contemplait le trou béant dans la cour.

— Ça vous plaît ?

— C'est un peu la pagaille, pour l'instant, dit Joanne.

Elle l'avait suivi. L'ouvrier avait disparu et elle en fut soulagée. Elle suivit ses traces de pas boueux sur le sol et, soudain, elle aperçut son portefeuille, par terre, sous le téléphone. L'avait-elle fait tomber quand elle avait couru ouvrir la porte ou... ?

— Ce sera superbe, vous verrez, dit Mr Rogers. Je suis sûr que ça vous plaira. Vous n'aurez qu'à sortir dans la cour pour vous croire en vacances. Un vrai cottage. Et sans embouteillages !

Joanne hasarda :

— Quand pensez-vous avoir terminé ?

— Encore quelques jours. Cela dépend du temps. S'il n'avait pas plu, ce serait déjà fini. On coule le béton aujourd'hui, après, c'est une question de détails.

— Il me semble qu'il y a encore beaucoup à faire.

— Ne vous en faites pas ! Une fois le béton coulé... A propos, il nous faudrait un autre chèque. Pourriez-vous le tenir prêt pour la fin de la journée ? Vous n'aurez qu'à le donner à Rick.

— Rick ?

Était-ce l'ouvrier maigre qui venait téléphoner ? Heureusement, Mr Rogers indiqua un autre homme, tout aussi maigre et tout aussi brun.

— C'est lui. Vous lui donnez le chèque et c'est tout.

Rick sourit d'un air entendu.

— Un chèque de combien ? demanda Joanne.

Mr Rogers lui tendit la facture. N'avait-il pas, lui aussi, la voix rauque ?

— Au revoir, Mrs Hunter, dit-il.

Sur le perron, il croisa Léon et Joanne s'avisa qu'elle avait oublié le café.

— Votre café est prêt, dit-elle.

Léon passa devant elle, raide comme la justice, en silence. Il était vraiment étrange qu'il ne parle pas. Était-il muet ou simplement timide ? A moins que... Peut-être avait-il peur qu'elle ne reconnaisse sa voix !

Elle servit le café. Ses mains tremblaient et elle en renversa sur le plan de travail, manquant se brûler. Elle devenait folle. Voilà qu'elle se mettait à soupçonner chaque homme qui lui adressait la parole, ou qui ne la lui adressait pas. On lui avait répété que son persécuteur devait être un cinglé inoffensif. Une chose était certaine : depuis qu'elle avait changé de numéro, il avait cessé d'appeler.

Harry apparut derrière elle.

— Tout va bien, dit-il.

Joanne sursauta et se retourna en renversant une tasse.

— Mon Dieu ! Quelle maladroite !

Elle regarda, impuissante, le liquide brun s'écouler jusqu'au sol et former une mare à côté de ses pieds nus. Du sang, pensa-t-elle. Comme elle ne faisait pas mine d'éponger les dégâts, Harry demanda :

— Auriez-vous des serviettes en papier ?

Cette phrase la rappela à la réalité. Elle s'accroupit instantanément, essuya le café en un éclair, puis lui servit une autre tasse.

— Je suis désolée.

— Attention, dit Harry. (Il lui prit les tasses des mains et les posa sur la table.) Nous sommes prêts à commencer.

Léon était là, lui aussi. Elle ne l'avait pas vu entrer. Il l'observait tranquillement, indifférent. Il doit penser que je suis idiote, se dit-elle.

— Cela va prendre combien de temps ?

Elle s'adressait à Harry qui lui faisait moins peur.

— Environ deux jours. Il y a beaucoup à faire.

— Qu'allez-vous faire, exactement ?

Elle mourait d'envie de se laisser tomber sur une chaise. Il dut penser qu'elle ne comprendrait pas ses explications, aussi il répondit :

— Ne vous en faites pas, nous avons tout prévu. Quand nous aurons terminé, je vous en expliquerai le fonctionnement. Avez-vous décidé de l'emplacement de l'interphone ?

L'interphone ? Joanne se rappela vaguement que Paul en avait parlé.

— Votre mari nous a demandé d'installer un interphone. Les câbles électriques ont déjà été posés, il ne vous reste qu'à choisir l'emplacement de l'appareil. En général, les gens le mettent dans la cuisine. (Il regarda autour de lui.) Là, par exemple, près du téléphone. C'est le meilleur endroit.

Il attendit l'approbation de Joanne. Ses oreilles bourdonnaient et elle fit un faible signe d'assentiment. Elle essayait de toutes ses forces de se concentrer sur ses explications mais le sens profond lui en échappait. Elle saisit au passage qu'il serait pratique d'installer des interphones dans toutes les pièces, on pourrait ainsi se parler d'un bout à l'autre de la maison sans avoir à hurler. En voilà un qui n'avait pas de filles, pensa-t-elle. Elle s'aperçut qu'il en avait fini avec l'histoire de l'interphone et sourit à tout hasard, comptant qu'il prendrait son sourire pour un agrément. Il avait déjà discuté de tout avec « l'homme de la maison ». Seulement voilà, ce dernier n'avait pas cru bon de mentionner qu'il avait mis les voiles. Allait-il revenir ?

Le téléphone sonna.

— C'est Paul, Joanne.

Il avait une voix polie, sa voix d'homme d'affaires, et il s'adressait à elle comme à une relation agréable quoique distante.

— Les hommes sont-ils arrivés ?

— Ceux du système d'alarme ? Oui, ils sont ici.

Elle se souvint alors qu'elle avait promis de l'appeler dès leur arrivée.

— Je suis désolée, j'ai oublié...

— Passe-moi Harry.

Elle tendit en silence l'appareil au plus âgé des deux hommes et l'écouta s'entretenir avec son mari. Elle sourit nerveusement à Léon qui lui renvoya son sourire tout en sirotant tranquillement son café. Il était comme perdu dans ses pensées.

— Allez, au boulot, dit soudain Harry.

Léon se leva sur-le-champ et suivit son frère qui sortait de la pièce.

— Mon mari ne désirait pas me parler ? demanda Joanne.

— Non, il n'a rien dit.

Les deux hommes disparurent dans l'escalier. Sans réfléchir, Joanne se rua sur le téléphone et composa le numéro du bureau de Paul à Manhattan. Elle se doutait qu'il allait considérer cet appel comme une intrusion mais ne put résister.

— Paul Hunter, demanda-t-elle à la standardiste.

Savait-elle qu'il avait déménagé ? Elle passa la communication dans le bureau de Paul et Joanne eut Katy, la secrétaire. Et elle, savait-elle ?

— Pourrais-je parler à Paul ? dit Joanne.

— Il est en réunion, répondit Katy. Peut-il vous rappeler ?

— C'est lui qui m'a appelée, passez-le-moi, c'est important.

— Ne quittez pas. Je vais voir si je peux l'interrompre.

Quelques secondes plus tard, Paul était au bout du fil.

— Qu'est-ce qui ne va pas, Joanne ? Je suis occupé avec quatre personnes.

Joanne lui parla du chèque de Mr Rogers et Paul répondit que les chèques se trouvaient, comme d'habitude, dans le tiroir, sous le téléphone. Le ton de sa voix était égal, mais Joanne crut deviner qu'il était excédé.

Le reste de l'après-midi passa dans l'agitation et dans le flou. La maison était pleine d'hommes qui s'affairaient en tous sens, comme des souris. Les ouvriers de la piscine avaient besoin d'accéder à un tuyau qu'ils ne pouvaient atteindre qu'en passant par la chaufferie ; ils rejoignirent les deux hommes d'Ace Alarms et branchèrent des fils sur de petites boîtes. De temps en temps, une sonnerie stridente retentissait. « Nous faisons des essais du système », avait dit Harry. Chaque fois, Joanne sursautait. Ève téléphona en rentrant de son travail pour demander ce que faisaient tous ces camions dans la rue, et pour annoncer que, par-dessus le marché, elle couvait une angine. Robin et Lulu firent irruption dans la maison par la porte d'entrée. Elles discutaient âprement et continuèrent dans leurs chambres, où elles étaient censées faire leurs devoirs. Rick se présenta à 17 heures précises pour le chèque. Harry était en train de demander à Joanne la combinaison chiffrée qu'elle avait choisie pour le système d'alarme.

— Quelle combinaison ? répéta-t-elle lorsque Rick fut reparti avec son argent.

Léon avait toujours l'air de surgir du néant quand elle se croyait seule avec Harry ; il l'observait intensément.

Il doit se demander si je suis toujours aussi cloche, se dit-elle.

— Votre mari a dit que c'était à vous de choisir les chiffres. Vous devez en donner quatre, Mrs Hunter, reprit Harry, patient. (Il sentait que quelque chose n'allait pas mais n'osait pas le demander.) N'importe quelle combinaison.

Il la conduisit vers la petite boîte qu'ils venaient d'installer à côté de la porte d'entrée, sur la gauche. Elle abritait plusieurs touches, assez semblables à celles du téléphone.

— Lorsque vous sortez de la maison, vous appuyez sur les quatre chiffres. Un voyant vert s'allume. Vous avez alors trente secondes pour sortir et refermer la porte. Même chose quand vous rentrez. Vous passez la porte et vous avez trente secondes pour presser les touches et débrancher le système. Le voyant vert s'éteint. Si vous oubliez, l'alarme se déclenche. Vous comprenez ?

Joanne hocha la tête. Ses crampes d'estomac s'étaient insinuées dans toute sa cage thoracique.

— Allez-y, choisissez quatre chiffres.

— N'importe lesquels ?

— N'importe quels chiffres qui plaisent à votre petit cœur.

Léon réprima un gloussement qu'il transforma en toux, tandis que du premier venait un tir de barrage d'accusations et de claquements de portes.

— Les filles ! cria Joanne, secrètement heureuse de la diversion. Ça suffit !

— Elle m'a traitée de menteuse ! glapit Lulu.

— C'est une menteuse ! hurla Robin. Elle dit qu'elle n'est pas venue dans ma chambre !

— J'y suis passée pour reprendre un livre qui est à moi !

— Menteuse ! cria Robin.

— Voleuse ! riposta sa sœur.

Encore une fois, les murs vibrèrent de claquements de portes.

— Quels chiffres ? demanda patiemment Harry.

— C'était quand, le début de la guerre de Sécession ? demanda Joanne.

— Pardon ? fit Harry. La guerre de Sécession ? Il regarda son frère.

— 1861, répondit posément Léon.

Une voix tout à fait agréable, pensa Joanne, mais il ne risque pas de l'user...

— Je peux prendre ceux-là ? hasarda Joanne.

— Vous pouvez même choisir le début de la guerre des Boers, si vous voulez, répliqua Harry. C'est d'accord, 1-8-6-1.

— Ma plus jeune est mauvaise en histoire... Elle ne retient pas les dates. Ça l'aidera peut-être, confia Joanne.

Les deux hommes étaient déjà dans l'escalier.

Joanne retourna à la cuisine. L'ouvrier maigre était sur le seuil. Depuis combien de temps ?

— J'ai frappé à la porte de service, expliqua-t-il. Vous n'avez pas dû entendre. Votre mari est rentré ?

Joanne secoua la tête. Sa voix était nouée dans sa gorge.

— Il a dit qu'il voulait me dire un mot avant que nous préparions le mortier pour le carrelage. Nous devons le poser demain, expliqua-t-il.

— Je vais l'appeler, dit Joanne.

Elle retrouva en même temps l'usage de sa voix et de ses pieds et entra dans la cuisine.

Quelques secondes plus tard, en écoutant l'homme parler au téléphone à son mari, elle estima que sa voix avait perdu ce ton rocailleux qu'elle avait cru remarquer. A vrai dire, si elle était objective, elle devait avouer que sa voix n'était pas désagréable. Son allure non plus n'avait rien de particulièrement inquiétant, se dit-elle en l'examinant. Elle s'éclaircit la gorge pour se débarrasser de cette petite boule qui semblait s'y être logée.

L'ouvrier maigre qui donnait la chair de poule à Lulu raccrocha et pivota pour lui faire face.

— Merci, dit-il.

Et il lui sourit en la regardant au fond des yeux, comme s'il savait quelque chose qu'elle ignorait.

Elle fut de nouveau assaillie par le doute. Combien de temps était-il resté là, sur le seuil ? Avait-il entendu les chiffres qu'elle avait donnés à Harry ? Comprenait-il ce qu'ils signifiaient ? Elle ne pouvait courir ce risque. Il fallait les changer.

— Harry ! appela-t-elle du haut de l'escalier. Elle avait pris soin de verrouiller la porte de verre coulissante derrière l'homme.

— Oui, Mrs Hunter ?

La voix de Harry se répercuta, pleine d'une impatience bienveillante, comme s'il savait ce qu'elle allait dire.

— Quand la guerre des Boers a-t-elle éclaté ? demanda-t-elle.

Elle entendit Léon s'étrangler de rire.

Il me prend décidément pour une idiote, pensa-t-elle.

10

— Comment ça va ? demanda Karen Palmer, avec un peu plus de sollicitude que ne l'exigeait normalement la question.

Elle sait, pensa Joanne, le cœur soudain chaviré. Elle repoussa son sac dans le casier et s'efforça de sourire. Elle s'était maîtrisée jusque-là... Elle n'allait pas craquer dans le vestiaire des dames du

Fresh Meadows Country Club, tout de même ! Surtout devant cette femme qui, au mieux, n'était qu'une vague relation.

— Très bien, répondit-elle avec simplicité en sentant sa voix se briser.

Elle se mordit fortement la lèvre inférieure, qui glissa sous ses dents, et fondit en larmes. Les pleurs silencieux se transformèrent vite en sanglots qu'elle était incapable de contenir. Sans défense, vaincue, Joanne resta plantée au beau milieu du vestiaire, sur la moquette grise, et gémit comme un animal blessé.

— Ah, mon Dieu, ma pauvre chérie ! s'exclama Karen Palmer. (Elle prit vivement Joanne dans ses bras.) Venez, allons nous asseoir.

Joanne se laissa conduire vers une rangée de fauteuils confortables, contre le mur rose pâle du vestiaire.

— Pleurez, pleurez, ça vous soulagera, conseilla Karen Palmer.

Joanne enfouit sa figure dans la généreuse poitrine de la jeune femme.

On dirait des coussins de caoutchouc mousse, pensa Joanne entre deux sanglots. Incapable d'arrêter ses tremblements, elle sentait des fourmillements dans ses bras et ses jambes ; un début de nausée lui monta à la gorge. Elle espéra qu'elle n'allait pas vomir. Ève lui en voudrait à mort si elles manquaient encore une leçon. Où était Ève ? Pourquoi n'était-elle pas encore là ?

— Vous voulez en parler ? demanda Karen avec douceur.

Joanne s'essuya les yeux et ses sanglots se calmèrent dans un frémissement tandis qu'elle se maîtrisait et relevait la tête.

— Seigneur, qu'avez-vous fait à vos cheveux ? s'écria-t-elle en regardant Karen pour la première fois de l'après-midi.

Karen Palmer leva aussitôt une main vers le

sommet de sa tête et passa les doigts dans ce qui restait de sa luxuriante chevelure auburn.

— C'est punk, expliqua-t-elle. Jim en avait assez de ma vieille coiffure. Il y avait sept ans que je n'en avais pas changé. Il disait que j'avais l'air d'être congelée depuis les années 50. Et il avait raison. Rudolph était d'accord. Il s'est précipité sur ses ciseaux. Naturellement, Jim prétend maintenant qu'il n'a jamais voulu que ce soit aussi court. Ah, zut, les hommes ! Ils ne savent pas ce qu'ils veulent... J'ai appris, pour Paul et vous. Je suis désolée.

— Ce n'est que temporaire. Nous essayons de trouver une solution, bredouilla Joanne.

Elle eut l'impression d'entendre les mots sortir de la bouche de quelqu'un d'autre.

— Vous la trouverez, j'en suis sûre, affirma Karen.

Joanne se demanda comment on pouvait être sûr de quoi que ce soit, en particulier quand cela ne vous concernait pas ; elle songea aussitôt qu'elle dirait probablement les mêmes banalités si la situation était inversée.

— Je ne sais pas ce qui arrive aux hommes quand ils atteignent un certain âge, poursuivit Karen. C'est comme ce qu'on lit dans les livres, ils deviennent un peu fous. Comment vous débrouillez-vous ?

— Pas trop mal, murmura Joanne. (Était-il nécessaire d'en dire davantage ?) Je fais installer un système d'alarme, dit-elle, voyant que l'autre attendait une suite.

— Comment ! Vous n'en aviez pas encore ?

— Non.

— Notez que ça ne sert pas à grand-chose. Ça se met à sonner n'importe quand et la police ne vient jamais.

— Que voulez-vous dire ?

— Les flics sont trop occupés pour répondre à toutes les fausses alertes.

— Comment savent-ils qu'elles sont fausses ?

— La plupart le sont. Et même si elles ne le sont pas, la police a trop à faire. Vous avez déjà essayé d'appeler police secours ? Le 911 ? (Joanne secoua la tête.) Essayez, vous verrez. Il ne se passe rien. Vous entendez un disque qui vous dit que tous les postes sont occupés. Si vous êtes encore en vie, au bout de vingt minutes d'attente pour entendre une voix humaine, on décide, *peut-être*, de considérer la question... Si vous avez de la chance ! Bien sûr, si vous avez de la chance, vous n'allez pas déranger la police, hein ? C'est quand même une bonne idée d'avoir une alarme, ajouta Karen, illogique. Enfin, c'est mieux que rien. Vous faites installer un bouton de panique ?

— Un bouton de panique ?

Panique, répéta Joanne à part soi, enfin un mot qu'elle pouvait comprendre.

— Vous devriez en avoir quelques-uns, au cas où quelqu'un s'introduirait chez vous pendant que vous y êtes. Il vous suffirait d'appuyer sur le bouton et la sirène d'alarme retentirait. En supposant que vous puissiez atteindre le bouton, naturellement.

Joanne se demanda pourquoi elle parlait à Karen. Elle était encore pire que le film d'horreur où Ève l'avait traînée.

— Je me demande où est Ève, dit-elle en baissant les yeux sur sa montre. Elle est si ponctuelle !

— Vous avez une leçon de tennis ?

— Dans cinq minutes.

Elle se leva pour gagner la porte.

— Elle va arriver, déclara Karen.

Sa voix claironnait avec la même autorité qu'elle avait eue pour assurer que tout allait s'arranger pour Joanne ; cette dernière se demanda d'où lui venait une telle omniscience.

Elle s'excusa et s'évada de la chaleur rose et grise du vestiaire pour passer dans la fraîcheur verte et blanche du hall.

— Nous vous avons appelée, lui dit une femme qu'elle reconnut à peine. Il y a un message pour vous à la réception.

Joanne s'approcha de la jeune femme blonde bien amidonnée, au bureau, et prit la décision d'être ce genre de fille-là dans sa prochaine vie. On lui tendit un mot la priant de rappeler Ève Stanley chez elle.

— Qu'est-ce que tu fais chez toi ? demanda-t-elle dès qu'elle entendit Ève au bout du fil. Qu'est-ce qui t'arrive ?

— Eh bien... Je ne sais pas. J'ai ce mal de gorge stupide et ces douleurs idiotes dans la poitrine. Je ne suis pas allée au lycée aujourd'hui. Maman est ici.

— Pourquoi m'as-tu donné rendez-vous au tennis ?

— Tu n'y serais pas allée si tu avais pensé que je ne viendrais pas. (Joanne ne dit rien ; Ève avait raison.) D'ailleurs, ce n'est rien, mais j'ai pensé... ou plus exactement ma mère a pensé que si je passais deux jours au lit, je me débarrasserais de ça, quoi que ce soit.

— Tu as eu le résultat de tes analyses de sang ?

— Oui. Négatif. Tout va bien.

— Ça, au moins, c'est un soulagement.

— Maman n'est pas contente. Elle prend rendez-vous pour moi chez le cardiologue.

— Tu me diras quand ? Je te conduirai.

— Merci. Faut que j'aille me recoucher, maman me fait des grimaces.

— Je comprends. Je te rappellerai dès que je serai rentrée à la maison.

— Bonne leçon !

— Merci !

— Vous avez un bon revers, puissant, naturel, Mrs Hunter, dit Steve Henry avec enthousiasme. Mais vous devez apprendre à être plus agressive.

110

Vous attendez trop longtemps avant de frapper. Vous devez frapper la balle quand elle est là, expliqua-t-il en faisant un geste. Pas quand elle est derrière. Vous devez utiliser davantage votre corps. Vous comptez trop sur votre bras. C'est un bon bras, bien fort, d'accord, mais il n'a pas à travailler si dur. Penchez-vous sur la balle. Tenez, comme ça...

Il se mit en position derrière Joanne pour lui guider le bras droit, qu'il ramena devant elle vers la gauche et repoussa en avant pour affronter une balle imaginaire.

— Allez à sa rencontre. C'est ça. Quand vous voyez la balle venir vers vous, pivotez... c'est ça... le pied arrière fermement planté... et penchez-vous vers la balle, et frappez quand la petite garce est encore là-bas, dit-il en montrant du doigt. N'attendez pas qu'elle soit derrière. Ça vous fait perdre la moitié de votre puissance. On va essayer encore une fois comme ça. Vous progressez, Mrs Hunter. Détendez-vous. C'est un jeu, vous savez.

Joanne sourit et coula un regard furtif vers sa montre pour voir combien de temps il restait. Elle était fatiguée, elle avait mal aux jambes et au bras ; le soleil lui tombait dans les yeux ; elle transpirait dans sa nouvelle robe de tennis blanche. Il ne voit donc pas que je suis une vieille dame ? se demanda-t-elle en abattant sa raquette sur la subite apparition de la balle jaune, comme si c'était une mouche agaçante.

— Suivez le coup, Mrs Hunter ! insista la voix, de l'autre côté du filet. Suivez le coup !

Qu'est-ce qu'il raconte ? se demanda Joanne en balançant frénétiquement sa raquette contre la balle et en lobant accidentellement la suivante à une hauteur vertigineuse. Que me veut ce type ? Qu'est-ce que je fais là ? Les leçons de tennis, c'est une idée d'Ève, bon Dieu ! Pourquoi a-t-elle le droit de rester malade à la maison, alors que je suis obligée de courir sur ce court ridicule après des balles fluorescentes ? Vous ne vous rendez pas compte que j'ai des choses plus importantes à faire ? cria en silence Joanne au jeune homme, à l'autre bout du court. Quoi, par exemple ? l'entendit-elle demander alors qu'il renvoyait sans effort la balle qu'elle avait réussi, sans savoir comment, à faire passer de l'autre côté du filet. Des tas de choses, marmonna-t-elle en silence, en courant à reculons pour ne pas manquer un long coup bas. Attendre que mes filles rentrent du lycée, par exemple ! Attendre que mon mari sache ce qu'il veut ! Et faire toute une fournée de foutues tartes au citron meringuées en attendant ! Elle projeta furieusement la balle suivante en plein dans le filet.

— Suivez le coup, Mrs Hunter ! cria Steve Henry en s'élançant vers elle pour mieux souligner ses mots.

Vous ne pouvez pas comprendre, pensa Joanne, vous êtes trop jeune. Vous êtes de la génération qui croit pouvoir tout obtenir. Et vous le pouvez, peut-être. Bonne chance à tous ! Moi, je suis de la génération qui est passée à côté. Quand je grandissais, ce n'était pas à la mode, les filles intelligentes ou indépendantes. On les engageait à encourager leurs hommes. On nous apprenait à être astucieuses, mais jamais plus habiles qu'eux, à être intelligentes mais néanmoins dépendantes, à ne vouloir que ce qu'un homme pouvait donner. Et je m'y entendais si bien que je suis passée avec la mention très bien ! Et là-dessus, vous arrivez et vous me volez mes diplômes ! Vous trouvez ça juste ? Je suis trop vieille pour apprendre un tas de nouvelles règles.

Elle tapa furieusement contre une balle qui arrivait, la manqua et tomba durement sur les fesses. Steve Henry fut immédiatement à côté d'elle.

— Vous ne vous êtes pas fait mal ? (Il parlait avec sollicitude en la soulevant par les aisselles.) Vous avez suivi le coup, c'était bien, mais vous avez quitté la balle des yeux ! dit-il en souriant.

— Je ne m'y ferai jamais !

Elle épousseta sa courte robe blanche, maintenant salie de traces vertes.

— Vous devriez peut-être vous procurer une de ces nouvelles raquettes géantes. Cela améliorerait considérablement votre jeu.

— Je ne parlais pas du tennis, expliqua-t-elle, mais de la vie.

Cela le fit rire.

— Vous voulez vous reposer quelques minutes ?

— Comment ? La leçon n'est pas encore finie ?

Cette fois, ils regardèrent l'heure tous les deux. Encore dix minutes.

— Je crois que ça suffit pour moi. Je suis trop vieille pour ça.

— Trop vieille ? Vous avez de meilleures jambes que toutes les femmes du club !

La réflexion était désinvolte, faite sur le ton d'une simple constatation indiscutable. Joanne se sentit rougir.

— Excusez-moi, je ne voulais pas vous offenser, dit-il vivement, mais sans perdre son sourire.

— Je ne le suis pas.

Elle se hâtait de quitter le court.

— Au fait, quel âge avez-vous ? demanda-t-il derrière elle.

Joanna respira profondément et laissa échapper un long soupir.

— Quarante et un ans, répondit-elle d'une voix sans timbre.

Elle se souvint que même sur son lit de mort sa mère avait refusé de révéler son âge à ses médecins.

— On vous en donne dix de moins !

— Ce n'est pas assez jeune, j'en ai peur.

— Pour qui ? Et peur de quoi ?

Joanne se mordit la lèvre. Était-il en train de lui faire du rentre-dedans ? Elle chassa cette idée inquiétante, en se disant qu'elle serait incapable de reconnaître un dragueur, même s'il lui sautait dessus. Non, il était simplement galant. Les professeurs de tennis devaient rassurer leurs élèves, ça faisait partie de leur technique.

Steve Henry ouvrit la porte grillagée et s'effaça pour laisser Joanne passer devant lui.

— Votre mari a beaucoup de chance, dit-il.

— Il n'est pas porté sur les jambes, s'entendit-elle répondre, sans en croire ses oreilles.

Pourquoi avait-elle dit ça ? C'était le genre de chose qu'Ève pourrait dire.

— Alors, il est idiot ! déclara le moniteur. (Il tira de sa poche arrière une paire de lunettes de soleil bleu marine.) Vous avez laissé ça sur le court. A la semaine prochaine !

Qui voulait-il abuser ? pensa Joanne en se savonnant sous la douche du club, après sa leçon. Elle paraissait bien ses quarante et un ans, peut-être même plus. Le plus bizarre, c'est qu'elle ne se sentait pas plus âgée que vingt ans plus tôt. Au fond, elle était toujours la même petite fille incertaine, inquiète, qui essayait d'être la parfaite incarnation de ce qu'on voulait qu'elle fût, craignant de rire trop fort, de trop parler, de courir trop vite, de vouloir trop, de dire quelque chose qu'elle risquerait de regretter plus tard, ou d'échouer dans une discipline où elle n'aurait jamais dû s'aventurer. Elle se surprit à rire amèrement sous le jet cinglant. Elle avait échoué quand même. Mais pourquoi ? Elle avait pourtant été une mère de famille parfaite, présentant au monde un aspect de joyeuse invulnérabilité. Tu es forte, lui avait dit son mari en la quittant, et il l'avait répété huit jours plus tôt. Je suis une femme, chanta silencieusement Joanne en se laissant arroser la tête.

Et maintenant ? se demanda-t-elle quand elle sortit de la douche et s'enveloppa dans une des immenses serviettes roses du club. Qu'est-ce qu'on fait, lorsqu'un homme cesse subitement de vous aimer ?

Quand était-ce arrivé ? Quand elle avait eu quarante ans ? Trente ans ? Avait-il cessé progressivement ou tout d'un coup ? Est-ce que cela avait été un lent déclin ou quelque chose qui l'avait brusquement frappé un matin, alors qu'il se retournait dans son lit et la voyait à côté de lui, dormant la bouche ouverte, les cheveux en désordre sur l'oreiller ? Quand s'était-il lassé de tout ce qu'il avait trouvé si rassurant ? Quand avait-il cessé de l'aimer ? Avait-il cessé de l'aimer ?

Il disait qu'il n'était pas heureux. Qui était heureux ? Personne ne pouvait être heureux tout le temps, ni même la plupart du temps. En général, on occupait un terrain neutre, moyen. La seule chose qui empêchait d'être heureux vingt-quatre heures sur vingt-quatre, pensa Joanne, c'était la vie. Un rire dur lui échappa.

Une femme petite, étonnamment musclée, qui se pesait à côté, lui jeta un coup d'œil soupçonneux. On ne riait pas à haute voix, en entrant toute seule dans le vestiaire des dames d'un country club huppé de Long Island. Joanne s'assit à l'une des coiffeuses et prit le sèche-cheveux fourni par la maison.

Que voulait dire Paul ? Il n'était pas heureux. Était-ce à elle de faire son bonheur ? Ne s'était-elle pas déchargée depuis longtemps sur Paul de la responsabilité de son propre bonheur ? Elle considéra, avec un vague coup au cœur, la femme qu'elle était dans la glace.

— Qu'est-ce que j'ai fait à mes cheveux ? se demanda-t-elle tout haut en voyant la masse de boucles emmêlées au sommet de sa tête.

« C'est punk », disait Karen Palmer, mais elle renonça à se remouiller les cheveux pour recommencer son brushing. Personne ne la verrait, elle allait rentrer directement chez elle, où elle passerait la soirée avec Lulu, devant la télévision. Robin sortait. Scott viendrait-il la chercher, pour qu'elle puisse enfin le présenter à sa mère ?

— Je ne suis pas prête à avoir des filles qui sortent avec des garçons, chuchota Joanne à son reflet, à qui elle tira la langue.

La petite femme trapue de la balance vint s'asseoir à la table voisine et la regarda de nouveau d'un air inquiet. Elle me croit folle, pensa Joanne. Comme tout le monde ! Elle se leva si brusquement que sa chaise se renversa. Je me parle tout haut, et alors ? pensa-t-elle en se baissant pour ramasser le siège. Comme disait maman : « Si tu veux parler à une personne intelligente... »

Ce sera différent pour mes filles, se dit-elle en reprenant le cours de ses réflexions, tandis qu'elle ouvrait son casier et commençait à se rhabiller. Elles étaient élevées dans un monde différent, qui leur apprenait à se défendre toutes seules, à ne pas dépendre des autres pour être heureuses. Elle s'immobilisa brusquement, les bras levés, écartant le col de son T-shirt violet au-dessus de sa tête, les coudes en l'air, le visage complètement caché sous le jersey.

Comment la vie serait-elle différente pour ses filles ? Quel exemple avaient Robin et Lulu sous les yeux ? Une femme passée de la maison de ses parents à l'appartement de son mari, et qui ne se connaissait pas elle-même ? Une femme qui s'était mariée jeune et avait consacré son existence à faire des courses et des tartes au citron meringuées ? Une mère qui passait ses journées à ramasser les affaires de tout le monde en proférant des platitudes : « Je ne veux que ce qui fera ton bonheur », comme sa mère le lui avait assuré ? Une femme qui n'avait jamais pris de décision importante de sa vie d'adulte, de décision strictement personnelle ? Une fille qui avait caché son chagrin à la mort de ses parents pour que ses filles ne soient pas bouleversées, une épouse qui pleurait le départ d'un mari

116

de la même manière silencieuse, en protégeant ses enfants comme elle l'avait toujours été, petite fille, en cherchant à les épargner.

La vie n'épargne personne, pensa-t-elle.

Elle entendit sa mère murmurer, dans les doux replis du jersey : « Je ne veux que ce qui fera ton bonheur ! »

— Eh bien, je ne suis pas heureuse ! cria rageusement Joanne en enfonçant les bras dans les manches courtes du T-shirt. Je ne suis pas heureuse ! Tu m'entends ? Je ne suis pas heureuse !

Elle se laissa tomber par terre, le reste de ses vêtements épars autour de ses genoux nus.

— Ça ne va pas ? demanda la femme aux mollets musclés, penchée vers Joanne. Ça ne va pas ? répéta-t-elle comme elle ne recevait pas de réponse.

Joanne la regarda dans les yeux et vit que l'autre était vaguement effrayée. Elle la laissa l'aider à se relever.

— Mon mari vient de me quitter et il y a un cinglé qui me téléphone tout le temps pour me dire qu'il va me tuer, répondit-elle avec simplicité.

La femme trapue eut l'air absolument abasourdie. Et alors ? se dit Joanne en achevant rapidement de s'habiller, c'est elle qui a voulu savoir !

11

— J'ai reçu un coup de téléphone, cet après-midi, en rentrant, annonça Joanne en regardant sa fille aînée, en face d'elle, à la table du dîner. (Robin, une bouchée de spaghettis rouge orangé pendant de ses lèvres pincées, regarda sa mère avec un mélange de curiosité et d'ennui.) Tu sais pourquoi, je pense ?

Robin inspira une grande bouffée d'air, comme si elle tirait longuement sur une cigarette, et aspira les derniers spaghettis vagabonds. Elle les mâcha avec indifférence pendant quelques secondes, muette, les yeux résolument baissés sur son assiette, comme si les pâtes étaient sa raison de vivre et que sa mère n'existait pas.

— Robin... Tu vas me répondre, oui ou non ?

Robin garda le silence.

— Robin...

— Pourquoi veux-tu que je te réponde ? Tu la connais déjà, la réponse. C'est toujours pareil. Tu poses toujours des questions dont tu connais les réponses. Pourquoi ?

Joanne fut prise de court.

— Je ne sais pas, avoua-t-elle enfin. C'est sans doute parce que je veux entendre la réponse de ta bouche.

— Qu'est-ce qui se passe ? demanda Lulu, qui regardait à tour de rôle sa mère et sa sœur comme un spectateur à un tournoi de tennis.

— Ta gueule, lui lança Robin.

— Robin... l'avertit sa mère.

— Boucle-la toi-même ! rétorqua Lulu.

— Les enfants, s'il vous plaît...

— Retourne dans ton trou ! cria Robin. Tu n'es qu'un ver de terre.

— Robin, ça suffit !

— Ça vaut mieux que d'être un serpent ! glapit Lulu.

Ce fut au tour des yeux de Joanne de faire l'aller-retour de chaque côté de la table de la cuisine.

— Les vers, c'est ce qu'il y a de plus inférieur, railla Robin. Surtout les *gros* vers blancs !

— Ça suffit, Robin, ordonna Joanne. (Elle se força à ne pas hausser le ton.) Nous ne pouvons pas faire un seul repas sans ces chamailleries ? Vous êtes sœurs, vous êtes tout ce que vous avez...

— J'aimerais mieux ne rien avoir du tout ! cria rageusement Robin.

Elle fourra dans sa bouche une nouvelle fourchettée de spaghettis.

— Ouais, et moi j'aimerais mieux que tu sois morte ! riposta Lulu.

— Assez ! cria Joanne. (Elle perdit momentanément tout contrôle, mais se reprit aussitôt.) Assez, je vous en prie. Nous allons finir de dîner bien tranquillement. Je ne veux plus entendre un mot, d'aucune des deux.

Elle essaya d'enrouler proprement les pâtes autour de sa fourchette, en vain. Elle renonça, posa ses couverts et respira profondément. Des larmes lui montaient aux yeux et elle se hâta de les chasser.

— Il va falloir que vous m'aidiez, les filles, leur dit-elle en faisant un effort pour maîtriser sa voix. C'est un moment très dur pour moi. Je sais que c'est dur pour vous aussi, mais encore plus pour moi. Je ne vous demande pas de marcher sur la pointe des pieds dans la maison, mais simplement de ne pas vous harceler constamment, toutes les deux. Au moins à table. J'aimerais bien terminer un repas sans avoir les nerfs en boule et mon dîner sur l'estomac !

— Je ne suis pas grosse, déclara Lulu.

— Si, tu l'es ! rétorqua instantanément sa sœur.

— Elle n'est pas grosse, dit sèchement Joanne. Et je vous avertis toutes les deux que si vous prononcez un seul mot de plus sans ma permission, vous n'aurez pas le droit de sortir de tout le week-end. Je parle sérieusement !

Robin regarda sa mère d'un air furieux. Lulu s'agita sur sa chaise. Le reste du dîner se passa dans un silence contraint. Quand Joanne se leva pour desservir et les deux filles pour quitter la table, elle dit à Robin :

— J'ai à te parler.

— Il faut que je me prépare pour mon rendez-vous !

— Il attendra. (Joanne répondit avec fermeté, sans se soucier du soupir impatient de Robin, et elle ordonna à Lulu :) Tu peux nous laisser.

— Je veux écouter !

— Tu vas t'en aller, oui ? cria Robin.

— Essaie de me forcer !

— Lulu, monte dans ta chambre et occupe-toi pendant quelques minutes, insista Joanne.

— En faisant quoi ?

— Tes devoirs.

— Je les ai faits.

— Alors, va prendre un bain.

— Maintenant ?

— Lulu, fais ce que tu veux, mais fais-le ailleurs !

— Je m'appelle Lana ! A partir de maintenant, je veux qu'on m'appelle par mon vrai nom... Lana.

— Un ver de terre sera toujours un ver...

— Robin, je t'avertis, un mot de plus et il ne sera pas question que tu sortes ce soir.

— Qu'est-ce que j'ai fait ?

Joanne considéra le visage presque innocent devant elle et faillit éclater de rire. Elle respira, compta jusqu'à dix et se tourna vers la petite.

— Je t'en prie, Lulu. Je te parlerai plus tard.

— Lana !

— Lana, répéta Joanne.

Puis elle suivit un instant des yeux sa plus jeune fille qui sortait lentement, plus lentement que jamais, de la cuisine.

Elle entendit le prénom se répercuter dans sa tête et tenta de le former avec ses lèvres. C'était un choix de Paul ; elle aurait préféré Lulu. Ils s'étaient décidés pour un compromis, l'avaient baptisée Lana, mais appelée Lulu. Et maintenant, Paul était parti, et elle restait avec une Lana, pensa Joanne en traînant sa chaise vers sa fille aînée, tout en cherchant ce qu'elle s'apprêtait à lui dire.

120

— J'ai reçu un coup de téléphone de ton prof de math, cet après-midi... Mr Avery n'est pas très content de ton travail, depuis quelque temps. Il dit que tu as séché des cours.

— Je n'ai pas... Ils sont tellement ennuyeux, maman !

— Je me moque qu'ils soient ennuyeux. Tu n'as pas le choix, déclara Joanne. (Elle réfléchit avec soin à ses mots suivants.) Il affirme que ta dernière composition de math n'a pas été très bonne.

— Je l'ai ratée !

— C'est ce qu'il a dit.

— Pourquoi tu ne le dis pas, toi ? Pourquoi tu ne dis jamais ce que tu penses ?

— Je croyais l'avoir fait.

— Tu ne le dis *jamais*.

— Nous ne sommes pas là pour parler de mes défauts, Robin. Nous ferons ça une autre fois, quand nous aurons tout notre temps. Pour le moment, nous parlons de toi. Je veux savoir pourquoi tu as séché des cours.

— Je te l'ai expliqué. Ils sont trop ennuyeux.

— Ce n'est pas une raison. Tu as toujours été bonne en math. Si tu as du mal à comprendre quelque chose, tu dois en parler à Mr Avery. Il m'a l'air d'un homme compréhensif.

— C'est un vieux con.

— Robin, tu dois travailler mieux que ça...

Joanne saisit une mèche qui tombait sur ses yeux et fit une petite boule de celle-ci.

— Robin...

— Qu'est-ce que tu as fait à tes cheveux ? demanda brusquement sa fille.

Elle regardait tout à coup sa mère comme Joanne avait subitement remarqué Karen Palmer, au club.

Joanne lâcha ses cheveux et leva les yeux au ciel, vaincue.

— Je ne sais pas, répondit-elle avec lassitude.

J'étais pressée après ma leçon de tennis. Je n'ai pas fait attention.

— Ça me plaît, lui dit Robin, sincère.

— Merci. (Joanne s'étonnait de la rapidité des changements d'humeur des jeunes.) Pour en revenir à Mr Avery...

— Ah, maman, est-ce que c'est nécessaire ?

— Oui, parfaitement.

— Je ne sécherai plus de cours. D'accord ? Je te le promets.

— Il dit qu'il n'y a aucune raison que tu aies manqué cette composition, parce que tu es une fille très intelligente. Il dit aussi que tu n'es pas très attentive en classe, en ce moment, même quand tu assistes aux cours.

— J'ai autre chose en tête.

Joanne ne dit rien ; elle se sentait responsable de l'état d'esprit de sa fille et acceptait paisiblement le blâme. Elles passaient toutes les trois un bien mauvais moment.

— Il reste un mois avant les vacances. Tu peux tenir jusque-là, n'est-ce pas ? Je n'aimerais pas que tu rates une bonne année uniquement parce que...

Parce que nous avons gâché ta vie, pensa-t-elle mais elle n'en dit rien.

— Je serai sage, promit Robin.

Joanne ressentit un petit pincement au cœur. Robin serait-elle la jeune fille sage qu'elle-même avait été ? N'était-ce pas ainsi qu'elle l'avait élevée ?

— Je peux aller me préparer, maintenant ? Scott sera là dans une heure.

Joanne acquiesça et resta assise pendant que Robin montait, quatre à quatre. Elle allait se lever quand elle l'entendit glapir :

— Boule de graisse !

— Vieille conne ! rétorqua sa sœur.

Joanne laissa tomber son front sur la table. Deux portes claquèrent au premier.

Quand Scott Peterson arriva enfin, ce fut une déception. Aussi maigre qu'un crayon bien taillé, pas très grand, comme la plupart des vedettes de rock, il n'avait vraiment rien d'impressionnant. Ses cheveux blond foncé étaient coupés court. Pas de mèches violettes ou orangées — Était-ce passé de mode ? —, pas de boucles d'oreilles ni de fards à paupières. Il portait un jean blanc étroit et une chemise rouge vif trop grande. Sa figure, mince et pâle, n'avait toutefois rien du teint émacié que réclamait le style du moment. Il avait l'air d'un mécano et non d'un futur Elvis Presley, mais il avait à peine l'âge d'avoir connu Presley.

Joanne essaya d'imaginer un monde où le nom d'Elvis Presley ne serait qu'un vague souvenir de l'Antiquité, une curiosité floue qui ne concernait pas les jeunes, comme l'avait été celui de Glenn Miller pour sa propre génération.

Elle se rappela les véhémentes protestations de son père : « Fais taire ce vacarme ! » Elle grommelait mais elle obéissait en se rassurant, en se disant que jamais elle ne serait trop vieille pour apprécier le génie de Little Richard, de Dion et des Belmont. Ça, au moins, c'était de la musique ! C'était du rock and roll ! Les gosses écoutaient encore quelques vieilleries de sa propre jeunesse, Mick Jagger et Elton John. Dieu, pensa-t-elle en s'avançant pour les présentations, je suis plus vieille qu'Elton John !

— Scott, voici ma mère, dit Robin.

— Salut, dirent en chœur Joanne et le garçon.

Scott Peterson la regarda en face mais elle comprit qu'il ne la voyait pas, qu'il ne pouvait la voir. Ce qu'il voyait, c'était la *mère* de Robin, et non pas une personne précise. Il la transperçait du regard, comme si elle était invisible, comme les jeunes regardaient souvent leurs aînés, comme elle-même, s'aperçut-elle avec un léger choc, continuait de voir ceux de la génération précédente. La vision de la mère d'Ève — surgissant sans s'annoncer, sans être invitée, comme elle le faisait dans la réalité — s'imposa subitement aux yeux de Joanne.

Scott continuait de la dévisager fixement. Je ne suis pas vraiment plus vieille que toi, essaya de dire Joanne avec une mimique. A l'intérieur, j'ai le même âge. La différence, ce n'est pas moi qui la fais, elle est dans ta façon de me percevoir. Encore une fois, la mère d'Ève vint s'imposer à son esprit. Ce doit être dur pour elle, comprit soudain Joanne, d'être jugée comme une vieille femme, d'être enfermée dans une catégorie, et rejetée. Elle se demanda si c'était ce qui allait lui arriver, et l'image de la mère d'Ève laissa la place à celle de son grand-père, endormi dans son lit. Vieux et seul, dans une maison de retraite, ou gênant tout le monde ?

— Hum, hum !

Une toux forcée se fit entendre au pied de l'escalier. Lulu était là, tortillant nerveusement entre ses doigts une longue mèche brune.

— Ça, c'est ma sœur, dit Robin à contrecœur. (Puis, exprès, d'un ton appuyé :) Lulu.

La rectification fut immédiate :

— Lana.

— J'aime bien Lulu, dit Scott en souriant. Lulu et les Lunettes. Un nom épatant pour un groupe.

Lulu garda le silence, pétrifiée d'admiration.

— Nous ferions mieux de partir, marmonna Robin, une main possessive sur le bras de Scott.

— Je vous la ramènerai avant une heure, Mrs Hunter, assura Scott à Joanne sans qu'elle ait besoin de le demander. Enchanté de vous connaître. Toi aussi, Lana.

— Lulu, dit vivement la petite fille.

— Il te plaît ? lui demanda Joanne quand les deux jeunes gens furent partis.

Pourquoi le demandait-elle. Comme l'avait dit Robin, elle connaissait la réponse.

124

— Il est chouette, reconnut Lulu. Robin ne le mérite pas.

— Tu ne peux donc jamais rien dire de gentil de ta sœur ?

— Elle m'a traitée de ver de terre.

— Et tu l'as traitée de sa... Tu sais ce que tu lui as répliqué.

— Il y a un bon film à la télé, ce soir. Tu veux le regarder avec moi ? demanda Lulu en changeant de conversation.

Joanne suivit sa fille au niveau inférieur, dans le salon. Lulu se jeta dans le fauteuil de cuir gris et repoussa le pouf assorti à une distance confortable. Joanne ferma à demi les stores vénitiens devant les fenêtres et la porte de verre coulissante. Il faisait encore jour, dehors. La nuit ne tomberait pas avant une heure. Malgré tout, Joanne n'avait pas envie d'être vue de l'extérieur, ni qu'on sache qu'elle était seule avec sa fille dans la maison.

— Qu'est-ce que c'est, le film ?

Elle prenait place dans un des deux canapés de velours côtelé gris, placés à angle droit au milieu de la vaste salle.

— *L'Invasion des profanateurs de sépultures.*

— Tu veux rire !

— Il paraît que c'est très bien.

— Je n'en doute pas, mais je n'ai vraiment pas envie de voir ce genre de film, ce soir. Il n'y a pas autre chose que nous pourrions regarder ?

— Maman !

Joanne comprit qu'il était inutile de discuter.

— Qu'est-ce que tu penses de Scott, toi ? demanda Lulu tandis qu'elles attendaient le début du film.

— Il a l'air gentil. J'aimerais mieux qu'il ait quelques années de moins et aille encore au lycée.

— Tu aimerais qu'il soit quelqu'un d'autre.

— Probablement, reconnut Joanne.

Elle pensait que Scott avait vraiment l'air d'un bon jeune homme. Il était poli, il avait été gentil avec Lulu ; il se pliait aux règlements des grandes personnes.

— Oh non ! s'écria tout à coup Lulu. C'est en noir et blanc !

— Ce doit être l'original.

— Je ne veux pas voir l'original ! Je veux voir celui en couleurs !

— Il paraît que l'original est meilleur, dit Joanne en essayant de se rappeler qui l'avait dit.

Ève, bien sûr. Elle se tourna vers la bibliothèque, contre le mur du fond, comme si elle pouvait voir au travers la maison voisine, et se demanda comment allait son amie.

Ève et Brian avaient acheté la maison dès qu'elle avait été mise en vente, peu après leur mariage, sept ans plus tôt. En réalité, c'était la mère d'Ève qui leur avait donné l'argent pour le premier paiement comptant et qui continuait de glisser à sa fille quelques dollars supplémentaires, de temps en temps, pour qu'ils ne se privent pas d'un peu de superflu. Ève l'avait confié à Joanne en lui faisant jurer le secret. Brian serait mortifié, avait-elle expliqué inutilement, si quelqu'un d'autre savait qu'il était en partie entretenu par sa belle-mère. Joanne ne l'avait jamais dit à personne, pas même à Paul. Celui-ci n'aurait pas manqué de clamer que Brian était un imbécile de se rendre dépendant d'une femme qu'il ne pouvait pas supporter. Joanne se demandait ce qui était venu en premier : la dette ou l'aversion.

— Je ne veux pas voir une vieillerie, déclara péremptoirement Lulu en ramenant Joanne à la réalité.

Elle s'empara de la télécommande et appuya sur les boutons pour passer machinalement d'une chaîne à l'autre. Joanne allait protester quand elle se souvint qu'elle n'avait pas particulièrement envie de voir l'une ou l'autre version. Étais-je comme elle ? se demanda-t-elle, tandis que sa fille faisait impatiemment le tri des émissions. Si prompte à

126

rejeter le passé ? Elle s'agita un peu, fascinée par l'assaut des images floues qui se succédaient à un rythme rapide.

— Arrête ! implora-t-elle en se tournant vers sa fille, dont le pouce semblait collé sur la télécommande.

— Je ne trouve rien que j'aie envie de regarder.

— Eh bien, éteins !

Lulu regarda sa mère comme si elle devenait subitement folle.

— Non, ça ne fait rien, on regardera ça, marmonna-t-elle en revenant à la chaîne initiale.

Elles regardèrent le film en silence. Les craintes de Joanne se dissipèrent à mesure que progressait l'histoire effrayante. Elle contemplait, hypnotisée, le jeune Kevin McCarthy qui luttait vaillamment contre de méchants extraterrestres tombés dans une petite ville de Californie, sous forme de gousses géantes dont l'intérieur prenait une apparence humaine pendant que les victimes dormaient. Au matin, la prise de possession était achevée, le corps était intact mais les émotions avaient disparu. Je ne veux pas vivre dans un monde sans amour ni sentiments, gémissait la ravissante Dana Wynter affolée, à la fin du film. Le jeune McCarthy la serrait dans ses bras et lui répétait de ne pas s'endormir, puis il la quittait un instant pour partir en reconnaissance dans les environs. Naturellement, elle s'endormait et, à son retour, il retrouvait une autre personne, différente de la fille tendre et chaleureuse qu'il avait laissée. « Je me suis endormie », lui disait-elle, puis elle criait : « Il est ici ! Il va s'enfuir !... »

— Sauve-toi ! cria Lulu à côté de Joanne qui se demanda à quel moment de l'histoire la petite l'avait rejointe sur le canapé.

Et le jeune homme courait jusqu'à la route où il était finalement pris en stop jusqu'à l'hôpital, où il racontait son histoire à des internes incrédules.

— Pourquoi ils ne veulent pas le croire ? gémit Lulu.

Bien sûr, pensa Joanne en voyant soudainement devant elle son propre corps déchiqueté, comment faire croire aux gens que leur vie est menacée par une bande de haricots géants !

— C'était fantastique ! s'exclama Lulu avec enthousiasme. (Elles se levèrent du canapé et montèrent se coucher.) Tu regardes pour moi sous le lit, maman ?

Joanne la borda et souleva le volant blanc qui entourait le sommier.

— Pas de haricots, dit-elle avec un sourire. Bonne nuit, ma chérie. Dors bien.

Joanne commença à se déshabiller avant même d'arriver à sa chambre. Elle chercha dans le tiroir du milieu de la commode sa chemise de nuit de coton blanc, avant de se souvenir qu'elle était au lavage. Tout au fond, elle découvrit un vieux T-shirt de Paul. Elle le prit et l'enfila. Le vêtement était doux, chaud et rassurant. Elle se retourna vers son lit et poussa un hurlement.

Lulu était sur le seuil et hurla à son tour en se jetant dans les bras de sa mère.

— Allons, allons, dit Joanne en riant. Tout va bien. Tu m'as fait peur, c'est tout ! Je ne m'attendais pas à te voir là !

— Je peux dormir avec toi cette nuit ? demanda plaintivement la petite fille à sa mère qui acquiesça. Tu as regardé sous ton lit ?

— Pas encore.

Joanne sourit et se baissa.

— Pas de haricots ?

— Pas même un petit.

Alors qu'elles se blottissaient ensemble sous les draps, Joanne fut une fois de plus frappée par le vide de ce lit immense, depuis quelques semaines. C'était bon d'avoir quelqu'un à côté d'elle. Elle se retourna et embrassa sa fille sur le front.

— Bonne nuit, mon trésor.

— Maman, murmura la petite voix dans l'obscurité. Tu me trouves trop grosse ?

— Mais non, voyons !

— Robin dit que je suis grosse.

— Robin dit beaucoup de choses. Tu n'as pas besoin de tout croire.

— Mais...

— Pas de mais. Nous en parlerons une autre fois. Maintenant, dors. Tu n'es pas grosse.

Quelques minutes plus tard, Joanne perçut la respiration régulière de sa fille. Elle-même n'arriva pas à trouver le sommeil avant d'entendre rentrer Robin, à une heure moins dix. Ce fut alors seulement qu'elle céda à la fatigue. Rapidement, elle sombra dans un profond sommeil sans rêves, un bras confortablement passé autour des épaules de sa fille.

Le téléphone sonna.

Joanne se redressa immédiatement et saisit l'appareil, le colla à son oreille avant d'être tout à fait réveillée et de savoir ce qu'elle faisait. Lulu se retourna sur le dos mais continua à dormir.

— Allô, chuchota Joanne, le cœur battant.

— Mrs Hunter, se moqua la voix, vous pensiez que je ne pourrais pas découvrir votre nouveau numéro de téléphone ?

Un frisson glacé, comme un filet d'eau froide, courut dans le dos de Joanne.

— Cessez de m'importuner, dit-elle avec force.

Elle jeta un coup d'œil au cadran lumineux de la pendule, qui marquait quatre heures.

— Vos nouvelles serrures ne m'empêcheront pas d'entrer, susurra la voix. (Joanne sentit son estomac se nouer.) Faites de beaux rêves, Mrs Hunter.

Joanne sauta à bas du lit et courut dans l'escalier. Comme une possédée, elle vérifia la fermeture de la porte d'entrée et de la porte coulissante de la cuisine. Puis elle dévala les marches vers la grande salle familiale. Tout était verrouillé. Elle regarda entre les lattes du store vénitien vertical. La nuit n'était éclairée que par un quartier de lune qui laissait voir vaguement le contour de la piscine. Son persécuteur se cachait-il là, quelque part ? Elle retourna dans le vestibule et contempla les touches numérotées du système d'alarme, au mur. Il y avait un moyen de le brancher quand on était dans la maison, sans déclencher la sirène, se rappela-t-elle en essayant désespérément de se souvenir de ce que Harry lui avait expliqué. Elle pouvait enfoncer une autre touche.

— Le bouton du bas, dit-elle à haute voix en entendant la voix aimable de Harry à son oreille.

Celui qui n'avait pas de chiffre. Il n'y avait qu'à l'enfoncer et l'alarme était branchée. La sonnerie retentirait si quelqu'un ouvrait une des portes ou une des fenêtres du rez-de-chaussée. Lentement, elle avança un doigt tremblant, appuya en retenant sa respiration, s'attendant au hurlement intempestif de la sirène. Mais rien ne vint. Je m'y suis bien prise, pensa-t-elle avec un soupir de soulagement. Elle remonta, les jambes flageolantes, et alla jeter un coup d'œil dans la chambre de Robin avant de se remettre au lit. Maintenant, au moins, il y aurait un avertissement s'il essayait d'entrer.

Il ? Était-ce un homme ? La voix était si ostensiblement déguisée, elle avait quelque chose de si... neutre. Quel était le mot actuel ? Androgyne ? Oui, c'était ce qu'elle entendait dire constamment à propos de la mode, des coiffures, des chanteurs de rock...

L'image d'un garçon mince comme un crayon bien taillé l'accueillit sous ses paupières. Il regardait à travers elle, comme si elle n'existait pas, puis il disparaissait. Joanne resta éveillée jusqu'au matin, en regardant un jeune Kevin McCarthy enlacer pour la dernière fois une ravissante Dana Wynter pour l'empêcher de s'endormir.

12

— Tu aurais dû nous voir ! dit Joanne. Robin ne savait pas que l'alarme était branchée et, la pauvre fille, je crois bien que c'était la première fois qu'elle se réveillait avant dix heures. Quand elle a ouvert la porte d'entrée pour prendre le journal, la sirène s'est déclenchée, un bruit terrible ; elle s'est mise à hurler et, naturellement, nous nous y sommes mises aussi, Lulu et moi, arrachées du lit, et tout le monde qui courait en tous sens, comme dans un asile de fous. Et, bien sûr, je ne me rappelais pas comment arrêter ce foutu bruit, qui a continué pendant plus d'une demi-heure avant que, finalement, *finalement*, la police arrive. J'ai dû expliquer ce qui s'était passé et, inutile de te le dire, les flics n'ont pas été très contents.

— Maman, marmonna Robin avec un soupir agacé, il ne t'entend pas.

— Il m'entend, affirma obstinément Joanne. N'est-ce pas, papa ? dit-elle en contemplant les yeux bleus délavés de son grand-père qui, où qu'elle se plaçât, avait l'air de regarder ailleurs. Enfin, bref, j'ai dû téléphoner à Paul pour lui expliquer ce qui s'était passé et lui demander comment arrêter la sirène parce que je ne trouvais pas le numéro de téléphone de la société du système d'alarme. Je ne sais pas où je l'ai fourré. Il a été obligé de donner plusieurs coups de fil et de me rappeler. Les gens du système sont revenus et m'ont encore tout expliqué, ça n'a jamais coûté que trente-cinq dollars : maintenant Paul est furieux contre moi, la police est furieuse contre moi, Robin est furieuse...

— Qui a dit que j'étais furieuse ? protesta rageusement Robin.

— Enfin, continua Joanne en essayant de rire, nous savons au moins comment fonctionne le système d'alarme.

— Et je n'oublierai jamais la date du début de la guerre des Boers, pépia Lulu de sa place, près de la fenêtre.

Joanne sourit, heureuse qu'une au moins de ses enfants prenne part à la conversation. Elle se tourna vers l'autre lit, où le vieux Sam Hensley morigénait sa fille et son petit-fils, puis elle contempla de nouveau son grand-père, immobile sous un monceau de couvertures. Qu'était devenue son énergie ? se demanda-t-elle. Elle aurait préféré qu'il manifestât un peu de la hargne de Sam Hensley. Allons, papa, plaida-t-elle en silence, en imitant la voix de sa mère, montre-nous un peu de ce vieil esprit d'équipe !

— Maman, geignit Robin, on peut s'en aller, maintenant ?

— Non, on ne peut pas, répliqua sèchement Joanne. (Mais elle adoucit immédiatement sa voix.) Écoute, tu ne viens pas si souvent. Tu peux bien rester tranquillement assise pendant quelques minutes.

— Il ne sait même pas qui je suis !

— Tu n'en sais rien.

— Linda... appela la voix faible.

Le vieux visage disparaissait sous les draps raides qui remontaient sur le menton jadis volontaire ; la vieille casquette Mao bleue retombait sur le front plissé.

— Je suis là, répondit-elle machinalement.

— Qui sont tous ces gens ?

— Tu vois bien, marmonna Robin.

— Ce sont mes filles, papa. Tu te souviens de Robin et Lulu ? dit fièrement Joanne en tendant la main vers elles, pour les attirer. Tu ne dois pas les reconnaître, elles ont tellement grandi. Voilà Robin...

Robin sourit humblement, comme si elle affrontait un korrigan mythique dont elle aurait eu peur de s'approcher. A moins qu'elle n'ait peur de l'âge, peur que la vieillesse ne soit contagieuse. Et elle l'est, jugea Joanne.

— Et Lulu, mon bébé.

— Maman ! protesta la petite fille. Salut, grand-papa, chuchota-t-elle.

Elle ne savait trop comment s'adresser à cet homme qu'elle connaissait à peine, ce dinosaure qui avait déjà vécu quatre-vingts ans quand elle était née.

Si seulement vous aviez pu le voir il y a trente ans, pensa Joanne tandis que ses deux filles battaient promptement en retraite vers leurs chaises.

— Jolies, très jolies, murmura le vieil homme avec une soudaine animation dans les yeux. (Il se souleva sur un coude pour dévisager les filles décontenancées.) Est-ce que vous jouez aux cartes, les enfants ? demanda-t-il d'une voix claire.

Un sourire se forma sur les lèvres de Joanne, un curieux vertige la saisit... Combien d'après-midi pluvieux avait-elle passés à jouer au gin rummy avec son grand-père ? Mais, avant que son esprit puisse formuler une réponse, elle comprit que l'éclat était passé. Il retombait dans la sécurité de ses oreillers, son regard s'éteignit, il glissait de nouveau dans le seul monde que son corps ravagé était capable d'affronter. La chambre parut tout à coup très silencieuse. Joanne regarda l'autre lit : le vieux Sam Hensley était soutenu par une pile de coussins ; il était seul et ses yeux étaient voilés de larmes.

— Mr Hensley, dit-elle gentiment en retirant sa main de celle de son grand-père pour traverser la pièce. Ça ne va pas ? Vous souffrez ? Voulez-vous que j'appelle l'infirmière ?

Lentement, Sam Hensley tourna la tête. Il ne dit rien mais regarda fixement Joanne, et son visage émacié aux traits marqués subit une métamorphose subtile et totale : la curiosité fit place à l'indifférence, l'indifférence à l'animosité, l'animosité enfin à une haine si violente, si tangible que Joanne recula comme si elle avait été frappée. De grandes mains osseuses se levèrent vers elle comme pour lui serrer le cou, et une sourde plainte monta, emplit la chambre, forçant les visiteuses à prendre la fuite faute de place.

— Mon Dieu, c'est pire que la sirène ! s'exclama Robin, du seuil. Qu'est-ce qui l'a déclenché ?

— Qu'est-ce que tu lui as dit, maman ?

— Je lui ai simplement demandé s'il souffrait...

La longue plainte continua de s'élever, *crescendo*, tandis que Sam Hensley restait assis dans son lit, immobile, les bras tendus, les yeux grands ouverts, fulgurants. En un instant, la pièce se remplit d'infirmières. Joanne vit étinceler une seringue. Elle se retourna vers son grand-père qui dormait, étranger au tohu-tohu autour de lui.

— Allons-nous-en, maman, chuchota Robin en tirant sa mère par le bras.

— Peut-être devriez-vous sortir un instant, suggéra une infirmière. (Elle déploya un paravent autour du lit du vieillard.) Cela lui arrive. Il ne nous faut que quelques minutes pour le calmer. Vous pourrez revenir ensuite.

Joanne hocha la tête sans un mot et sortit avec ses filles. La visite était terminée. Elles longèrent en silence le couloir et aperçurent la fille et le petit-fils de Sam Hensley dans le salon des visiteurs, en face des ascenseurs. Marg Crosby fumait une cigarette. Son fils regardait la télévision en noir et blanc accrochée au mur rose pâle. Joanne entra et alla leur expliquer ce qui se passait. Marg Crosby haussa les épaules et acheva de fumer sa cigarette.

— C'est déjà arrivé, dit-elle en se levant à contrecœur. Tu viens, Alan ? répéta-t-elle car les yeux de son fils restaient rivés sur le petit écran.

Il tourna la tête vers sa mère, comme surpris de la voir ; ses yeux continuèrent rapidement leur trajectoire, passèrent sur elle et sur Joanne pour se poser sur quelqu'un, derrière elles. Un petit sourire frémit aux coins de sa bouche. Joanne et Marg Crosby se retournèrent toutes deux avec curiosité et virent Robin, les yeux timidement baissés, avec le même petit sourire sur ses lèvres trop brillantes.

— Couché, Médor, dit plaisamment la mère du garçon, avec un rire entendu.

— Il est temps de rentrer, déclara Joanne.

Elle mit une main sur l'épaule de chacune de ses filles et les poussa vers l'ascenseur.

— Madame !

Surprise, elle se retourna. Le garçon s'arrêta brusquement à quelques pas.

— C'est à vous ? demanda-t-il en tendant un trousseau de clefs.

Joanne reconnut immédiatement les siennes. Elle sentit leur poids soudain dans sa main quand il les y laissa tomber.

— Où les ai-je laissées, cette fois ?

— Sur une table, dans le salon des visiteurs, répondit Alan Crosby.

Et il sourit encore, derrière son dos, à Robin qui attendait.

— Je ne me sens vraiment pas plus vieille qu'elles, dit Joanne à Ève qui buvait un grand verre de lait, assise à la table de la cuisine. (Elle serrait nerveusement autour d'elle son peignoir de bain bleu.) Je regarde Robin et Lulu et je sens ce qu'elles pensent ; je sens que nous sommes séparées par des mondes, et j'ai envie de leur dire que les gens ne changent pas, que c'est le temps qui change... Je voudrais... Je regrette qu'elles n'aient pas eu l'occasion de le voir comme je l'ai vu, comme il était.

— Tu voudrais que la jeunesse comprenne ce que c'est que d'être vieux ? répliqua Ève avec un petit rire. Comment le pourrait-elle ? Tu le comprends, toi ? Non, si les vieilles personnes ne peuvent pas comprendre les jeunes, alors qu'elles l'ont été, comment veux-tu que des jeunes, qui n'ont absolument aucun point de comparaison, sachent ce que c'est que de vieillir. Pour eux, c'est la décrépitude et, à mon avis, ils ont raison.

Joanne éclata de rire mais, au fond de son cœur, elle s'inquiétait de la dépression de son amie, de sa mine alarmante. Ève s'était toujours efforcée d'être, sinon exhibitionniste, du moins théâtrale et assez « spectaculaire ». La seule chose qu'elle avait de dramatique en ce moment, c'était qu'elle buvait du lait, ce que Joanne ne l'avait pas vue faire depuis des années. Elle avait la mine du prototype de la ménagère de banlieue qui se laisse aller : en savates, les cheveux ni lavés ni brossés, vêtue d'un vieux peignoir de bain élimé, les yeux inexpressifs et fatigués. Ève ne se plaignait jamais, ne se laissait pas abattre par la maladie, ce n'était pas son genre. A présent, elle paraissait presque au bout du rouleau, très ralentie. Joanne en était troublée. Elle se sentait menacée dans son équilibre, déjà précaire, de voir son amie, toujours la plus forte des deux, céder à la souffrance. Elle espérait que les médecins découvriraient bientôt ce qu'elle avait et la guériraient rapidement. Elle vit tout à coup une expression bizarre passer sur le visage d'Ève.

— Qu'est-ce que tu as ? D'autres douleurs ?

— Ce ne sont pas « d'autres douleurs ». Il n'y en a qu'une, sourde, incessante, avoua Ève d'une voix accablée. Je m'attends toujours à ce qu'elle se calme. Je me couche en espérant qu'à mon réveil tout ira bien. Mais non. Ça empirerait plutôt. Tu sais, quand on couve une angine ? C'est ce que je sens dans la gorge, comme si j'avais quelque chose de coincé, comme si j'allais étouffer. Je n'ai pas dormi de la nuit. J'ai fini par prendre ma température à six heures du matin.

— Et alors ?

— Elle était montée de cinq dixièmes.

— C'est peut-être un début de grippe ?

— Je me suis pesée, aussi. J'avais un kilo de moins qu'à minuit.

— On pèse généralement moins le matin que le soir, assura vivement Joanne. Paul m'a expliqué une fois que tout le monde oscille entre deux kilos, selon l'heure et la rétention d'eau, quelque chose comme ça.

— Je suis constipée, reprit Ève comme si Joanne n'avait rien dit. Je tombe en ruine, je te jure. Comme si mon corps tout entier en avait assez de moi. Regarde mon ventre. Je suis tellement gonflée, j'ai la même allure que lorsque j'étais enceinte.

— Tu l'es ? demanda Joanne, pleine d'espoir.

— Tu rigoles ? J'ai mes règles.

— C'est quand, ton prochain rendez-vous chez le médecin ?

— Mardi matin, chez le cardiologue. Vendredi matin, chez le gynécologue. Quelques autres, je ne me souviens plus quand. Tu n'as pas besoin de m'accompagner.

— Mais si, voyons... Tu devrais peut-être persuader Brian de t'emmener voir un film d'horreur, ça te changerait les idées.

— Je ne peux pas rester assise aussi longtemps. D'ailleurs, quand est-ce que tu as vu Brian pour la dernière fois ?

— Il fait toujours autant d'heures supplémentaires ?

— Ce type adore son travail, que veux-tu que je te dise ?

Ève se laissa subitement tomber en avant, la poitrine contre le rebord de la table, les yeux fermés, le souffle court.

— Encore une douleur.

— Appelons ça un spasme, souffla Ève en rouvrant les yeux. C'est moins menaçant.

Elle se redressa et fit un effort pour sourire.

— Jouons aux cartes, dit Joanne avec décision. (Elle se tourna vers l'étagère où Ève rangeait son bric-à-brac.) On va faire un gin rummy !

Elle trouva un jeu de cartes, les fit rapidement glisser de leur boîte et sentit fourmiller dans ses doigts une impatience joyeuse d'enfant.

— Je n'arrive jamais à te battre au gin, maugréa Ève.

— Trop tard, j'ai commencé, répliqua Joanne.

Et elle battit les cartes entre ses mains expertes, comme son grand-père le lui avait appris alors qu'elle n'avait pas dix ans. Dix cartes...

— Tu as donné, alors c'est moi qui commence. (Joanne avait posé le paquet sur la table, et Ève considéra la dame de carreau exposée.) Non, je n'ai pas besoin de ça.

— Moi non plus.

— Alors, j'en prends une ! déclara triomphalement Ève, comme si c'était une petite victoire personnelle.

Elle prit la première carte du dessus du paquet, la regarda et la rejeta sans cérémonie sur la dame.

— Celle-là va me servir, annonça Joanne et elle prit le dix de pique d'Ève en se débarrassant du deux de cœur.

— Naturellement ! Qu'est-ce que tu as pris ?

— Le dix de pique.

— D'accord, je m'en souviendrai.

Ève examina le deux de cœur pendant plusieurs secondes avant de le prendre, puis de l'écarter pour tirer une autre carte, qu'elle rejeta aussi. Automatiquement, Joanne la ramassa.

— Qu'est-ce que tu as pris cette fois ?

— Le six de trèfle.

— Six de trèfle, que je ne l'oublie pas. Oh, oh ! (Joanne écartait le neuf de cœur, Ève s'en empara.) Tu n'aurais pas dû me faire ce cadeau-là !

— Gin ?

— Pas encore, mais pas loin.

Elles continuèrent de jouer pendant quelques secondes, en silence.

— Brian n'a rien dit récemment à propos de... ? commença alors Joanne.

Elle se tut brusquement.

— A propos de quoi ?

— Tu sais... Ce type qui assassine les femmes.

Joanne essaya de marmonner avec désinvolture, comme si c'était sans importance.

— Ton admirateur secret ?

— Merci bien !

— Excuse-moi !

Ève rit et rejeta le valet de pique, qui fit les délices de Joanne.

— Qu'est-ce que c'était cette fois ? demanda Ève. (Joanne lui montra la carte.) Rien de nouveau. Tu as parlé à la police du coup de fil de la nuit dernière ?

— Oui. On m'a dit qu'on ne pouvait rien faire. J'ai expliqué que le type connaissait mon nouveau numéro de téléphone, qu'il était au courant pour mes nouvelles serrures. Ils ont répété qu'ils ne pouvaient rien faire. J'ai dit : Mais alors, qu'est-ce que je peux faire, moi ? Ils m'ont répondu que je n'avais qu'à changer de numéro et brancher mon système d'alarme toutes les nuits. Mais, s'il vous plaît, sans oublier de le débrancher la prochaine fois ! Je te jure, on croirait que ça les dérange de me savoir encore en vie ! Gin, annonça-t-elle.

Elle étala ses cartes et s'efforça de maîtriser le tremblement de ses mains.

— Merde ! Tu me bats avec les mains pleines ! Ne fais pas cette tête, Joanne. Ce n'est qu'un sale petit con de môme qui fait une blague de mauvais goût. Allez, donne les cartes ! Tu ne me rebattras plus !... C'est probablement un copain de Robin ou de Lulu. Tu sais comme c'est bête, les ados.

— Je ne crois pas que mes filles aient des copains aussi bêtes que ça.

Joanne prit le cinq de trèfle et se débarrassa de la dame de pique, hésitant à lâcher la carte, voyant le sourire de Scott Peterson sur les lèvres de la reine écartée.

— Tu la poses, oui ou non ?

Joanne souleva ses doigts de la carte.

— Ça pourrait être n'importe qui, reprit Ève. Ce camion est resté dans ton allée pendant des jours. N'importe quel passant pouvait le voir. Est-ce que la voix te fait penser à quelqu'un que tu connais ?

— C'est ça l'ennui. Ça ressemble à *tout le monde* !

— Attends un peu, qu'est-ce que c'était, cette carte ? Ah ! Je la prends !... Alors, tu vas le faire ?

— Faire quoi ?

— Changer de numéro encore une fois ?

— Je ne sais pas. C'est la barbe. Pense à tous les gens qu'il me faudra rappeler ! Et s'il l'a su la première fois, il le saura encore cette fois-ci et nous nous retrouverons à la case départ.

— Ou alors il se lassera et ce sera fini. A moins que ce ne soit pas ce que tu désires...

— Qu'est-ce que tu veux dire ?

— Rien. C'est à toi de jouer. Tu n'as à t'inquiéter de rien, sauf de mon talent supérieur !

Joanne rejeta le roi de carreau qu'Ève s'appropria en se débarrassant du trois de trèfle.

— Ça fait mon gin, annonça Joanne en étalant ses cartes.

Elle était loin d'être convaincue de n'avoir pas à s'inquiéter et se trouva mystifiée par la réflexion inachevée d'Ève.

— Je renonce. Ton grand-papa t'a donné de trop bonnes leçons. Je ferais mieux de m'en tenir à la patience. Au moins, comme ça, je peux tricher.

— Les personnes qui trichent à la patience ne sont pas sûres d'elles, pontifia Joanne avec un sourire, en se rappelant les paroles de son grand-père.

— Tu sais que je suis mauvaise perdante. Pour moi, c'est la victoire ou la mort ! déclara Ève.

Sur quoi elle s'écroula sur la table, envoyant valser les cartes et renversant le verre de lait.

— Merde ! Ne bouge pas !

Joanne saisit une éponge sur l'évier et essuya

rapidement le lait renversé, puis elle alla la rincer et acheva de nettoyer le carrelage poisseux. Elle déposa le verre vide sur l'égouttoir.

— Ça ne va pas ? Tu veux que je te conduise à l'hôpital ?

— Ah, je t'en prie ! Je suis déjà passée par là, rappelle-toi. Non, ça va aller. Je suis certaine de rester en vie jusqu'à mardi matin.

— Tu devrais remonter te coucher un moment.

Ève accepta le conseil avec une surprenante docilité.

— Je viens de penser à cet accident que nous avons eu, un après-midi que ton grand-père nous conduisait à l'école, dit-elle alors que Joanne la soutenait dans l'escalier. Tu te souviens ? Il était en plein milieu de la chaussée, un type voulait le doubler, il a fini par nous emboutir, et ils se sont mis à se bagarrer en pleine rue, jusqu'à ce que ton grand-père dise qu'il n'avait pas envie de discuter avec un imbécile, parce que sa petite-fille allait être en retard à l'école. Et là-dessus, il a démarré en laissant le type hurler au milieu de la rue. Les flics sont arrivés plus tard et ils ont accusé ton grand-père de délit de fuite. Tu te souviens ? Rien n'était aussi important pour lui que sa petite-fille !

Joanne rabattit les couvertures du grand lit à colonnes et sourit, tandis qu'Ève se couchait, sans ôter son peignoir de bain.

— Tu oublies le plus beau. Quand nous avons été interrogées par l'avocat de grand-papa et qu'il t'a posé des questions, tu n'as pas été fichue de distinguer ta droite de ta gauche et l'avocat a fini par s'exclamer : « Si vous ne voulez pas être condamné, qu'elle ne témoigne surtout pas ! »... Je peux t'apporter quelque chose, avant de partir ?

— Il doit y avoir le dernier *People*, par là. Tu n'as qu'à le poser sur le lit.

Joanne regarda de tous côtés mais ne vit pas le magazine.

— Tu as une nouvelle femme de ménage, ou quoi ? Je n'ai jamais vu cette maison aussi bien rangée.

— Maman passe pour « arranger », avoua Ève. Brian l'a peut-être pris. Regarde dans son bureau.

Joanne avait toujours une drôle d'impression, quand elle était dans la maison d'Ève. Tout était à l'inverse de chez elle, une déconcertante image dans le miroir à laquelle elle n'arrivait pas à s'adapter tout à fait. Le bureau de Brian, à droite dans le couloir, était la plus grande des deux chambres de devant. Chez elle, cette pièce était à gauche et elle était occupée par Robin. Joanne jeta un bref coup d'œil dans le bureau, curieuse, mais ne voulant pas être indiscrète. Il y avait beaucoup de papiers sur le grand bureau en désordre, un manuel de police, quelques livres, mais pas de *People*. Elle envisagea une seconde de laisser un mot pour que Brian lui téléphone, mais elle y renonça. Ève avait promis de parler à son mari des coups de fil menaçants et elle l'avait probablement déjà fait. Il était évident que Brian jugeait qu'il n'y avait pas de quoi s'alarmer, sans quoi il serait venu lui parler. *Tout le monde* recevait des coups de téléphone obscènes, Ève ne cessait de le lui répéter. Il n'y avait aucun souci à se faire. Elle sortit de la pièce, inquiète quand même.

De l'autre côté du couloir, il y avait la plus petite des deux pièces de devant, celle dont Ève et Brian avaient fait une chambre d'enfant. Joanne poussa la porte. Six mois plus tôt, la pièce avait été un rêve rose et blanc, décorée pour la petite fille annoncée par l'amniocentèse pour le début de mai. Après des années de frustration, un bébé était enfin attendu, son prénom choisi, la layette achetée. Et maintenant, la chambre était vide, le berceau blanc démonté, les rideaux à volants décrochés, le mobile à musique rangé dans sa boîte ; seul le papier rayé rose et blanc témoignait des intentions qui avaient

142

présidé à la décoration de la pièce. Joanne allait s'en détourner quand elle aperçut le magazine *People* par terre, au pied de la fenêtre sans rideaux. Rapidement, elle marcha sur la pointe des pieds sur la moquette rose, le ramassa et retourna dans le couloir. Que faisait là le magazine ? Ève viendrait-elle ruminer sa déception dans la chambre ? Dans ce cas, il serait grand temps de lui trouver un autre usage. Elle se promit d'en parler à son amie, le plus délicatement possible. Mais, quand elle s'approcha du lit d'Ève, elle la trouva déjà endormie. Elle posa doucement le magazine sur les couvertures et quitta la maison, aussi silencieusement qu'elle le put.

13

— Qu'est-ce qu'on vous a trouvé ? demanda à Joanne une petite femme nerveuse aux cheveux bruns striés de roux.

Elle devait avoir une trentaine d'années, mais c'était difficile à déterminer car elle avait un de ces visages vieillis avant l'âge et qui finissent par rester incompréhensiblement immatures. Joanne nota l'anneau d'or à l'annulaire d'une main gauche tremblante, et abaissa son magazine sur ses genoux.

— J'attends une amie, dit-elle avec un sourire aimable.

Elle n'insista pas, pressée de se replonger dans son magazine, en dépit de son agitation.

— Qu'est-ce qu'elle a ? demanda l'autre.

— On ne sait pas. Elle passe des radios.

— Moi, j'attends pour y aller, confia la jeune femme. C'est mon estomac. J'ai peur.

— Je suis certaine que tout se passera bien, affirma Joanne.

Elle prit conscience du lieu commun qu'elle débitait, la voix de Karen Palmer revint à son oreille.

— Je ne sais pas. J'ai comme... une espèce de boule...

Joanne rejeta le magazine sur la petite table de formica et, pensant à Ève, dit d'une voix rassurante :

— Je suis certaine que vous n'avez pas de souci à vous faire. (La jeune femme essaya de sourire mais elle était visiblement au bord des larmes.) Comment vous appelez-vous ? demanda Joanne, moins par intérêt sincère que pour retarder le flot de paroles qui la menaçait.

— Lesley. Lesley Fraser. Et vous ?

— Joanne Hunter.

Lesley Fraser hocha la tête et frotta ses mains croisées sur ses genoux.

— J'ai trois enfants, c'est pour ça que j'ai peur. Ils sont si petits, vous savez, pour rester sans leur maman...

— Allons, allons ! interrompit vivement Joanne. Qui dit qu'ils vont rester sans leur maman ? Et même, au pire, si on vous trouve quelque chose qui ne va pas du tout, ça ne veut pas dire que vous allez en mourir. On vous enlèvera ce que vous avez qui ne doit pas être là et, ensuite, vous irez très bien. Vous n'avez rien lu sur les incroyables progrès de la médecine, ces dernières années ? C'est dans tous les magazines.

Joanne prit *Time* dans la pile sur la table et l'ouvrit au hasard, sans pouvoir se souvenir s'il y avait un article sur les merveilles de la science médicale.

— C'est plutôt effrayant, non ? dit Lesley Fraser en désignant le magazine d'un mouvement du menton.

— Effrayant ?

Déroutée, Joanne baissa les yeux sur la page et vit le gros titre : *L'étrangleur de banlieue sévit à Long Island.* Elle le referma vivement et le remit sur la table. Lesley Fraser tenta d'en rire :

— Oh, après tout, si ce n'est pas une chose qui vous tue, c'en est une autre. Ça prouve simplement que nous n'avons aucun contrôle sur notre vie.

Joanne n'avait pas envie de s'étendre sur les implications de cette réflexion. Elle regarda nerveusement autour d'elle les autres visages anxieux, dans le salon d'attente bondé.

— Les chances sont de votre côté, dit-elle à sa jeune voisine.

— Je connais mes chances. Ma mère est morte d'un cancer.

— La mienne aussi, répondit machinalement Joanne. (Ce n'était pas une chose très réconfortante à révéler, aussi répéta-t-elle, péremptoire :) Les chances sont de votre côté.

— Enfin, si ça ne me tue pas physiquement, ça va certainement nous tuer financièrement. Nous n'avons pas tellement d'argent. Comment mettre de l'argent de côté, avec trois gosses ? Mon mari a déjà deux emplois. Je ne sais pas comment nous allons payer tous ces frais médicaux.

— Ne vous souciez que d'une chose à la fois, conseilla Joanne.

Un léger rire échappa à Lesley Fraser avant que ses larmes débordent enfin.

— J'ai tellement peur, souffla-t-elle.

Joanne lui prit la main en silence.

— Lesley Fraser ! appela une femme en blouse vert pâle sur son uniforme blanc.

— Présente, répondit Lesley en levant le doigt comme si elle était encore à l'école.

— Par ici, ordonna l'infirmière en poussant une porte.

Lesley Fraser se leva d'un bond mais, une fois debout, elle resta clouée sur place.

— Bonne chance, lui dit Joanne.

— Merci. J'espère que tout ira bien pour votre amie.

Et Lesley Fraser disparut par la porte menant à la radiographie.

Joanne regarda un moment cette porte, la tête curieusement vide. A quoi penses-tu toute la journée ? avait-elle demandé un jour à sa mère mourante ; et cette femme qui passait toutes ses journées allongée sur le dos, à regarder le plafond, avait tourné vers elle ses yeux devenus ternes et répondu : « A rien. C'est bizarre, n'est-ce pas, de rester couchée là, jour après jour, sans penser à rien ? »

Retombant dans le présent, Joanne s'aperçut qu'elle dévisageait fixement une femme âgée assise en face d'elle et qui s'agitait, mal à l'aise sous ce regard insistant. Joanne baissa les yeux et chercha que faire de ses mains. Distraitement, elle fit le tri des magazines, en évitant soigneusement *Time* ; elle finit par choisir un vieux *Newsweek* qu'elle avait déjà parcouru et qui ne contenait rien d'inquiétant. En le feuilletant, elle nota qu'il y avait justement un article sur des découvertes médicales. Elle essaya de le lire mais, dans le fond, ces miracles de la médecine ne l'intéressaient pas. Ils venaient trop tard pour sauver ceux qu'elle avait aimés. Tout en voulant être optimiste, elle était troublée par la vision de sa mère, qui gardait l'espoir et tenait à protéger sa fille jusqu'au dernier moment — Ne t'inquiète pas, mon bébé, tout ira bien. Elle rejeta violemment le magazine pour en prendre un autre ; sa main effleura *Time* et elle la sentit attirée comme par un aimant.

Au bout de plusieurs secondes, son bras — agissant comme de son propre chef — s'allongea et ses doigts saisirent le magazine. Évitant soigneusement les faits divers, Joanne lut dans les pages cinéma la critique enthousiaste de trois films qu'elle ne verrait jamais ; elle passa ensuite aux livres, puis à la rubrique théâtre en se demandant distraitement si une de ces pièces intéresserait Robin ou Lulu, et finalement aux colonnes des potins pour se tenir au courant des faits et gestes des célébrités : qui s'était marié, qui avait divorcé, qui avait eu un enfant, qui était mort... Comme toujours, cette dernière catégorie était la plus remplie. Joanne referma le magazine, regarda l'heure et se demanda ce qui retardait Ève. La dernière fois, cela avait été beaucoup moins long. Aurait-on découvert quelque chose ? Joanne rouvrit le magazine. Elle savait exactement, sans même chercher, ce qu'elle allait trouver, le gros titre : *L'étrangleur de banlieue*...

Elle se força à lire calmement tous les détails. Les trois femmes assassinées habitaient toutes Long Island ; elles étaient mariées et mères de famille, toutes d'un certain âge ; une des trois travaillait au-dehors, les autres non. Il n'y avait aucun mobile rationnel à ces meurtres, rien que les rapports les plus superficiels entre les victimes. Toutes avaient été violées avant d'être tuées.

Joanne arriva au bas de la page et laissa échapper une petite exclamation de détresse. La vieille dame en face d'elle se leva et alla s'asseoir à l'autre bout de la pièce. Des photos. Trois petits carrés, en bas de la page, contenant le visage des trois femmes assassinées.

Joanne les examina. Elles n'avaient rien de particulièrement remarquable. Ce n'étaient que trois ménagères de banlieue, agréables, pas vilaines mais pas belles non plus ; deux blondes, une brune ; des femmes ordinaires, menant une vie banale. La seule chose extraordinaire, c'était leur mort.

La police diffusait les mises en garde habituelles à toutes les femmes de Long Island : redoubler de prudence, ne jamais ouvrir leur porte à des inconnus, signaler les rôdeurs qu'elles voyaient dans leur quartier. A part ça, les policiers devaient reconnaître qu'il n'y avait pas grand-chose à faire. C'était aux femmes que revenait la responsabilité des précautions. La police étant sans aucun indice, concluait l'article, elle avait peu d'espoir d'arrêter l'étrangleur de banlieue avant qu'il s'en prenne à sa prochaine victime.

Le regard de Joanne revint aux photos du bas de la page. Elle crut voir sa propre photo — laquelle choisirait-on ? — se glisser entre les autres. Les lecteurs seraient-ils aussi prompts à la trouver agréable, pas vilaine mais pas belle, ordinaire et banale, comme elle jugeait les autres ? Et n'était-ce pas intéressant, quand même, que la police estime que l'affaire était sous la responsabilité des femmes, et non pas sous la sienne ?

— Tirons-nous d'ici !

Joanne sursauta, se leva brusquement en laissant *Time* glisser de ses genoux. Elle courut derrière Ève.

— Qu'est-ce que tu as ?

— Le salaud, marmonna Ève en commençant à descendre rapidement.

Joanne la suivit, en éprouvant une curieuse sensation de déjà vu. N'avaient-elles pas vécu cette même scène, il y avait des semaines ?

— Qu'est-ce qui s'est passé ? (Elle criait mais n'entendit pour toute réponse que le claquement des talons de son amie.) Ève, je t'en prie, tu vas tomber et te casser la figure si tu ne ralentis pas ! Attends-moi ! Qu'est-ce qui s'est passé ?

— Où est la voiture ? demanda Ève dès qu'elles débouchèrent dans la rue.

— Au parking où nous l'avons laissée. Vas-tu enfin me dire ce qui est arrivé là-bas ?

Ève se dirigea à grands pas vers le parking, s'arrêta subitement et se retourna d'un bloc vers Joanne.

— Le salaud ! répéta-t-elle.

Elle voulut faire demi-tour mais Joanne la saisit par la manche.

— Tu vas enfin t'arrêter de courir et me dire ce qui s'est passé ?

Ève respira profondément, plusieurs fois, dans l'espoir de se calmer.

— Tu sais ce que ce connard a eu le culot de me

148

dire ? Hein ? Il a eu le culot de me déclarer que tout
ça se passait dans ma tête !

— Quoi ?

— Il dit que je vais très bien, physiquement, du
moins autant qu'il peut le déterminer. Et comme
c'est lui le grand manitou, je ne peux rien avoir
qu'un autre médecin pourrait trouver...

— Ève ! Doucement ! Je n'arrive pas à te suivre !

Ève se remit en marche rapidement entre les voitures garées.

— Il m'a fait la même série d'examens que le toubib du Northwest General. Naturellement, je ne lui
ai pas dit qu'on m'avait déjà fait tout ça, mais je lui
ai quand même parlé du cardiologue et du gynéco,
et de ce type spécialisé dans les parasites exotiques,
ce qui était probablement une erreur de ma part,
je n'aurais rien dû lui dire à ce salaud...

— Ève, calme-toi !

— Et il a dit que, à sa connaissance, j'allais parfaitement bien, que les radios montraient que tout
allait bien. Je suis en parfaite santé ! Et alors, les
douleurs ? je lui ai dit. Et là-dessus, il m'a expliqué
que mon corps avait récemment subi un trauma-
tisme. Il faisait allusion à la fausse couche, bien
sûr ! Et il pense que je présente un parfait exemple
de dépression post-partum. Je lui ai affirmé que je
ne suis pas déprimée mais il m'a répliqué que la
dépression clinique n'était pas la même que ce que
nous appelons, simples mortels, la dépression. Je
lui ai rétorqué que je n'avais pas besoin de lui pour
définir la dépression clinique, que j'étais professeur
de psychologie, et il m'a répondu, je cite : « Un peu
de savoir est une chose dangereuse. » Tu te rends
compte, le culot de ce type ? Je lui ai dit que je con-
naissais la différence entre la douleur physique et
la souffrance mentale et ce foutu connard pompeux
m'a souri avec condescendance, comme s'il s'adressait à une môme de deux ans, en pontifiant : « Il
arrive parfois que l'esprit vous joue des tours. »

149

L'esprit vous joue des tours! Je te jure. Et il m'a carrément rédigé une ordonnance pour du valium !

— Est-ce qu'il pense que tu devrais subir de nouveaux examens ?

— Il pense que j'en ai déjà beaucoup trop subi. Je lui ai demandé : Et ces trucs qu'on vous fait avaler pour regarder dans votre estomac ? Il m'a demandé pourquoi je tenais à en passer par là, et je lui ai dit que je voulais aller au fond de ma douleur. Il m'a assuré qu'elle disparaîtrait toute seule et que ça n'arrangeait rien de s'affoler. La seule chose qui m'affolait c'était son attitude et je le lui ai dit. « Vous n'avez qu'à consulter un autre médecin », m'a-t-il répondu. Je t'avoue que je ne me rappelle pas ce que je lui ai sorti ensuite mais quoi que ce soit, il n'est pas près de m'oublier !

— Rentrons à la maison, dit Joanne, faute de mieux, en pilotant son amie vers sa voiture.

— Tu te rends compte, l'aplomb de ce crétin ? répétait Ève. (Joanne sortait du parking et s'engageait dans la rue.) Il n'est pas fichu de trouver ce que j'ai, lui, alors, naturellement, ça se passe dans ma tête. Je lui ai demandé comment il expliquait la perte de poids et les poussées de température et il a dit que j'avais un poids idéal pour mon âge et ma taille, et que je n'avais pas de fièvre du tout. Je lui ai demandé comment il expliquait que mes intestins ne fonctionnent plus normalement. Tu sais que j'ai toujours été réglée comme une pendule pour ça, n'est-ce pas ?

Joanne hocha la tête ; en réalité, elle ignorait tout de ce détail de la vie de son amie.

— « Prenez votre valium, vos intestins se remettront... »

— Tu devrais peut-être...

— Quoi ?

— Peut-être que cela t'aidera à te détendre et... je ne sais pas...

— Non, tu ne sais pas. Pas du tout ! Le valium est un tranquillisant, pas un remède contre le cancer !

— Qui parle de cancer ?

Un bref silence tomba, embarrassant, lourd d'implications muettes.

— Bon, mais alors, qu'est-ce que tu crois que j'ai ? demanda plus posément Ève.

— Je ne sais pas... Je ne suis pas médecin.

— Tu crois qu'ils en savent plus que nous ? Combien j'en ai vu, depuis cinq semaines ? Un par semaine ? Plus ? Dix en tout ?

— Pas tant que ça !

— Mais c'est assez ! Et pas un seul qui soit foutu de me dire quelque chose ! Tous ces grands professeurs, ces spécialistes, ils n'en savent pas plus que mon pauvre petit médecin de famille qui ne sait rien du tout. En attendant, je viens de manquer tout un mois de cours, ceux que je donne et ceux que je prends. Je n'ai pas rendu mes devoirs, je vais redoubler !

Ève fut prise alors d'une violente crise de larmes rageuses. Joanne arrêta aussitôt la voiture sur le bas-côté. Elle n'avait encore jamais vu Ève pleurer. Elle l'avait connue heureuse, triste, surexcitée, dépitée, furieuse, mais jamais elle ne l'avait vue pleurer. Même quand elle avait perdu le bébé, elle avait refusé de s'apitoyer sur son sort et s'était aussitôt replongée dans son emploi du temps dément, en disant simplement : « C'est la vie. »

— Ève...

— Pourquoi personne ne peut me dire ce que j'ai ? Tu me connais mieux que personne, toi. Tu sais que je ne suis pas une malade imaginaire ! Tu sais que si je dis que j'ai mal, c'est que j'ai réellement mal. C'est moi qui ai commencé par soutenir que je n'avais rien du tout. J'étais persuadée que Brian et ma mère exagéraient.

— Je me souviens...

— Maintenant que la douleur est réellement intense, maintenant que, je te le jure, *rien* dans mon corps ne fonctionne correctement, pourquoi, *maintenant*, tout le monde me dit que je n'ai rien ?

— Qui d'autre t'a dit que tu n'avais rien ?

— Eh bien, aucun des autres médecins n'a été aussi brutal que ce con, mais c'est ce qu'ils ont tous laissé entendre. Tu sais comme ils sont subtils. On m'a fait toutes les analyses sanguines possibles ; j'ai vu tous les spécialistes. Tout est négatif. Alors maintenant Brian...

— Quoi, Brian ?

— Tu le connais. Toujours très détaché. Il dit que si les médecins ne trouvent rien, c'est que je n'ai rien de grave, alors je ne dois plus y penser. Ne plus penser à quelque chose qui m'empêche de me nourrir correctement, qui m'empêche de dormir et de chier... Ne plus penser à une douleur qui ne me permet pas de me tenir droite pendant plus de cinq minutes ! Sortir et aller chez le coiffeur ! M'acheter une robe ou deux. Si j'étais un homme et que c'était mon précieux zizi qui me tracassait, on ne m'écarterait pas aussi facilement ! On ne me dirait pas d'aller chez le coiffeur !... Pourquoi sommes-nous arrêtées ?

Joanne remit immédiatement la voiture en marche et reprit la route.

— Nous allons continuer de consulter des médecins jusqu'à ce que nous sachions ce que tu as, déclara-t-elle. Je te connais. Je sais que, si tu te plains, ce n'est pas pour rien. Nous continuerons de te faire examiner jusqu'à ce que nous sachions ce qui ne va pas.

— Autant être morte, grommela Ève. (Joanne éclata de rire.) Tu te trouves drôle ?

— Mais non, voyons ! Bien sûr que non ! Mais nous avons eu cette même conversation, dans l'autre sens, quand je t'ai conduite à l'hôpital pour la première fois. Quand j'ai trouvé le journal sur ma voiture et que tu as appelé la police : ils ont dit qu'ils ne pouvaient rien faire tant que le type ne m'avait pas vraiment attaquée ; j'ai dit : « A ce moment-là, je serai peut-être morte », ou quelque chose comme ça. Tu ne te souviens pas ?

Ève secoua la tête.

— Il t'a encore téléphoné ? demanda-t-elle pour changer de conversation.

Joanne comprit qu'elle ne voulait plus qu'on parle d'elle.

— Deux fois. J'ai raccroché dès que j'ai reconnu sa voix.

— C'est bien, répondit distraitement Ève.

— Je ne crois pas que ce soit un cinglé inoffensif, hasarda Joanne. (Elle exprimait pour la première fois ses craintes réelles et revoyait les photos des victimes.) Je crois qu'il est vraiment... celui qui a tué ces trois autres femmes. Je crois qu'il guette son moment, qu'il m'observe, qu'il joue avec moi... Tu sais, comme un chat joue avec une souris avant de la tuer.

— Allons donc ! s'exclama Ève en riant. Tu ne crois pas que tu donnes un peu trop dans le mélo ?

Joanne soupira, vaguement vexée ; elle n'avait pas empêché Ève de se complaire un moment dans le mélodrame ; alors, pourquoi pas elle ? Mais elle ne dit rien.

— Dis-moi, Joanne, dit Ève sur un ton sérieux et professoral, est-ce qu'il arrive qu'il y ait quelqu'un d'autre chez toi, quand tu reçois ces coups de fil ?

— Qu'est-ce que tu veux dire ?

— Est-ce que tu es seule, quand il téléphone, ou bien y a-t-il quelqu'un avec toi ?

Joanne dut réfléchir un moment.

— Non, en général, je suis seule, seule dans la pièce, au moins... Sauf la nuit où il a téléphoné, quand Lulu dormait à côté de moi.

— Mais elle n'a rien entendu.

— Elle ne s'est pas réveillée. Pourquoi ? Où veux-tu en venir ?

— A rien...

— Si. Que cherches-tu à me dire ? Que je me fais des idées ?

— Ce n'est pas ce que j'ai dit.

— Qu'est-ce que tu dis, alors ?

— Il arrive que l'esprit nous joue des tours, répondit Ève, avec des guillemets invisibles autour des paroles que le médecin avait employées à son sujet, et Joanne se demanda si le choix de ces mots était voulu, si son amie avait eu l'intention de parler aussi cruellement. Elle préféra ne pas approfondir.

— Tu as parlé à Brian ? demanda-t-elle.

— Bien sûr ! répliqua Ève, aussitôt sur la défensive. Tu me l'as demandé, n'est-ce pas ? Il a dit ce que je t'ai déjà dit, quand on reçoit des coups de téléphone obscènes, le mieux c'est de raccrocher tout de suite.

— Je ne suis même pas certaine que ce soit un homme. La voix est si bizarre !

— Bien sûr que c'est un homme ! Les femmes ne donnent pas de coups de téléphone obscènes à d'autres femmes !

— Mais il ne s'agit pas seulement de coups de fil obscènes ! protesta Joanne. Il dit qu'il va me tuer. Il dit que je suis la prochaine. Pourquoi est-ce que tu me regardes comme ça ?

Joanne surprenait de l'indécision dans les yeux d'Ève.

— J'étais en train de me demander, avoua Ève, si les coups de téléphone ont commencé avant ou après le départ de Paul.

Joanne garda le silence et ses épaules s'affaissèrent ; elle était trop désorientée pour riposter. Elle se sentait vaincue.

— Je ne dis pas qu'on ne te téléphone pas, reprit Ève d'une voix navrée. (Joanne tourna dans l'allée de son jardin.) Ah, zut ! Je ne sais pas ce que je dis. Regarde-moi, Joanne. Je t'en prie. Excuse-moi. Regarde-moi.

Joanne coupa le contact, retira les clefs du tableau de bord et fit lentement face à celle qui était son amie depuis près de trente ans.

— Oublie tout ce que j'ai dit. Je ne le pensais pas, reprit Ève. J'étais furieuse contre cet imbécile de médecin, parce que personne ne trouve ce que j'ai, alors j'ai passé mes nerfs sur toi. Il m'a dit que mes problèmes étaient seulement dans ma tête, alors je t'ai dit la même chose. Je me suis défoulée, quoi. Pardonne-moi, je t'en prie. Je ne le pensais pas... Tu sais que je t'aime de tout mon cœur. Mais je suis tellement déboussolée !

— Je sais. Je comprends.

— Mais je sais que tu n'as pas à te faire de souci. Si quelqu'un doit mourir par ici, ce sera moi. Alors, ne me vole pas la vedette, hein ?

Joanne vit qu'Ève parlait sérieusement, qu'elle était sincèrement effrayée.

— Tu ne vas pas mourir. Je te le promets !

Ève prit son amie dans ses bras, la serra à l'étouffer.

— Ne m'en veux pas, je t'en supplie, murmura-t-elle.

— Je ne t'en veux pas, voyons !... Notre première dispute !

— Oui, hein ? dit Ève en lissant les cheveux que Joanne venait de caresser. Dieu, qu'ils sont secs, gémit-elle en essayant de parler avec désinvolture. Tu te souviens, j'avais toujours les cheveux tellement gras !

— Tu vas te remettre, assura Joanne.

— Toi aussi.

Toutes deux descendirent de voiture. Les portières claquèrent en même temps.

14

Joanne était toute nue, au milieu du grand
placard-penderie, les sourcils froncés, un monceau
de robes et d'ensembles jetés à ses pieds. Il n'y avait
rien qu'elle eût envie de porter. Tout ce qu'elle tou-
chait lui paraissait étranger, comme si chaque vêtement avait été acheté par une autre, par une
personne sans goût, sans aucun sens de la mode ou
du style, pensa-t-elle en décrochant une petite robe
marine et blanche pour la tenir devant elle, contre
ses seins moites.

Pourquoi transpirait-elle ainsi ? Elle qui ne transpirait jamais. La maison était climatisée, alors
pourquoi avait-elle si chaud ? Elle laissa tomber la
robe. Non. Bonne pour une ménagère d'âge mûr.
C'était peut-être ce qu'elle était mais pour rien au
monde elle ne voulait en avoir l'air. Cette robe était
trop stricte, démodée, avec son petit col rond et sa
ceinture de cuir bleu. Elle la détestait. Comment
avait-elle pu acheter ça ? Si elle avait une photo
d'elle avec cette robe, ce serait sûrement celle que
les journaux publieraient quand on aurait découvert son cadavre mutilé. La quatrième victime. Elle
voyait la légende imprimée sous sa mine souriante,
banale. Pas mal, diraient les gens (comme elle l'avait
pensé elle-même des autres victimes de l'étrangleur), agréable. Banale.

Elle décrocha un autre cintre, un petit ensemble
de lin blanc que la vendeuse de chez Bergdorf Good-
man's l'avait presque forcée à acheter, contre son
avis. Quel avis ? se demanda-t-elle en tenant la robe
devant elle. C'était indiscutablement ce qu'elle avait
de plus chic mais c'était presque transparent, il lui
faudrait mettre une combinaison et il faisait trop
chaud pour ça, et puis le lin se froissait vite, même

si la vendeuse affirmait que ça devait avoir l'air froissé. Joanne avait toujours été mal à l'aise avec les faux plis, elle avait constamment envie de donner un coup de fer. C'était déjà assez désagréable d'être mal à l'aise, inutile d'en avoir l'air, en plus ! Elle voulait être belle, pour que Paul lui jette un seul regard et la prenne dans ses bras en disant qu'il regrettait, qu'il était fou, que si elle lui pardonnait et le reprenait, il passerait le reste de sa vie à réparer le mal qu'il lui avait fait, et tout cela devant Mr Avery, le prof de math de Robin qui les regarderait en souriant et dirait que les problèmes de Robin allaient sûrement s'arranger, qu'il était navré de les avoir dérangés. Et ils souriraient aussi, des larmes de reconnaissance coulant sur leurs visages heureux, en le remerciant d'avoir été l'artisan de leur réconciliation.

Joanne laissa tomber l'ensemble blanc et sentit une larme perler sur sa joue. Cela n'arriverait jamais, pensa-t-elle. Cela n'arriverait pas parce qu'elle n'avait rien à se mettre ! Elle avait rendez-vous avec Paul dans le bureau de Mr Avery, dans une heure — mon Dieu, une heure ! — et elle serait vêtue des mêmes vieilles loques que la femme qu'il avait quittée. Et Paul la regarderait avec un sourire, son inélégance renforçant sa décision de la quitter. Et ils s'assoiraient côte à côte, sans se toucher, pour écouter ce que Mr Avery avait à leur dire, avant d'aller déjeuner — Paul avait accepté sa suggestion du déjeuner, et peut-être était-ce le signe qu'elle lui manquait ? — et de discuter des inquiétudes du professeur en cherchant une solution aux problèmes de Robin, d'une manière civilisée. Civilisée ! C'était justement l'ennui, avec tous ses vêtements. Ils étaient trop civilisés. Elle détesterait être enterrée avec une de ces robes.

Le téléphone sonna.

Joanne resta clouée sur place, en tournant la tête en direction de l'appareil. Il savait qu'elle était là, se dit-elle en transpirant de plus belle. Il avait la faculté de voir dans cette minuscule pièce sans fenêtre, il savait qu'elle était nue, il l'examinait... Elle retint son souffle, de peur que sa respiration ne la trahisse jusqu'à ce que la sonnerie se taise. Puis elle reprit l'exploration de sa penderie. Ses mains tremblantes choisirent sa robe bain-de-soleil turquoise qui avait au moins une étincelle de jeunesse et courut ensuite à la commode de sa chambre, en veillant à éviter la fenêtre bien qu'il n'y ait, pour le moment, aucun ouvrier en vue dans le jardin. Elle ouvrit le tiroir du haut et en retira une simple culotte blanche et un soutien-gorge assorti — pourquoi n'avait-elle rien de plus sexy ? — qu'elle enfila rapidement, en tâtonnant maladroitement sur l'agrafe du soutien-gorge. Pourquoi ne possédait-elle pas de ces petits dessous vaporeux qu'Ève achetait tout le temps ? Elle se demanda si elle aurait le temps de passer dans un magasin, en allant au lycée de Robin. Elle regarda son poignet machinalement, se souvint qu'elle n'avait pas sa montre et se retourna vers la pendulette, sur la table de chevet, à côté du téléphone. Dix heures moins dix, déjà ! Non, elle n'aurait jamais le temps.

Et d'abord, à quoi pensait-elle ? Elle rit, d'un de ces rires secs et nerveux qui déchirent la gorge. Elle enfila la robe turquoise. Ses dessous n'intéressaient pas Paul. Il ne les verrait pas. Ils allaient se rencontrer dans quarante minutes, devant le professeur de Robin, pour discuter de leur fille aînée, et ils déjeuneraient ensuite... il n'y aurait pas de rendez-vous amoureux dans une chambre d'hôtel, comme dessert.

Dans la salle de bains, elle s'examina devant la haute glace, et un bref regard la persuada que son mari depuis près de vingt ans n'allait pas être bouleversé de passion au point de désirer voir sur-le-champ quels dessous elle avait choisis pour l'occasion.

Elle tiraílla ses cheveux avec dépit et se dit que son problème n'était pas ses vêtements mais sa figure. Il lui faudrait une nouvelle tête, voilà tout. Elle était trop pâle, trop terne. Retournant à la fenêtre de sa chambre, de vieilles sandales aux pieds — qu'arrivait-il à ses gros orteils ? —, elle contempla les dégâts de ce qui avait été un joli jardin à la pelouse bien entretenue. Mon cottage d'été sans les embouteillages, pensa-t-elle tristement, en observant le vaste trou bétonné.

Aucun ouvrier ne s'était présenté depuis dix jours ; elle avait été sèchement informée une semaine plus tôt que la société d'installation de piscines Rogers Pools venait de déposer son bilan. Depuis cinq jours déjà, Paul lui avait promis de tout arranger.

Du maquillage ! se dit-elle tout à coup, et elle courut de nouveau dans la salle de bains pour prendre dans l'armoire à pharmacie tous les tubes et les petits pots horriblement dispendieux qu'Ève l'avait persuadée d'acquérir et dont elle ne s'était jamais servie. La beauté qui compte, c'est celle du cœur, lui avait toujours répété sa mère, et Paul disait toujours qu'il avait horreur des artifices. Malgré tout, un peu de maquillage ne lui ferait pas de mal. Il ne remarquerait rien, juste un petit changement. Elle étala un soupçon de rose sur ses joues, jugea que ça ne suffisait pas, en rajouta un peu mais, cette fois, ce fut trop. Elle se lava rapidement la figure et fit un nouvel essai. Après la quatrième tentative, elle n'était toujours pas satisfaite ; il lui faudrait demander à Ève comment s'y prendre. Renonçant aux joues, elle prit le mascara et passa soigneusement la petite brosse ronde sur ses cils, en remontant.

Le téléphone sonna. Le bruit subit la fit sursauter et elle se mit la brosse dans l'œil, battant des paupières sur la douleur vive et inattendue. Elle plaqua une main sur son œil droit larmoyant, et lorsqu'elle s'aperçut dans la glace, deux secondes plus tard, elle vit qu'elle avait étalé du mascara sur la moitié de sa joue. Le téléphone sonnait toujours.

— Va te faire voir ! lui cria-t-elle avec rage. Regarde ce que tu m'as fait faire ! Non seulement tu vas me tuer, mais il faut encore que tu gâches mon maquillage !

Furieuse, elle alla décrocher.

— Allô ! glapit-elle.

Puis elle s'arma de courage pour écouter la voix rocailleuse qui la réduirait instantanément à l'état d'une masse de gelée tremblante.

— Joanne ?

— Warren ?

Elle se sentit désorientée. Pourquoi son frère l'appelait-il ? Il était à peine sept heures du matin en Californie... A moins qu'il ne soit arrivé quelque chose de terrible ?

— Que se passe-t-il ? Tout le monde va bien ?

— Tout le monde va bien chez nous, répondit-il. C'est pour toi que je m'inquiète.

— Moi ?

— Enfin bon Dieu, Joanne, pourquoi ne m'as-tu rien dit ?

Elle mit un moment à comprendre de quoi il parlait.

— Paul et moi, tu veux dire ?

— Entre autres choses. Pourquoi ne m'as-tu rien dit ?

— Je ne voulais pas t'inquiéter. J'espérais que tout allait s'arranger.

— Mais ça ne s'est pas arrangé.

— Non. Du moins, pas encore. Je dois déjeuner avec lui, aujourd'hui, et...

— J'ai parlé à Paul, hier.

— Tu lui as parlé ? (Question idiote, pensa-t-elle aussitôt ; comment serait-il au courant de leur séparation, autrement ?) Que t'a-t-il dit ?

— J'ai eu l'air d'un imbécile, répondit Warren en

éludant la question. J'ai voulu te téléphoner et je suis tombé sur un disque disant qu'il n'y avait plus d'abonné à ce numéro. J'ai appelé Paul à son bureau pour savoir ce qui se passait ; il y a eu un silence, une hésitation, et finalement il m'a demandé : « Comment ? Joanne ne t'a pas prévenu ? » Prévenu de quoi ? C'est alors qu'il m'a tout expliqué.

— Quoi ?

— Quoi ? ! Eh bien, que vous étiez séparés, qu'il avait pris un appartement en ville, que tu recevais des coups de téléphone obscènes... Joanne ? Ça va ?

Non, ça ne va pas bien du tout, pensa Joanne, et elle répondit :

— Mais oui, ça va, bien sûr. Paul a simplement besoin de... de réfléchir un peu. Il est désorienté, c'est tout.

— Tu ne veux pas un peu de compagnie ? Gloria pourrait faire un saut en avion, pour quelques jours...

— Non, ça va, je t'assure.

Si elle avouait qu'elle avait besoin de la compagnie de Gloria, cela ne ferait qu'alarmer son frère davantage. A quoi bon ?

— Gloria voudrait te dire un mot.

— Allô ? Joanne ? Comment tiens-tu le coup ?

Gloria avait une voix qui donnait l'impression qu'elle parlait en fronçant le nez à cause d'une odeur déplaisante.

Joanne affirma qu'elle tenait le coup. Elle ne confia pas à sa belle-sœur qu'elle avait du mascara sur la moitié de la figure, rien à se mettre, que sa penderie était un chaos de toilettes éparses et son jardin un chaos de béton abandonné, que sa meilleure amie craquait complètement et qu'elle était de plus en plus convaincue qu'elle serait la prochaine victime de l'étrangleur de banlieue. Elle déclara qu'elle tenait le coup, parce que c'était ce que Gloria voulait entendre.

— Eh bien, tant mieux. Je sais que c'est ta vie, mais tâche de ne pas prendre ça trop au sérieux, tu entends ? Tu vois ce que je veux dire ?

— Je croyais que nous devions déjeuner ensemble, dit Joanne.

— Je sais et je suis désolé, expliqua Paul avec agacement. J'ai essayé de te téléphoner ce matin mais personne n'a répondu...

Joanne se revit toute nue, au milieu du tas de vêtements, avec le téléphone qui sonnait aigrement sur la table de chevet.

— Je suis navré, Joanne. Je n'y peux rien. C'est un client important et quand il propose un déjeuner, c'est beaucoup plus qu'une simple suggestion. Tu vois ce que je veux dire ?

Joanne regarda ses pieds. Tu vois ce que je veux dire ? demandait aussi sa belle-sœur, à cinq mille kilomètres de distance.

— Écoute, j'ai le temps de prendre un café en vitesse, dit-il d'une voix radoucie.

— Où ? demanda Joanne en jetant un coup d'œil dans le couloir du lycée.

— Il y a une cafétéria, n'est-ce pas ?

— Ici ? Dans le lycée ?

— C'est l'endroit rêvé pour parler des problèmes de Robin, non ?

On ne pouvait qu'admirer l'habileté de Paul, se dit Joanne quand il lui prit le bras pour la piloter vers l'escalier. Une simple phrase et il disait tout : ils étaient là pour parler de leur fille aînée, pas de ses problèmes à elle ; il n'irait pas plus loin, tout autre sujet de conversation serait singulièrement inapproprié, vu le lieu et le moment. Il l'avertissait : restons simples et, surtout, ne versons pas dans l'émotion.

Joanne saisit la rampe pour se soutenir quand Paul lui lâcha le bras. Les genoux tremblants, elle ralentit le pas, craignant de tomber et de le gêner encore plus. Une odeur de cuisine commença à se mêler à toutes celles du lycée, familières, de chaussettes sales et de gymnase, de craie et de tableaux noirs, d'exaspération et d'enthousiasme. L'odeur de la jeunesse, pensa-t-elle. Elle se revit avec Ève dans les deux adolescentes qui pouffaient devant leurs casiers ouverts ; le battant intérieur des portes était tapissé de photos des idoles du jour.

— Nous y voilà, annonça Paul en s'effaçant pour laisser passer Joanne.

(« Ici ! lui cria immédiatement Ève en sautillant sur sa chaise. Tu prends le sandwich que ma mère m'a fait ! Encore du saucisson, à croire qu'on a des actions dans une usine de charcuterie ! Qu'est-ce que ta mère t'a donné ? Du thon ? Chouette, on échange ? »)

— Qu'est-ce que tu prends ? demanda Paul en faisant glisser un plateau vers la caisse.

— Un café.

Joanne retomba dans le présent et reconnut Ève dans une grande fille mince d'une quinzaine d'années aux épais cheveux roux tirés en queue de cheval, noués d'un ruban vert foncé. Il n'y avait qu'une poignée d'élèves dans la vaste salle aux tables bien alignées en longues rangées. Elle suivit Paul et ils s'assirent près d'une fenêtre. Paul prit leurs consommations et repoussa le plateau orangé sur la table voisine, puis il resta les yeux baissés sur sa tasse. Il ressemblait trait pour trait à leur fille dont ils devaient discuter le cas.

— Qu'est-ce que tu penses de ce qu'Avery a dit ? demanda-t-il enfin.

— Il s'inquiète réellement pour Robin.

— Tu ne trouves pas qu'il exagère ?

— Je ne crois pas.

— Écoute, nous sommes en juin, les gosses en ont marre, ils n'ont presque plus de cours, à part les derniers examens, et il a même reconnu que Robin passerait sûrement dans la classe supérieure.

— Il s'inquiète pour l'année prochaine, son attitude...

— Elle ira bien à la rentrée.

— Ah oui ? Pourquoi ? demanda Joanne, étonnée de sa propre question. Qu'y aura-t-il de changé à la rentrée ?

— Joanne...

— Excuse-moi, mais je pense que nous ne pouvons pas nous permettre de traiter ce malaise cavalièrement.

— Il n'est pas question de ça. Bien sûr, nous devons parler à Robin, lui faire comprendre la gravité de ses actes, qu'elle ne peut commencer l'année prochaine comme elle a terminé celle-ci, qu'il lui faudra assister à tous ses cours, qu'il est inacceptable qu'elle en sèche un seul.

— Quand allons-nous lui dire tout ça, *nous* ?

Paul ne répondit pas tout de suite ; il but d'abord une gorgée de café.

— Je lui parlerai pendant le week-end, dit-il enfin en regardant ostensiblement sa montre.

— Paul, nous avons besoin d'avoir une conversation.

Joanne était furieuse d'entendre le chevrotement dans sa voix.

— Nous en avons une en ce moment.

— Tu me manques, souffla-t-elle.

Visiblement gêné, il regarda à droite et à gauche.

— Si tu as besoin de quelque chose...

— J'ai besoin de *toi*.

— Pas ici !

— Où, alors ? Tu promets toujours de venir mais tu ne viens jamais. J'espérais que nous pourrions parler en déjeunant.

— Je t'ai expliqué, pour le déjeuner.

— Là n'est pas la question.

— La question, c'est que je n'ai pas eu assez de temps, déclara-t-il comme il le lui avait déjà dit une fois. Je commence à peine à m'habituer à vivre seul... Tu dois t'y habituer aussi, conclut-il d'une voix sourde, en la regardant dans les yeux.

— Je ne veux pas m'y habituer!

— Il le faut. Et tu ne dois pas me téléphoner au bureau chaque fois qu'il y a un petit problème.

— Ce n'est pas un petit problème. Mr Avery...

— Je ne parle pas de Mr Avery. Je parle de choses comme la note du gaz...

— Il y avait une erreur dans leur compte. Je ne comprenais pas.

— Je parle de *Sports Illustrated*.

— Je ne savais pas si tu voulais renouveler ton abonnement.

— Tu n'avais qu'à décider.

— Je ne voulais pas prendre la mauvaise décision. (Elle fondit en larmes.) Excuse-moi, bredouilla-t-elle dans un sanglot. (Elle arracha une serviette en papier du petit support d'aluminium pour se moucher.) Je ne voulais pas pleurer...

— Non. (Il parla avec douceur et lui prit subitement la main.) C'est moi qui te demande pardon.

Joanne releva la tête, pleine d'espoir. C'est là où il va me dire qu'il n'a été qu'un imbécile et où il va m'implorer de le pardonner et de le reprendre, et il passera sa vie à réparer le mal qu'il m'a fait... Mais il dit simplement:

— Je n'aurais rien dû te dire. Je savais que ce n'était pas le moment ni le lieu. Ah, Joanne, tu me fais passer pour un tel salaud!

Joanne se couvrit les yeux de sa main libre et se mordit la lèvre, si fort qu'elle sentit un goût de sang sur sa langue.

— Mes yeux sont-ils barbouillés? demanda-t-elle quand il retira sa main.

Elle repoussa distraitement ses cheveux de son front, tripota l'encolure de sa robe.

— Non, assura Paul, le regard doux, la voix tendre. Tu es ravissante. J'ai toujours aimé cette robe.

Joanne sourit.

— Je t'aime, dit-elle sans le regarder.

Ses lèvres frémissaient malgré ses efforts pour se maîtriser.

— Je t'aime aussi, tu sais.

— Alors, que faisons-nous ?

Il secoua la tête et avoua :

— Je ne sais pas.

— Reviens.

Il se tourna vers la porte de la cafétéria où faisait irruption un jeune couple bruyant, qui riait et se lançait plaisamment des insultes.

— Je ne peux pas, dit-il.

Et, bien que ses mots aient été couverts par la brusque activité autour d'eux, Joanne n'eut qu'à regarder ses yeux, résolument baissés sur la tasse vide, pour comprendre ce qu'il avait dit.

— Mrs Hunter !

Joanne se retourna vivement et faillit renverser la jeune femme en tenue de tennis qui passait près d'elle.

— Excusez-moi, je ne voulais pas vous faire peur, dit Steve Henry en traversant le hall vert et blanc du club.

— J'ai encore oublié quelque chose sur le court ? demanda machinalement Joanne en cherchant ses clefs dans son sac.

— Non, répondit-il en riant, une fossette creusant sa joue gauche. J'ai une leçon annulée, et je me demandais si vous accepteriez de prendre un café avec moi. J'aimerais vous parler des progrès de votre jeu, depuis quinze jours.

— Je ne crois pas, bredouilla-t-elle.

— Vous ne croyez pas que votre jeu s'est amélioré, ou vous ne croyez pas pouvoir prendre un café avec moi ?

166

— Les deux, hélas, répondit Joanne qui en avait assez des conversations devant un café. Je suis en retard.

— Je comprends. Que devient votre amie, la rousse ?

— Ève ?

— Oui, Ève, celle qui a l'avant-bras faible et le rire malicieux. Est-ce que nous la reverrons ?

Joanne sourit. Ève avait vraiment un rire malicieux. Elle paraissait savoir quelque chose que le monde entier ignorait, mais que rien ne la persuaderait de révéler.

— Oh, oui ! Je suis sûre qu'elle reprendra ses leçons dès qu'elle ira mieux.

— Je l'espère, mais il faudra qu'elle se donne du mal pour vous rattraper.

— Je ne crois pas.

— Qui est le professeur ici ?

Joanne essaya de lui rendre son sourire mais il y avait quelque chose, dans la jeune beauté virile de Steve Henry, qui la mettait mal à l'aise.

— Vous avez frappé de très bonnes balles, tout à l'heure, reprit-il. Je vous ai fait cavaler sur tout le court et vous n'en avez pas raté une.

— Je les ai toutes renvoyées dans le filet !

— Vous ne suivez toujours pas les coups. Mais, je ne sais pas, j'ai senti une agressivité nouvelle chez vous, cet après-midi. (Joanne rit malgré elle.) Ah, vous savez de quoi je parle, n'est-ce pas ?

— Regardez mes doigts de pieds ! gémit-elle sans savoir que dire. (Elle baissa les yeux sur les ongles de ses gros orteils, entre les lanières de ses sandales.) On dirait qu'ils vont tomber.

— Vous allez probablement perdre les ongles, jugea-t-il sans s'émouvoir. Vous avez des chaussures trop petites. Quand on joue au tennis, il faut prendre une demi-pointure au-dessus. Avec celles que vous avez là, vos doigts de pieds cognent sans cesse le bout de la chaussure, parce qu'ils n'ont pas de place pour bouger.

— Ils sont d'un si joli bleu, dit-elle en souriant comme ils arrivaient à la porte d'entrée.

— Comme vos yeux.

Ah ? pensa Joanne, surprise et momentanément sans voix, nous ne parlons plus de tennis.

15

— Oui, et alors, qu'est-ce que tu as dit ?

— Comment ça, qu'est-ce que j'ai dit ? Rien du tout !

— Joanne, pour l'amour du ciel ! s'exclama impatiemment Ève, ce type te fait ostensiblement du gringue, il te dit que tes ongles de pieds sont de la couleur de tes yeux... (Toutes deux éclatèrent de rire.) D'accord, ce n'est probablement pas ce qu'il pouvait trouver de plus romanesque, mais c'est quand même assez mignon.

— Je n'ai pas les yeux bleus. Ils sont noisette.

— Tu chipotes, tu chipotes ! Il ne s'agit pas de ça. Il te dit que tu as de beaux yeux, c'est ce qui compte. Quand est-ce qu'on te l'a dit pour la dernière fois ? Hein ? Tu vois bien. Il est nettement intéressé.

— Par toi ? dit Joanne.

C'était une question.

— Et pourquoi pas « par toi » ? Détends-toi, fais-toi faire quelques mèches coup de soleil et tu verras, tu es vraiment une très belle fille.

Elles étaient toutes les deux debout devant la cuisinière encastrée, dans la cuisine d'Ève, et surveillaient le dîner du samedi soir.

— Je crois que toutes ces radios t'ont tourneboulée, répliqua Joanne en riant.

Elle se sentait néanmoins reconnaissante du compliment.

— C'est toi qui es folle, si tu ne profites pas de ce que t'offre Steve Henry.

— Et c'est quoi ?

— Un des plus beaux corps de vingt-neuf ans que j'aie jamais vus. Allez, Joanne, fais-le au moins pour moi, sinon pour une autre raison.

Joanne s'étrangla de rire.

— Je ne peux pas ! répliqua-t-elle enfin.

— Pourquoi diable ?

— Parce que je suis une femme mariée.

Le silence dura assez longtemps, avant qu'Ève demande :

— Tu crois que Paul passe ses soirées chez lui en racontant à tout le monde qu'il est un homme marié ?

— Qu'est-ce que tu sous-entends ?

Joanne n'avait pas fini de parler qu'elle regrettait déjà d'avoir posé sa question.

— Je ne veux pas dire que c'est sérieux...

— De quoi parles-tu ?

— Je ne suis sûre de rien, comprends-moi...

— Tu as entendu dire quelque chose ?

— Des gens l'ont croisé, ici et là.

— Avec qui ?

La question était propulsée hors de la gorge de Joanne par les battements précipités de son cœur.

— Une fille. Judy je ne sais comment. Quelqu'un que personne ne connaît. Une blonde, naturellement.

— Jeune ?

— Vingt-cinq, vingt-huit.

Joanne dut s'appuyer contre un élément de la cuisine.

— Écoute, dit vivement Ève, je ne t'ai pas parlé de cette Judy je ne sais quoi pour te bouleverser. Je t'en ai parlé pour te secouer. C'est une occasion qui frappe à ta porte, bon Dieu ! Combien de chances comme ça vas-tu encore avoir, à ton avis ? Steve Henry est un gaillard superbe. Est-ce que tu as une idée de l'endurance des garçons de vingt-neuf ans ? Réfléchis, Joanne. C'est tout ce que je te demande.

— Qu'est-ce qui se passe là-dedans, bon Dieu ? gronda une voix masculine dans la salle à manger. Je croyais que nous devions dîner.

— Ça vient ! cria Ève. (Elle remua bruyamment les casseroles sur la cuisinière en pure perte et chuchota :) Écoute, Joanne, Paul ne passe pas ses nuits tout seul dans son nouvel appartement, à réfléchir. Il sort, et il... essaie de ne pas penser.

Ève prit un grand poêlon et quelques assiettes et commença à organiser le repas qu'elle avait préparé.

— Brian est d'une humeur de chien, confia-t-elle à voix basse alors qu'elles allaient toutes deux passer dans la salle à manger, en portant diverses bonnes choses. Essaie de ne pas lui parler boulot, tu veux ?

Joanne hocha la tête, engourdie depuis la pointe de ses cheveux châtains mal coiffés jusqu'à ses orteils aux ongles bleus. Elle n'avait plus faim, subitement, malgré les délicieux arômes, et doutait de pouvoir dire un seul mot à Brian, avec la grosse boule qui lui bloquait la gorge.

— Comment vont les filles ? demanda Brian vers le milieu du dîner.

— Très bien, répliqua automatiquement Joanne. Enfin, à vrai dire, non, pas si bien que ça, rectifia-t-elle. (Elle leva les yeux de son bœuf à la chinoise sur un lit de riz, auquel elle n'avait pas touché.) La santé, oui, ça va, mais Lulu me rend folle avec ses examens de fin d'année qu'elle est sûre de rater, et Robin me rend folle parce qu'elle est sûre de réussir tous les siens. Elle est sortie ce soir parce qu'il y aurait un tremblement de terre si elle restait à la maison un samedi soir, et Lulu étudie, en larmes, parce qu'elle a un examen d'histoire lundi, et la seule date dont elle se souvienne, c'est celle du début de la guerre des Boers, et la guerre des Boers n'était pas à son programme cette année.

Brian s'esclaffa :

— La guerre des Boers ?!

— C'est la combinaison de mon système d'alarme.

— Il paraît que vous avez eu encore une fausse alerte ce matin ?

— Oui. Ce n'est pas faute d'avoir sermonné les filles un million de fois, en leur répétant de débrancher l'alarme avant d'ouvrir la porte, le matin. Devine qui a oublié ? Enfin, ça me donnera quelque chose à raconter à mon grand-père.

— Comment va-t-il ?

— Pas bien, il est de plus en plus livide.

Joanne porta sa fourchette à ses lèvres et la reposa sans avoir rien pris. Brian demanda soudain, de sa voix professionnelle, en revenant à l'autre sujet de conversation :

— Tu gardes le système d'alarme branché même quand vous êtes dans la maison ?

— Oui. Je me sens plus en sécurité, depuis les coups de téléphone.

— Quels coups de téléphone ?

La fourchette d'Ève cogna son assiette et lui tomba des mains : le fracas subit détourna l'attention de Joanne. Ève se leva lourdement et renversa son verre d'un excellent Bourgogne hors de prix.

— Ah, Dieu, gémit-elle. C'est une douleur comme jamais !

— Où ça ? demanda Joanne, en se précipitant vers elle.

— Toujours au même endroit, haleta Ève en essayant de rire. Mon cœur, mes poumons, mon estomac, mon ventre...

— Qu'est-ce qu'il faut faire ? demanda Joanne à Brian, qui restait tranquillement assis.

— Il y a du valium dans l'armoire à pharmacie.

— Je n'ai pas besoin de valium ! cria Ève. J'ai besoin d'un médecin qui sache de quoi il parle. Merde, regardez cette nappe !

Joanne tourna la tête et considéra la flaque couleur de sang qui s'élargissait comme un napperon autour de l'assiette d'Ève.

— Ne t'en fais pas, ça partira au lavage. Tu devrais peut-être monter t'allonger un moment ?

Ève foudroya du regard son mari, toujours impassible et immobile de l'autre côté de la table.

— D'accord...

— Je vais t'aider.

— Mais non, je peux me débrouiller toute seule, marmonna Ève. (Elle se dégagea des bras de Joanne.) Je redescendrai bientôt. Finissez de dîner.

— Tu es sûre que tu ne veux pas que je monte avec toi ?

— Je veux que tu rinces cette sacrée nappe avant qu'elle soit irrémédiablement foutue ! Et je veux que tu suives le coup avec Steve Henry, bon Dieu !

Sur ce, Ève disparut dans l'escalier : sortie de scène parfaite !

— Qu'est-ce qu'elle racontait ? demanda Brian tandis que Joanne commençait à éponger le vin renversé.

Sans répondre ni le regarder, elle se retourna pour empiler les assiettes et les emporter.

— Assieds-toi ! ordonna-t-il avec une indiscutable autorité. Je n'ai pas fini de dîner, moi. Et tu n'as rien mangé. Allez, laisse ça ! La mère d'Ève sera ravie de nous acheter une autre nappe. Ça lui donnera quelque chose d'utile à faire et j'aurai la paix pendant dix minutes. Mange !

A contrecœur, Joanne reprit sa place et considéra froidement le mari d'Ève, dont l'expression était étonnamment affectueuse malgré le ton bourru. Elle ne fit aucun effort pour dissimuler sa réprobation.

— Tu me prends pour un salaud sans cœur, hein ?

— Je ne le formulerais sans doute pas de cette façon mais, en effet, c'est exactement ce que je pense.

172

Elle s'étonna de sa franchise. En temps normal, elle aurait trouvé un biais pour adoucir ses mots, pour ne pas risquer de blesser la sensibilité de Brian. Mais, en ce moment, elle doutait de sa sensibilité.

— Tu ne connais pas toute l'histoire, Joanne, lui dit-il avec simplicité.

Ses yeux profondément enfoncés ne révélaient rien. Des yeux de policier, pensa-t-elle.

— Je sais que ma meilleure amie souffre atrocement et que son mari a l'air de s'en foutre éperdument !

Brian tapa impatiemment sur la table.

— Je te le répète ! Tu ne connais pas toute l'histoire.

— C'est possible, mais je connais Ève. Ce n'est pas une fille qui s'affole pour quelques petites douleurs. Elle a toujours été très courageuse. Même quand elle a perdu le bébé, elle a tout de suite repris le dessus et elle s'est remise à vivre comme si de rien n'était.

— Et tu n'as pas trouvé ça bizarre ?

La question prit Joanne de court.

— Qu'est-ce que tu veux dire ?

— Une femme essaie pendant sept ans d'avoir un enfant et elle finit par concevoir, à quarante ans. Elle apprend que le bébé est une fille, elle choisit un prénom — Jackie — en dépit des véhémentes objections de sa mère, dois-je le préciser ? Et puis, elle perd le bébé et reprend aussitôt sa vie normale, sans verser une larme. Moi, j'en ai pleuré, Joanne !

— Ève n'a jamais laissé paraître ses émotions en public.

— Je ne suis pas le public ! Je suis son mari, nom de Dieu ! cria Brian, puis, s'apercevant qu'il avait crié, il baissa le ton. Et il y a autre chose.

— Quoi, par exemple ?

— Des détails qui, en eux-mêmes, n'ont pas une grande signification mais, quand on les réunit... C'est un peu comme une enquête criminelle.

— Ce n'est pas un crime d'être malade !

— Je n'ai jamais dit ça.

— Alors, pourquoi ne l'aides-tu pas ?

— J'essaie. Elle n'accepte pas le genre de secours que j'ai à lui proposer.

— Qui est... ?

— Je veux qu'elle consulte un psychiatre.

— Quoi ? ! Parce qu'un toubib a insinué que ses ennuis étaient psychosomatiques ?

— Pas *un* toubib, Joanne. Écoute-moi jusqu'au bout, s'il te plaît. Tu es sans doute la seule à pouvoir la persuader de se faire soigner. Tu es la seule qu'elle écoute.

Il s'interrompit, attendant que Joanne dise quelque chose et, comme elle gardait le silence, il reprit :

— Comme je te le disais, c'est un ensemble de petites choses.

— Mais quoi, par exemple ?

— Par exemple, si nous allons au cinéma, il lui faut absolument une place au bout de la rangée.

— Et alors ? Des tas de gens préfèrent être assis au bord !

— Est-ce qu'ils refusent d'aller au cinéma ou au théâtre s'ils n'ont pas cette foutue place ?... Est-ce qu'ils entrent pour voir un film après avoir fait la queue pendant une heure et ressortent parce qu'ils n'ont pas la place qu'ils souhaitaient ? Elle refuse de prendre l'ascenseur, continua-t-il d'une voix précipitée, de crainte que Joanne ne proteste et ne l'interrompe. Elle montera ou descendra à pied vingt étages plutôt que de mettre le pied dans un bon Dieu d'ascenseur ! Je ne les aime pas beaucoup non plus, mais je ne vais pas jusqu'à refuser des invitations à dîner parce que les gens habitent un gratte-ciel, jusqu'à me priver d'aller partout où je serais obligé de prendre l'ascenseur.

— Je suis sûre qu'Ève ne va pas non plus jusque-là.

— Tu ne vis pas avec elle, Joanne. Moi si. Je sais exactement ce que ces petites choses l'empêchent de faire. Nous ne sortons pour ainsi dire plus. Et ça ne fait qu'empirer. A quelle date nous as-tu vus partir en vacances la dernière fois, elle et moi ?

— Tu ne peux pas le reprocher à Ève ! C'est toi qui as toujours trop de travail.

— C'est elle qui t'a dit ça ?

Il se leva et fit quelques pas, en passant une forte main dans ses cheveux bruns, de plus en plus mêlés de gris.

— D'accord, c'est vrai. Je travaille dur et je travaille beaucoup. Pourquoi pas ? Pour être tout à fait franc, ce n'est pas très joyeux de rentrer le soir à la maison.

Il revint à la table, la tête basse. Joanne s'étonna de l'air soudain vulnérable de cet homme si grand et si fort. Il fit un effort évident pour formuler, et plus encore, pour prononcer douloureusement les mots suivants :

— Ève ne m'aime pas. Si j'étais parfaitement honnête avec moi-même, je dirais même qu'elle ne m'a jamais aimé. Je crois qu'elle m'a épousé parce qu'elle savait que ça ferait enrager sa mère, si tu tiens vraiment à savoir ce que je pense. Mais là n'est pas la question. La question, c'est que nous n'avons pour ainsi dire plus de rapports. Ève pense qu'elle a commis une grossière erreur il y a sept ans, et maintenant elle veut avoir affaire à moi et à mon univers le moins possible.

— Brian ! Comment peux-tu penser une chose pareille ? Elle allait avoir un enfant de toi, pour l'amour du ciel !

— Pour l'amour de sa mère, tu veux dire, marmonna-t-il. (Il leva la main pour couper court à toute protestation.) D'accord, d'accord ! Mettons que j'exagère, que je me trompe peut-être, disons qu'elle m'aime...

— J'en suis certaine. Elle ne cesse de parler de toi. Elle est très fière de toi, je le sais.

— Comment peux-tu le savoir ? Qu'est-ce qu'elle te raconte ?

Joanne chercha fébrilement à se rappeler ce que Ève avait pu dire de positif sur Brian. Elle le regarda, considéra son visage empreint d'une surprenante bonté. (« Crois-moi, son visage n'est pas ce qu'il a de mieux », disait Ève.) Gênée, elle bredouilla :

— Naturellement, elle n'est jamais entrée dans les détails... mais je sais que... qu'elle trouve ton travail très intéressant, conclut-elle, incapable d'aborder leur vie sexuelle.

— Mon travail ? s'exclama-t-il avec un rire amer. Ève adore la bagarre. Le plus souvent, mon travail est ennuyeux à périr. Elle se fiche et se contrefiche de mon travail. Qu'est-ce qu'elle t'a raconté sur notre vie sexuelle ?

— Simplement qu'elle était beaucoup plus que satisfaisante, répondit posément Joanne ; puis elle ajouta précipitamment : vraiment formidable !

— Notre vie sexuelle est inexistante !

— Bien sûr, depuis sa fausse couche...

— Ça n'a rien à voir avec sa fausse couche ! Nous n'avons plus de vie sexuelle depuis des années !

Il se rassit lourdement à sa place. Le silence s'appesantit.

— Ah, je ne sais pas pourquoi ni comment je t'ai raconté tout ça. Ça n'a aucun rapport. Ma vie à moi n'est pas en cause.

Joanne sentit des larmes lui monter aux yeux. Pour la première fois depuis qu'il s'était mis à parler, elle comprenait ce qu'il voulait dire. (« Je sais que c'est ta vie, disait sa belle-sœur, mais tâche de ne pas prendre ça trop au sérieux. »)

— Je te disais qu'Ève et moi n'avons pas pris de vacances ensemble depuis des années, reprit Brian. Ce n'est pas parce que je suis trop occupé, mais parce qu'elle refuse de prendre l'avion.

— Des tas de gens n'aiment pas prendre l'avion ! affirma Joanne.

— Ils n'aiment pas ça mais ils le font. Je n'ai que deux semaines de congé, Joanne, je n'ai pas le temps de prendre le bateau pour aller en Europe. Bon, d'accord, ne pensons plus à l'avion, je cède sur la question de l'avion, mais tout de même, chaque fois que je propose d'aller quelque part en voiture, à Boston ou à Toronto, n'importe où, la réponse est toujours : « Non ! » Et tu veux savoir pourquoi ? (Joanne était sûre qu'elle ne voulait pas le savoir, mais elle était sûre qu'il allait le lui dire.) Parce qu'elle ne veut pas quitter sa mère, voilà pourquoi !

— C'est ridicule, Brian ! Elle ne peut pas supporter de rester plus de deux minutes dans la même pièce que sa mère !

— Je sais. Je sais aussi que, pour une raison qui m'échappe, elle se sent responsable d'elle et ne veut pas la quitter. Elles ont des rapports très complexes. Il y a beaucoup de culpabilité là-dedans. Mais quoi, merde ! Je suis flic, pas psychiatre. Je te répète qu'il se passe un tas de choses dans la tête d'Ève dont tu n'as aucune idée, et que sa mère y tient une grande place.

— D'accord, dit Joanne en essayant de faire le tri de ses pensées confuses. Ève a des problèmes. J'avoue que j'ignorais la gravité de certaines de ses phobies, mais je ne peux pas croire qu'elles signifient que ses douleurs...

— J'ai parlé à tous les médecins, et plus d'une fois. Ils ont tous dit la même chose. Physiquement, Ève n'a rien. Ses analyses et ses examens révèlent un état parfaitement normal. Écoute, Joanne, personne ne souffre de toutes les parties du corps en même temps. Ève a des douleurs partout. On l'emmène chez un médecin, elle a des douleurs dans la poitrine ; chez un autre, elle a des douleurs dans le bas-ventre. Elle souffre de l'estomac, soi-disant, elle a maigri, elle fait de la température : deux cents grammes, quelques dixièmes ! J'ai jeté le pèse-personne, elle en a acheté un autre ! Je lui dis d'arrêter de prendre sa foutue température, elle me foudroie du regard. Elle est obsédée !

— Elle souffre !

— Je n'en doute pas. Crois-moi, je n'en doute pas un instant. Que veux-tu que je te dise ?... J'ai parlé au psychiatre de la police, une femme. Je lui ai demandé ce qu'elle en pensait.

— Et alors ?

— Elle dit que cela lui semble être un cas typique de dépression post-partum, provoquée par la fausse couche. La conclusion est la même que celle des autres médecins. Elle me conseille de ne pas me laisser manipuler, de ne pas être aux petits soins, car cela ne fait que renforcer la maladie. Elle me dit d'insister pour qu'Ève parle à quelqu'un, sur le plan professionnel. Ève ne veut rien savoir. Elle prétend qu'elle connaît assez les psychiatres pour ne pas vouloir avoir affaire à eux. Elle est furieuse contre moi, d'oser le suggérer. Voyons, Joanne, est-ce que c'est si mal que ça ? Voilà près de deux mois que ça dure. Elle a consulté la moitié des spécialistes de New York et a pris rendez-vous avec l'autre moitié. Elle veut bien les voir tous, pourquoi ne veut-elle pas voir un psychiatre ? En admettant que je me trompe, si elle a vraiment quelque chose que les analyses et les examens n'ont pas révélé, quel mal y a-t-il à en parler à quelqu'un, à apprendre à supporter tout ça ? Si tu souffrais horriblement, tu ne ferais pas tout au monde pour te soulager ? Y compris avoir une conversation avec un psychiatre ?... Excuse-moi ! Je ne voulais pas te déballer tout ça.

— Ève est ma meilleure amie. Je veux l'aider, si je peux.

— Alors, persuade-la d'aller voir un psychiatre, insista Brian. Ah, zut ! Voilà que je recommence. Déformation professionnelle, probablement. Tu as sans doute assez de soucis toi-même, en ce moment. Qu'est-ce que c'était, cette histoire de coups de téléphone ? (Le brusque changement de conversation dérouta Joanne.) Juste avant qu'Ève pique sa crise, tu disais que tu te sentais plus en sécurité avec l'alarme branchée, depuis les coups de téléphone...

— Ah oui... Euh... Je reçois des coups de téléphone menaçants. Ève ne t'en a pas parlé ? (Il secoua lentement la tête.) Elle t'a peut-être dit que c'étaient des coups de fil obscènes ?

— Elle ne m'a parlé d'*aucun* coup de fil.

— Tu en es sûr ? bredouilla Joanne, soudain mal à l'aise. Elle m'avait promis de le faire. Elle m'a même dit qu'elle l'avait fait.

— La seule chose dont nous avons parlé, Ève et moi, depuis quelques mois, c'est de ses douleurs. Quel genre de coups de téléphone menaçants ?

Joanne lui raconta tout, les menaces en pleine nuit, le journal sur son pare-brise, le fait qu'elle avait changé de numéro de téléphone mais que les appels continuaient.

— Ève ne t'a jamais rien dit de tout ça ? demanda-t-elle encore une fois.

Il secoua la tête.

— Tu veux boire quelque chose ? proposa-t-il en allant vers l'armoire aux liqueurs.

— Non, merci, murmura-t-elle. (Elle le regarda se servir une solide rasade de cognac.) Paul pense que j'exagère... Ève aussi et c'est probablement pour ça qu'elle ne t'a rien dit.

Brian rit tout haut et but rapidement une gorgée.

— C'est bien à Ève de parler d'exagération ! Mais elle a probablement raison de te dire de ne pas t'inquiéter. Les cinglés comme l'étrangleur de banlieue font ressortir de leur trou un tas d'autres dingues. Nous avons déjà eu au moins mille types qui s'accusaient des meurtres, assura-t-il avant de vider son verre d'un trait. Et je suis incapable de faire le compte de toutes les femmes qui ont signalé des coups de fil comme ceux que tu reçois, bien que...

— Bien que quoi ?

— Tu as encore le journal que tu as trouvé sur ta voiture ? Non ? Ça ne nous aurait probablement rien appris, d'ailleurs... (Il fit un geste vers la bouteille de cognac, mais se ravisa et tenta encore de la rassurer.) Je suis sûr que tu n'as aucune raison de t'inquiéter, Joanne. Ce doit être une blague idiote et, malheureusement, comme la police te l'a déjà dit, nous avons les mains liées. Le meilleur conseil que je puisse te donner, c'est ce que t'a déjà dit Ève, d'être méfiante, de changer encore de numéro et, en attendant, de raccrocher au nez du type.

— Je ne suis pas sûre que ce soit un homme ! répliqua machinalement Joanne.

Elle se demanda pourquoi elle se donnait la peine de préciser. Brian la considéra avec une certaine curiosité intéressée.

— Qu'est-ce qui te fait dire ça ?

— Quelque chose dans la voix. Mais, ajouta-t-elle en essayant d'en rire, sans trop voir où il voulait en venir, l'étrangleur ne peut pas être une femme.

— Tu sais quelque chose que je ne sais pas ?

Elle se demanda s'il parlait sérieusement.

— Je ne comprends pas, bafouilla-t-elle. J'ai lu que les victimes avaient été violées.

— Tu as lu qu'elles avaient subi des sévices sexuels. Ce n'est pas la même chose.

— Je ne comprends pas, répéta-t-elle.

— Je crains de ne pas pouvoir être plus explicite.

— Tu veux dire que l'assassin pourrait être une femme ?

— C'est une possibilité, très vague, je te l'accorde, il faudrait qu'elle soit exceptionnellement forte. Mais il y a des femmes culturistes, de nos jours, qui sont drôlement musclées. Qui sait ? Tout est possible. Et puis, la personne qui te téléphone n'est pas forcément le tueur. Ce n'est peut-être qu'un malade qui a perdu les pédales et qui pourrait bien être une femme.

— Ève dit que les femmes ne donnent pas de coups de téléphone obscènes à d'autres femmes.

— Ève dit beaucoup de choses. (Il répliqua énigmatiquement et passa derrière Joanne pour lui entourer les épaules d'un bras réconfortant.) Écoute, essaie de ne pas te faire de souci. Je vais en parler au lieutenant, voir si nous pouvons envoyer quelqu'un surveiller ta maison, passer à intervalles réguliers. Et, naturellement, je vais ouvrir l'œil.

— Merci, tu es gentil.

Elle songea qu'elle devrait rentrer chez elle mais elle aimait la sécurité de ces bras masculins autour d'elle et elle s'attarda.

— Sois prudente, lui répéta-t-il quelques minutes plus tard, en la raccompagnant à la porte.

— Dis à Ève que son dîner était délicieux et que je lui téléphonerai demain.

— D'accord.

Il la suivit des yeux, la regarda traverser la pelouse et monter sur le perron de la maison voisine. Elle se retourna, agita la main et chercha ses clefs dans son sac.

— Où diable sont-elles ? marmonna-t-elle tout haut. Zut ! J'ai dû les laisser chez Ève.

Elle se retourna mais Brian était déjà rentré chez lui et la porte était fermée. Elle hésita, se dit qu'elle y retournerait le lendemain et se décida à sonner, tout en scrutant la rue obscure.

— Et il disait qu'il allait ouvrir l'œil, grommela-t-elle, tournée vers la maison d'Ève où elle crut distinguer un vague mouvement rapide à la fenêtre de la petite chambre du premier. Lulu, tu ouvres ?

Agacée, elle sonna une seconde fois. Une voix forte la fit brusquement sursauter dans l'obscurité.

— Qui est là ?

Joanne eut un mouvement de recul et les muscles de son cou se contractèrent douloureusement.

— Mon Dieu ! s'écria-t-elle. (Puis elle comprit que cette voix était celle de Lulu et qu'elle venait de l'interphone à côté de la sonnette.) C'est maman, dit-elle, le cœur battant follement.

— Qu'est-ce que tu as fait de ta clef ? demanda la petite fille.

Puis elle recula vivement, les yeux résolument baissés. Joanne comprit immédiatement, en la voyant, qu'il s'était passé quelque chose.

16

— Qu'y a-t-il ? demanda tout de suite Joanne.

Lulu secoua la tête et se détourna.

— Rien.

Joanne prit sa fille par l'épaule et la fit doucement pivoter. De son autre main, elle lui souleva le menton.

— Dis-moi, insista-t-elle, mais Lulu se balança d'un pied sur l'autre en tournant la tête pour éviter le regard pénétrant de sa mère. Qu'est-ce qu'il y a, Lulu ? Qu'est-ce qui est arrivé ?

Lulu releva les yeux et les détourna de nouveau vers l'anonymat sans danger des murs. Elle ouvrit la bouche, comme si elle allait parler, mais ne répondit pas.

— Quelqu'un a téléphoné ? demanda Joanne en retenant sa respiration.

— Non, dit l'enfant, visiblement surprise par la question. Qui veux-tu qui téléphone ?

— Il s'est passé quelque chose, Lulu, je l'ai compris dès que tu as ouvert la porte ! Est-ce que tu t'es encore disputée avec Robin avant qu'elle sorte ?

182

Lulu secoua vigoureusement la tête. Trop vigoureusement, pensa Joanne.

— Qu'est-ce qui s'est passé ? demanda-t-elle
encore une fois, sa peur un peu calmée.

— Je ne veux pas te le dire.

— C'est évident. Et c'est en rapport avec Robin.
Je me trompe ?

Lulu releva la tête, ouvrit encore une fois la bouche pour protester, puis elle baissa rapidement les
yeux et resta muette.

— Elle t'a dit quelque chose qui t'a fait de la
peine ?... Non ?... Est-ce qu'il n'y aurait pas Scott
Peterson dans cette histoire ?

— Non ! s'écria Lulu puis elle souffla : Oui.

— Est-ce qu'il... Il a fait quelque chose qui
t'a troublée ? demanda Joanne avec douceur. (Les
yeux de Lulu brillèrent de larmes.) Est-ce qu'il
t'a touchée d'une manière qui t'a choquée ? (La
petite fille regarda le tapis et chassa d'une main
une larme vagabonde.) Voyons, Lulu, dis-moi.
Ce n'est pas le moment de jouer aux devinet-
tes !

— Il ne m'a pas touchée ! cria Lulu.

Et, échappant à sa mère, elle monta quatre à quatre vers sa chambre.

Dans le vestibule, Joanne se demanda ce qu'elle
devait faire ; elle pouvait suivre sa fille et la harceler
de questions jusqu'à ce qu'elle obtienne des réponses satisfaisantes ; elle pouvait attendre et affronter
Robin quand elle rentrerait ; elle pouvait aller se
coucher et ne rien faire, ce qui, au fond, était ce qui
la séduisait le plus, en espérant que le problème se
résoudrait tout seul. Les choses s'arrangeaient souvent d'elles-mêmes, se dit-elle sans y croire. Elle
monta.

Lulu attendait sur le palier.

— Robin et Scott fumaient de la marijuana,
révéla-t-elle calmement.

— Quoi ? !

Lulu ne répéta pas ce qu'elle venait de dire, sachant que sa mère l'avait très bien entendu.

— Je t'en prie, ne me dis pas ça, murmura Joanne, plus pour elle-même que pour sa fille.

Elle s'approcha de l'escalier et s'assit sur la première marche. Elle entendit Lulu s'approcher, derrière elle. La petite fille posa un bras protecteur autour des épaules de sa mère, en s'asseyant sur la marche, à côté d'elle.

— Que s'est-il passé ? demanda Joanne en souhaitant ne pas connaître la réponse.

— Scott est venu la chercher quelques minutes après ton départ. Robin n'avait pas fini de se préparer. Scott a dit qu'il allait monter la faire dépêcher. Il est entré dans sa chambre ; je faisais mes devoirs, mais ils faisaient trop de bruit. Robin rigolait comme une folle, tu sais comment elle est, quand elle a le fou rire. Je suis allée leur dire de se taire. J'ai frappé mais ils ne m'ont pas entendue ; alors j'ai ouvert la porte et ils étaient là, par terre, à côté du lit... et ils se repassaient un joint.

— Ils faisaient quoi ?

— Tu sais, ils fumaient la même cigarette de marijuana, expliqua Lulu en appuyant son menton sur l'épaule de Joanne.

— Comment connais-tu ce mot-là ?

— Un joint ? Maman ! Tout le monde connaît ça !

Joanne se déplaça, pour déloger le menton pointu de sa fille. Elle se tourna vers elle pour l'observer.

— Que s'est-il passé quand ils t'ont vue ?

— Ils m'ont offert une bouffée.

— Ils t'ont offert une bouffée, répéta Joanne. Quelle générosité !

— Robin avait l'air d'avoir peur. Je crois qu'elle avait peur que je te le dise. Si je fumais moi aussi, je me tairais.

— Robin est une fille très maligne, reconnut Joanne. Elle devrait l'être autant au lycée.

Tout devenait lumineux : le déplorable travail de Robin en classe, son changement d'attitude, les mauvaises notes, les fréquentes absences aux cours. Les signes classiques d'une expérience adolescente avec la drogue, dont elle entendait constamment parler à la radio, et parmi ses amies et relations. Pas mes filles, avait-elle toujours pensé, en faisant la sourde oreille aux avertissements. Les enfants de mères parfaites ne fumaient pas de drogue, ne faisaient rien de défendu. Comment avait-elle pu être d'un optimisme aussi béat ? se demanda-t-elle. Comment avait-elle pu être aussi stupide ?

— Qu'est-ce que tu as, maman ?

— Comment ?

— Tu trembles.

— Que s'est-il passé ensuite ?

— Rien. J'ai dit non, que je n'en voulais pas, et je suis retournée dans ma chambre. Quelques minutes plus tard, Robin est venue et elle m'a dit de ne rien te dire, que ça ne servirait qu'à te bouleverser, et que tu l'étais déjà assez depuis que papa est parti.

— Elle est pleine de prévenances.

— C'est pour ça que je me faisais tant de souci. Je ne savais pas quoi faire.

— Tu as bien agi, assura Joanne en écartant quelques mèches vagabondes de la figure mouillée de larmes de Lulu.

— Qu'est-ce que tu vas faire ? demanda timidement l'enfant.

— Je ne sais pas encore. Il faut d'abord que j'en parle à ton père, dit Joanne, et elle consulta sa montre : près de onze heures, était-ce trop tard pour appeler Paul ? Va te coucher, ma chérie, il est tard.

— J'ai à étudier.

— Tu le feras demain matin. Va. Je viendrai te border dans quelques minutes.

Elle embrassa la joue de sa fille, un peu poissée par les larmes, et la regarda courir dans l'escalier. Essaie de ne pas prendre cela au sérieux, se conseilla-t-elle en se levant. Qu'allait-elle faire ?

— Rappelle-toi, ce n'est jamais que ta vie, dit-elle tout haut.

Une heure plus tard, elle était toujours debout au même endroit.

— Bonne nuit, mon petit trésor, chuchota Joanne en se baissant pour poser un baiser sur la joue de sa fille endormie.

Elle sortit de la chambre sur la pointe des pieds et alla dans la sienne, de l'autre côté du couloir, tout en se déshabillant et en jetant rageusement ses vêtements à droite et à gauche. Robin ne rentrerait pas avant une heure. Elle avait soixante minutes pour décider de ce qu'elle allait dire ou faire. Elle envisagea de prendre un bain pour laisser l'eau chaude la purifier de ses angoisses ; puis elle se dit qu'un bain la laisserait non seulement anxieuse, mais mouillée. Elle chercha à tâtons un T-shirt dans sa commode, l'enfila d'un même mouvement et passa à la salle de bains pour se laver les dents. Après quoi, elle enfilerait une robe de chambre sur le T-shirt — depuis quand mettait-elle un T-shirt pour dormir ? — et descendrait calmement pour attendre que Scott ramène Robin. Mais, d'abord, elle téléphonerait à Paul, décida-t-elle. Elle surprit alors son reflet dans la glace. J'AI PASSÉ LA NUIT AVEC BURT REYNOLDS, proclamait fièrement l'inscription sur sa poitrine. Elle pressa le tube de dentifrice récalcitrant et presque vide. Trop fort. La pâte gicla pour s'étaler sans grâce au beau milieu du lavabo étincelant. Elle contempla un instant le gros pâté bleu, sans faire un geste pour l'essuyer.

— Eh bien, je ne me laverai pas les dents ! lança-t-elle comme un défi.

Et elle sortit de la salle de bains.

Assise sur son lit, elle resta près de dix minutes, la main posée sur le téléphone. Allait-elle le réveiller ? Serait-il seulement chez lui ? Serait-il irrité ? Lui répliquerait-il qu'elle le dérangeait encore pour un petit problème et qu'elle n'avait qu'à se débrouiller seule ? Pouvait-on considérer cette affaire comme un petit problème ? Est-ce qu'il lui en voudrait de le déranger ? Serait-il furieux ? Elle souleva le combiné et forma le numéro de Paul. Qu'il soit furieux, pensa-t-elle en écoutant la sonnerie. Il n'y en eut qu'une. Il décrocha rapidement, comme s'il était assis à côté du téléphone et attendait l'appel de Joanne.

— Allô ? fit une voix inconnue, une voix féminine.

Pendant une seconde, Joanne resta muette, persuadée d'avoir fait un faux numéro. Elle allait raccrocher quand la voix inconnue demanda aimablement :

— Vous vouliez parler à Paul ?

L'estomac de Joanne se contracta.

— Il est là ? bégaya-t-elle.

— Il est là, répondit la fille en pouffant, mais il ne peut pas venir au téléphone en ce moment. Je peux prendre un message ?

Après ce qui parut un long moment, Joanne s'entendit demander, d'une voix également inconnue :

— C'est Judy ?

— Oui, c'est moi ! s'exclama la fille, ravie d'être reconnue. Qui est à l'appareil ?

Joanne laissa le combiné glisser le long de son cou et le raccrocha doucement.

— Non ! cria-t-elle tout à coup.

Elle saisit l'oreiller de Paul et le lança à travers la chambre avant de tomber à genoux sur le tapis, les bras serrés autour d'elle, le corps cassé en deux, étouffant ses sanglots contre ses cuisses nues.

Le téléphone sonna.

Elle se leva d'un bond. C'était Paul, Judy lui avait parlé du coup de fil bizarre, il avait deviné que ce ne pouvait être qu'elle. Il serait en colère. Et alors ? pensa-t-elle en décrochant. Elle était bien en colère, elle !

— Mrs Hunter, fit la voix taquine et onctueuse. Vous avez été une méchante fille, n'est-ce pas, Mrs Hunter ? Vous avez fricoté avec le mari de votre meilleure amie.

Les mots frappèrent Joanne de paralysie. La voix rauque était tellement inattendue, à cette heure ! Il savait où elle avait été ! Il l'observait !

— Il va me falloir vous punir, Mrs Hunter, gloussa la voix.

Un long silence glaçant, au bout du fil.

— Ah, Dieu, gémit Joanne.

— Je vais commencer par baisser votre culotte et vous donner une fessée...

— Allez vous faire voir ! hurla Joanne.

Elle raccrocha si brutalement que le combiné sauta de l'appareil et qu'elle dut s'y reprendre à deux fois.

— Maman ? demanda une petite voix effrayée.

Joanne sursauta, se retourna et vit sa cadette sur le seuil qui l'observait, les yeux immenses.

— Qu'est-ce qu'il y a ? Qu'est-ce que tu fais ?

— C'était un coup de téléphone obscène, répondit vivement Joanne, la voix brisée, le souffle court. Tu n'as pas entendu sonner ? demanda-t-elle en voyant l'étonnement de Lulu.

— Non, je t'ai juste entendue crier.

Joanne resta une minute assise par terre, essayant de comprendre ce que ces mots signifiaient, avant de se relever péniblement.

— Excuse-moi. Je ne voulais pas te réveiller. Retourne te coucher, mon trésor. Rendors-toi.

— Robin est rentrée ?

— Pas encore.

— J'ai cru que tu criais contre elle, expliqua Lulu

une fois dans son lit, les yeux déjà fermés. C'est tellement bizarre de t'entendre crier...

Joanne retourna dans sa chambre, passa son peignoir de bain sur son T-shirt et descendit lourdement pour attendre le retour de sa fille aînée.

— Dis-lui d'entrer, murmura Joanne.

Robin allait fermer la porte de la maison mais elle l'entendit chuchoter au jeune homme :

— Tu ferais mieux d'entrer.

Scott Peterson apparut et sourit innocemment à Joanne.

— Refermez la porte, ordonna-t-elle. Passons dans le living-room.

Les deux jeunes gens obéirent en silence, en traînant les pieds. Joanne alluma.

— Vous pouvez vous asseoir, si vous voulez. (Ils restèrent debout.) Je suppose que vous savez de quoi il s'agit.

— La sale petite cafardeuse ! ricana Robin, assez fort pour être entendue.

— Ne t'en prends pas à Lulu ! conseilla Joanne.

— Ce n'était rien... protesta Robin.

— Et ne me dis pas que ce n'était rien ! rétorqua sa mère en élevant la voix.

Elle s'éclaircit la gorge. Que devait-elle dire, maintenant ? Pourquoi Paul n'était-il pas là pour l'aider ?

— Je ne veux pas discuter, reprit-elle plus posément. Il n'y a rien à discuter. J'ai une assez bonne idée de ce qui s'est passé. Vous pouvez vous défendre si je me trompe.

Cela paraissait juste, pensa-t-elle en observant tour à tour sa fille et Scott Peterson dont les yeux la transperçaient. Elle n'était plus invisible, à présent, se dit-elle en le regrettant presque.

— Lulu dit que vous étiez tous deux dans ta chambre ce soir ; vous fumiez un... un joint... et vous lui en avez offert une bouffée.

Là, se félicita-t-elle ; c'était très bien dit. Paul serait fier de sa façon d'affronter la situation. Elle le voyait hocher sa tête invisible, pour l'approuver, de sa place, au fond de la pièce.

— Elle n'avait pas à entrer dans ma chambre ! cria Robin.

— Je te demande pardon ? s'exclama Joanne. (Elle était stupéfaite par le ton de sa voix.) Je te demande pardon ? (Elle regardait son mari, étonné, qui se dressait pour lancer une objection de sa plus belle voix d'avocat. Du calme, disait-il, la colère n'a jamais gagné de cause.) Tu estimes qu'elle n'avait pas à entrer dans ta chambre ?

Elle reprenait les mots de Robin avec un sentiment de stupeur. La meilleure défense est l'attaque, pas de doute, c'était bien la fille de son père. A cela près... Où était le père de sa fille, en ce moment ? Occupé avec des blondes de vingt ans, il n'avait pas le temps de se soucier de problèmes anodins. L'image de Paul sourit d'un air penaud. Une blonde aux seins provocants apparut à côté de lui.

— Tu estimes qu'elle n'avait pas à entrer dans ta chambre, dit-elle d'une voix forte.

— Tu n'as pas besoin de tout répéter deux fois ! Nous ne sommes pas sourds.

— Je répéterai ce que j'ai à dire aussi souvent que je le voudrai ! entendit Joanne. (Quelqu'un criait... sûrement pas elle ! Les bras de la blonde serraient peureusement la taille de Paul.) Et, de plus, tu vas écouter chaque foutu mot jusqu'à ce que j'aie fini !

— Maman !

— Mrs Hunter, ce n'est pas si grave.

— Taisez-vous ! hurla Joanne à la blonde invisible mais ce fut le copain de Robin qui recula d'un pas. C'est moi qui décide ici de ce qui est grave ou pas. Comment osez-vous apporter de la drogue dans cette maison ? (Comment oses-tu amener cette femme ici ?) Comment osez-vous en offrir à mes enfants ? (Comment oses-tu la faire passer avant la santé de tes enfants ?)

— Robin n'est plus une enfant, Mrs Hunter. Personne ne l'a forcée. Elle n'était pas obligée d'accepter.

— Non, dit Joanne avec un calme glacial et subit. (Paul mettait un bras protecteur autour des épaules de la blonde.) Non, et moi non plus. Foutez le camp de cette maison ! Et n'essayez plus jamais de revoir ma fille. Si vous le tentez, je le saurai et je vous ferai arrêter, vous pouvez en être sûr ! Est-ce que vous m'avez bien comprise ? (Paul tourna le dos à cette question.) Ai-je été assez claire ?

— Maman !

— Ce n'est pas une menace en l'air, insista Joanne d'une voix dure.

Elle regarda disparaître son mari et sa jeune amie.

— Les furies de l'enfer n'arrivent pas à la cheville d'une mère poule, railla Scott Peterson, déjà tourné vers la porte.

— Hors de chez moi ! lui ordonna Joanne, tremblante d'une rage qu'elle ne pouvait maîtriser.

— Avec joie, ricana le garçon.

Il passa devant elle et la heurta de l'épaule. Il ouvrit la porte et sortit sans se retourner.

— Qu'est-ce que tu as fait ? glapit Robin. (Joanne resta muette, car elle n'avait plus rien à dire.) Tu n'avais pas le droit de lui parler comme ça !

— Je t'en prie, ne me dis pas quels sont mes droits.

— Maintenant, il va raconter à tout le monde que je suis une petite fille !

— C'est exactement ce que tu es. Et pas très futée, par-dessus le marché. Qu'est-ce que tu as, enfin ? Comment peux-tu être aussi stupide ?

— C'est la faute à Lulu !

— C'est ta faute, à toi !

— Elle n'avait pas besoin de te le dire.

— Vraiment ? Avait-elle le choix ? Tu étais obligée de fumer de la drogue sous son nez ? Tu l'as bien cherché.

Pour une fois, Robin ne trouva rien à répliquer.

— Qu'est-ce qui va se passer, maintenant ? demanda-t-elle après un long silence.

— Il va falloir que je parle à ton père, bredouilla Joanne.

Judy reparut et lui fit un signe de la main, à côté de la cheminée.

— Quoi ? Je ne t'ai pas entendue.

— Je dis qu'il va falloir que je parle à ton père !

Joanne hurla si fort que la vision, effrayée, s'évapora.

— Ça va ! Pas la peine de me casser les oreilles, je n'avais pas entendu, c'est tout... Tu es forcée de le dire à papa ? (Joanne porta une main à son front, ferma les yeux, essayant de chasser d'autres visions intempestives. Elle hocha la tête.) Pourquoi ?

— Parce qu'il est ton père et qu'il a le droit de savoir, répondit Joanne avec simplicité, en laissant retomber son bras.

— Quel droit peut-il bien avoir, maintenant ?

— Il est ton père.

Robin ricana.

— Nous déciderons ensemble de la punition. (Joanne regarda les yeux de sa fille se remplir de larmes.) En attendant, jusqu'à ce que je puisse lui parler, tu restes enfermée ici.

— Quoi ? !

— Tu m'as bien entendue. Finis les garçons, finies les sorties le soir. Quand tu ne seras pas au lycée en train de passer un examen, tu seras à la maison en train d'étudier pour le suivant. C'est compris ?

Robin resta muette, se dandinant sur place, nerveusement.

— Tu m'as comprise ?

— Je peux aller me coucher ?

— Va te coucher, ordonna Joanne.

Et elle resta seule au milieu du living-room.

— Eh bien, j'ai bien saboté ce coup-là, dit-elle tout haut aux fantômes qui voudraient bien l'écouter.

Puis elle alla à la porte d'entrée, la ferma à double tour et appuya sur le bouton du bas du système d'alarme, pour le brancher, avant d'aller chercher un maigre réconfort dans son lit désert.

Elle rêve qu'elle est avec Ève, au bord de la piscine.

— J'ai laissé mes clefs chez toi ?

Ève ricane méchamment.

— Les voilà, tes clefs. (Et elle lance le trousseau argenté dans le grand bain.) Saute ! Va les repêcher ! L'eau est bonne !

— Si Ève te disait de sauter du pont de Brooklyn, tu le ferais, dit la mère de Joanne.

Elle saute.

Sous l'eau, elle entend sonner le téléphone. Elle se noie.

— Je vais commencer par baisser votre culotte et vous donner une fessée, lui crie une voix de l'autre bout de la piscine.

Elle tourne la tête. Quelqu'un nage vers elle ; des bulles remplissent la distance qui les sépare. Elle ne voit pas qui c'est. La lame d'un long couteau étincelle dans les reflets du soleil, sous l'eau miroitante. Elle en est aveuglée. Elle ne sait plus de quel côté est le nageur. Soudain, des bras l'enlacent et elle sent l'acier froid du couteau sur sa gorge.

C'est un rêve, se dit-elle, en forçant ses yeux à s'ouvrir. Ce n'est qu'un mauvais rêve.

Le téléphone sonnait toujours quand elle rouvrit les yeux. Elle tendit le bras et décrocha, baignée de sueur. Comment faire autrement ? se demanda-t-elle. Dès lundi matin, elle appellerait la compagnie du téléphone et ferait encore changer son numéro ; en attendant, elle devait répondre. C'était peut-être la maison de santé de Baycrest, espéra-t-elle en vain. Ou Paul.

— Je vais commencer, dit la voix rauque comme si elle n'avait pas été interrompue, par baisser votre culotte et vous donner une fessée. Et puis... je finirai par vous tuer !

Joanne se leva, le téléphone à la main, et alla à la fenêtre. Elle tira les rideaux pour contempler la piscine de béton vide, faisant des efforts désespérés pour distinguer l'ombre qui nageait inexorablement vers elle, dans l'obscurité, pour déterminer son identité.

17

Le téléphone continue de sonner. Joanne Hunter se relève au fond du grand bain de sa piscine vide et retourne dans la maison. Les filles sont parties pour le camp de vacances. Pour la première fois de sa vie, elle est absolument seule. Elle a toute la maison pour elle. Elle n'attend personne. Elle regarde le téléphone, qui a l'air de lui dire : Il n'y a plus que toi et moi.

Négligeant la sonnerie insistante, Joanne se sert un grand verre de lait écrémé. Elle boit beaucoup de lait, en ce moment, depuis qu'Ève lui a expliqué que les femmes ont besoin de plus de calcium que les hommes, pour garder de bons os et empêcher le corps de se tasser avec l'âge. Elle rit et un peu de lait s'échappe du coin de sa bouche. La vision d'elle-même en cadavre massacré sur les dalles roses qui bordent la piscine reparaît. À quoi bon se soucier de la vieillesse, pense-t-elle ; elle finit le lait et surprend le reflet de son grand-père dans la pellicule gris perle que le liquide laisse au fond du verre. Elle épargnera au moins sa sénilité à ses enfants, se dit-elle en se félicitant d'être capable de reconnaître encore le bon côté des choses. Peut-être devrait-elle louer un répondeur téléphonique, mais elle écarte tout de suite cette idée. Elle a dit à Paul que les coups de téléphone avaient cessé. Elle ne veut pas éveiller ses soupçons en ayant recours à un service. D'ailleurs, ça ne changerait rien, il le lui a déjà dit. La sonnerie du téléphone se tait.

La maison est complètement silencieuse, plus calme qu'elle ne l'a jamais été, pourtant Joanne s'y est déjà trouvée seule. Mais c'était différent, elle le comprend aujourd'hui, parce que provisoire. Quelques heures, jamais plus d'une journée. Il y avait toujours quelqu'un à qui parler, quelqu'un dont il fallait s'occuper. Maintenant, il n'y a personne. Elle n'a pas d'emploi du temps. Elle n'a rien, se dit-elle en se traînant pieds nus dans le living-room, pour se jeter dans le grand canapé confortable que Paul et elle ont acheté ensemble, il y a seulement quatre ans. Son corps est immédiatement baigné par le chaud soleil filtrant à travers les stores vénitiens de la grande fenêtre orientée au sud. Elle a tout récemment lavé les fines lamelles de métal blanc ; de même qu'elle a nettoyé tous les sols jusqu'à les faire étinceler ; elle a aussi épousseté les meubles de bois pour y voir son reflet ; elle a passé les tapis à l'aspirateur, leur redonnant l'air presque neufs ; elle a même fait l'argenterie à s'en user les doigts. Le congélateur est plein de plats préparés... au cas où Paul voudrait ramener quelques amis à la maison, après l'enterrement, se dit-elle avec un rire sardonique, en se demandant d'où lui vient subitement ce sens de l'humour noir.

Karen Palmer a conseillé à Joanne de voyager, d'aller en Europe. Mais Joanne a toujours rêvé de visiter l'Europe avec Paul, et l'idée de partir seule ne lui dit rien. Elle aime partager, avoir quelqu'un à qui parler à la fin de la journée, avec qui rire devant une pizza ou des frites, pour l'aider à voir des choses qu'elle risquerait de ne pas voir avec son seul regard. Elle estime que tenter d'échapper à la solitude en s'évadant pour un pays étranger ne ferait qu'aggraver cette solitude.

Elle a mentionné la possibilité d'un voyage à Ève. Pas pour tout l'été, bien sûr, juste quinze jours, toutes les deux, des vacances entre filles, pas plus loin que Washington ou les montagnes. Mais Ève a une foule de rendez-vous avec des médecins qui vont la retenir jusqu'à la fin du mois d'août et, d'ailleurs, elle n'est pas en état de voyager, a-t-elle déclaré. Elle a déjà du mal à se tirer du lit.

Il n'y a personne d'autre avec qui Joanne aimerait voyager, personne qui lui soit assez proche, à l'exception de sa famille et de sa plus vieille amie. Et maintenant son amie est malade et sa famille est partie. Elle se demande si les filles aimeront le camp, cet été. Que va faire Robin, en particulier ? Elle s'inquiète, elle ne sait si elle a pris une bonne décision en envoyant Robin en camp de vacances. Il est trop tard pour avoir des doutes. Ce qui est fait est fait. La journée des visites est dans quatre semaines ; elle saura alors ce que valait son choix. Si elle est encore en vie. Elle laisse tomber sa tête contre le dossier du canapé.

— Qui aurait pu penser ?

Elle parle à voix haute en essayant de chercher que faire du reste de sa journée.

Elle pourrait aller au club, mais à quoi bon ? Elle songe à Steve Henry. Elle a annulé ses deux dernières leçons, ne pouvant ou ne voulant pas affronter d'autres réflexions suggestives. Que lui veut-il ?

Il a évidemment appris qu'elle vit séparée de son mari et suppose qu'elle sera peut-être une proie facile. La divorcée solitaire d'un certain âge. Plus facile à contenter que les jeunes. Reconnaissante plutôt que juge, ravie plutôt qu'exigeante.

Le téléphone se remet à sonner. Elle a changé deux fois de numéro et il l'a toujours retrouvée. Il y a eu un bref répit de sept jours ; une semaine où elle a senti son corps se détendre, ses craintes s'apaiser, et les appels ont repris. Croit-elle pouvoir lui échapper si facilement ? demande la voix. Est-ce qu'elle s'imagine avoir affaire à un imbécile ? Changez de numéro tant que vous voudrez, ricane la voix, louez un répondeur, je vous retrouverai.

Joanne retourne dans la cuisine et reste debout devant le téléphone mural jusqu'à ce qu'il se taise. Puis elle décroche et forme le numéro d'Ève, qui répond immédiatement, comme si elle attendait l'appel.

— Comment te sens-tu ? demande Joanne.

— Toujours pareil, répond Ève, irritée par son état. Les filles sont bien parties ?

— Paul les a conduites au car, ce matin. Elles sont probablement à mi-chemin du camp, en ce moment.

— Robin n'a pas fait d'histoires ?

Joanne revoit Robin sur l'escalier, distante, résistant au baiser de sa mère.

— Non... Entre nous, je crois qu'elle est soulagée de partir mais, naturellement, elle ne l'avouera jamais. J'espère quand même que j'ai bien fait.

— Bien sûr ! réplique vivement Ève. (Joanne est surprise : elle sentait qu'Ève ne l'écoutait pas très attentivement.) Quelques mois à la campagne, du bon air, des tas d'autres gosses, un bon encadrement adulte...

— J'espère que tu as raison.

— Est-ce que je n'ai pas toujours raison ?

— Est-ce que tu te sens en forme pour faire un petit tour ? propose Joanne en riant. J'ai besoin de sortir de la maison.

— Tu rigoles ? Je ne pourrais pas aller au coin de la rue !

— Allez ! Ça te fera du bien. Ça me fera du bien à moi aussi, rectifie aussitôt Joanne.

— Ma B.A. de la journée ?

— Je te retrouve dehors dans cinq minutes !

Elle raccroche tout de suite, pour empêcher Ève de changer d'idée.

— Alors, quels examens sont prévus pour cette semaine ?

Ève et Joanne font le tour du pâté de maisons pour la troisième fois. Elles ont déjà parlé des prévisions météo — persistance du beau temps ensoleillé — et de l'état actuel des ongles de pieds de Joanne — persistance du bleu violacé —, ce qui les amène à parler de tennis et de là à passer à Steve Henry. Joanne essaie de ramener la conversation sur les prochains examens d'Ève.

— Tu détournes la conversation.

— Il n'y a rien à en dire. A quoi bon prendre des leçons de tennis qui coûtent cher alors que je n'ai personne avec qui jouer ? Quand tu iras mieux, nous reprendrons les leçons ensemble. Il n'y a pas de quoi en faire une histoire.

— C'est Steve Henry, l'histoire. Il est à toi quand tu veux. Tu n'as qu'à tendre la main et le prendre.

— Je n'en veux pas !

Ève s'arrête et se claque une oreille.

— Une minute. Je crois que je deviens sourde, par-dessus le marché. J'ai cru t'entendre dire que tu ne voulais pas de Steve Henry ! Je t'en supplie, ne me dis pas ça ! (Elle met ses deux mains sur les épaules de Joanne qui rit et secoue la tête.) Mais pourquoi pas ? Et ne me répète pas cette connerie déprimante, que tu es une femme mariée !

— J'aime Paul, souffle Joanne. Que puis-je te dire d'autre ?

— Et alors ?

— Alors, je ne suis pas amoureuse de Steve Henry.

— Mais qui te demande d'être amoureuse de lui ? Qui a parlé d'amour, bon Dieu ? C'est probablement la dernière chose à laquelle il pense. Ce qui ne veut pas dire que tu ne sois pas adorable.

— Est-ce que nous ne pourrions pas parler d'autre chose, s'il te plaît ? (Ève garde le silence.) Tu ne m'as toujours pas dit quels examens tu dois te faire faire cette semaine.

— Lundi, c'est le gynécologue...

— Tu en as déjà vu trois !

— C'est un nouveau.

— Tu crois que c'est nécessaire ?

— Mardi, reprend Ève sans répondre à la question, c'est une série d'examens au service de cardiologie de Saint-Francis. Jeudi, j'ai rendez-vous avec un dermatologue à Roslyn. Le Dr Ronald Gold, je crois... ah non ! Lui, c'est le jeudi suivant. Ce jeudi-ci, ce sont des radios au Centre médical juif.

— Très œcuménique, tout ça !

— Je veux donner sa chance à tout le monde.

— Pourquoi un dermatologue ?

Ève s'arrête de marcher et relève ses cheveux sur son front, d'un revers de main.

— Mais enfin, Joanne, regarde-moi ! Je suis verte !

— Tu n'as jamais eu un teint de lys et de rose, tu sais, rappelle gentiment Joanne.

— Non, mais je n'ai jamais ressemblé non plus à un vieux bout de pain moisi.

— Tu n'y ressembles pas du tout en ce moment. Je trouve au contraire que tu n'as pas trop mauvaise mine. Un peu pâle, peut-être...

— L'amour est aveugle ! Et ça ? Regarde ! crie
Ève en se frottant le front.

— Quoi ?

— Je pèle ! Et ça !

Ève tend les deux mains, pour montrer le dessus.

— Qu'est-ce que je dois regarder, là ?

— Les veines, bon Dieu !

Joanne voit des veines bleues plutôt banales, un
peu visibles sous la peau diaphane d'Ève.

— Qu'est-ce que tu leur reproches ?

Elle montre ses propres mains qu'Ève examine
avec attention.

— Tiens... Tu as des veines plus grosses que moi.

— C'est une maladie très exotique, ironise
Joanne. Ça s'appelle un certain âge.

— Est-ce qu'un certain âge explique aussi que
tout mon corps est en train de me mourir sur les
bras ?

— Qu'est-ce que tu racontes ?

— Je raconte qu'il n'y a plus de cire dans mes
oreilles ni de mucosités dans mon nez.

— Allons, bon ! Comment le sais-tu ?

— Comment ça, comment je le sais ? J'ai vérifié.
Comment veux-tu que je le sache autrement ?

— Tu as vérifié ? Tu passes ton temps à fourrager
dans ton nez et dans tes oreilles ?

— Justement ! Il n'y a rien à fourrager.

— Ève, tu ne penses pas que cette conversation
a quelque chose d'assez ridicule ?

— Écoute, Joanne, implore Ève. Je ne sais pas ce
que j'ai. Il se peut que mon comportement soit
bizarre. Je me raccroche peut-être à des fétus de
paille idiots. Mais il m'arrive quelque chose. Il
arrive quelque chose à mon corps, répète-t-elle pour
la millième fois. Rien ne fonctionne correctement.
Je souffre. Continuellement. Et personne n'est fichu
de me dire pourquoi. Je connais mon corps. Je sais
ce qui est normal pour moi et ce qui ne l'est
pas.

— Ne t'en fais donc pas. (Joanne s'efforce de calmer son amie et lui entoure la taille de son bras.) Un médecin va finir par trouver ce qui ne va pas, je te le promets... Tu dis que tu as rendez-vous avec un certain Dr Ronald Gold ?

— Jeudi en huit. Pourquoi ?

— Nous étions au lycée avec un garçon qui s'appelait Ronald Gold, tu ne te souviens pas ? Je me demande si c'est le même.

— Ce doit être un nain, sinon je ne l'aurais pas oublié, plaisante Ève. Je vais rentrer maintenant.

Elles en sont à leur quatrième tour et se retrouvent devant leurs maisons respectives.

— De nouvelles douleurs ?

— Toujours les mêmes. C'est comme si... comme si quelqu'un serrait une ceinture autour de mes côtes... je ne sais pas... comme si quelque chose était plaqué là... Je ne peux pas l'expliquer. Plus j'essaie, plus ça paraît dingue. Brian pense que je deviens folle. Il veut que je consulte un psychiatre.

— Ce ne serait peut-être pas une mauvaise idée, hasarde Joanne. (Elle voit aussitôt de l'animosité dans les yeux d'Ève.) Au moins pour t'aider à supporter ça.

— Je ne veux pas le supporter ! Je veux m'en débarrasser... Pardon, je ne voulais pas t'envoyer promener. Mais ce n'est pas précisément ta partie, et ce n'est pas le genre de conseil que j'attends de toi. Crois-moi, si je pensais avoir besoin d'un psychiatre, je serais la première à courir me faire examiner. Écoute, sois patiente avec moi. Sois mon amie. Je t'en supplie.

— Mais je suis ton amie !

— Je sais... Tu vas voir ton grand-père, cet après-midi ?

— Oui.

— Fais-lui une grosse bise de ma part.

Ève monte lourdement les marches de son perron et disparaît dans sa maison. Joanne jette encore un coup d'œil aux veines protubérantes sur ses mains, puis elle fait demi-tour et rentre chez elle.

Le téléphone est en train de sonner quand Joanne ouvre sa porte, plusieurs heures plus tard.

— Ah, merde ! crie-t-elle rageusement, surprise d'employer aussi facilement un gros mot. Ça suffit !

Elle marche à grands pas vers l'appareil, le regarde sonner mais ne décroche pas. L'a-t-il suivie, est-ce par coïncidence qu'il appelle au moment précis où elle rentre ? Il a l'air d'être au courant de ses moindres faits et gestes. A la cinquième sonnerie, elle finit par décrocher et glapit :

— Pourquoi continuez-vous ? !

Une légère hésitation au bout du fil et elle entend :

— Joanne ?

— Paul !

— Qui croyais-tu que c'était ?

— Je ne sais pas.

Elle a un petit rire faux ; elle est très heureuse d'entendre sa voix.

— Tu disais que tu ne recevais plus de coups de téléphone de ce cinglé ?

Joanne ne sait que répondre. Il ne téléphone pas pour parler de ça. Il n'a jamais caché ce qu'il en pensait. Quelle que soit la raison de son appel — et elle est certaine que c'est simplement pour lui dire que les filles sont arrivées à bon port — il ne veut sûrement pas être entraîné dans une conversation désagréable. Elle ne tient pas à l'irriter en lui disant la vérité, que rien n'a changé, sinon en pire. Elle ne veut pas qu'il s'imagine qu'elle veut le culpabiliser, qu'elle cherche à le lier à elle. Elle sourit de l'ironie du sort qui veut que sa seule chance de le ramener à elle soit de lui prouver qu'elle n'a pas besoin de lui. Surtout maintenant, alors qu'elle désire plus que jamais sa présence.

202

— Joanne ? Tu reçois toujours ces coups de téléphone menaçants ?

— Non, dit-elle vivement. C'est seulement quelqu'un qui me harcèle pour que je prenne un abonnement au théâtre.

Il accepte facilement le mensonge.

— Tant mieux. Je t'ai appelée plus tôt mais tu étais sortie.

— Je suis allée me promener. Et j'ai rendu visite à mon grand-père. Les filles sont bien arrivées ?

— Très bien. Tout s'est parfaitement passé, comme sur des roulettes.

— Robin n'a rien dit ?

— Elle a simplement dit au revoir. J'ai eu du mal à me retenir de la secouer.

— Ça aurait fait bon effet, devant les autres parents !

— Qu'est-ce que tu crois ? réplique-t-il en riant. J'ai eu l'impression que je n'étais pas le seul parmi les pères à avoir une envie de ce genre.

Joanne le devine souriant. Il ne dit rien mais elle sent qu'il ne veut pas terminer tout de suite cette conversation.

— Elles ont vraiment grandi ! (Il s'étonne, et Joanne hoche machinalement la tête.) Tu te souviens de ton premier jour en camp de vacances ? demande-t-il tout à trac.

— Je ne suis jamais allée en camp de vacances. Nous avions le cottage.

— Ah oui, c'est vrai ! Tu crois que ça manque aux filles, que nous n'ayons pas de maison de vacances ?

Joanne se tourne vers la fenêtre, contemple leur jardin, leur piscine vide, inachevée, le cottage sans les embouteillages. Cela aurait-il changé quelque chose ?

— Les filles ont toujours aimé le camp, dit-elle faute de mieux.

Elle se demande à quoi mène cette conversation, et si, comme elle, il ne sait que faire de sa solitude, maintenant que les filles sont parties.

— J'espère qu'elles vont l'apprécier, ça coûte assez cher ! dit-il. Autant qu'une villégiature chic pendant deux mois. Pas comme de mon temps. Nous dormions sous la tente, dans des sacs de couchage, nous !

— C'est faux ! J'ai vu des photos de toi en camp, devant de belles cabanes en rondins, et je me souviens que ta mère se plaignait de ce que c'était très cher, avec l'équipement ruineux qu'il te fallait.

Il éclate d'un rire franc.

— Tu as raison. Je confonds avec les excursions en canoë.

— Que tu as toujours détestées à cause des moustiques !

— Sans parler des canoës !

Un nouveau silence tombe.

— Paul... ? demande Joanne.

— Oui... ?

Attendrait-il qu'elle fasse le premier pas ? Qu'elle suggère une rencontre ? C'est ce qu'il veut ? Elle sait que c'est elle qui le désire et se demande comment le formuler. Veux-tu venir à la maison, que nous causions un peu ? demande son cœur, mais la question reste muette. As-tu envie de revenir à la maison ? C'est ce que tu veux que je te demande ? Dieu sait si j'en ai envie ! Mais quelque chose la retient de parler tout haut, la certitude que si elle parle, il refusera, comme il l'a déjà fait. Aide-moi, je t'en supplie, implore-t-elle en s'adressant au plafond. Dis-moi ce que je dois dire à cet homme qui a été mon mari pendant vingt ans et à qui je croyais pouvoir tout dire !

Son esprit est un chaos de pensées et d'images confuses. Elle voit son mari assis à la table de la cuisine ; il prend son café du matin et grommelle contre les intrigues de bureau. Elle le sent à côté d'elle, son haleine tiède sur sa nuque, ses bras autour de sa taille. Puis elle sent d'autres bras autour de son cou et, à son oreille, une voix rocailleuse familière.

204

— Joanne ? demande Paul.

— Oui, excuse-moi, tu disais ?

— Non, rien. C'est toi qui as commencé à me demander quelque chose.

— Est-ce que je suis assurée sur la vie ?

La question le surprend probablement autant qu'elle. Il hésite avant de répondre :

— Non, mais je le suis moi-même largement. Pourquoi ?

— Je pense que je devrais être assurée.

— Si tu veux. Je peux prendre rendez-vous pour toi avec Fred Normandy.

— Oui, ça me ferait plaisir. Merci. Je pense que je devrais te libérer, maintenant...

— Joanne... ?

— Oui ?

Un silence et puis la voix, mal assurée, de Paul :

— Tu fais quelque chose, ce soir ?

Elle a un trac fou, comme jamais, plus encore qu'à leur premier rendez-vous, si c'est possible. Elle se prépare depuis deux heures. Elle a trempé dans son bain pendant une éternité, elle s'est poli et repoli les ongles, s'est lavé les cheveux, fait une mise en plis, coiffée, a recommencé la mise en plis et a mouillé ses cheveux une troisième fois. Elle cherche encore comment se coiffer, en s'examinant dans la glace au-dessus du lavabo.

Elle se trouve l'air effrayant ; elle lève les bras pour appliquer un déodorant, puis les agite comme une poule effrayée pour qu'il sèche ; le mouvement fait bouger ses seins dans son nouveau soutien-gorge de dentelle blanche, celui qu'elle a couru acheter dans l'après-midi et qui s'agrafe devant. Tellement plus facile, pense-t-elle. Pourquoi n'avait-elle jamais acheté ce genre-là ? Et le slip, un délicat bikini de soie avec un ruban de satin rose passé dans des œillets sur l'élastique de la taille.

Elle se sent jolie, avec ces dessous, et se promet d'aller en acheter d'autres dans la semaine, malgré leur prix exorbitant.

Elle entend une voix cruelle chuchoter à son oreille « vous avez été une méchante fille », des yeux invisibles détaillent son corps, des doigts désincarnés déchirent ses nouveaux achats. « Vous allez être punie. Je commencerai par vous arracher votre culotte... »

— Au moins, dit-elle froidement, chassant la voix par le ton de la sienne, au moins ce sera quelque chose de joli à arracher.

Elle pivote, se demandant si le magazine pour hommes qu'elle a découvert, il y a plusieurs mois, est encore dans l'armoire, ou si Paul l'a emporté. Elle préfère ne pas aller voir. Dans un cas comme dans l'autre, cela ne servirait qu'à la déprimer. Pas seulement parce qu'elle n'est pas à la hauteur, cela va sans dire. Même à vingt ans, elle n'aurait pu rivaliser avec ce genre de filles. Ce qui la déprime, c'est l'empressement des hommes adultes à les acheter, et la masse innombrable des belles filles prêtes à s'offrir pour ce spectacle.

Elle imagine Robin et Lulu dans quelques années, à plus de dix-huit ans : l'âge légal pour poser pour de telles photos, sans autorisation des parents. Le feraient-elles ? Serait-ce un avilissement ou un privilège à leurs yeux, si elles étaient choisies ? Dans le temps, pensa Joanne en s'examinant dans la glace, nous avions le droit de vieillir. Maintenant, l'âge n'a plus d'excuse. Il n'a pas sa place dans la vie.

— Qu'est-ce que c'est que ça ? s'écrie-t-elle tout à coup, le nez sur le miroir. Un bouton ? Oh, mon Dieu, j'ai un bouton !

Elle se recule, regarde fixement le milieu de sa joue, avec une crainte superstitieuse.

— C'est *maintenant* qu'il faut que tu bourgeonnes !

206

Elle se demande fébrilement si elle a un produit, parmi ses tubes de maquillage, pour masquer cette horreur. Elle comprend ce que Robin éprouve quand un bouton apparaît quelques minutes avant un rendez-vous, et elle se reproche le vide de ses propos rassurants : « Ne t'en fais pas, ma chérie, il ne le remarquera pas. » Mais il le remarquera, naturellement ! Comment pourrait-il ne pas le remarquer ?

— Je ne peux pas croire que j'ai un bouton, marmonne-t-elle.

Elle est encore en train de le scruter quand elle entend la sonnette, une demi-heure plus tard, et s'aperçoit qu'elle est encore en culotte et n'a rien fait pour se coiffer.

18

— J'aime tes cheveux.

— Tu veux rire !

Ils sont installés à une table près de la fenêtre, dans un restaurant ravissant et romantique de Long Beach, dominant l'océan Atlantique. L'éclairage de la salle est tamisé, les vagues viennent s'écraser régulièrement sur les rochers au-dessous d'eux — exactement comme au cinéma, pense Joanne. Une bougie vacillante sépare leurs mains nerveuses. La soirée a été calme. Joanne a pris grand soin de laisser son mari mener la conversation ; elle n'a parlé que lorsqu'il lui a adressé la parole, évitant tous les sujets susceptibles de lui causer la moindre anxiété. Montre-lui que tu es intéressée par ce qu'il dit, lui conseillait sa mère quand elle était jeune fille, comme elle-même l'a conseillé à ses filles. Était-ce vraiment un mauvais conseil ? se demande-t-elle. Je suis réellement intéressée par ce qu'il dit. Il dit qu'il aime mes cheveux, et il le répète.

— Non, je t'assure, je les trouve très bien. Je voulais te le dire ce matin quand je suis venu chercher les petites. (Joanne lève machinalement la main pour les lisser.) Non, ne fais pas ça ! Ils ont quelque chose de... je ne sais pas... une sorte de laisser-aller insouciant, d'abandon.

Joanne rit.

— C'est tout à fait moi... insouciante et abandonnée.

Un silence tombe alors que tout le poids de ses mots s'abat brusquement sur elle.

— Je ne voulais pas dire ça, franchement...

Sa voix meurt dans un murmure, tous ses efforts prudents détruits par une phrase irréfléchie.

— Ce n'est pas grave. (Elle voit qu'il est au bord du fou rire.) A vrai dire, c'est une réflexion plutôt drôle. Je l'ai méritée, d'ailleurs.

Il a fini sa phrase d'un ton plus sérieux. Joanne se tait. Où veut-il en venir ? Je regrette ? Pardonne-moi ? Si tu me permets de rentrer à la maison, je passerai le reste de ma vie à réparer le mal que je t'ai fait ?... Non.

— Je ne suis pas encore prêt à revenir, dit-il. Je préfère te l'avouer tout de suite pour qu'il n'y ait pas de malentendu...

— Je comprends.

— Je veux être franc avec toi.

— Je te remercie.

— Je t'aime, Joanne.

— Je t'aime aussi.

Surtout ne pleure pas, se dit-elle. Il te dit qu'il t'aime. Ne gâche pas tout en pleurant.

— Je t'en prie, ne pleure pas, dit-il.

— Pardon. Je ne voulais pas.

Arrête cette idiotie !

— Je sais que c'est dur pour toi. (Elle secoue la tête, effaçant quelques larmes.) J'ai beaucoup réfléchi à nous deux, à notre situation...

Le garçon arrive et leur demande s'ils veulent commander le dessert. Joanne secoue la tête et regarde résolument la nappe. Elle ne peut vraiment plus rien avaler sans courir le risque, très peu romantique, de vomir.

— Deux cafés, répond Paul. (Elle en profite pour s'essuyer subrepticement les yeux avec sa serviette.) Est-ce que je t'ai dit que ton ensemble me plaît beaucoup ? (Elle doit baisser les yeux pour se rappeler ce qu'elle porte.) Il est neuf ?

— Non, bredouille-t-elle. (Elle tiraille nerveusement les boutons du corsage.) Je l'ai acheté l'été dernier mais je ne l'ai jamais mis parce que c'est du lin ; ça se froisse trop facilement.

— Ce tissu-là est toujours censé se porter froissé.

— C'est ce que m'a dit la vendeuse.

— Le blanc te va très bien. Ça fait ressortir ton bronzage.

La main de Joanne remonte à son visage.

— C'est du fond de teint, avoue-t-elle, timide.

A-t-elle eu tort de le lui dire ? Paul n'aime pas beaucoup le maquillage. Un nouveau silence tombe, un peu gênant. Le garçon revient avec les cafés, pose les tasses devant eux et disparaît discrètement.

— J'ai encore besoin de temps, reprend Paul comme s'il n'y avait pas eu d'interruption. J'ai tellement à faire en ce moment...

— A ton travail, tu veux dire ?

— Oui. Je n'arrive pas à m'en sortir.

— Comment cela se fait-il ?

— Je ne sais pas. Je ne peux pas l'expliquer. Ce n'est pas simplement le travail. Ça, je peux l'affronter. Bien sûr, je suis occupé. Très occupé. Je l'ai toujours été, bien trop ! Je suis fatigué. J'ai beau dormir, faire de longues nuits, ça n'y change rien.

Combien de longues nuits Judy lui laisse-t-elle passer ? se demande Joanne mais elle n'en dit rien. Elle se contente de demander :

— Tu as vu un médecin ?

— J'ai fait faire un bilan de santé par Phillips, j'ai même passé un examen de stress. Fondamentalement, je suis en assez bonne forme pour mon âge. Le cœur est bon, la tension est parfaite. Il m'a dit que je devrais faire plus d'exercice. Je me suis remis à la gymnastique.

— J'ai remarqué.

Il lève un peu les bras, les regarde, cachés sous sa veste bleue légère.

— Qu'est-ce que tu en penses ? demande-t-il timidement, avec un soupçon de fierté dans la voix.

Joanne fait un geste vague, pouffe. Elle se fait l'effet d'une adolescente idiote.

— Tu m'as dit une fois que tu n'as jamais pu développer tes muscles.

— Quoi ? Qu'est-ce que tu racontes ?

— Un jour, tu m'as dit que tes bras étaient fragiles car, tout petit, tu étais tombé et tu t'étais cassé les deux bras deux ou trois fois. Ainsi, ils ne se sont jamais développés comme il faut.

— Je ne t'ai jamais dit ça !

Le sourire pétillant dans ses yeux dément ses protestations.

— Si, parfaitement !

— Eh bien, oui, je me suis cassé les bras deux fois, ça c'est vrai, mais ça n'a rien à voir avec les muscles... Ainsi, je t'ai raconté ça, hein ?

— C'est une des raisons pour lesquelles je suis tombée amoureuse de toi, murmure Joanne. (Elle craint de se montrer trop hardie, d'aller trop loin.) C'était le seul défaut de ta cuirasse, explique-t-elle. (Elle décide d'aller jusqu'au bout puisqu'il paraît intéressé, et même flatté par cet aveu inattendu.) Tu étais toujours si sûr de tout ce que tu faisais, de tout ce que tu voulais faire. Et tu étais si beau garçon... tu l'es encore, reconnaît-elle. (Mais elle bat aussitôt en retraite dans un passé plus confortable.) Mais tu n'avais pas de muscles, et je trouvais ça bizarre. La plupart des garçons de ton âge avaient des muscles !

210

Un jour, nous devions parler de ça et tu m'as raconté tes malheurs d'enfance et tu as eu l'air soudain si vulnérable que j'ai commencé à t'aimer. Et maintenant, tu me dis que ce n'était pas vrai !

Ils se regardent un moment dans les yeux, chacun voyant un reflet de sa jeunesse dans ceux de l'autre. Joanne baisse précipitamment les siens sur son café.

— Ainsi, j'étais toujours si sûr de moi ?

Il ne veut pas laisser fuir les enfants qu'ils ont été.

— Toujours...

— Assez odieux, j'imagine ?

— Ça me plaisait. J'étais le contraire de toi.

— Tu t'es toujours sous-estimée. Et tu continues.

— C'est ce qu'Ève ne cesse de me répéter.

Paul vide sa tasse et fait signe au garçon de lui en apporter une autre.

— À quoi penses-tu ? hasarde Joanne.

Elle a surpris une expression d'étonnement dans le regard de Paul.

— Je me souviens que je voulais devenir le plus grand ténor du barreau, avoue-t-il avec un petit rire.

— Tu es un bon avocat, Paul.

— Je suis un excellent avocat, rectifie-t-il.

Il le dit sans fanfaronner.

— Alors, où est le problème ? Une pénurie de torts à réparer ?

Il sourit et secoue la tête.

— Parlons d'autre chose.

— Pourquoi ?

— Pourquoi ? Parce que ce ne doit pas être très intéressant pour toi.

— Mais si ! affirme sincèrement Joanne. Nous n'avons jamais vraiment parlé de ton travail et je trouve que c'est important.

— Je n'ai jamais aimé rapporter mon travail à la maison.

— Ton travail, non, mais le reste... Maintenant, je pense que c'est important pour moi de savoir. Quels sont tes ennuis ?

Paul laisse échapper un long soupir.

— Nous avons des problèmes avec deux de nos associés... Ils n'aiment pas... Ils jugent que le cabinet est mal dirigé, ils veulent se débarrasser de McNamara.

— Pour quelle raison ?

— Ils prétendent qu'il est trop indulgent avec les associés qui réussissent moins bien.

— Et c'est vrai ?

— Peut-être. Écoute, il s'agit d'un grand cabinet d'affaires de Wall Street, pas d'un petit bureau d'avocats de quartier. Des affaires énormes sont en jeu ! Pour réussir, il faut produire. La tension est terrible en ce moment.

— Et tu commences à en souffrir.

— Je m'épanouis sous la tension ! Ou plutôt, je m'épanouissais. Je suppose que c'est ce qu'on appelle la crise de l'âge critique. Comment se fait-il que tes parents n'aient jamais eu de crise de l'âge critique ?

— Ils ne savaient pas qu'ils devaient en avoir une.

Ils rient tous les deux.

Elle s'aperçoit qu'elle a dit deux choses, ce soir, qui ont fait rire Paul. Elle se rend compte aussi que c'est la première fois, depuis très longtemps, qu'ils rient ensemble.

— Est-ce que tu te rappelles la première fois que tu m'as emmenée au théâtre à Broadway ? demande-t-elle soudain. (Elle ne sait pas ce qui lui fait évoquer ce souvenir.) J'avais toujours rêvé de faire une promenade en fiacre dans Central Park et je n'arrêtais pas d'en parler après le spectacle. Tu as fini par saisir l'allusion et tu m'as offert ce plaisir. (Il se remet à rire, se rappelant l'incident.) Jamais je n'oublierai le moment où je me suis tournée vers toi, au milieu de cette promenade, et où j'ai vu tes yeux pleins de larmes. J'ai pensé : Mon Dieu, comme il est sensible, comme il est romantique...

— Comme il est allergique ! dit Paul.

— Et tu as passé le reste du week-end au lit. Pourquoi ne m'avais-tu jamais dit que tu étais allergique aux chevaux ?

— Je ne voulais pas gâcher ton plaisir.

— Ta mère m'a accablée de reproches et m'a dit que je devais prendre soin de toi mieux que ça.

— Elle aurait dû te dire de prendre tes jambes à ton cou.

— Trop tard. J'étais déjà amoureuse.

— De mes allergies et de mes bras maigres ! Et moi qui croyais que c'était de mon intelligence et de ma beauté virile !

— C'est drôle, les petites choses dont on tombe amoureux, murmure Joanne.

Paul fait signe au maître d'hôtel d'apporter l'addition.

— Je ne crois pas que je devrais entrer, dit-il à la porte de leur maison.

Joanne acquiesce. Elle était sur le point de suggérer le contraire.

— Ce n'est pas que je ne veuille pas, ajoute-t-il vivement. Mais, simplement, j'ai peur que ce ne soit pas une bonne idée.

— Je suis d'accord, souffle-t-elle.

— Première nuit toute seule, observe-t-il alors qu'elle cherche ses clefs dans son sac.

— Il faut que je m'y habitue. Je suis une grande fille, maintenant ! assure-t-elle en brandissant triomphalement son trousseau.

— Un nouveau porte-clefs ?

— J'ai perdu mon autre trousseau. Tu te rends compte ? Je fais changer toutes les serrures, et je perds ces maudites clefs ! Je croyais les avoir laissées chez Ève mais elle jure que non. Elle dit que sa mère a fouillé toute la maison sans rien trouver. Je ne sais pas. J'ai fait venir le serrurier ; il me dit que ça coûtera une fortune de faire changer les serrures, surtout avec les pênes dormants. Quoi qu'il en soit, il n'y a pas moyen de savoir à qui appartiennent ces clefs, ni adresse ni rien, j'ai donc laissé tomber. Il reste le système d'alarme, au cas où quelqu'un chercherait à s'introduire par effraction dans la maison.

Elle ouvre, pousse la porte et va tout droit à la boîte du système, dans le vestibule, pour appuyer sur les bons boutons. Le voyant vert s'éteint, indiquant que la sirène est débranchée.

— Je suis chaque fois inquiète, avoue Joanne.

— Tu te débrouilles très bien.

Paul sourit. Elle le regarde, de l'autre côté du seuil, pleine d'espoir. Va-t-il l'embrasser ? Doit-elle le laisser faire ? Un baiser, après le premier rendez-vous ? Est-ce admis quand le rendez-vous en question est avec son mari depuis vingt ans ?

— J'ai passé une délicieuse soirée, dit-il.

Il la transporte dans le passé et elle voit qu'il est sincère, qu'il ne dit pas cela simplement pour lui faire plaisir.

— Moi aussi.

— Je te remercie.

— De quoi ?

— De m'avoir écouté. On dirait que j'ai vraiment besoin de quelqu'un à qui parler.

— Je suis toujours là, lui rappelle-t-elle.

Une petite voix intérieure lui susurre : C'est ça, Joanne, c'est ça, joue les indifférentes.

— Il faut que nous recommencions, dit-il. (Elle se retient de demander quand.) Je te téléphonerai.

Il se penche vers elle et l'embrasse légèrement sur la joue.

Je t'aime, articule-t-elle en silence en le regardant monter dans sa voiture et démarrer.

Il est près de dix heures quand Joanne ouvre les yeux, le lendemain matin. Il lui faut plusieurs secondes pour se réveiller tout à fait, pour se souvenir qu'elle est seule, que les filles sont en camp de vacances. Elles doivent avoir terminé leur petit déjeuner et sont en pleines activités du matin, pense-t-elle, vaguement curieuse de ces activités, et, presque au même instant, elle se demande ce que fait Paul, s'il est déjà réveillé. Elle doit s'empêcher d'être trop optimiste, d'imaginer trop de choses dans tout ce qu'il lui a dit la veille. Elle doit se forcer à se souvenir que Paul lui a affirmé qu'il n'était pas encore prêt à rentrer à la maison. Il lui a avoué qu'il l'aimait, qu'il était heureux de passer la soirée avec elle, mais il a encore besoin de temps.

Elle s'étire dans son lit et, malgré ses admonestations, elle voit l'avenir en rose pour la première fois depuis des mois. Paul reviendra à la maison, se dit-elle en rejetant les couvertures. Ce n'est qu'une question de temps, et elle lui accordera tout le temps qu'il lui faut. En échange, il lui a donné de l'espoir.

Elle se lève et va à la fenêtre, les articulations un peu raides; le soleil lui fait signe, derrière les rideaux. Encore une belle journée, pense-t-elle en les écartant pour contempler son jardin.

Il est là, au bord de la piscine. Grand, maigre, ses cheveux noirs frisés tombant sur le col de sa chemise, les mains insolemment posées sur ses hanches. Le dos tourné, il se tient sur les dalles roses qu'il a aidé à poser et contemple la grande fosse vide qu'il a contribué à creuser. Que fait-il là? se demande-t-elle en lâchant le rideau et en reculant contre le mur, le souffle court.

Elle court à sa penderie et passe un pantalon de coton informe, elle fourre dans la ceinture le T-shirt avec lequel elle a dormi, oubliant qu'elle est sans soutien-gorge. Dans l'escalier, elle voit la pointe de ses seins frémir sous le jersey rose pâle. Elle envisage de remonter, y renonce et file à la cuisine. Arrivée à la porte vitrée coulissante, elle s'aperçoit qu'elle n'a pas la moindre idée de ce qu'elle va faire dehors. Vers quoi se précipite-t-elle ? A-t-elle l'intention d'affronter cet homme ? Est-ce la minute de vérité, le règlement de comptes ? Dites donc, vous, là, dans mon jardin, c'est vous qui me téléphonez ? Vous venez me tuer ? Qu'est-ce que vous faites là ? Mieux encore : Qu'est-ce que je fais là ?

Elle recule vivement mais il est trop tard. Il l'a déjà vue. Il lui sourit, de loin, près de la piscine. Il l'attend. Il attend qu'elle aille à lui. Lentement, comme en transe, Joanne déverrouille la barre de sécurité et ouvre la serrure sur le côté. C'est lorsqu'elle fait glisser la porte qu'elle se rend compte de ce qu'elle a fait : elle a oublié de débrancher le système d'alarme. La sirène a déjà commencé à pousser ses hurlements stridents pour ameuter tout le quartier et le poste de police.

Joanne ne sait si elle doit être furieuse ou soulagée. C'est la troisième fois qu'elle déclenche une fausse alerte et, cette fois, elle devra payer une amende de vingt-cinq dollars... Au moins, elle sera en vie pour la payer, se dit-elle, et elle s'enhardit, elle s'avance sous la véranda de derrière face à son adversaire souriant. Il n'est pas stupide au point de tenter quelque chose, maintenant.

Le sourire s'élargit quand elle s'approche.

— Oublié de débrancher, hein ?

— Je branche le système tous les soirs avant de me coucher, lui dit-elle... (Pour l'avertir ?) Que faites-vous là ?

— Je passais en voiture. (Il parle sans se troubler, en laissant tomber ses mains de ses hanches.) J'ai voulu jeter un coup d'œil, voir si autre chose avait été fait.

— Rien du tout !

Joanne se demande si cette conversation a réellement lieu. Il est possible que ce soit un rêve. C'est l'impression qu'elle a, avec cette sirène hurlante. Elle sait qu'elle devrait rentrer, arrêter le système

216

d'alarme, mais le bruit est rassurant. La police va venir de toute façon, et une fois de plus, les flics secoueront la tête d'un air navré en la trouvant encore en vie.

— Ça me fait vraiment mal, dit l'homme. (Lui non plus ne se soucie pas de la sirène, il n'est pas pressé de partir.) Nous faisions du si bon travail ! J'étais vraiment fier de celle-là... Ce n'est pas toujours le cas. Les piscines que nous installons sont parfois sans intérêt, les gens n'ont pas d'imagination, mais celle-ci était différente, avec sa forme en boomerang, cette courbe du côté du grand bain. J'aimerais bien la voir terminée.

— Si je comprends bien, Rogers Pools est toujours en faillite ?

Elle n'a pas achevé sa phrase qu'elle se rend compte de l'idiotie de sa question. Pourquoi est-elle là, dehors, à parler à cet homme ? Pourquoi est-il là ? Il ne faisait que passer, vraiment ? Il voulait simplement voir l'état de la piscine ?

— Je ne sais rien de Rogers Pools, répond-il. Je ne suis qu'un sous-traitant. J'ai des contrats avec toutes sortes de sociétés. Qui sait, je pourrais même revenir avec une autre maison, quand vous vous déciderez à la faire terminer. Je l'espère. Mais on dirait que vous n'allez guère en profiter cet été.

Il cligne de l'œil et son regard fait le tour du terrain. Cherche-t-il à se faire une idée du plan de la maison ? se demande Joanne.

— C'est dommage, reprend-il. Paraît qu'il va faire très chaud.

Il sourit, en montrant des dents inégales qui se chevauchent. Joanne se dandine sur ses pieds nus, attirant sans le vouloir l'attention sur ses orteils.

— Qu'est-ce qui est arrivé à vos orteils ?

— J'ai joué au tennis avec des chaussures trop petites, répond-elle, presque certaine, à présent, que c'est un rêve.

Il contemple le ciel et secoue la tête.

— Vous devriez prendre mieux soin de vous.

Quelques secondes plus tard, il est parti. La police n'arrive que cinquante minutes plus tard.

19

— Tu es en retard, déclare la mère d'Ève quand Joanne arrive à la porte.

Joanne consulte sa montre.

— De cinq minutes seulement. (Elle se défend, résolue à ne pas se sentir coupable.) Où est Ève ?

— Je l'ai renvoyée s'allonger dans sa chambre.

L'insinuation est claire : pourquoi Ève devrait-elle souffrir parce que son amie est irresponsable ?

Joanne ne dit rien ; elle sait depuis longtemps que c'est ce qu'il y a de mieux à faire avec la mère d'Ève.

— Ève ! crie la mère au pied de l'escalier. Ton amie est enfin arrivée.

— Vraiment, maman, s'exclame Ève en apparaissant en haut des marches, tu ne trouves pas que tu y vas un peu fort ?

— C'est ça, serrez-vous les coudes, toutes les deux, persifle la vieille dame. (Joanne et Ève échangent un regard entendu.) Et faites-moi grâce de ces sourires ; vous croyez que je ne vous vois pas ? Et conduis prudemment !

Elle a crié à l'adresse de Joanne qui se dirige vers la voiture en compagnie d'Ève.

— Ah, zut ! dit Ève en montant du côté du passager. J'ai oublié *People*. Tu sais comment sont les médecins, ils vous font attendre pendant des heures sans rien à lire que des trucs de chasse et de pêche.

— Tu veux retourner le chercher ?

Ève se retourne vers sa mère, toujours sur le seuil. Son corps trapu forme une véritable barricade.

218

— Je ne crois pas que ma frêle carcasse me le permette.

— Combien de temps va-t-elle rester, cette fois ?

— Jusqu'à ce que j'aille mieux, ou que je trépasse.

Elles rient toutes deux. Joanne sort de l'allée et tourne au coin de la rue. Elle a le temps de voir la mère d'Ève tressaillir sur le seuil.

— Là ! Tu as vu ça ?

— Quoi donc ?

— Ce léger raidissement des épaules, la lèvre retroussée, le sourire courageux qu'elle fait alors qu'elle est sûre que tu es un abominable chauffard qui va tuer son bébé avant même que nous ayons tourné le coin de la rue. Cette femme a raté sa vocation.

— Elle aurait dû faire du théâtre !

— Elle aurait dû être reine.

— Si elle t'agace tellement, pourquoi ne lui dis-tu pas de retourner chez elle ?

Ève hausse les épaules.

— Je n'ai plus la force de discuter avec elle. Et, entre nous, depuis qu'elle a apporté ses bagages il y a quinze jours, la maison n'a jamais été aussi propre. Elle fait la cuisine, la lessive, et même les carreaux. C'est dur de trouver à se faire servir, de nos jours. Et je ne parle pas du prix !

— Tu crois ? (Joanne se dit que le prix est trop élevé.) Qu'est-ce que Brian pense de l'avoir constamment chez vous ?

— Il est soulagé. Il n'a plus besoin d'avoir des remords parce qu'il n'est jamais à la maison. Quand il rentre, il y a toujours un repas chaud qui l'attend. Je ne serais pas étonnée si, après ma mort, il épousait ma mère. On a vu plus bizarre, tu sais.

— Tu ne vas pas mourir.

— C'est ce que tout le monde me répète.

— Tu ne le crois pas ?

— Je crois ce que mon corps me dit. (Joanne est sur le point de répondre par des mots rassurants mais Ève ne la laisse pas parler.) Tu te souviens de Sylvia Resnick ? demande-t-elle. (Une vague image de petite fille blonde sourit aimablement à Joanne sur une page de l'annuaire du lycée.) Elle avait toujours quelques kilos de trop et des blouses qui avaient l'air de n'avoir pas été lavées depuis des mois.

Le sourire de Sylvia Resnick — elle souriait curieusement, en abaissant les coins de sa bouche — se précise, ses cheveux filasse et ses corsages blanc-gris aussi. Joanne hoche la tête, elle se souvient.

— Eh bien, elle est morte.

— Quoi ?

— Ouais. Trente-neuf ans, quatre gosses. Elle va au cinéma un soir avec son mari et pouf ! elle tombe raide morte. Anévrisme cérébral.

— Quand ?!

— Il y a quelques mois. Je l'ai appris par Karen Palmer. Elle adore parler de trucs comme ça. Je te jure, je la sentais sourire au bout du fil. « Comment te sens-tu ? » elle susurre et, dans la foulée, elle m'apprend la mort de Sylvia Resnick !

Joanne ne dit rien, momentanément assommée par la nouvelle, elle tente un rapprochement entre ce qui est arrivé à Sylvia Resnick et ce qui arrive à Ève.

— Si tu avais un anévrisme cérébral, on l'aurait déjà découvert.

— Je ne crois pas que j'aie un anévrisme cérébral, réplique impatiemment Ève. Je dis simplement qu'on ne sait jamais. On est là, on va bien, et la minute suivante, ça y est, on est mort. Nous sommes à l'âge, tu sais, où les choses commencent à aller de travers.

— Je suis sûre que tu n'as pas d'anévrisme cérébral, répète Joanne. (Elle aimerait mieux parler d'autre chose ; depuis quelque temps, elles n'ont d'autre sujet de conversation que l'état de santé d'Ève, ce qui finit par devenir lassant.) Est-ce que tu as une assurance-vie ? demande-t-elle à brûle-pourpoint.

— Qu'est-ce qui te fait demander ça ?

Ève la considère avec méfiance, comme si Joanne savait quelque chose qu'elle-même ignore.

— Je viens de m'assurer, moi.

— Ah oui ? Pourquoi ?

— J'ai pensé que ce serait une bonne idée. Si jamais il m'arrivait quelque chose...

— Il ne va rien t'arriver, déclare Ève, en écartant à la fois cette possibilité et la nouvelle direction que prend la conversation.

Joanne a déjà remarqué que son amie n'aime pas parler des fameux coups de téléphone menaçants ; elle s'énerve et sa voix prend aussitôt un ton cassant. Joanne abandonne le sujet et renonce à expliquer à Ève qu'elle a fait inclure dans sa police d'assurance une clause de double indemnité, en cas d'accident ou de mort violente.

— Le médecin de l'assurance qui m'a examinée m'a dit que j'avais un peu de sang dans les urines, dit-elle. (Elle revient à la santé d'Ève, dont plusieurs analyses ont révélé aussi la présence de sang dans les urines.) Il dit que ce n'est pas grave. Beaucoup de femmes ont des traces de sang dans les urines, à certaines périodes du mois.

— C'est ça ! s'exclame ironiquement Ève. Mettons tout sur le dos de certaines périodes du mois !... Tu sais, je lisais un truc dans *People* sur un type à qui on a coupé une jambe, à cause du cancer. Il traverse l'Amérique du Nord à la course.

— Terry Fox ?

— Mais non. Il y a des années que Terry Fox est mort. Un autre type. Il y en a des tas qui font ça, en ce moment, tu sais. J'ai des visions de cette bande de coureurs unijambistes qui entrent en collision sur une autoroute d'Amérique !

Le tableau assez grotesque fait rire Joanne.

— Il doit y avoir des gens mieux équipés moralement que d'autres pour affronter l'infirmité, dit-elle.

— Qu'est-ce que ça veut dire, ça ?

Le ton d'Ève est vif et Joanne, prise de court par cette soudaine hostilité, répond avec franchise :

— Rien, rien de spécial. Ce n'est qu'une réflexion générale.

— Eh bien, ces réflexions-là, tu peux les garder pour toi !

Des larmes montent aux yeux de Joanne, comme si Ève l'avait giflée. Ève est immédiatement contrite.

— Excuse-moi. Voilà que je recommence ! Je te demande pardon, Joanne. Je t'en prie, ne pleure pas. Je ne voulais pas te faire de peine. Tu sais bien que je ne le veux pas.

Joanne hoche la tête plusieurs fois, pour tenter de dire qu'elle comprend. Mais, à la vérité, elle comprend de moins en moins ce qui arrive à sa meilleure amie.

— Dieu, tu es tellement gentille avec moi. Tu me conduis partout, tu attends avec moi à tous ces rendez-vous inutiles chez les médecins. Tu es toujours là quand j'ai besoin de toi... Ce doit être vrai, ce qu'on dit, qu'on ne fait de mal qu'à ceux qu'on aime, dit Ève. (Joanne se force à sourire.) Tu crois vraiment que ce Dr Ronald Gold est le garçon avec qui nous étions au lycée ?

— Je suis à vous dès que possible, dit le dermatologue en faisant irruption dans son salon d'attente bondé.

Il mesure un mètre soixante-cinq, il est couronné d'une crinière de cheveux blond-roux et son sourire est engageant. C'est bien le Ronald Gold avec qui elles étaient au lycée. Joanne le regarde tâtonner dans le chaos de son bureau, à la recherche de son agenda. Elle se souvient des mêmes gestes de leur camarade de classe pour mettre la main sur son manuel de chimie. Il n'a pas vieilli. Elle se demande s'il pensera la même chose d'elle, si jamais il trouve le temps de remarquer sa présence.

— Excusez le désordre, marmonne-t-il en cherchant son stylo. Je l'ai posé là, quelque part...

Joanne croit voir briller un stylo d'argent sous une pile de papiers, mais juge que ce n'est pas à elle de le faire remarquer.

— Ma secrétaire m'a quitté la semaine dernière, annonce-t-il à la cantonade. J'ai téléphoné à une agence pour avoir du personnel intérimaire mais personne n'est venu. Au fond, c'est probablement une chance. Bien souvent, ces intérimaires causent plus d'ennuis qu'elles n'en évitent. On prend toute une journée pour leur expliquer les choses et le lendemain, c'est une autre fille qui se présente et tout est à recommencer. Mais où est passé ce foutu stylo ?... Pardon, vous n'auriez pas un stylo à me prêter ?

Joanne se lève, dégage le stylo perdu sous une montagne de papiers et le tend au garçon qui avait la détestable habitude de faire craquer ses doigts et de raconter des plaisanteries idiotes derrière son dos, en cours de chimie.

— Vous cherchez un emploi ? propose-t-il immédiatement. Est-ce que je vous connais ?

— Nous étions au lycée ensemble. Joanne Mossman. Enfin, c'était Mossman dans le temps. Maintenant, c'est Hunter.

Est-ce que c'est vraiment Hunter ? Elle n'en est plus très sûre. Le sourire du dermatologue s'élargit jusqu'à ses oreilles.

— Joanne Mossman ! Par exemple ! Je ne vous aurais pas reconnue, vous êtes tellement mieux maintenant que lorsque vous étiez gosse, déclare-t-il. (Joanne rit, elle est vaguement flattée.) Je parle sérieusement, ce n'est pas du baratin. Vous avez toujours été jolie, bien sûr, mais vous étiez un peu pincée, vous voyez, collet monté, stricte, genre collier de perles. Vous avez l'air plus détendue maintenant. Qu'est-ce que vous avez fait à vos cheveux ? Ah ! Et vous rougissez encore ! J'aime ça. (Il prend Joanne par la taille, sans façon, et se tourne vers le reste de ses patients.) Voici la petite Joanne Mossman. Comment c'est, déjà, le nom de votre mari ?

— Hunter.

— La petite Joanne Hunter. Même mari qu'au départ ? demande-t-il. (Elle hoche la tête, ne sachant que dire.) Nous étions à l'école ensemble. Elle avait déjà un beau teint clair. Qu'est-ce que c'est que ça ? Un bouton ? Rien de grave. Nous allons nous occuper de vous dans quelques minutes.

— Ce n'est pas moi qui viens en consultation, dit-elle vivement. (Elle est gênée que tout le monde continue d'écouter la conversation.) Je suis avec une amie.

Elle indique Ève, assise contre le mur, une pile de vieux magazines sur les genoux et l'air maussade. Elle se lève quand le médecin s'approche d'elle ; elle a une tête de plus que lui.

— Ne serait-ce pas la petite Ève Pringle ? Toujours ensemble, vous deux, à ce que je vois !

— Ève Stanley, maintenant. Nous avions rendez-vous il y a vingt minutes.

S'il perçoit le sarcasme, il ne le relève pas.

— Eh bien, je regrette, mais ma secrétaire m'a laissé tomber et mon assistante est au lit avec un rhume, grogne-t-il. (Le téléphone se met à sonner.) Et ça, en plus, qui n'arrête pas de sonner !

Il décroche précipitamment, tend le combiné à Joanne.

— C'est pour vous, dit-il. (Devant son expression affolée, il se reprend aussitôt. Non, je plaisantais... Ici le Dr Gold. Certainement, Mrs Gottlieb, je peux vous recevoir. Pour vous, je suis toujours libre.

Passez cet après-midi, je m'occuperai de vous. Ne vous inquiétez pas, nous aurons fait disparaître ça avant la bar-mitsva de samedi.

Il raccroche et se tourne vers Ève.

— Je suis à vous dès que je peux. Michael! (Il s'adresse à un jeune garçon dévoré d'acné et il regarde Joanne.) Et après votre amie, je veux vous voir, vous!

— Alors, quand avez-vous commencé à avoir ces petits bobos ? demande Gold.

Joanne est allongée sur la table de consultation, la joue glacée après le traitement à la glace sèche qu'il a appliqué.

— Il y a un mois à peine. Je n'en croyais pas mes yeux, au début. Les femmes de mon âge n'ont pas de boutons !

— Montrez-moi où il est écrit que les femmes de votre âge, de nos âges, n'ont pas de boutons. Les femmes de votre âge ont des boutons, croyez-moi, j'ai des tas de patientes de quarante ans et même de cinquante qui ont des boutons.

— Bravo ! Il y a de l'espoir !

Il lui pique la joue avec une aiguille.

— Je vais injecter un peu de cortisone dans celui-là. Dites-moi, qu'avez-vous fait à votre peau, dernièrement ?

— Je ne comprends pas.

— Vous avez appliqué quelque chose ?

— J'ai employé une nouvelle crème hydratante qu'Ève m'a recommandée...

— Ève est dermatologue ?

— Non. Elle m'a dit que je devrais commencer à soigner ma peau...

— Vous faites toujours ce qu'Ève vous dit de faire ? Comme autrefois ?

Joanne essaie de sourire mais il a l'avant-bras appuyé sur sa bouche, tandis qu'il presse un autre bouton naissant.

— Eh bien, je ne m'étais jamais beaucoup occupée de ma peau, et...

— Et vous n'aviez jamais eu de problèmes, hein ?

— Non.

— Et ça ne vous dit pas quelque chose, ça ? Vous avez bouché vos pores, petite Joanne Mossman-Hunter. Tous vos laits hydratants et vos crèmes qui coûtent les yeux de la tête vous donnent des boutons. Arrêtez de vous en servir.

— Et qu'est-ce que je fais, à la place ?

— Lavez-vous la figure une fois par jour, le soir, avec un savon doux. C'est tout ce qu'il vous faut. Je vous donnerai une liste de bons savons. Vous n'avez pas besoin de crème hydratante. Je vais vous prescrire une crème à la vitamine A, à appliquer avant de vous coucher. Si vous employez un fond de teint, choisissez-le à base aqueuse. Et prenez du blush en poudre, pas en crème. Les crèmes bouchent les pores. Et arrêtez de lire des magazines de mode. Ils en savent autant sur les soins de la peau que votre cinglée d'amie Ève. Qu'est-ce qu'elle a, au fait ?

— Nous espérions que vous nous le diriez.

— Je soigne la peau ou, si vous préférez, l'extérieur de la tête, pas l'intérieur.

— Vous voulez dire qu'elle a un problème affectif ?

— Bof ! La psychiatrie est le dépotoir de la médecine. Si un médecin ne trouve rien de physique, il pense tout de suite que c'est affectif. Je ne peux pas faire de diagnostic sur le cas d'Ève mais il n'y a rien à reprocher à sa peau. Un peu sèche, peut-être, c'est tout. Je ne peux rien vous dire de plus.

Il recule et examine Joanne, comme s'il s'apprêtait à peindre son portrait.

— Voilà, ça devrait aller. Êtes-vous à la recherche d'un emploi ?

Elle rit, puis elle se rend compte qu'il parle sérieusement.

— Vous plaisantez !

226

— Pas du tout ! Vous avez trouvé mon stylo, vous pouvez faire n'importe quoi. Allez-y, dites-moi votre prix.

— Je ne peux pas !

— Pourquoi ? Des enfants à la maison ? Un mari qui ne veut pas que sa femme travaille ? Dites-lui que les temps ont changé. Ma femme est dentiste, c'est vous dire ! Elle travaille plus que moi.

— Il ne s'agit pas de ça, proteste-t-elle sans savoir que dire.

— Alors ? Pas assez intéressant ?

— Vous parlez sérieusement ?

— J'ai l'air de plaisanter ? Je suis un homme qui a désespérément besoin d'une bonne secrétaire pour recevoir ses clients.

— Qu'est-ce que j'aurais à faire ?

— Répondre au téléphone, accueillir la foule, tenir mon carnet de rendez-vous à jour et rire de mes plaisanteries. Si vous êtes vraiment une brave fille, je vous laisserai même presser quelques points noirs. Qu'est-ce que vous en dites ? Impossible de refuser mon offre, non ?

— Je veux réfléchir, dit Joanne, à son propre étonnement.

Y a-t-il besoin de réfléchir ? Elle ne peut tout de même pas envisager de travailler pour cet homme ! Mais pourquoi pas ? Les pensées se bousculent dans sa tête, comme la bande de coureurs unijambistes d'Ève sur l'autoroute.

— Bien sûr. Réfléchissez, parlez-en à votre mari et téléphonez-moi lundi. Notez que je ne cherche pas à faire pression sur vous, dit-il en souriant.

— Pourquoi voulez-vous m'engager, *moi* ?

— Et pourquoi pas vous ? Vous avez quelque chose à vous reprocher ? Vous me plaisez, avoue-t-il avec simplicité. Vous me rappelez ma jeunesse. Ah, voilà ce que je voulais dire... Vous voulez savoir ce que notre âge a d'effrayant ?... On se réveille un beau matin et on s'aperçoit que c'est votre ancienne classe du lycée qui gouverne le pays !

La mère d'Ève attend sur le seuil — est-elle restée là tout le temps ? — quand Joanne s'engage dans l'allée.

— Ce n'est pas ma mère, dit Ève en ouvrant sa portière. C'est Godzilla.

— Écoute, implore Joanne, si elle te rend la vie tellement impossible, demande-lui de partir.

— Je ne peux pas.

— Vous avez été bien longues, dit la mère d'Ève en guise d'accueil. Qu'est-ce qui vous a pris si longtemps ?

— Nous avons dû attendre plus d'une heure, répond Ève sans regarder sa mère. Le bon docteur est très désorganisé.

— Sa secrétaire l'a abandonné et son assistante est au lit avec un rhume, explique Joanne.

Mais Mrs Cameron se désintéresse du sujet.

— Mon Dieu ! Qu'est-ce que tu as fait avec les meubles ? s'écrie Ève.

Elle est suffoquée par la transformation de son living-room.

— J'ai déplacé une chose ou deux.

— Une chose ou deux ! Tu n'as pas pu t'empêcher de *tout* déplacer.

— Ma foi, vous êtes restées si longtemps, je commençais à m'inquiéter, je n'avais rien à faire...

— Tu n'as jamais pensé à lire quelque chose ? demande Ève. (Joanne fait le tour de la pièce : les meubles sont nouvellement disposés, le canapé imprimé de lilas est à la place des fauteuils, les fauteuils mauves sont dans des coins opposés, les tables basses et les lampadaires ont été déracinés et transplantés.) Comment diable as-tu pu déplacer le canapé toute seule ? Qui es-tu ? La femme bionique ?

— Godzilla.

Joanne articule le mot en silence quand Mrs Cameron a le dos tourné.

— C'est trop pour moi, gémit tout à coup Ève, sa voix hésitant entre le rire et les larmes. Je déclare forfait.

— Monte t'allonger, conseille Mrs Cameron. (Puis elle chuchote à Joanne:) J'ai à te parler.

— Merci, Joanne, crie Ève du haut des marches. On se verra plus tard.

— Qu'est-ce qui s'est passé? demande immédiatement Mrs Cameron.

— Pas grand-chose. Le médecin l'a examinée mais il n'a rien trouvé à reprocher à sa peau, sauf qu'elle est un peu sèche.

— Elle lui a dit qu'elle avait toujours eu la peau grasse?

— Il dit que la peau change, comme le reste. Il dit que ça pourrait être ses hormones, ou sa grossesse, ou sa fausse couche, je ne sais plus. Ève pourra vous répéter exactement ce qu'il a expliqué.

— Rien de grave?

— Mrs Cameron! s'exclame patiemment Joanne. Qu'est-ce qu'une peau sèche peut avoir de grave?

— Tu as dit ça à Ève?

— J'ai essayé.

— Et alors?

— Elle prétend que la peau sèche n'est que le symptôme d'un problème plus important.

La mère d'Ève tambourine distraitement du bout des doigts sur la table de la cuisine, les yeux baissés. Joanne s'aperçoit soudain que cette femme a vieilli; pour la première fois, ses traits la trahissent et révèlent qu'elle n'a pas loin de soixante-dix ans. Elle a de lourdes poches sous les yeux, des lèvres exsangues. Joanne comprend qu'Arlene Pringle Hopper Cameron, qui a usé trois maris et que sa propre mère appelait affectueusement Super-Mickey (ce qu'elle n'a jamais révélé à Ève), est au bord des larmes.

— Je ne sais plus quoi faire, gémit la vieille dame en se tordant les mains.

— Vous devriez retourner chez vous, suggère gentiment Joanne, profitant de l'occasion. Vous avez l'air fatiguée. Vous avez besoin de repos.

— Je ne peux pas, voyons ! Ève a besoin de moi, ici.

— Ève peut très bien se débrouiller toute seule, affirme Joanne. Elle a une femme de ménage qui vient deux fois par semaine et je suis là, à côté. Je parlerai à Brian, je lui dirai qu'il faut qu'il s'arrange pour passer plus de temps à la maison. Ça ferait peut-être du bien à Ève d'avoir à s'occuper un peu plus de son ménage. Ça lui changerait les idées.

— Tu crois que je ne le lui ai pas conseillé ? demande Mrs Cameron. (Joanne est tout étonnée.) J'ai des ennuis cardiaques. Tu crois que c'est facile pour moi, tout ça ? J'ai ma vie, mon club de bridge, mes partenaires de mah-jong. D'accord, cela paraît assez frivole, mais que peut-on faire ? Certaines vies sont moins importantes que d'autres. Je suis trop vieille pour faire la bonne d'enfants. Chaque fois que je dis à Ève que je devrais m'en aller, qu'il faut qu'elle fasse des efforts, elle se met en colère. Elle m'accuse d'être une mauvaise mère qui abandonne sa fille au moment où elle a le plus besoin d'elle. Que veux-tu que je fasse ? Même si je dis que j'aimerais sortir un après-midi, elle pique une crise, elle dit que si j'étais une vraie mère, je serais heureuse d'être là et de la soigner... Je ne suis pas parfaite, Joanne, Dieu sait ! J'ai commis bien des erreurs. Mais j'ai toujours fait de mon mieux. Je ne sais plus que faire. Tu es la seule qu'elle écoute, dis-moi ce que je dois faire. C'est ma fille, je l'aime et je veux la voir heureuse. Je ne sais comment l'aider... Elle a quarante ans, mais elle est encore ma petite fille. On ne cesse pas d'être une mère sous prétexte que vos enfants prennent de l'âge. Enfin, je n'ai pas besoin de te dire ça. Comment vont tes filles ? demande-t-elle en essayant de sourire.

— Très bien, répond Joanne. (C'est ce qu'elle suppose puisqu'elle n'a pas reçu une seule lettre. Elle pose une main sur l'épaule de la vieille dame.) Écoutez, si vous alliez vous allonger un moment ? Vous avez déplacé tous ces meubles, vous devez être exténuée.

— Ève va se rétablir ? murmure la mère en raccompagnant Joanne.

— J'en suis certaine, répond Joanne.

Elle est surprise par sa voix rassurante ; en réalité, elle n'est sûre de rien.

20

— Je ne sais pas comment tu as réussi à m'entraîner dans ce truc-là. La dernière chose que j'aie envie de voir, c'est une imbécillité de comédie musicale à grand spectacle.

Ève grogne en regardant fixement le ciel nocturne à travers le pare-brise.

— Il paraît que c'est superbe. On dit que les costumes sont incroyables, les danses extraordinaires et que les chansons se fredonnent tout de suite.

— Qui ça, « on » ? Encore le bon docteur ?

Joanne sent ses épaules s'affaisser et se redresse, en se forçant à sourire.

— Oui, répond-elle en espérant éviter une discussion. (Chaque fois qu'Ève et elle parlent du nouveau patron de Joanne, elles commencent inévitablement à se quereller.) Ron et sa femme ont vu le spectacle la semaine dernière et ils n'en disent que du bien.

— Comment avons-nous pu avoir des billets, si c'est si bien ?

— Je te l'ai dit, son frère...

— Ah, oui. Son frère baise avec l'assistante de production...

Joanne fait une grimace.

— Son frère est un ami de la directrice de production.

— Même chose. Ne sois pas naïve, réplique Ève d'une voix boudeuse.

— Écoute, si c'est une telle épreuve pour toi, je fais demi-tour et nous rentrons à la maison.

— Maintenant ? Nous sommes presque arrivées ! Tu m'as fait habiller et tout. Qui parle de rentrer ? Dieu, que tu es susceptible !

— Je n'ai pas envie de conduire jusqu'à Manhattan dans les embouteillages du vendredi soir si tu dois passer toute la soirée à te plaindre.

— Qui se plaint ?

Ève s'agite, resserre son étole en lamé argent autour de ses épaules nues.

— Tu es d'une drôle d'humeur, ce soir.

— J'étais d'excellente humeur, proteste Joanne.

— Tu étais ? Tu ne l'es plus ?

— Ça va aller. Je suis toujours un peu nerveuse quand je conduis le soir, prétend Joanne.

— Tu ne crois pas que ton travail est trop dur pour toi ? demande Ève après un silence.

— Que veux-tu dire ?

— Eh bien, tu n'as pas l'habitude de travailler. Tu n'as jamais travaillé au-dehors, n'est-ce pas ? Et, tout à coup, tu travailles tous les jours, de neuf heures du matin à cinq heures du soir, ça fait un sacré changement. C'est normal que tu sois fatiguée.

— Je ne suis pas fatiguée.

— Tu as l'air fatiguée.

Joanne jette un coup d'œil à son amie, qui feint de regarder droit devant elle. Elle se hausse et se regarde dans le rétroviseur. Les rides autour de ses yeux ne lui paraissent pas plus prononcées que d'habitude. Elle trouve au contraire qu'elle a meilleure mine que depuis bien des mois.

232

— Tu trouves ? Je ne me sens pas fatiguée. Je me sens très bien. Et, en réalité, j'aime beaucoup mon travail.

— Comment peux-tu aimer un travail qui t'oblige à regarder toute la journée des figures pleines de boutons ?

Joanne tente de rire mais n'émet qu'un grognement.

— Sous leurs boutons, les gens sont très bien. Tout le monde est gentil. C'est un plaisir de travailler avec Ron.

— C'est ce que tu ne cesses de répéter. Est-ce qu'il se passerait là-bas des choses que je devrais savoir ?

— Quoi, par exemple ?

Joanne est mal à l'aise. Ce n'est pas la première fois qu'Ève fait allusion à ce qui pourrait se passer de très peu professionnel entre Joanne et son patron.

— J'ai vu comment il te regardait, l'autre jour, à son cabinet. Le petit Ronnie Gold et la petite Joanne Mossman, de nouveau ensemble !

— Joanne Hunter, rectifie sèchement Joanne. Cette conversation commence à m'agacer.

Ève est visiblement désarçonnée par cette subite déclaration, et Joanne l'est tout autant.

— Ne monte pas sur tes grands chevaux ! Je te taquinais, c'est tout.

— Ron est marié et heureux en ménage, et moi je suis une femme mariée. (Joanne essaie de rester consciente de la subtile distinction.) Il est mon patron, il me plaît et je le respecte. C'est tout, il n'y aura pas autre chose.

— Mon petit doigt me dit que la dame proteste un peu trop, marmonne Ève. (Elle ne laisse pas Joanne placer un mot.) Alors, tu as l'intention de continuer de travailler quand les petites seront revenues de vacances ?

— Je ne crois pas, dit Joanne en réprimant son irritation. J'ai accepté pour l'été. A la rentrée,

Ron aura trouvé quelqu'un qui lui convient, et j'espère que Paul et moi...

Elle laisse la phrase en suspens. Cela fait deux semaines qu'elle n'a pas vu son mari.

— Tu espères que Paul et toi...?

— Qui sait?

Joanne hausse les épaules et se refuse à évoquer une réconciliation possible. Le silence tombe entre elles. Il y a de plus en plus de sujets dont elle n'a pas envie de parler avec sa plus ancienne et sa meilleure amie. Ève recommence à s'agiter et à tirailler son étole.

— Tu as bien précisé que nous voulions un fauteuil au bord de la travée? demande-t-elle.

— Tu m'as déjà posé la question.

— Et que m'as-tu répondu?

— Oui, je l'ai bien précisé.

— Très bien.

Le silence retombe.

Joanne est obligée de se garer à près de six cents mètres du théâtre. Elles doivent courir pour ne pas manquer le lever de rideau. La foule, devant le théâtre Barrymore, commence à entrer lentement quand Ève et Joanne arrivent en riant, hors d'haleine.

— Je ne sais pas ce qu'il y a de drôle, halète Ève en portant une main à sa gorge. Je n'ai pas couru comme ça depuis que j'ai gagné la course à pied à la fin de notre troisième année de lycée. Tu te souviens? J'ai battu tout le monde de plus de dix mètres!

— Tu m'as certainement battue, en tout cas! Je te trouve en excellente forme, tu sais.

Ève se crispe immédiatement.

— Qu'est-ce que ça veut dire?

Comme cela se passe de plus en plus souvent avec Ève, Joanne ne sait que répliquer. Elle fait un geste vague et sa bouche refuse de s'ouvrir.

A l'intérieur du théâtre, une sonnerie insistante les appelle.

— Nous devons entrer, dit Ève. Est-ce que ce n'est pas Paul, là-bas ?

— Quoi ?! Où ça ?

— Il vient d'entrer. Du moins, je crois que c'est lui. Je l'ai à peine entrevu. Je peux me tromper.

Le cœur de Joanne se met à battre précipitamment mais cela n'a aucun rapport avec sa course. Elle se fait l'effet d'une adolescente, une de ces gosses boutonneuses qu'elle rassure tous les jours. Comment est-elle ? Elle cherche à apercevoir son reflet dans la porte vitrée. Ève lui trouve l'air fatigué. A-t-elle mauvaise mine ? Elle porte une nouvelle robe d'été à rayures rouges et blanches, assez audacieusement décolletée, avec des volants au bas de la jupe qui dansent autour de ses genoux. Cela ne ressemble à aucune de ses toilettes habituelles et elle l'a achetée avec l'argent de sa première semaine de paie. Sa peau est de nouveau sans défaut mais elle s'est décoiffée en courant. Ses cheveux sont dans un état épouvantable, en ce moment, pourtant tout le monde lui en fait compliment, même Paul. Elle paraît avoir maigri, pense-t-elle en se laissant entraîner par la foule. Elle tend son billet à l'ouvreuse et elle est aussitôt conduite vers leur travée. Ce sont les rayures verticales qui lui donnent l'air plus mince, se dit-elle. Mais il est vrai qu'elle a perdu un kilo ou deux depuis qu'elle travaille. Nouveau régime ? a demandé Ève. Oui, pense Joanne, le régime anxiété, encore qu'à la vérité elle soit de jour en jour moins anxieuse.

Elles arrivent à leurs fauteuils et s'installent. Ève allonge son long cou élégant pour regarder le public autour d'elles. Avec ses cheveux flamboyants encadrant joliment sa figure pâle, elle ressemble un peu à une girafe.

— Je ne le vois pas, dit-elle en faisant allusion à Paul.

— Ce n'était pas lui. (Joanne est certaine qu'Ève ne s'est pas trompée.) Paul n'aime pas beaucoup le théâtre...

— Je n'ai pas pu voir avec qui il était.

Les lumières de la salle se tamisent et l'orchestre commence à jouer. La musique est forte, vibrante. Le public se balance en cadence dans l'obscurité ; il y a une atmosphère d'attente impatiente. Le rideau se lève sur un décor éblouissant et des costumes à vous couper le souffle. Des voix claires et joyeuses s'élèvent mais Joanne n'entend qu'une phrase : Je n'ai pas pu voir avec qui il était.

Pourquoi cette idée ne lui est-elle pas venue ? Si Paul est là, il doit être accompagné. Qui ? Un client. Il faut que ce soit un client. Ou un ami. Il faut que ce soit un ami. Mais c'est probablement une femme, ou une jolie fille. Peut-être la petite Judy ? Ou une autre...

Je n'ai pas pu voir avec qui il était.

Joanne se force à regarder la scène étincelante aux lumières multicolores, comme la palette d'un peintre. Au centre, un homme en noir chante en direction de trois femmes vêtues de mousseline chatoyante ; leurs cheveux sont teints des mêmes couleurs, leur visage outrageusement maquillé. Soudain, l'éclairage devient bleu, vire à l'indigo, les trois femmes disparaissent et l'on ne voit plus que leur visage, comme des masques argentés et dorés. Joanne est désorientée. Elle se demande ce que ce maquillage de scène et ces lumières provoquent, sur la peau des actrices. Elle jette un coup d'œil à Ève dont le visage reflète la même lumière argent et or, et ses cheveux le bleu glacé de l'éclairage de scène. Ses yeux sont noirs et vides.

Je n'ai pas pu voir avec qui il était.

Tout à coup, les trois femmes reparaissent et la scène est d'un jaune d'or éclatant. L'homme en noir se fond dans une grande flaque de soleil. Joanne, éblouie, ferme les yeux. Elle sent la chaleur de

236

l'énorme globe jaune. Elle remarque que les joues d'Ève sont singulièrement froides sous le chaud soleil, quelque peu squelettiques, presque cruelles. Le jaune n'a jamais été ma couleur, croit-elle entendre, bien qu'Ève ne dise rien. Le soleil brûle maintenant la peau de Joanne et de la sueur perle à son front. Le soleil est trop chaud, pense-t-elle, elle a envie de s'échapper à l'air libre. Éteignez le soleil, s'il vous plaît. Luttant contre une anxiété croissante, elle concentre toute son attention sur la scène, elle se rend compte que les femmes sont nues — ou bien l'ont-elles toujours été ? —, simplement enveloppées de lumière.

Le rideau tombe sur le premier acte. Les lumières se rallument. Les applaudissements sont prolongés. Tout autour d'elles, les spectateurs se lèvent pour se dégourdir les jambes.

— J'ai du mal à croire que ce soit si vite passé, dit Joanne qui n'a cessé de penser à autre chose.

— Tu plaisantes ? riposte Ève. C'est le plus long premier acte que j'aie jamais vu. Ne me dis pas que ça t'a plu ! Voilà ce que valent les recommandations du bon docteur ! Sortons.

— J'aimerais autant rester ici, dit Joanne, oubliant qu'elle rêvait d'air frais la minute précédente.

— Sortons, répète Ève avec autorité, coupant court à toute discussion.

En remontant la travée, Joanne entend autour d'elle les mots « admirable », « original », « novateur », « ravissant ». Seule Ève garde les lèvres pincées.

— C'est un spectacle épouvantable, dit-elle assez haut pour être entendue de tout le monde. Je n'ai rien vu de pire depuis des années.

Elles arrivent au foyer. Joanne garde les yeux baissés.

— Le voilà, dit immédiatement Ève. C'était bien lui !

Joanne relève la tête. Paul est debout tout seul contre le mur rouge foncé.

— Tu ne vas pas lui dire bonjour ?

Joanne n'a pas le temps de répondre. Ève lève un bras et l'agite pour attirer l'attention de Paul et lui fait signe de venir.

Joanne respire profondément, en proie à une vague nausée. Les gens autour d'elle se reculent pour laisser la place au nouveau venu. Elle sent que Paul est à côté d'elle. A contrecœur, elle se tourne vers lui. Il porte un costume gris et une chemise rose pâle, avec une cravate bordeaux rayée. Il sourit mais semble mal à l'aise.

— Bonsoir, Joanne, murmure-t-il. Comment ça va, Ève ?

Joanne hoche la tête et Ève répond d'une voix morne :

— Je meurs lentement.

— Tu as une mine superbe ! assure Paul et elle grommelle.

— On pourra écrire ça sur ma tombe.

Il se tourne vers Joanne.

— Et toi, comment vas-tu ?

— Très bien, assure-t-elle avec une sincérité qui la surprend. Je travaille.

— Tu travailles ? Par exemple ! Que fais-tu ?

— Je suis plus ou moins... réceptionniste... chez un dermatologue... pour l'été... jusqu'à ce que les filles reviennent du camp.

— C'est une bonne idée.

— Ça me plaît beaucoup.

Après un petit silence, Paul dit gauchement, sentant qu'Ève écoute la conversation de toutes ses oreilles :

— Je voulais te téléphoner...

— Je comprends.

— J'ai été très occupé...

— Pas de problème, assure Joanne.

— Je pensais que nous pourrions peut-être aller

au camp ensemble, pour la journée des visites. Si tu n'as pas d'autres projets.

— Ça me ferait plaisir, dit-elle vivement. Je crois que ça plairait aussi aux filles.

— Tu as de leurs nouvelles ?

— Pas encore. Et toi ?

— Pas un mot. Normal, je suppose...

Il regarde à droite et à gauche. Pourquoi a-t-il l'air si embarrassé ?

— Un spectacle superbe ! s'exclame-t-il en reculant d'un pas. (Ève ricane.) Tu n'es pas d'accord ?

— Franchement, non !

Ève va en dire davantage mais elle est interrompue par l'apparition d'une jeune blonde séduisante — exagérément maquillée — qui vient de surgir on ne sait d'où, et qui se pend au bras de Paul.

Il sourit dans sa direction ; Ève sourit dans sa direction ; Joanne sourit dans sa direction. La jeune blonde rend les sourires. Ils sont tous les quatre debout au milieu du foyer et se sourient comme des idiots. Sous les lumières du théâtre qui virent du bleu au violet en passant par le jaune, Joanne a l'impression d'avoir été transportée sur la scène et entièrement déshabillée. Ses genoux flageolent et son estomac se noue. Elle se demande s'il va faire les présentations, et comment il s'y prendra. Judy (car c'est sûrement Judy), j'aimerais te faire connaître ma femme ; Joanne, je te présente Judy.

La sonnerie aigrelette les rappelle dans la salle. Sauvée par le gong, pense Joanne, tout en sachant qu'elle ne peut être sauvée.

— Je te téléphonerai, murmure Paul tout bas.

Pour que Judy ne l'entende pas ? Et il emmène la blonde sans présentations embarrassantes.

Il n'a pas dit à Judy qu'il a horreur des artifices ? Il ne l'a pas mise en garde contre les épaisseurs de fard ? Blush en poudre ou en crème ? Elle espère secrètement que c'est une crème.

— Ça va ? demande Ève tandis que le foyer se vide lentement.

Joanne secoue la tête.

— Tu veux qu'on s'en aille ?

Joanne hoche la tête. Si elle parle, elle va craquer. Stupide, stupide, stupide ! se dit-elle. Ève la pilote vers la sortie et l'air frais de la nuit.

— Je ne m'étais pas doutée que Paul avait un goût aussi conventionnel, reprend Ève.

Elles marchent vers la voiture ; Ève a passé un bras sous celui de Joanne et murmure :

— Elle est très jolie...

— Elle est très ordinaire ! Débarbouille-la, supprime les cheveux blonds et les gros seins et qu'est-ce que tu as ? Tu as ce que tu étais toi-même il y a vingt ans.

Joanne s'arrête et encaisse ce qu'Ève vient de dire, mais c'est trop difficile.

— C'est une insulte ou un compliment ? demande-t-elle, sincèrement perplexe.

Ève élude la question en pressant le pas.

— Je dis simplement que tu as épousé un idiot.

— Je ne crois pas.

Joanne s'arrête de nouveau.

— Tu as fini de t'arrêter ? Nous sommes à New York, bon Dieu ! On se fait attaquer quand on s'arrête pour discuter aux coins des rues.

— Paul n'est pas un idiot.

— Comme tu voudras. C'est ton mari.

— Parfaitement, et ça me fait un drôle d'effet de devoir le défendre contre toi.

— Eh bien, ne le défends pas. Je suis dans ton camp, tu te souviens ?

— Est-ce que tu l'es vraiment ?

C'est au tour d'Ève de s'arrêter.

— Qu'est-ce que ça veut dire ?

— On dirait que nous nous posons constamment cette question, en ce moment.

— Bon, mais qu'est-ce que tu disais ?

240

— Je ne sais pas, avoue Joanne.

Elle se remet en marche. Dans la voiture, sur la route de Long Island, Ève reprend :

— Écoute, n'accordons pas une importance exagérée à cette histoire. Tu as vu ton mari au théâtre avec une autre femme. Je comprends que ce soit un peu perturbant...

— *Un peu* perturbant ?

— Ne passe pas tes nerfs sur moi ! Ce n'est pas moi qui ai voulu voir ce spectacle idiot. Tu as insisté, tu m'as tirée du lit...

— Je t'en prie, Ève, laisse tomber.

— Je cherche à te dire de ne pas te laisser abattre.

Joanne freine brusquement et arrête la voiture sur le bas-côté.

— Pourquoi ? Pourquoi est-ce que je ne dois pas me laisser abattre ? J'aime mon mari. Il y aura vingt ans en octobre que nous sommes mariés. J'espère de tout cœur que nous serons de nouveau ensemble bientôt. Pourquoi n'aurais-je pas le droit de craquer en le voyant sortir avec une autre femme ? Pourquoi tout ce qui m'arrive est-il si ridiculement insignifiant et tout ce qui t'arrive d'une importance capitale ? Pourquoi ma souffrance est-elle moins valable que la tienne ?

— Voyons, Joanne, ne soyons pas bêtes. Ta vie n'est pas en jeu.

— La tienne non plus.

— Ah vraiment ? Tu le sais ?

Joanne respire profondément. La conversation en revient toujours à Ève, quoi qu'on dise.

— Oui, je le sais, affirme-t-elle catégoriquement. Ève, combien de médecins as-tu consultés ? Trente ? Quarante ?... Tu as vu tous les spécialistes de New York, on t'a fait tous les examens possibles. La seule chose qui te reste à faire, c'est d'aller te faire hospitaliser à la Mayo Clinic et tout recommencer. Combien de fois faudra-t-il te répéter que tu n'as rien ?

— Comment oses-tu affirmer que je n'ai rien ? J'ai des douleurs dans tout le corps !

— Justement ! Personne ne peut mettre le doigt sur tes douleurs. Tu as tout. Côtes, poitrine, bas-ventre, veines, poids, température, yeux, gorge ! Pardonne-moi si j'en oublie. Personne, Ève, ne craque de tout son corps à la fois ! crie Joanne. (Elle sent l'animosité d'Ève irradier de ses poings crispés.) Je ne dis pas qu'il ne t'est rien arrivé. Tu as fait une fausse couche, tu as perdu beaucoup de sang, ton rythme corporel a été bouleversé, il peut y avoir un déséquilibre hormonal, je ne sais pas, je ne suis pas médecin...

— Tu l'as dit !

— Mais je sais que ce qui arrive à ton corps n'est pas mortel...

— Comment le sais-tu ?

— D'accord, je n'en sais rien. Supposons que ce soit mortel. Supposons le pire. Il te reste six mois à vivre. Qu'est-ce que tu vas en faire ?

— Qu'est-ce que tu racontes ? Je ne veux pas mourir !

— Bien sûr que non ! Et tu ne vas pas mourir. Tout ce que j'essaie de te dire, c'est que *si* tu as quelque chose de grave, tu n'y peux pas grand-chose, sauf tenter de tirer le meilleur parti du temps qui te reste. Je ne crois pas que tu vas mourir. Personne ne croit que tu vas mourir. Toi seule le crois. Est-ce que ça te ferait vraiment tant de mal de voir un psychiatre ?

— Ce serait du temps perdu.

— Qu'est-ce que tu fais d'autre de ton temps, en ce moment ?

— Mes douleurs sont *physiques !*

— Oui, mais la douleur physique peut avoir une source affective. Personne ne peut voir la différence.

— Moi si !

— Alors tu es la seule personne au monde à avoir cette faculté !

— Joanne, ce n'est pas moi qui fais une dépression.

— Personne ne dit que tu fais une dépression.

— Ce n'est pas moi qui imagine des coups de téléphone macabres.

Il faut plusieurs secondes à Joanne pour digérer cette réflexion.

— Je me demandais quand tu allais en venir à ça, dit-elle.

Elle se rend compte qu'elle ne ment pas.

— Ce n'est pas moi que son mari a quittée au bout de vingt ans et qui estime qu'elle doit inventer des histoires à dormir debout au sujet de coups de téléphone menaçants, dans le seul but d'attirer son attention.

— Tu crois réellement que c'est ce que je fais ?

Ève laisse brusquement tomber son visage dans ses mains et fond en larmes. Une seconde plus tard, elle rejette sa tête en arrière, étouffe un cri de colère et refoule sa rage.

— Défoule-toi, conseille tout bas Joanne, sa propre colère évaporée. Il y a tellement de fureur en toi, Ève. Laisse-la s'échapper.

— Ah, merde ! marmonne Ève. Merde de merde de merde ! Pourquoi discutes-tu avec moi, Joanne ? Tu sais que je frappe toujours en bas de la ceinture !

— Tu n'as jamais fait ça avec moi.

— Tu n'as jamais riposté.

— Peut-être que j'invente ces coups de téléphone, reconnaît Joanne. (Il y a eu un long silence pendant lequel elles ne se sont pas regardées.) Je ne sais plus. Tiens, je te fais une promesse ! J'irai voir un psychiatre si tu en consultes un toi-même. Nous pourrons même aller ensemble à ton rendez-vous. Et passer la soirée. Dîner au restaurant et aller au cinéma. Tu auras même le droit de me traîner voir un film d'horreur. Qu'est-ce que tu en dis ?

Ève ne rit pas. Elle ne sourit même pas.

— Je n'ai pas besoin d'un psychiatre.

21

Le téléphone sonne.

— Cabinet du Dr Gold, pépie Joanne à l'appareil, en souriant au jeune homme trapu qui vient d'entrer dans l'antichambre. Je suis navrée mais le docteur n'a pas un instant de libre avant deux mois. Le rendez-vous le plus proche que je pourrais vous donner serait en septembre, le vingt et un. Oui, je comprends que ce ne soit pas d'un grand secours pour vous dans l'immédiat, tout ce que je peux vous promettre, c'est de vous téléphoner si quelqu'un se décommande. Oui, cela arrive assez souvent. Je vais essayer. En attendant, je vous note pour le vingt et un septembre, à quatorze heures quinze. Voulez-vous me donner votre nom, s'il vous plaît ? Martha Fisher ? Votre numéro de téléphone... C'est ça, je vous téléphonerai plus tôt s'il y a une annulation.

Joanne raccroche et regarde le jeune homme qui se tient devant elle, intimidé par le décor pourtant modeste.

— Vous désirez ?

— Je suis ici pour consulter le Dr Gold, marmonne-t-il.

Il garde le menton baissé sur sa poitrine, sa voix est rocailleuse et curieusement familière.

— Votre nom ? demande-t-elle, vaguement mal à l'aise, heureuse que la pièce soit pleine de monde.

— Simon Loomis, dit-il.

Elle vérifie dans l'agenda.

— Vous n'avez rendez-vous qu'à trois heures, lui rappelle-t-elle en levant les yeux vers la pendule. Il n'est pas deux heures. Vous êtes très en avance.

— Je n'ai rien d'autre à faire, bougonne-t-il en haussant les épaules.

— Eh bien, si ça ne vous fait rien d'attendre... Il y a un restaurant en bas, au cas où vous voudriez prendre un café.

Il va s'asseoir sur la seule chaise libre, juste en face du bureau de Joanne. Elle lui donne entre dix-huit et vingt-cinq ans et se demande pourquoi il est sans travail. Son attitude y est probablement pour quelque chose. Avec son évidente timidité, il a tendance à gêner les autres. C'est tout au moins l'effet qu'il a sur elle. Elle commence à classer les chèques reçus au courrier de l'après-midi, sent le regard du jeune homme encore fixé sur elle, relève la tête et lui sourit. Il retrousse légèrement ses lèvres charnues mais le reste de sa figure anonyme demeure impassible.

— Vous êtes déjà venu ici ? demande-t-elle. (Elle vient de se souvenir que les nouveaux patients doivent remplir une fiche et, comme il secoue la tête, elle lui en tend une.) Si vous voulez bien remplir ceci, cela aidera le docteur.

— Qu'est-ce que c'est ? demande Simon Loomis, méfiant.

Il se lève pour venir prendre la fiche.

— Quelques indications qui nous sont utiles : les maladies infantiles, les allergies à certains médicaments si vous en avez. Nom, grade et matricule, ajoute-t-elle. (Mais il ne rit pas.) Voilà un stylo.

— J'en ai un.

Il va se rasseoir et tire de sa poche de chemise un stylo-bille noir. La jeune femme assise à côté de lui ôte son coude du bras du fauteuil et croise ses mains sur ses genoux.

Joanne reprend son travail. Le téléphone sonne.

— Cabinet du Dr Gold. (Elle sent de nouveau les yeux du garçon sur elle.) Bien sûr, Renée. Quand est-ce arrivé ? Attendez, que je consulte son agenda. Demain, une heure, ça vous va ? Je vous glisserai rapidement entre deux rendez-vous, et il examinera ça. D'accord, à demain.

Elle se tourne vers Simon Loomis. Il la regarde toujours.

— Vous avez besoin d'explications pour répondre à certaines questions ? demande-t-elle.

Il secoue la tête. Dans sa main, le stylo a encore son capuchon.

Ronald Gold sort de son cabinet de consultation, suivi d'une jeune fille de quatorze ans aux yeux pleins de larmes.

— Désolé de t'avoir fait mal. Tu me pardonnes ? demande-t-il, un bras rassurant autour des épaules de la petite, qui sourit à travers ses larmes. Donnez un autre rendez-vous à Andrea, dans six semaines. Elle ne va pas mal du tout, Mrs Armstrong. (Il s'adresse à la femme anxieuse qui s'est levée de sa place, près de la fenêtre.) Que puis-je vous dire ? La puberté ! Une vraie plaie ! Nous devons tous passer par là, soupire-t-il. (Il tend le bras vers Joanne.) Nous étions au lycée ensemble. Elle avait une peau épouvantable, vous n'imaginez pas. C'est elle qui a inspiré ma vocation : la dermatologie. Et regardez comme elle est belle, maintenant ! C'est pour ça que je l'ai engagée. Comment ça va ? demande-t-il à Joanne avec un clin d'œil.

— Renée Wheeler a téléphoné. Elle a un furoncle...

— Berk ! Les furoncles, j'en ai horreur ! s'exclame Gold.

La jeune Andrea éclate de rire.

— Je lui ai dit de passer demain vers une heure.

— Pas pour me voir, j'espère ! Je ne veux pas regarder de détestables furoncles !

La mère d'Andrea rit à son tour.

— Je vais vous en raconter une, propose le médecin. (Et, remarquant le garçon maussade en face de Joanne, il change de position pour l'englober dans le groupe de ses auditeurs.) C'est un curé, un pasteur et un rabbin qui discutent pour savoir à quel moment commence la vie. Le curé dit qu'elle commence au moment de la conception. Le pasteur dit qu'elle commence au moment de la naissance. Le rabbin dit : Non, je vous demande pardon, mais vous vous trompez tous les deux, elle commence au moment où les enfants quittent la maison et où le chien meurt.

Joanne rit tout haut.

— Voilà pourquoi je l'ai engagée, dit vivement Gold. Au suivant ?

— Susan Dobson.

— Susan Dobson, ma préférée ! s'écrie-t-il. (Une adolescente obèse et grincheuse se lève et passe devant lui en levant les yeux au ciel.) Elle est folle de moi ! chuchote-t-il.

Il suit sa patiente dans une des petites salles de consultation. Andrea Armstrong et sa mère s'en vont.

— Il est toujours comme ça ? demande Simon Loomis en renversant sa chaise en arrière, contre le mur.

— Toujours, répond Joanne. (Le téléphone se remet à sonner.) Cabinet du Dr Gold... Ah, Ève ! Comment s'est passé l'examen ?... Mon Dieu, ce doit être horrible. Tu as vomi ?... Qu'est-ce que le médecin a dit ? Encore ? Mais pourquoi ? Écoute, il n'a rien vu la dernière fois et ça t'a rendue malade... Je sais, mais pourquoi veux-tu encore t'imposer ça, surtout s'il pense que ce n'est pas nécessaire... ? Non, bien sûr, tu dois agir pour le mieux. O.K. ! Je te parlerai plus tard. Essaie de te reposer. Je t'appellerai dès que je serai rentrée à la maison.

Elle raccroche. Elle se sent impuissante et déprimée, comme toujours après une conversation avec Ève. Elle se redresse et se retourne vers Simon Loomis.

Sa chaise est vide. Joanne regarde de tous côtés. Le garçon est parti. Peut-être n'avait-il pas envie d'attendre, après tout, pense-t-elle, heureuse qu'il ait disparu. Elle se demande s'il reviendra. Elle n'a pas aimé sa façon de la dévisager, et il y avait ce quelque chose dans sa voix qui l'effrayait. Elle songe qu'elle est idiote et concentre son attention sur les papiers, devant elle.

La semaine a été calme. Son frère Warren a téléphoné le dimanche pour savoir comment elle allait ; Paul l'a appelée le même après-midi, et pour la même raison. Il était amical et chaleureux, mais n'a pas fait allusion à leur rencontre de la veille, au théâtre. Ce matin, elle a reçu trois lettres de Lulu. Rien de Robin mais Lulu annonce que sa sœur a l'air de s'amuser. Paul a peut-être reçu un mot. Peut-être pourrait-elle lui téléphoner...

Elle pose la main sur l'appareil, en répétant dans sa tête les premières répliques : Salut, Paul, j'ai pensé que ça t'intéresserait de savoir que nous avons enfin du courrier... Elle est sur le point de décrocher quand le téléphone sonne.

— Oui, cabinet du Dr Gold, dit-elle. Je regrette, mais le docteur ne pourra vous recevoir avant deux mois. Le premier rendez-vous que je puisse vous donner serait le vingt et un septembre... Oui, je comprends. Tant pis. Merci.

Elle raccroche, décide de ne pas téléphoner à Paul et fait un nouvel effort pour s'intéresser aux comptes du cabinet. En vain. Paul est assis sur la chaise vide devant elle. Une jeune blonde se penche et chuchote à son oreille. Elle entend Warren lui demander, comme dimanche dernier : Combien de temps ça va durer, Joanne ?

— Je ne sais pas combien de temps ça va durer, lui a-t-elle répondu. Aussi longtemps qu'il le faudra, sans doute.

Le téléphone sonne encore.

— Cabinet du Dr Gold.

— Mrs Hunter...

— Mon Dieu !

Joanne sursaute violemment. Elle doit raccrocher mais sa main est paralysée et refuse de lui obéir.

— Vous avez une mine superbe, Mrs Hunter, confie l'abominable voix râpeuse.

— Comment m'avez-vous retrouvée ? souffle-t-elle.

Elle s'efforce de sourire à une jeune fille aux yeux ronds dont l'attention a été attirée par ses gestes brusques.

— Vous êtes facile à suivre, Mrs Hunter. La plus facile, jusqu'à présent.

— Laissez-moi tranquille, gémit-elle.

— Je vous ai laissée tranquille. Je ne voulais pas que vous pensiez que je vous avais oubliée, que je ne m'intéressais plus à vous... Comme le fait votre mari. N'est-ce pas, Mrs Hunter ? Votre mari ne s'est-il pas trouvé une maîtresse ?

Joanne raccroche de toutes ses forces.

— La tension devient trop forte ?

Son patron passe le nez par l'entrebâillement de la porte, les sourcils haussés.

— Un coup de fil de cinglé, explique Joanne.

Elle essaie de se ressaisir, se demandant comment l'homme l'a retrouvée.

— Ma femme en reçoit pas mal, en ce moment. Ça doit arriver à tout le monde.

— Quel genre de coups de fil ? demande-t-elle, curieuse.

— Vous voulez des détails ? Toujours pareil, répond-il en riant. (Il se penche vers elle, change de voix et émet un chuchotement rauque.) Rien de très original, stricte routine : tu baises ? Tu suces ? Très assommant ! Ma femme aime ce qui émoustille, pas les choses banales. Que puis-je vous dire ? Je suis un mari heureux... Où est passé Mr Personne ?

— Je ne sais pas. J'ai levé les yeux et il n'était plus là. Son rendez-vous n'est qu'à trois heures.

— Cette blague que j'ai racontée a dû l'effrayer. Il faut que j'en apprenne de nouvelles. Où sont les échantillons de peroxyde benzoïque ?

— Deuxième pièce, tiroir du bas.

— J'ai regardé. Rien !

Joanne repousse sa chaise et se lève pour suivre le dermatologue dans le petit couloir, en direction de la deuxième pièce. Elle contourne la table de consultation et s'accroupit devant l'armoire du fond. Sa jupe remonte en découvrant ses genoux. Elle ouvre le tiroir du bas et fouille pendant quelques secondes. Quand elle se redresse, sa main est pleine de petits sachets-échantillons de peroxyde benzoïque.

— Comment ont-ils pu m'échapper ? s'exclame le médecin en les prenant.

— Ouvrez les yeux ! Fouillez les tiroirs ! Regardez !

— Vous parlez comme ma femme. Et elle parle comme ma mère. Mais vous avez de plus jolies jambes !

— Ron, retournez à votre travail ! gronde-t-elle en riant. Susan Dobson vous attend.

— Ah, oui ! Susan Dobson, celle qui est folle de moi.

Quand Joanne retourne à son bureau, elle trouve Simon Loomis debout à sa place, qui tourne les pages du cahier de rendez-vous.

— Que faites-vous ? s'écrie-t-elle.

— Je voulais voir si ce que vous racontez est vrai. Vous êtes si occupée ?

Il s'écarte du bureau avec un sourire qui n'a rien de contrit. Il boit une petite gorgée d'un gobelet de plastique qu'il tient dans la main gauche.

Joanne jette un coup d'œil à son bureau, pour tenter de voir s'il manque quelque chose.

— Je vous serais reconnaissante de rester à votre place, désormais, dit-elle sèchement.

Il boit une nouvelle gorgée et, soudain, sa main est prise d'un tremblement ; du café se renverse sur son poignet.

— Ah, zut ! C'est brûlant ! glapit-il. Qu'est-ce que vous avez à me regarder comme ça ? Vous croyez que j'ai volé quelque chose ? Je vous dis que je regardais...

— Est-ce que vous m'avez téléphoné ? demande-t-elle d'une voix singulièrement posée, en se demandant s'il aurait eu ce culot.

— Moi ? Vous téléphoner ? Bien sûr que je vous ai téléphoné ? Comment j'aurais eu ce rendez-vous ?

— Ce n'est pas ce que je veux dire. Je parle de maintenant, tout de suite. Est-ce que vous venez de me téléphoner ?

— Qu'est-ce que vous racontez ? Comment voulez-vous que je vous téléphone, je suis là, devant vous !

— Quand vous êtes sorti, quand vous êtes allé chercher votre café. Vous savez très bien de quoi je veux parler !

— Je ne comprends rien à ce que vous dites. Pourquoi je vous téléphonerais ? Tout le monde est cinglé, ici ! Un médecin qui se prend pour un comique, une réceptionniste qui s'imagine que les gens lui téléphonent quand ils sont devant son nez...

— Je vous ai posé une question !

— Et je vous ai répondu. De quoi vous m'accusez, au juste ?

Déroutée, Joanne s'aperçoit que tout le monde la regarde. Que lui arrive-t-il ? Elle ne connaît pas Simon Loomis. Il ne la connaît pas. Pourquoi serait-il l'homme qui lui téléphone ? D'où tiendrait-il ses renseignements ?

— Excusez-moi, bredouille-t-elle en s'asseyant. Allez reprendre votre place. Le médecin sera à vous dès qu'il le pourra.

Elle examine son bureau, pour voir si rien n'a disparu.

— Je crois que je vais sortir. Je reviendrai plus tard, dit le garçon.

— Votre rendez-vous est à trois heures, rappelle Joanne sans lever les yeux.

— Merci du renseignement !

Le sarcasme plane tandis qu'elle entend la porte de l'antichambre se refermer. Elle respire profondément avant de s'assurer qu'il est bien parti. Le crayon tremble dans sa main ; elle le pose précipitamment. Le téléphone sonne. Encore une fois, elle se tourne vers la porte. Impossible, se dit-elle. Il n'a pas eu le temps.

— Cabinet du Dr Gold, répond-elle. (Elle retient sa respiration.) Ah, Johnny, bonjour. Oh, ce n'est pas grave. Est-ce que vous pourriez, voyons... La semaine suivante, alors ? Même jour, même heure, la semaine suivante ?... C'est ça, le treize au lieu du six. Bon voyage !

Elle raccroche. Sa main tremble, son cœur bat trop vite. Elle abat son poing sur le coin du bureau et marmonne :

— Merde, je ne vais pas sursauter chaque fois que le téléphone sonne ! Non !

— Vous parlez toute seule ? demande Ron Gold. (Il sort de son cabinet avec Susan Dobson, toujours aussi maussade.) Prenez un nouveau rendez-vous pour Susan dans huit semaines. Ma mère parlait toujours toute seule. Elle disait que chaque fois qu'elle avait envie de parler à une personne intelligente... Vous connaissez la suite, votre mère devait vous dire la même chose.

Joanne le reconnaît en riant.

— Les mères ont un répertoire de phrases spéciales. Elles se le repassent. C'est à qui le tour ?

— Mrs Pepplar.

— Ah, Mrs Pepplar ! Ma préférée ! s'exclame-t-il. (Une grande femme brune d'une cinquantaine d'années se lève.) Par ici, Mrs Pepplar.

Joanne remet à Susan Dobson la carte de son prochain rendez-vous.

— A dans deux mois !

La jeune fille emporte la carte et s'en va.

L'antichambre paraît tout à coup très silencieuse, bien qu'elle soit encore pleine de monde. Chacun est retourné à son magazine ou à ses soucis. Tout le monde a oublié le bref échange déroutant entre la réceptionniste et le jeune homme. L'une de ces personnes serait-elle capable de donner à la police le signalement de Simon Loomis, s'il le fallait ? se demande Joanne.

Elle ouvre son sac et y prend les lettres de Lulu pour les relire. « Salut maman, le camp est super. La nourriture est dégueu. Les gosses dans ma cabane sont pas mal, sauf une qui se prend pour une princesse qui nous fait une grande faveur en se joignant à nous. Il fait un temps super ! Je t'ai dit que ce qu'on mange est dégueu ? ENVOIE BONNE BOUFFE ! J'ai déchiré mon T-shirt neuf. Robin a l'air de s'amuser mais nous ne communiquons pas beaucoup. On se verra le jour des visites. Je t'embrasse fort. ENVOIE BONNE BOUFFE !!! Tendrement, Lulu. P.-S. Comment tu vas ? Tendresses à papa. »

« Tendresses à papa », relit Joanne et elle décroche le téléphone, forme rapidement le numéro avant de se raviser.

— Paul Hunter, dit-elle en se demandant si la standardiste reconnaît sa voix. Paul, c'est Joanne !

Elle parle la première, dès qu'il est au bout du fil, pour ne pas risquer d'être prise pour une autre. Il paraît heureux de l'entendre.

— Comment vas-tu ? J'allais t'appeler aujourd'hui.

— Oui ?

— J'ai reçu une lettre de Lulu ce matin.

— Moi aussi, dit-elle rapidement pour masquer sa déception à l'idée que c'était sans doute uniquement pour cela qu'il comptait lui téléphoner. A vrai dire, j'en ai reçu trois. Elles sont toutes arrivées en même temps.

— Elle a l'air d'être très heureuse, à part la cuisine.

— Ah, tu as reçu ce message aussi ?

— Nous pourrons lui apporter quelques bonnes choses, quand nous irons. Rien de Robin, je suppose ?

— Non, mais Lulu me dit qu'elle va bien.

Un petit silence.

— Tu es à ton travail ? demande-t-il finalement.

— Oui. J'ai été très occupée toute la journée.

— Moi aussi. Il faut que j'aille...

— Paul ?

— Oui ?

Joanne hésite. Que s'apprête-t-elle à dire ?

— Voudrais-tu venir dîner, ce week-end ? Vendredi ou samedi, ce qui t'arrange.

Avant même d'avoir fini sa phrase, Joanne sent la gêne à l'autre bout du fil.

— Je suis navré, je ne peux pas. Je serai en voyage, ce week-end.

— Ah !

Seul ? Je parie que tu n'y vas pas seul.

— Et le dimanche suivant, c'est le jour des visites au camp...

— Oui, ce sera parfait.

— Je t'appellerai.

Joanne raccroche avant de s'apercevoir qu'elle a oublié de dire au revoir.

Pourquoi est-elle venue ? se demande Joanne en garant sa voiture sur le parking du Fresh Meadows Country Club. Que va-t-elle faire ? Elle longe un des côtés du club-house et se dirige vers les courts de tennis. Il est près de six heures du soir. Sera-t-il encore là ? Pourquoi est-elle venue ?

Tous les courts sont occupés. Dans le premier, deux femmes jouent avec une assurance qui laisse Joanne stupéfaite. Comment des femmes peuvent-elles parvenir à une telle maîtrise ? Elle sent leur concentration, le fléchissement des genoux, les revers sans effort, les coups suivis.

— Out ! crie une des femmes d'une balle qui ne l'est pas.

Joanne ne dit rien et passe au deuxième court, un double mixte de qualité mitigée, un mari qui reproche à sa femme une erreur répétée.

— Si tu tiens à accaparer toutes les balles, renvoie-les au moins de l'autre côté du filet !

Joanne longe le grillage jusqu'au troisième court où quatre femmes tapent dans la balle, n'importe comment. Aucune n'est très bonne joueuse et elle se dit qu'elle pourrait aisément entrer dans cette catégorie. Mais elles rient et s'amusent beaucoup, en ratant joyeusement balle sur balle, sans même s'occuper de compter les points.

« Jouons sérieusement », ne cesse de crier l'une d'elles mais elle rit autant que les autres, et Joanne se dit que la partie va continuer dans le fou rire.

Il l'observe, du quatrième court. Il la suit des yeux tandis qu'elle marche le long du grillage. Le panier de balles est à ses pieds. Il en prend une au sommet de la pile et la lance de l'autre côté du court au jeune homme qui prend une leçon.

— C'est ça ! crie-t-il. Gardez l'œil sur elle. Ne cherchez pas à frapper des coups gagnants à chaque fois. Consacrez votre attention au renvoi de la balle par-dessus le filet.

Il remarque la présence de Joanne, imperceptiblement. Je suis à vous dans une minute, lui dit-il des yeux. Attendez-moi. Bien sûr, pense Joanne, en donnant son assentiment silencieux. Attendre, c'est ce qu'elle fait de mieux.

Elle s'assied sur un banc et laisse ses yeux vagabonder distraitement d'un court à l'autre, l'esprit transformé en balle de tennis jaune vif rebondissant inlassablement entre l'heure actuelle et le début de l'après-midi. Elle entend la voix de Paul — Je serai en voyage ce week-end. —, elle voit la triste figure de Simon Loomis — Je reviens pour mon rendez-vous de trois heures. —, elle se rappelle l'inquiétude soudaine dans les yeux de Ron — Ça va ? Vous n'allez pas tomber malade, j'espère ? Elle entend le téléphone sonner. Cabinet du Dr Gold. *Mrs Hunter.* Comment m'avez-vous retrouvée ? Vous êtes facile à suivre. Je reviens pour mon rendez-vous de trois heures. Comment m'avez-vous retrouvée ? Je serai en voyage ce week-end. Ça va ? *Mrs Hunter. Mrs Hunter.*

— Mrs Hunter ?

— Quoi ?

Steve Henry est devant elle, son corps bronzé cachant le soleil.

— Pardon. Je ne voulais pas vous faire peur.

Joanne se lève d'un bond. Pourquoi est-elle là ?

— Est-ce que j'interromps votre leçon ?

— Elle est finie. J'ai une minute à moi. Dois-je penser que c'est moi que vous venez voir ?

C'est autant une question qu'une constatation.

— Je travaille, dit-elle en se demandant pourquoi elle le lui confie. C'est pourquoi je ne suis pas revenue et que j'ai décommandé les dernières leçons.

— Je donne des leçons jusqu'à neuf heures du soir, déclare-t-il en souriant. (Et elle se demande s'il devine son embarras.) C'est pour ça que vous êtes ici ? Vous voulez prendre rendez-vous avec moi pour d'autres leçons ?... Mrs Hunter ?

— Appelez-moi Joanne, je vous en prie, lui dit-elle en entendant une autre voix répéter : *Mrs Hunter, Mrs Hunter.* Je me demandais si vous pourriez venir dîner, ce week-end. Vendredi ou samedi, ce qui vous arrange, si vous êtes libre.

Joanne se sent défaillir. Pourquoi parle-t-elle ainsi ? Pourquoi l'invite-t-elle à dîner, bon Dieu ? Que fait-elle là ?

— Cela me fera grand plaisir, répond-il. Samedi sera parfait.

— Je suis bonne cuisinière.

Il sourit.

— Je viendrais même si vous ne l'étiez pas.

— J'habite...

— Je connais votre adresse.

— Ah oui ?

— Elle est dans nos fiches, lui rappelle-t-il.

Elle hoche la tête. Que fait-elle là ? Quelle mouche l'a piquée pour qu'elle invite ce type à dîner ? C'est parce qu'elle a invité son mari et qu'il a refusé, lui répond une petite voix, et parce qu'il y a un cinglé lâché dans la nature qui ne me laissera pas beaucoup de temps à vivre sur cette terre, et parce que, zut ! J'en ai assez d'attendre, et pourquoi je n'inviterais pas ce garçon à dîner ?

— Pardon ? demande-t-elle en sursautant, s'apercevant qu'il vient de lui parler.

— A quelle heure voulez-vous que je vienne ?

— Huit heures ? A moins que vous ne donniez encore des leçons à cette heure-là ?

— Pas le samedi. Huit heures, c'est très bien.

Elle se retourne, ne sachant trop que faire. Il la rappelle et elle s'arrête immédiatement.

— Joanne !... crie-t-il. (Aurait-il déjà changé d'idée ?) Votre nouvel emploi vous fait du bien. Vous êtes sensationnelle !

Elle sourit.

— A samedi.

Et Joanne Hunter va reprendre sa voiture en se disant qu'elle doit réellement être folle, après tout.

22

— Je suis en avance, dit-il quand elle lui ouvre la porte.

— Entrez.

Elle se force à parler. Steve Henry est devant elle, dans le vestibule bien éclairé, souriant, la main droite à demi cachée derrière son dos, ses cheveux blonds brossés en arrière. Il a l'air détendu et sûr de lui, en jean blanc et polo rose pâle.

— Je vous ai apporté quelque chose, annonce-t-il en montrant enfin sa main tenant une bouteille de Pouilly-Fuissé. Je ne savais pas si vous aimiez le rouge ou le blanc. Je ne savais pas ce que vous alliez servir. Mais j'ai pensé que le blanc allait avec tout.

— C'est parfait ! Merci.

Joanne prend la bouteille, ne sachant trop qu'en faire, ne sachant que faire de *lui* maintenant qu'il est réellement là. Ses fantasmes ne l'ont pas entraînée plus loin que cet instant.

Depuis quelques jours, elle imagine cette scène d'une centaine de façons : elle l'entend sonner, elle devine comment il sera habillé. Elle le voit coiffé de toutes les manières concevables. Elle écoute ses premiers mots. Elle n'a pas laissé son imagination galoper plus loin. Et maintenant, Steve Henry est au milieu de son vestibule bien éclairé. N'y a-t-il pas trop de lumière ? Il vient de lui offrir une bouteille d'un vin blanc très dispendieux. Ses cheveux sont rabattus en arrière ; son visage est charmant, oui, charmant. Il porte un jean blanc (comme elle a imaginé) et une chemise polo rose pâle (qu'elle avait vue bleue), et il pense visiblement qu'il est venu pour dîner. (N'était-ce pas entendu ? N'a-t-elle pas passé sa journée à cuisiner avec application ?) Et elle ne sait que faire de lui ! (Merci pour le vin. J'ai passé une délicieuse soirée.)

— Voulez-vous venir vous asseoir ? s'entend-elle proposer en faisant un geste de la main qui tient la bouteille de vin dispendieuse.

— Vous avez une maison ravissante, dit-il.

Il va s'asseoir avec aisance dans un des fauteuils pivotants en soie crème. Le préféré de Paul, pense-t-elle avec ironie.

Elle reste dans le vestibule en se demandant si elle doit suivre Steve Henry au salon ou aller porter le vin blanc à la cuisine.

— Vous n'avez pas eu de mal à trouver la maison ? demande-t-elle.

Elle se décide pour aller mettre le vin blanc au réfrigérateur.

— Pas du tout, j'étais déjà venu.

— Ici ?

Joanne a claqué la porte du réfrigérateur mais reste clouée sur place.

— Eh bien, pas exactement, non. Mes parents ont des amis qui habitent à Chestnut. Je peux vous aider ?

— Non. Ça va. J'arrive, dit-elle.

Elle ne bouge pas.

— J'aime vos tableaux. Depuis quand les collectionnez-vous ?

Joanne ne sait pas de quoi il parle. Quels tableaux ? Son esprit est vide. Les tableaux ? En ce moment, elle ne sait même pas comment est meublé son salon. Elle ne voit rien sur les murs.

— Joanne ?

— Pardon. Qu'est-ce que vous me demandiez ?

Elle doit aller au salon. Elle ne peut pas passer sa soirée dans la cuisine. Elle est idiote. Elle se conduit comme une imbécile. D'un autre côté, si elle reste là assez longtemps, il comprendra et s'en ira. Jamais elle n'aurait dû l'inviter. Elle pourra toujours lui rapporter sa bouteille de vin au club, dans la semaine, avec un petit mot d'excuse, quelques lignes spirituelles pour expliquer sa conduite grotesque en vingt-cinq mots, pas plus, qui le feront sourire affectueusement, sans l'encourager. Elle n'a assurément pas besoin d'un ennemi de plus, pense-t-elle en regardant machinalement le téléphone.

— Je parlais de vos tableaux, dit-il à la porte de la cuisine. Il y a longtemps que vous les collectionnez ?

— Nous avons commencé il y a quelques années.

Elle a employé inconsciemment le pluriel.

— J'aime votre goût.

Il entre dans la cuisine et s'approche d'elle.

— C'est surtout le goût de Paul. Le dîner est presque prêt. Vous voulez boire quelque chose ?

— Oui. Scotch et eau plate, s'il vous plaît.

— Scotch et eau plate, répète Joanne.

Elle se demande s'il y a du scotch dans la maison, et où.

— Si vous n'en avez pas...

— Si, je crois que nous en avons.

Elle traverse rapidement la salle à manger et va vers le buffet du fond, où Paul rangeait les alcools. C'était son affaire à lui. Joanne boit peu. A genoux, elle fouille parmi les bouteilles, surprise par leur nombre et leur variété.

— Voilà, dit Steve Henry. (Il lui effleure l'épaule quand il se baisse pour en retirer une.) Il ne me manque plus que le verre.

Joanne se relève et se précipite vers la desserte contre le mur où elle prend un verre qu'elle lui met dans la main.

— Et un sourire...

Elle se surprend à le regarder dans les yeux, en essayant de donner à sa bouche la forme demandée.

— Voilà qui est mieux ! C'est la première fois que vous me regardez en face depuis que je suis entré.

Joanne est sur le point de protester quand elle s'aperçoit qu'il a raison. Elle détourne les yeux.

— Non, ne faites pas ça ! Regardez-moi ! ordonne-t-il. (Elle obéit à contrecœur.) Vous êtes ravissante. C'est ce que je veux vous dire depuis mon arrivée, mais nous étions constamment dans des pièces différentes. Vous avez changé quelque chose à vos cheveux ?

Malgré elle, elle sourit et porte automatiquement une main à sa tête.

— J'ai fait faire quelques mèches coup de soleil, explique-t-elle, timide. Trop ? Je n'en voulais que quelques-unes.

— Non, c'est ravissant. Juste ce qu'il faut. Ça me plaît beaucoup.

— Merci.

— J'aime également votre toilette.

Joanne baisse les yeux pour se regarder. Elle porte un pantalon étroit en satin gris, une blouse jaune épaulée et une écharpe de soie jaune et grise autour des hanches, comme le lui a montré la vendeuse. Tout est neuf, comme ses dessous de satin et de dentelle crème. En y pensant, elle rougit.

— Pourquoi êtes-vous si intimidée ? demande-t-il.

Joanne tente d'éluder la question dans un rire... Qui, moi ? Intimidée ? Ne soyez pas ridicule ! Mais elle répond :

— C'est vous qui m'intimidez.

— Moi ? Pourquoi ?

— Je ne sais pas. Comme ça...

Elle tourne brusquement les talons et repart vers la cuisine. Il la suit. Elle est aussitôt sur la défensive.

— Je ne sais pas du tout servir les alcools. Il va falloir que vous vous serviez vous-même, je le crains.

Il se sert sans un mot. Le seul bruit est celui de l'eau froide coulant du robinet. Joanne garde les yeux fixés sur le verre dans la main de Steve Henry et, finalement, elle le suit au salon.

— Vous êtes certaine que je ne peux rien vous servir ? demande-t-il quand ils ont repris leurs places.

Il est carré dans le fauteuil préféré de Paul et elle est juchée sur l'extrême rebord du canapé.

— Non, merci. Je n'ai pas l'habitude de boire.

— Vous ne m'avez toujours pas dit pourquoi je vous intimide.

Il tient son verre devant sa bouche, ce qui la force à lever les yeux. Elle le voit sourire.

— Vous avez peur que je vous saute dessus ?

— C'est ce que vous allez faire ?

— Je ne sais pas. C'est ce que vous voulez ?

— Je ne sais pas.

Qui sont ces gens ? se demande-t-elle dans un instant d'égarement. De quoi parlent-ils ?

— Pourquoi m'avez-vous invité à dîner ?

— Je me le demande.

— Est-ce une autre version de : « Je ne sais pas » ? Que se passe-t-il ici ?

— Excusez-moi, vous devez me prendre pour une idiote, s'exclame Joanne, ne sachant si elle va rire ou pleurer. J'ai quarante et un ans et je me conduis plus sottement qu'une gamine, comme quelqu'un de plus jeune encore que les filles avec qui vous sortez d'ordinaire.

— Je ne sors pas avec des filles, mais avec des femmes, rectifie-t-il.

— Qu'est-ce que ça veut dire ?

— Cela veut dire que, pour moi, les femmes ne sont pas intéressantes avant trente ans.

Il rit et Joanne regarde ses mains sur ses genoux.

— Et les hommes ? Quand deviennent-ils intéressants ?

— C'est à vous de me le dire.

Elle secoue lentement la tête puis, faute de trouver autre chose, elle lui dit :

— J'espère que vous aimez le poulet.

— J'adore le poulet.

— Je suis bonne cuisinière.

— Vous me l'avez déjà dit.

— C'était une erreur, dit-elle finalement. Je n'aurais jamais dû vous inviter ici.

— Voulez-vous que je m'en aille ?

Oui.

— Non... Oui !

Non !

— Oui ou non ?

— Non, souffle-t-elle après avoir hésité, en sachant que c'est vrai. Je veux que vous restiez. J'ai passé toute la journée à faire la cuisine, confie-t-elle en essayant de rire.

— Toute la journée !

— Enfin, presque. Sauf quelques heures dans l'après-midi pour aller voir mon grand-père.

Steve Henry paraît intéressé.

— Il a quatre-vingt-quinze ans, poursuit-elle. Il est dans une maison de santé. A Baycrest...

— Je connais.

— Ah oui ? Je vais le voir tous les samedis après-midi, reprend-elle, rassurée par le son de sa propre voix. La plupart du temps, il ne me reconnaît pas. Il me prend pour ma mère... Elle est morte... il y a trois ans. Mon père aussi. Enfin bref, je vais voir mon grand-père tous les samedis après-midi. Je lui raconte tout ce qui se passe, j'essaie de le tenir au courant. Tout le monde pense que ce doit être très dur pour moi, mais ça me fait plaisir, au contraire. Il est un peu comme mon confesseur. Je lui raconte tout. Ça me fait du bien.

Pourquoi lui fait-elle des confidences ? En quoi ses rapports avec son grand-père peuvent-ils intéresser Steve Henry ?

— Vous avez encore vos grands-parents ? demande-t-elle.

— Des deux côtés, oui.

— Vous avez de la chance.

— Oui, en effet. Nous formons une famille très unie.

— Vous n'avez jamais été marié ?

Il secoue la tête.

— J'ai failli, une fois, mais ça n'a pas marché. Nous étions trop jeunes... Quel âge aviez-vous quand vous vous êtes mariée ?

— Vingt et un ans. C'était très jeune, sans doute, mais il me semblait que c'était le bon âge... Je crois que je vais quand même boire quelque chose, dit-elle tout à coup.

— Que préférez-vous ?

Il est déjà debout.

— Est-ce qu'il y a du Dubonnet ?

Elle se sent aussitôt stupide. C'est la première

fois que cet homme met les pieds dans la maison et elle lui demande quels alcools il propose.

Il disparaît dans la salle à manger. Elle entend tinter des bouteilles, le bruit d'un liquide versé dans un verre, suivi de celui de ses pas et de l'eau coulant dans la cuisine. Il revient au bout de quelques minutes, un verre plein dans chaque main, et lui en offre un.

— Vos filles ? demande-t-il en indiquant une photo encadrée, sur la cheminée.

La photo a deux ans ; les filles se tiennent par la taille et sourient largement à l'objectif.

— Oui. Celle de gauche est Robin, elle a quinze ans maintenant, bientôt seize. Elle aura seize ans en septembre. Et l'autre, c'est Lulu. Lana, en réalité. Son vrai nom est Lana mais nous l'avons toujours appelée Lulu. Elle a onze ans.

— Elles sont délicieuses.

Cela la fait rire.

— Je ne suis pas sûre que ce soit le bon mot pour les décrire. Il y a des jours où elles sont merveilleuses, où je ne les échangerais pas pour tout l'or du monde. A d'autres moments, je les vendrais toutes les deux pour une bouchée de pain. Elles sont en camp de vacances, en ce moment. J'ai reçu une lettre de Lulu l'autre jour, elle m'a l'air de bien s'amuser. Robin... Robin n'écrit jamais beaucoup. Mais pourquoi est-ce que je vous raconte tout ça ? Cela ne doit guère vous intéresser.

— Mais si !

— Il n'y a pas de raison.

— Tout ce qui vous intéresse m'intéresse.

— Pourquoi ?

— Pourquoi pas ?

Joanne porte son verre à ses lèvres et boit une gorgée. Elle essaie de mettre de l'ordre dans ses pensées.

— D'abord, j'ai douze ans de plus que vous. Je sais que vous trouvez que les femmes ne sont pas intéressantes avant la trentaine, mais il n'empêche que j'étais déjà adolescente alors que vous étiez au berceau !

— Je ne suis plus au berceau.

— Que voulez-vous de moi ? demande-t-elle brusquement.

— Un dîner ? hasarde-t-il timidement, avec un sourire, en regardant Joanne vider son verre.

— C'était la meilleure tarte au citron meringuée que j'aie jamais mangée, déclare-t-il en terminant sa deuxième portion. J'en reprendrais volontiers mais je ne pourrais plus jamais marcher, encore moins briller sur un court de tennis.

Joanne sourit, heureuse que le dîner soit fini et qu'il ait eu du succès. Steve Henry est assis à côté d'elle. Il a déplacé son couvert du bout de la table avant de s'asseoir. Il a dit tout ce qu'il fallait dire. Il n'a pas eu un geste déplacé. Il lui a fait des compliments sur le décor, sur sa cuisine, et même sur son café. Ils ont parlé de tennis, de l'état des orteils de Joanne, de celui du monde en général. Il a été charmant, attentionné, d'une compagnie très agréable. Pourquoi donc a-t-elle désespérément envie qu'il parte ?

— Une liqueur ? propose-t-il.

Il repousse sa chaise pour aller à l'armoire aux alcools, tout à fait à son aise maintenant, et pas du tout pressé de s'en aller.

— Non, merci.

— Drambuie, Bénédictine, Grand Marnier, propose-t-il en lisant les diverses étiquettes. Je crois que je vais prendre un doigt de Tia Maria. Vous êtes certaine de ne pas vouloir me tenir compagnie ?

Joanne hésite. Elle a toujours trouvé les liqueurs trop sucrées.

— Un peu de Bénédictine, peut-être... Rien qu'une goutte.

C'était celle que Paul préférait.

— Allons-y pour la Bénédictine !

Une minute plus tard, ils trinquent délicatement.

— A cette soirée, dit-il.

Joanne hoche la tête en silence et goûte une minuscule gorgée. La liqueur la réchauffe immédiatement, à la fois forte et sucrée.

— C'est bon, reconnaît-elle.

— Parlez-moi de votre mari.

Elle est si surprise que le petit verre manque d'échapper à sa main ; elle le rattrape juste à temps. L'a-t-il remarqué ?

— Que voulez-vous que je vous dise ? Il est avocat, très intelligent, il a très bien réussi.

— Bien réussi peut-être, mais très intelligent, non.

— Pourquoi dites-vous cela ?

— S'il était intelligent, je ne serais pas ici.

— J'aimerais que vous ne parliez pas comme ça.

— Pourquoi ?

— Parce que cela me met mal à l'aise.

Elle s'agite dans son fauteuil et boit encore une gorgée. La Bénédictine lui brûle la gorge, comme si on avait craqué une allumette.

— Pourquoi êtes-vous mal à l'aise quand on vous fait des compliments ?

— C'est trop facile ! Excusez-moi. Je ne veux pas être désagréable, mais je n'ai jamais été très habile.

— A quoi ?

— Eh bien, à tout ça. Le badinage. Le flirt. Je n'étais pas habile il y a vingt ans, et encore moins aujourd'hui.

— Suis-je le premier homme que vous recevez depuis votre séparation ?

Elle hoche la tête en sentant ses joues s'empourprer.

— Je suis flatté.

— Je suis morte de peur.

— A cause de moi ?

— En attendant mieux...

Il rit.

— C'est pour ça que toutes les lumières sont allumées, dans votre maison ?

C'est au tour de Joanne de rire.

— La subtilité n'a jamais été mon fort.

— Que préférez-vous ?

— Vous venez d'en avoir un échantillon.

— Je suis certain que vous avez d'autres qualités que la tarte au citron meringuée.

— D'où vous vient cette assurance ?

— Je suis assez bon juge.

— Moi, je ne le suis pas du tout !

— Décrivez-vous en trois mots.

— Allons, voyons...

— Non, sérieusement. Faites-moi plaisir. Trois mots.

Elle change de position, pour échapper au regard pénétrant de Steve Henry.

— Effrayée, chuchote-t-elle enfin. Désorientée... Solitaire, avoue-t-elle pour finir, dans un soupir. Que dites-vous de cette encourageante évaluation ?

— Zéro ! réplique-t-il. (Et, soudain il l'embrasse sur la bouche, sans appuyer, avec douceur, et elle sent sur sa langue le goût subtil de la Tia Maria.) Comment vous sentez-vous maintenant ?

— Effrayée... Désorientée. Pas tout à fait solitaire.

Il se penche vers elle, pour l'embrasser encore une fois. Elle porte immédiatement son verre à ses lèvres.

— Qu'y a-t-il ?

— Je ne crois pas que je sois prête pour ça.

— Prête pour quoi ?

— Pour... pour ce qui doit suivre.

— Et c'est ?

Elle secoue la tête.

— Je suis idiote.

— Pourquoi ? Pourquoi dites-vous que vous êtes idiote ?

— Je vous en prie, ne jouez pas avec moi. Je vous ai dit que je n'ai jamais été très bonne à ces jeux.

— Vous n'aimez pas les jeux ? Très bien. Je vais vous dire franchement où j'aimerais que cela nous mène, dit-il. Je voudrais que cela nous mène là-haut. A votre lit. Je veux faire l'amour avec vous. Suis-je assez franc ?

— Ne pourrions-nous pas parler d'autre chose ? implore Joanne en se levant pour commencer à desservir.

— Bien sûr. Nous parlerons de ce que vous voudrez. Attendez, laissez-moi vous aider, dit-il en prenant son assiette vide.

— Mais non, je vais le faire.

— Laissez-moi vous aider, insiste-t-il.

— Ah, posez cette fichue assiette ! crie-t-elle.

Et elle laisse aussitôt tomber sa tête dans ses mains. En un instant, il est contre elle. Il l'enlace. Il enfouit sa bouche dans ses cheveux soyeux.

— Laissez-moi vous aider, répète-t-il en cherchant sa bouche et en la pressant contre lui.

— Vous ne comprenez pas...

— Mais si...

— J'ai peur !

— Je sais.

— Non ! s'écrie-t-elle en le repoussant. Non, vous ne savez pas ! Vous croyez que j'ai peur parce que vous êtes le premier homme avec qui j'ai un rendez-vous depuis ma séparation, mais ce n'est pas seulement ça... Je me suis mariée quand j'avais vingt et un ans. Mon mari était mon premier amoureux, le seul. Vous comprenez ce que je vous dis ? Paul est le seul amant que j'aie jamais eu, le seul homme que j'aie jamais connu. J'ai quarante et un ans et je n'ai connu qu'un seul homme durant toute ma vie. Et il m'a quittée ! Je l'ai déçu, je ne sais comment. Et maintenant, vous arrivez, avec votre corps parfait de vingt-neuf ans, et je ne sais pas ce que vous pensez que je puisse vous apporter mais...

— Et si nous parlions de ce que je peux vous apporter ?

— Je vous décevrai...

Il l'entraîne dans le vestibule.

— Venez. Montons...

— Je ne peux pas.

De nouveau il l'enlace, il la repousse contre le mur en se pressant contre elle, et elle sent son corps réagir, ses sens s'éveiller comme ils ne se sont encore jamais éveillés qu'avec Paul. Elle voit Steve Henry allonger le bras vers l'interrupteur, le vestibule est soudain plongé dans la pénombre, elle sent ses lèvres effleurer les siennes. Soudain, brusquement, il s'écarte.

— Je ne vais pas vous forcer à faire une chose que vous ne voulez pas faire, dit-il posément. Si vous voulez que je parte, dites-le. Chassez-moi.

Elle le regarde fixement, dans l'ombre. Lentement, elle ouvre la bouche et murmure :

— Restez.

23

Joanne n'arrive pas à croire ce qui lui arrive. Elle fait son possible pour prétendre que ce n'est pas vrai.

Ils sont dans sa chambre. Elle a un vague souvenir d'avoir été à demi portée dans l'escalier, de ses bras autour de jeunes épaules inconnues, de sa bouche collée à des lèvres plus charnues que celles dont elle a l'habitude, de deux corps mal assortis curieusement reliés par les hanches tandis qu'ils trébuchent dans la chambre. Ils sont maintenant à côté de la fenêtre, et elle a à peine le temps de fermer les rideaux avant que l'inconnu la reprenne dans ses bras, la caresse, cherche sa bouche, insinue un

269

genou entre ses jambes. Elle a la tête qui tourne et résiste mal à une envie de rire intempestive. Ce badinage est comique, finalement, pense-t-elle, mais elle sait qu'il ne comprendrait pas. Les jeunes prennent au sérieux l'amour physique ! Ils ont encore à en découvrir l'humour. Elle sent des mains confiantes sur ses seins, et elle ferme les yeux en cherchant à se persuader que ce sont celles de Paul. Son souffle est oppressé, elle étouffe comme s'il tenait un oreiller contre son visage. Elle tente de le repousser, de rejeter le coussin qui l'asphyxie, mais il ne la lâche pas.

— Doucement, murmure-t-il en l'entraînant vers le lit, en tâtonnant sur les boutons de son corsage.

Elle est provisoirement distraite par les gestes concrets du déshabillage. C'est un corsage neuf, pense-t-elle. Elle l'a payé près de cent dollars. Les boutons sont originaux, en forme de fleurs, ce qui explique pourquoi il a tant de mal à les défaire. Elle sent son impatience, elle espère qu'il ne va pas s'énerver et tout arracher. Les boutons seraient difficiles à remplacer, la blouse est neuve, ce serait dommage de la gâcher après ne l'avoir mise qu'une fois.

Il réussit tout de même à défaire tous les boutons et laisse lentement glisser le corsage sur ses épaules. Elle résiste à l'envie de le rattraper avant qu'il tombe par terre, certaine qu'ils ne vont pas tarder à le piétiner. Elle devra le laver et le repasser le lendemain. Peut-être même le confier au teinturier. Il lui faudra vérifier l'étiquette, dans la matinée.

Les doigts de Steve Henry glissent sur la dentelle du nouveau soutien-gorge. Elle se demande s'il peut le voir, dans l'obscurité. Se doute-il du prix de ces dessous ? Dieu, que fait-il ? se demande-t-elle tandis qu'il découvre l'agrafe sur le devant et lui dénude les seins.

— Tu es belle, murmure-t-il, la bouche contre son cou.

270

Elle couvre ses yeux avec ses mains, elle veut croiser les bras sur ses seins exposés et son coude heurte la joue du garçon.

— Pardon, marmonne-t-elle machinalement, mais ses bras refusent de bouger.

Il ne dit rien mais les écarte doucement et sa bouche revient sur les seins qu'il embrasse, en contournant le mamelon du bout de la langue.

Joanne regarde de tous côtés, cherche quelqu'un qui la sauverait. Dans la pénombre, elle a une vision d'Ève sur le seuil, qui l'observe. Pas mal, dit Ève. Détends-toi. Apprécie.

Au secours, implore Joanne mais Ève se contente de sourire et s'installe confortablement dans le fauteuil bleu, au pied du lit. Détends-toi, idiote. C'est une occasion en or. Profites-en !

Joanne s'aperçoit soudain que les mains de Steve Henry sont sur les boutons de son pantalon, sur le côté ; elle souhaite qu'ils oublient toutes ces stupidités et recommencent à s'embrasser. Ça, c'était amusant et moins difficile. C'était simple de fermer les yeux et de s'imaginer que les baisers étaient ceux de Paul. La substitution est plus difficile quand tout le corps est en jeu, quand elle affronte une technique entièrement différente.

Comme s'il devinait ses pensées, il cherche de nouveau sa bouche et sa langue devient plus insistante. Paul ne serait pas aussi audacieux, se dit-elle alors que son pantalon de satin glisse sur le tapis. Elle entend le bruit léger du tissu soyeux repoussé d'un coup de pied et se demande, avec détresse, s'il a enlevé ses souliers. La soie est si difficile à nettoyer ; le teinturier coûte une fortune ; elle se demande d'où lui vient cet accès subit de sens pratique et regrette de ne pouvoir se perdre dans le fantasme de ce qui se passe.

C'est justement là le problème ! Ce n'est pas un fantasme mais la réalité. Et la réalité de la situation, c'est qu'elle est sur le point de rouler dans son lit avec un homme dont elle n'est pas amoureuse, qu'elle connaît à peine, dont elle sait simplement, en dépit de ses yeux fermés et de son imagination, qu'il n'est pas Paul.

Elle entend Ève protester. Ce n'est pas si déplaisant, voyons, vas-y, ma fille ! Réalité ou illusion, qu'importe ? Apprécie !

Je ne peux pas, rétorque silencieusement Joanne tandis que Steve Henry la renverse en travers du lit et lui caresse doucement le ventre. Je ne suis pas habituée à être touchée de cette façon, essaie-t-elle d'expliquer en silence. Ça chatouille et je suis très chatouilleuse. Paul le comprend. Il sait exactement comment me toucher. Il sait comment me détendre, me délivrer de ma timidité au lieu de l'aggraver.

Il tire sur le slip, maintenant, le fait glisser le long des cuisses. Je suis si gênée que j'en mourrais, pense-t-elle en plongeant sa figure dans l'oreiller. Elle essaie de faire semblant d'être ailleurs tandis qu'il lui ouvre les jambes. Elle sent sa langue chatouiller l'intérieur de ses cuisses.

— Tu vas aimer ça, murmure-t-il.

C'est caractéristique de la jeune génération, juge-t-elle alors, de s'imaginer qu'elle a inventé l'amour buccal. Tous ces chanteurs de rock qui se contorsionnent sur toutes les scènes du monde, en mimant la fellation devant un public de jeunes enthousiastes et de parents horrifiés. Ce qui les choquerait vraiment, ces enfants, c'est d'apprendre que leurs parents — et à peu près tout le monde — s'y livraient des années avant leur naissance, et que la seule chose choquante dans l'affaire, c'est leur naïveté à tous, qui s'imaginent que leur génération est une génération de précurseurs.

Elle tire sur les cheveux du garçon et le force à relever la tête. Il prend son geste pour de la passion, et sa gêne pour de l'excitation, de l'impatience. Elle entend un bruissement de vêtements, comprend qu'il enlève sa chemise ; Ève se redresse dans le fauteuil bleu, pour mieux voir. Joanne garde les yeux résolument fermés. Elle refuse de les ouvrir quand il lui prend la main et la guide vers sa braguette.

— Je sais où c'est, dit-elle subitement, sa voix rompant le silence de la chambre.

Elle pense à une lame de couteau dans la meringue dorée à point.

— Quoi ? demande-t-il.

Il est enroué, comme si elle venait de le réveiller en sursaut. Elle serre le renflement, sur le devant du pantalon.

— Je dis que je sais où c'est. Vous n'avez pas besoin de me montrer.

Il se redresse brusquement, délogeant sa main.

— Qu'y a-t-il ?

Il a une voix triste et étonnée. Elle secoue la tête et s'assied dans le lit.

— Rien, dit-elle.

— Vous êtes en colère.

— Mais non.

Si, justement, pense-t-elle. Je suis en colère. En colère contre moi, pour m'être mise dans cette situation, en colère contre vous parce que vous n'êtes pas l'homme que je veux, parce que l'homme que je veux ne veut plus de moi. Parce que je suis stupide et vieille, et bonne à rien, et laide...

— Si vous n'êtes pas fâchée, dit-il, inconscient de ces élucubrations internes, rallongez-vous à côté de moi.

Il la tire de nouveau en travers du lit et ses mains se remettent à lui caresser les seins.

— Détendez-vous, murmure-t-il.

— Je ne peux pas.

— Pourquoi ?

— Parce que ce que vous faites est déroutant.

— Déroutant ?

— Je ne peux pas me concentrer quand vous faites ça.

— Vous n'avez à vous concentrer sur rien d'autre ! Mais enfin, Joanne, qu'y a-t-il ? Que se passe-t-il que j'ignore ?

Elle saisit le coin des couvertures et les tire sur son corps nu.

— Ce n'est pas votre faute. Ce n'est pas vous.

— Qui est-ce, alors ? Qu'y a-t-il d'autre ?

— Trop de fantômes, réplique-t-elle dans un souffle.

Ève se lève du fauteuil bleu, au pied du lit. Elle secoue la tête d'un air navré, lève les mains dans un geste de résignation et disparaît promptement.

— Pardon, dit Joanne à Steve Henry. (Il tire son polo rose sur sa tête et se débat un instant avec une des manches.) Je le voulais. Je croyais pouvoir.

— Vous avez peut-être cru pouvoir, mais vous ne le vouliez certainement pas ! rétorque-t-il. (Il cherche ses souliers à tâtons, dans l'obscurité.) Ça vous gêne que j'allume ? Je n'y vois rien.

Elle remonte encore les couvertures jusqu'à son menton.

— Allez-y.

Il ne bouge pas.

— Où est-ce ? demande-t-il enfin d'une voix de petit garçon qui a peur du noir.

Joanne se hausse sur un coude, allonge le bras vers l'interrupteur de la lampe de chevet et ferme vivement les yeux quand la chambre s'illumine. Steve Henry retrouve ses chaussures. Joanne jette un coup d'œil au réveille-matin. Il n'est que dix heures et demie.

— Vous êtes fâché ? demande-t-elle.

— Oui, répond-il sincèrement, mais ça me passera.

— Ça n'a rien à voir avec vous.

— Vous me l'avez déjà dit. Mais, entre nous, je ne sais pas très bien comment je dois le prendre. Qu'est-ce que ça veut dire, au juste ?

— Que j'aime mon mari. Que c'est peut-être stupide et démodé, et même pathétique, je ne sais pas, mais quelque chose en moi me dit qu'il y a encore de l'espoir pour Paul et moi. Et que si je cède à... à ceci, alors je renoncerais à nous. Que je m'engagerais dans une autre voie, que je descendrais une pente irréversible et je ne le veux pas. Pas encore, du moins. Je ne sais pas si ce que je dis a du sens pour vous...

— Je suis professeur de tennis, grommelle-t-il en secouant la tête. Je n'ai pas l'habitude des états d'âme.

— Vous me plaisez, dit-elle en souriant.

Elle est sincère et espère qu'il le comprendra.

— Vous me plaisez aussi.

Ils rient tous les deux.

— Vous êtes un gentil garçon.

— Un homme.

— Oui.

— Je peux trouver la sortie tout seul.

Joanne voit une question dans ses yeux. Il se demande s'il doit l'embrasser et lui souhaiter bonne nuit.

— Au revoir, fait-il enfin, s'étant décidé à éviter le baiser.

Il disparaît.

Joanne écoute ses pas dans l'escalier, entend la porte d'entrée s'ouvrir et se fermer. La maison retombe dans le silence. Joanne remonte ses genoux contre sa poitrine, laisse tomber son visage dans ses mains et s'arrache les cheveux de dépit.

Le téléphone sonne.

— Non ! glapit-elle en sautant du lit pour courir à la salle de bains en claquant la porte derrière elle.

La sonnerie insistante la suit jusqu'à la baignoire. Elle ouvre en grand les deux robinets pour couvrir le bruit intempestif.

— Assez ! hurle-t-elle. Assez ! Je n'en peux plus !

Le téléphone se moque de ses protestations et continue de sonner, impitoyablement. Joanne ouvre brusquement la porte et regarde l'appareil.

— Venez donc me chercher! crie-t-elle avec fureur. Mais arrêtez de jouer avec moi!

Il est là, dehors, quelque part, qui m'observe, pense-t-elle. Il se cache tout près. Il est resté caché toute la soirée, attendant le départ de Steve Henry. Il est dehors en ce moment, à cette minute même. Il sait ce que j'ai fait, il sait que j'ai été une vilaine fille. Bientôt, il me punira.

Elle se précipite vers le téléphone et arrache le combiné mais elle ne dit rien, elle attend.

— Joanne?

— Ève!

Joanne s'écroule sur son lit. Les larmes jaillissent de ses yeux.

— Pourquoi as-tu été si longue à répondre? Que se passe-t-il? Steve Henry est parti?

— J'étais dans la baignoire. (Elle fait une petite entorse à la vérité pour simplifier.) Il ne se passe rien. Il est rentré chez lui.

— Comment ça, il est rentré chez lui? Il va revenir?

— Non, il ne reviendra pas.

— Vous avez déjà fini?

— Il ne s'est rien passé, Ève.

— Je t'en prie, ne me dis pas ça, Joanne, tu vas me gâcher ma nuit. Qu'est-ce que tu veux dire, il ne s'est rien passé?

Joanne hausse les épaules, reconnaissante d'entendre la voix d'Ève mais répugnant à entrer dans les détails; elle veut oublier cette soirée le plus vite possible.

— Tu veux dire qu'il a simplement dîné et qu'il est parti? Pas de rentre-dedans? Rien?

— Rien, confirme Joanne.

— Rien du tout? Tu ne me feras jamais croire ça. Tu me caches quelque chose, Joanne. Je le sens.

— Il a tenté sa chance, avoue Joanne. J'ai dit non.
— Tu as dit non ? Tu es folle ?
— Peut-être. Je ne sais pas.
— Si tu ne le sais pas, moi je te le dis. Tu es folle ! Je ne peux croire que tu as laissé échapper ce magnifique gaillard. En voyant repartir sa voiture, je me suis dit : Elle ne peut le laisser partir. Il est allé acheter des cigarettes. Il a oublié sa brosse à dents et il retourne chez lui la chercher, mais elle ne lui a pas dit de partir !
— Tu surveillais ma maison ?
— Mais non, je ne surveillais pas ta maison. J'ai regardé par la fenêtre, comme ça, par hasard, et j'ai vu repartir sa voiture. Pourquoi voudrais-tu que je surveille ta maison ? Qu'est-ce que c'est encore ?
— Rien, dit vivement Joanne. Où est Brian ?
— Il dort.
— Pourquoi ne dors-tu pas, toi ?
— Je ne peux pas. Je suis trop inquiète.
— A propos de quoi ?
— De ce scanner, lundi matin.
— Essaie de ne pas y penser. Passe me chercher au travail lundi, quand tu auras fini, et nous déjeunerons ensemble.
— Je ne peux pas.
— Pourquoi ?
— Je ne peux pas, c'est tout. Écoute, je te parlerai demain. Retourne dans ton bain et considère la folle que tu es !

Ève raccroche brutalement.

Qu'est-ce que je fais là ? se demande Joanne. (L'air frais de la nuit frôle ses jambes nues comme un chat.) Comment suis-je arrivée là ?

Elle est dans le jardin, au bord de la piscine, du côté du grand bain vide, et regarde ce qui, dans l'obscurité, a l'air d'une immense tombe ouverte. Ma tombe, se dit-elle, pour quand il viendra me chercher.

Elle tient un objet dans sa main droite. Elle lève le bras. La raquette fend silencieusement l'air. Elle entend la voix de Steve Henry : « Suivez le coup ! »

— Merde ! crie-t-elle dans le silence environnant. Merde !

Elle laisse retomber la raquette, lourde dans sa main.

Que fait-elle là ? Pourquoi est-elle au milieu de son jardin, en pleine nuit, sans rien sur elle qu'un slip et un T-shirt rose shocking avec la signature de Picasso en travers de la poitrine — souvenir de l'exposition de 1980 au Museum of Modern Art — serrant dans sa main droite le manche de sa raquette ? Pourquoi n'est-elle pas couchée et endormie ?

Elle ne dort pas parce qu'elle ne peut pas dormir. Après un bain brûlant qui, espérait-elle, la détendrait, mais qui n'a réussi qu'à la rendre plus fébrile, et une heure passée à se tourner et se retourner en vain dans son lit, elle a finalement abandonné tout espoir de sommeil et elle est descendue. Elle a commencé par débarrasser le couvert dans la salle à manger et ranger la vaisselle dans le lave-vaisselle ; puis elle s'est fait un café, le tout sans cesser de repasser dans sa tête les événements de la soirée, comme la rediffusion d'un mauvais feuilleton télévisé.

— Tu n'es qu'une imbécile, se murmure-t-elle, les orteils agrippés au rebord de la piscine.

Elle fait une grimace de dégoût en se rappelant le discours qu'elle a débité à Steve Henry juste avant son départ. Je ne peux pas renoncer à l'espoir, s'entend-elle répéter, ou Dieu sait quelle autre phrase ridicule.

— Quel espoir ? demande-t-elle tout haut.

L'espoir que ton mari reviendra ? Ton mari va de l'avant, il ne revient pas sur ses pas ! Il est en voyage pour le week-end, hors de ta vie pour toujours. Tu peux être sûre qu'il n'est pas dehors, au bord de la piscine vide d'un cottage sans embouteillages, à se soucier de sa « bientôt ex-femme ». Pourquoi s'en faire ? Il sait qu'elle sera là à l'attendre, quand il en aura assez des Judy et qu'il voudra rentrer à la maison.

Ève a raison, je suis une folle, pense Joanne. Une folle d'un certain âge qui n'a même pas assez de bon sens pour laisser un beau jeune homme lui faire cadeau d'une nuit de plaisir. Elle entend ricaner Ève : « Folle ! » « Suivez le coup ! », conseille Steve Henry.

Levant la raquette qu'elle se souvient à peine d'avoir prise dans le placard de l'entrée, Joanne la jette de toutes ses forces dans le grand bain. Elle rebondit contre la paroi de béton et fait plusieurs bonds sur le fond avant de s'arrêter. Joanne ne voit pas où elle a finalement abouti. Elle s'en moque. Elle n'a plus besoin de raquette de tennis. Seule dans la nuit, Joanne pense que ce grand trou vide, revêtu de béton, est le parfait symbole de sa vie. La nature (ou tout au moins la piscine) est une projection de ses pensées.

Plusieurs minutes se passent avant qu'elle perçoive d'autres bruits : un léger craquement de branches, un subtil bruissement dans l'herbe. Des mouvements sans rapport avec les bruits nocturnes habituels. Elle se retourne vivement mais ne voit ni n'entend rien. Il y a quelque chose, là. Elle sent une présence, elle sait d'instinct qu'elle n'est pas seule.

Ainsi, pense-t-elle, il est venu. Son cœur se met à partir au galop. Il attendait cette occasion précise. Et elle la lui a donnée sans la moindre résistance. Elle imagine les grosses manchettes dans le quotidien du matin. Elle se demande où la police découvrira son cadavre. Elle essaie de se faire une idée des dernières secondes de sa vie. Elle se souvient de Karen Palmer : « Est-ce que vous pouvez imaginer ce qui lui est passé par la tête dans ces dernières minutes ? »

— Mrs Hunter.

La voix vient planer, spectrale, dans le silence. Joanne étouffe un cri, ferme les yeux, tente de boucher ses oreilles aux accents rocailleux trop reconnaissables.

— Que voulez-vous de moi ? crie-t-elle.

— Vous savez ce que je veux, répond la voix.

Où est-il ? Joanne ouvre de grands yeux pour fouiller l'obscurité, elle cherche d'où vient la voix. Quelque part sur sa gauche. Elle perçoit un mouvement. Quelqu'un marche vers elle.

— Mrs Hunter, répète la voix, presque à côté d'elle.

Joanne fait demi-tour et voit une haute silhouette émerger de la nuit. Peu à peu, elle distingue le contour familier d'une longue figure anguleuse encadrée par des cheveux ondulés, tombant de chaque côté du menton pointu.

— Ève ! glapit-elle quand la silhouette apparaît complètement.

Ève part d'un éclat de rire strident.

— Tu devrais voir ta tête ! hurle-t-elle entre deux hoquets. Même dans le noir, tu as l'air de faire dans ton froc !

— Qu'est-ce que tu *fous* là ? crie Joanne.

Elle entend ses propos grossiers se répercuter dans le silence de la nuit.

Ève se tord de rire. Elle étouffe.

— Tu aurais dû t'entendre ! Que voulez-vous de moi ? singe-t-elle. Ah, j'adore ! Tu étais superbe !

— Qu'est-ce que tu racontes ? Qu'est-ce que tu fais là ? répète Joanne avant que ses genoux fléchissent et qu'elle tombe par terre, en larmes. Tu m'as fait une peur bleue !

— Oh, ça va ! riposte Ève. (Elle s'est calmée et s'arrange pour se faire passer pour la victime.) Où est passé ton sens de l'humour ? Je regardais par la fenêtre et je t'ai vue. J'ai pensé que tu aimerais un peu de compagnie.

Joanne voit nettement Ève, maintenant, comme si on avait subitement allumé un lustre. Elle voit le sourire d'Ève tourner à l'aigre, son expression se figer quand elle lui demande :

— Tu es devenue complètement folle ? Pourquoi as-tu voulu me faire une telle peur ?

— Je ne savais pas que tu prendrais ça au sérieux, répond Ève encore une fois, comme si c'était elle, et non Joanne, qui avait à se plaindre. J'avais oublié à quel point tu étais obsédée par ce truc-là.

— Obsédée ?

— Oui, obsédée. Tu devrais t'entendre, quand tu en parles. Complètement dingue ! *Mrs Hunter !* répète Ève en prenant la voix rauque. *Je viens vous chercher, Mrs Hunter...*

— Arrête !

— Écoute, Joanne, je suis désolée de t'avoir fait peur. Je ne pensais pas que tu ferais tant d'histoires !

Joanne ne répond pas. Elle est soudain épuisée et n'a plus de voix.

— Tu vas bouder ? demande Ève.

Joanne secoue la tête.

— Je ne sais pas ce que je vais faire, murmure-t-elle.

— Eh bien, moi je retourne me coucher, déclare Ève. (Mais elle ne bouge pas, puis elle tente de plaisanter :) C'est bien fait pour toi, tu es punie d'avoir laissé échapper Steve Henry !

— Ève, dit Joanne. (Et sa voix monte dans les aigus à chaque mot, tandis qu'elle se relève.) Fiche le camp d'ici avant que je te jette dans cette foutue piscine !

Une voix masculine tonne dans la nuit :

— Qu'est-ce qui se passe là-dehors, bon Dieu ?

Les deux femmes se retournent, lèvent les yeux, ne voient rien d'autre que la masse de la maison d'Ève, à côté. Joanne reconnaît la voix de Brian et elle en est soulagée.

— Joanne, ça va ? C'est Ève, là, avec toi ?

Joanne ravale la boule dans sa gorge. Elle a le vertige, la tête lui tourne et elle craint de s'évanouir.

— Ça va très bien, répond Ève à sa place.

— Mais qu'est-ce que vous fichez là ? Ce n'est pas une heure pour faire la conversation ! Il est plus de minuit. Il est arrivé quelque chose ?

— Non, rien du tout, répond Ève avec lassitude. Et arrête de crier comme ça, tu vas réveiller tout le quartier. Je rentre tout de suite... Tu es toujours fâchée ? demande-t-elle plaintivement à Joanne.

— Oui, je suis encore fâchée !

Ève hausse les sourcils et serre les dents. Sans un mot de plus, elle tourne les talons et se fond dans la nuit.

24

— Tu es fatiguée ? demande Paul.

Joanne ferme les yeux devant l'éclatant soleil du matin ; elle a oublié ses lunettes noires sur la table de la cuisine ; elle repose sa tête contre le cuir du dossier, en se disant qu'il y a bien longtemps qu'elle n'a pas occupé la place du passager dans la voiture de son mari. Cela lui paraît bon et elle lui sourit.

— Un peu, avoue-t-elle. Je n'ai pas beaucoup dormi la nuit dernière. Je suis un peu nerveuse.

— Tu as tort. Tout se passera très bien.

— Je l'espère.

— Tu as apporté des victuailles ?

— Jusqu'à la dernière abominable sucrerie.

— Elles vont être contentes.

Joanne sourit encore, essaie de se rassurer ou d'en avoir l'air. Les filles seront-elles heureuses de la voir ? Elle imagine Lulu courant pleins gaz vers la voiture ; Robin, dans l'ombre, se laisse distancer, son regard est aussi réprobateur qu'il y a un mois, sa mine tout aussi inabordable.

— On a du mal à croire que l'été est à moitié passé, dit Paul.

Joanne hoche la tête. Le temps passe vite quand on s'amuse, se dit-elle en consultant sa montre. Il est près de huit heures. Il y a une heure qu'ils ont pris la route et ils ont fait une bonne moyenne, malgré la circulation. Sauf incident imprévu, ils devraient arriver dans le Massachusetts d'ici deux heures et être au camp Danbee à l'ouverture, à dix heures. Robin attendra-t-elle au portail pour les accueillir ?

Joanne n'a reçu qu'une seule lettre de sa fille aînée, en un mois, contre cinq de Lulu. Le mot était bref, vaguement informatif et nettement protocolaire : « Chère maman, comment vas-tu ? Je vais très bien. Il fait beau. Je participe à tous les sports. Ma natation s'est améliorée. Les filles de ma cabane sont assez gentilles. Les monitrices ne sont pas mal. On ne peut pas en dire autant des repas. Ton nouveau travail a l'air intéressant. » Et c'était signé simplement « Robin ».

Au moins, c'était quelque chose, se dit Joanne en contemplant le paysage qui défile sur sa droite. Comme tout est vert, comme tout est beau sous le soleil. A la radio, l'homme de la météo prédit sombrement de la pluie pour l'après-midi.

— Tu as vu ton grand-père, hier ? demande Paul.

— Oui. Il n'a pas arrêté de dormir.

— Et Ève ? Comment va-t-elle ?

Joanne se crispe ; elle serre les poings et ses ongles lui entrent dans la paume de la main.

— Je ne lui ai pas parlé de la semaine.

Elle voit tout de suite la stupeur de Paul.

— Comment ça se fait ? Brian et elle ont fini par partir quelque part en vacances ?

— Non. Nous avons été très occupées, toutes les deux.

— Tu es très prise par ton travail, alors ?

— On ne s'ennuie pas un instant ! reconnaît-elle en riant.

Paul est vraiment très beau. Sa chemise blanche à col ouvert fait ressortir son bronzage doré. Ses jambes sont minces et musclées ; il porte un jean blanc coupé au-dessus des genoux. Il a toujours été très élégant en short.

— Tu fais toujours de la gymnastique tous les jours ?

Il rit un peu.

— Pas tous les jours, avoue-t-il d'un air contrit. J'ai essayé. C'était très bien pendant quelques semaines, mais je ne sais pas... On n'apprend pas à un vieux singe à faire des grimaces. Je n'arrive pas à m'y mettre avec enthousiasme, comme tous ces jeunes types. Et ça fait mal ! Je me réveille le matin avec les jambes raides, les bras douloureux. Et le dos, n'en parlons pas. Je me dis : A quoi bon ? Note que je n'ai pas complètement abandonné le programme mais je n'ai pas le feu sacré. Se faire des muscles, c'est trop de travail. Je m'en suis bien passé jusqu'ici. D'ailleurs, mes bras ne se développeront jamais complètement... tous ces accidents quand j'étais petit...

Il coule vers Joanne un regard sournois et ils rient tous les deux.

— Toi, tu es sensationnelle, lui dit-il, sincère. Qu'est-ce que tu as fait pour ça ?

— Quelques mèches coup de soleil...

— Non, ce n'est pas seulement ça.

— J'ai perdu un peu de poids. J'ai beaucoup cavalé ces derniers temps...

Elle devine qu'il regarde ses jambes.

— Et les leçons de tennis ?

— Je les ai interrompues.

Elle s'éclaircit nerveusement la gorge.

— Ah ?

— Trop dur pour les orteils, explique-t-elle. (Elle suit le regard de Paul qui navigue le long de ses jambes nues, jusqu'au bout de ses sandales ouvertes.) Je crois que les ongles sont sur le point de tomber.

— Aïe ! Et ensuite, qu'est-ce qui se passe ?

— Ron dit qu'il y en a probablement de tout neufs, déjà prêts là-dessous.

— Ron ?

— Ron Gold, le médecin pour qui je travaille. Je t'en ai déjà parlé. Nous étions au lycée ensemble.

Paul se redresse, regarde de nouveau la route, mais Joanne a eu le temps de surprendre une drôle d'expression dans ses yeux.

— Je ne le connais pas ?

Elle reconnaît son ton familier qui veut paraître indifférent.

— Je ne crois pas, répond-elle.

— Le nom me dit quelque chose. Comment est-il ?

Joanne réprime un sourire. Elle sent réellement le malaise de Paul. Serait-il jaloux ?

— Pas très grand, des cheveux blond-roux. Au fond, il n'a guère changé en vingt-cinq ans. Il est gentil.

— Marié ?

— Oui.

— Tu as toujours l'intention d'arrêter de travailler à la fin de l'été ?

— Oui, assure Joanne après une brève pause.

— Tu n'en as pas l'air convaincue.

— Ron ne veut pas que je parte. Il dit qu'il sera perdu sans moi... Et je crois qu'il a raison.

— Alors, tu envisages de rester ?

Joanne s'accorde une minute pour réfléchir sérieusement à la question.

— Non. Non, pas vraiment, dit-elle enfin.

Le reste du trajet se fait plus ou moins en silence ; ils n'échangent que quelques mots, sur le fond sonore de la musique douce de la radio, chacun abandonné à ses réflexions.

A quoi pense-t-il ? se demande Joanne, curieusement détendue, toutes les tensions du petit matin dissipées. A moins qu'elles n'aient été comme transférées de son corps dans celui de Paul. Est-il possible que Paul soit jaloux ? Probablement pas jaloux, sûrement curieux, peut-être un peu anxieux. L'idée qu'il puisse y avoir un autre homme dans sa vie ne lui est jamais venue à l'esprit. Jusqu'à cet instant, il était sûr qu'elle ne ferait rien pour troubler le *statu quo*, qu'elle resterait à sa disposition jusqu'à ce qu'il ait décidé de son sort, certain qu'il avait tout le temps pour prendre une décision. Maintenant, il a perdu cette certitude. Est-ce que tu penses à moi ? lui demande-t-elle en silence, tournant subrepticement les yeux vers lui.

Il la regarde et sourit chaleureusement. Étonnamment, elle est la première à se détourner et repose sa tête contre le dossier en laissant ses paupières s'alourdir. Il se passe quelque chose, mais elle ne saurait dire quoi.

Quand elle ouvre les yeux, la voiture a quitté l'autoroute et roule lentement sur une petite route secondaire.

— Nous sommes presque arrivés, annonce Paul. (Elle se redresse pour chercher des yeux les grilles du camp.) Encore trois ou quatre kilomètres. Tu as bien dormi ?

— Merveilleusement ! s'exclame-t-elle, tout étonnée.

Dans la nuit, elle était sûre qu'elle n'arriverait jamais à bout de cette journée, et voilà qu'elle en a déjà passé une partie en dormant. Elle espère que le reste sera aussi facile.

— Quelle heure est-il ? demande-t-elle.

Le portail du camp Danbee apparaît. Ils sont pris dans une longue file de voitures.

— Dix heures, tout juste passées. Nous arrivons pile à l'heure.

— Tu les vois ?

— Pas encore.

Paul manœuvre pour se garer dans la partie du camp réservée au parking. Joanne regarde avidement de tous côtés, en cherchant à apercevoir ses filles, et son anxiété revient en force. Robin sera-t-elle là pour les accueillir ? Sera-t-elle accessible ou distante ? Comment se passera la journée ? Comment se passera le trajet de retour ? Redeviendront-ils jamais une vraie famille ?

La voiture s'arrête et Paul retire les clefs du tableau de bord. Avec une lenteur calculée, il se tourne vers Joanne et lui prend la main.

— Tout se passera bien, murmure-t-il en devinant ses pensées. (Et il ajoute rapidement :) Je t'aime, Joanne.

Le cœur de Joanne fait un bond. La beauté du paysage disparaît, la foule bruyante des trois cents jeunes filles se tait. Joanne n'a conscience que de la présence de Paul, du contact de ses doigts, du son de sa voix.

— Maman ! entend-elle soudain.

Elle tourne la tête et voit Lulu qui tambourine comme une folle sur la vitre, côté passager ; depuis combien de temps est-elle là ?

Joanne ouvre immédiatement la portière et prend sa cadette dans ses bras.

— Ma chérie ! Attends que je te regarde ! Seigneur, tu as grandi d'au moins cinquante centimètres depuis que tu es partie de la maison ! Et tes yeux sont encore plus grands ! s'exclame-t-elle en riant.

Elle écarte les cheveux du front de sa fille.

— C'est une illusion d'optique, parce que tout le reste, c'est plutôt maigrichon, réplique Lulu. Vous avez apporté à manger ?

— Oui, nous avons apporté à manger, répond Paul en riant à son tour. Tu as une mine superbe. Est-ce que tu t'amuses bien ?

— Super ! Il n'y en a qu'une, dans la cabane, qui nous les casse vraiment, mais toutes les autres sont super et les monitrices sont terribles ! Vous allez faire leur connaissance.

Elle les prend tous les deux par la taille et les rapproche l'un de l'autre avec une force surprenante.

— Vous avez tous les deux l'air super ! Vous m'avez manqué.

A contrecœur, elle les lâche et ses yeux vont rapidement de l'un à l'autre.

— Où est Robin ? demande Paul, posant la question que Joanne craint de formuler.

— Elle est au bord de l'eau. Elle a une démonstration de voile. Ça commence dans deux minutes. Je vais vous emmener là-bas, si vous voulez la voir naviguer.

— Bien sûr que nous le voulons ! s'exclame Joanne. (Elle enlace sa fille.) Amène-nous dans la bonne direction !

— Et la bouffe ?

— Nous viendrons la chercher plus tard, promet Paul.

Ils descendent au bord de l'eau, bras dessus, bras dessous. Joanne est heureuse, confiante, paisible. Quelque chose a changé entre elle et Paul. Ils redeviendront une famille, pense-t-elle en voyant apparaître le miroitement de l'eau et une foule de voiles blanches.

— Alors je fais, histoire d'être gentille, quoi : Tu sais que tu as mis ton sweat à l'envers ? Et elle me fait, bêcheuse : Un peu que je le sais. Ça se porte à l'envers, voyons ! Tout le monde les porte comme ça ! Et moi je fais : J'ai jamais vu personne avec son sweat à l'envers et, là-dessus, elle fait : A Brown, *tout le monde* les porte à l'envers, comme si elle allait à l'université Brown ! C'est son frère aîné qui y va. Alors je lui fais : Ah, vraiment ! Raconte-moi ça !...

Joanne écoute Lulu mais ne cesse d'observer Robin qui n'a pour ainsi dire pas prononcé deux mots de la matinée. Tous quatre sont assis sur une grande couverture rouge et bleue, une vieille couette qui appartenait à la mère de Joanne ; ils déjeunent de hamburgers et de jus de fruits : c'est le menu habituel du pique-nique annuel du camp. Les parents ont eu droit à de brèves régates, à une démonstration de tir à l'arc et à un match de base-ball. Un déjeuner leur est maintenant offert ainsi que l'occasion de renouer connaissance avec leur progéniture. Lulu n'a pas arrêté de bavarder depuis qu'ils se sont installés ; Robin n'a rien dit depuis son accueil poli et réservé, à leur arrivée. Sa lettre était plus chaleureuse, pense Joanne, en se demandant comment se comporter. Entre deux bouchées de viande hachée trop cuite, elle décide de ne rien faire de particulier. Les choses s'arrangent toujours, disait sa mère.

— Quelqu'un veut un autre hamburger ? demande Paul.

— Moi ! s'écrie immédiatement Lulu.

— Personne d'autre ?

— Non, merci, répond Joanne.

Robin secoue la tête.

— De la moutarde, de la Worcester et un corni-chon sur le mien ! commande vivement Lulu tandis que son père se lève. Et une tomate !

— Tu ferais bien de venir avec moi, dit-il.

Il regarde Joanne ; Lulu s'empresse de saisir l'occasion.

Il nous accorde un peu de temps à toutes les deux, songe-t-elle.

Joanne le remercie d'un signe. Elle lève les yeux sur Robin qui la regarde, attendant manifestement que sa mère dise quelque chose.

— Alors, hasarde Joanne, est-ce que tu t'amuses bien ?

— Ça peut aller.

— Ta performance en bateau nous a beaucoup impressionnés.

Robin prend acte du compliment mais ne dit rien.

— Vos monitrices m'ont l'air charmantes.

— Elles le sont.

La conversation retombe. Joanne contemple la grande foule de pique-niqueurs, dans l'espoir d'entendre des bribes de conversation qui lui fourniront un nouveau sujet. Elle n'entend rien.

— Comment sont les garçons de MacKanac, cette année ? demande-t-elle enfin.

Le sujet est assez anodin et elle espère qu'elle ne paraît pas indiscrète.

— Pas mal.

— Seulement pas mal ?

Joanne regrette immédiatement sa question, elle voudrait la rattraper. Elle est allée trop loin, la question sera mal interprétée. Robin a baissé les yeux.

— Il y en a un qui est plutôt mignon, murmure-t-elle.

Joanne garde le silence.

— Il s'appelle Ron, confie sa fille.

— Tiens ! Comme mon patron !

Quelque chose qui ressemble vaguement à un sourire frémit au bord des lèvres de Robin, mais disparaît aussitôt.

— Comment est ton travail ? demande-t-elle.

— Épatant ! répond Joanne avec enthousiasme.

Robin se tourne vers le lac, bien qu'on ne le voie pas de l'aire de pique-nique.

— Où en sont les choses entre papa et toi ?

— Ça va mieux.

Robin chasse de la couverture un insecte imaginaire et murmure, hochant la tête, évitant le regard de sa mère :

— C'est bien, le camp de vacances. C'est une bonne chose que je sois venue. Tu avais raison... Pas seulement pour le camp... ajoute-t-elle dans un souffle.

Devrais-je la prendre dans mes bras ? se demande Joanne qui le veut, mais qui a peur. C'est mon enfant, là, et j'ai peur de la prendre dans mes bras, peur d'outrepasser mes droits, de me méprendre sur les signes. Qu'arrive-t-il aux enfants quand ils atteignent un certain âge ? Et elle répond à sa propre question : Ils deviennent adultes.

— Joanne ! glapit une voix, quelque part au-dessus d'elle.

Elle met une main en visière pour abriter ses yeux du soleil et remarque les nuages qui s'amoncellent à l'horizon.

— Il me semblait bien que c'était vous, lui dit une femme qu'elle reconnaît difficilement. Ellie... Ellie Carson. Vous ne devez pas me reconnaître parce que j'ai tellement maigri !

— Ah mon Dieu ! C'est vrai ! s'exclame Joanne en se levant. Vous avez perdu au moins vingt kilos !

— Vingt-cinq, déclare fièrement Ellie Carson. Et puis je suis entrée en clinique et je me suis fait remonter le ventre, confie-t-elle à mi-voix.

— Vous êtes sensationnelle, répond Joanne qui ne sait que dire. (Elle ne sait rien de cette femme, sinon que leurs filles ont été une fois camarades de cabane.) Combien d'enfants avez-vous avec vous, maintenant ?

— Une seule, mon bébé, confie Ellie Carson. (Sa figure s'allonge.) Nos deux grands nous donnent du souci. Ils ont refusé d'aller au camp de vacances cet été, ils errent du côté du centre commercial avec des traîne-savates de l'Armée du Salut au crâne rasé. On dirait qu'ils veulent la seule chose que nous ne pouvons pas leur donner.

— Quoi donc ?

— La pauvreté !

Joanne éclate de rire ; l'autre lui donne une petite tape rassurante sur l'épaule et se perd dans la foule en direction de la table des hamburgers.

— C'est la mère de Carol Carson, ça ? demande Robin, stupéfaite, quand Joanne se rassied à côté d'elle.

— Elle a perdu vingt-cinq kilos et s'est fait remonter le ventre, explique sa mère en réprimant un fou rire. Je me demande ce qui arrive à ces femmes qui se sont fait tirer et remonter la peau dans tous les sens, quand elles reprennent du poids. Tu crois qu'elles explosent ?

— Maman ! proteste Robin, choquée. (Elle pouffe.) Vraiment, tu exagères !

Une soudaine détonation retentit, quelque part dans le camp : un pot d'échappement ou un ballon qui éclate ; Joanne s'esclaffe :

— Écoute ! En voilà une !

— Maman !

— Qu'est-ce qui se passe ici ? demande Paul en revenant avec Lulu.

Il veut participer à la gaieté, conscient du changement d'atmosphère.

— Je crois que maman est restée trop longtemps au soleil, dit Robin.

Mais il y a beaucoup d'affection dans ses paroles, et aucun mépris.

Joanne lui prend la main. Robin ne la retire pas.

— Alors, qu'en penses-tu ? demande Paul une fois qu'ils ont fait des adieux émus à leurs filles.

Joanne essuie une dernière larme et sourit.

— Je crois que tout s'est bien passé.

— Moi aussi. Robin a l'air de se civiliser.

— Elle m'a dit qu'au début elle se sentait misérable, qu'elle était résolue à ne pas s'amuser, mais que tout le monde était si gentil avec elle et qu'il y avait tant de distractions qu'elle a oublié sa mauvaise humeur. Et je pense que sa rencontre avec ce jeune Ron y est aussi pour quelque chose. C'est drôle qu'il s'appelle Ron, lui aussi, ajoute-t-elle.

Elle surprend une grimace de Paul.

— Je n'ai jamais compris l'intérêt de fonder un camp de vacances exclusivement pour filles, s'il y a un camp de garçons juste à côté ! bougonne-t-il en mettant les essuie-glaces en marche.

— Nous avons eu de la chance que la pluie ne vienne pas tout gâcher.

— Oui, mais ça ne va pas être commode de conduire. Nous avons l'air de plonger dans une vraie tempête.

— Tu as faim ? demande Joanne quelques minutes plus tard dans le violent crépitement de la pluie sur la carrosserie.

— Pas tant que ça. J'ai mangé trois hamburgers au déjeuner.

— Je pensais que nous pourrions peut-être nous arrêter dans une de ces auberges, le long de la route, pour manger un morceau et attendre que la pluie se calme...

Elle se tourne à demi vers Paul. Il la regarde. Elle se met à trembler malgré elle.

— Nous pourrions dîner ou... ou quelque chose, suggère-t-elle.

Sa voix se brise.

Paul entre dans le parking du motel suivant.

— Ou quelque chose, dit-il.

C'est ce qu'elle imagine depuis des mois. Elle prie en silence pour que ce ne soit pas un rêve. Il est sur elle et sous elle et en elle et autour d'elle et partout, il l'aime et le lui prouve et lui dit qu'il a besoin d'elle. Elle lui murmure les mêmes choses.

Ils sont là depuis des heures, dans cette chambre, cette chambre banale avec son hideux dessus-de-lit rouge violacé et sa moquette lie-de-vin. La pluie a cessé mais, si Paul l'a remarqué, il n'a fait aucune réflexion.

Au début, elle a eu peur, peur qu'il ne la trouve ridicule ou pitoyable, ou les deux ; peur de l'effet que lui ferait son corps après des mois passés avec celui de la petite Judy, mais très vite, il s'est mis à murmurer qu'elle est belle. Ses mains sont douces, rassurantes et familières. Elles n'ont rien oublié de ce qu'elles ont appris au cours de leurs vingt années de vie commune. Elles savent toujours où la caresser et comment. Les techniques du cœur, pense-t-elle ; une chose que Steve Henry ne pouvait comprendre. Dès que la gêne ou les craintes ont passé, elle s'est plongée dans l'acte d'amour tel qu'elle croit qu'il doit être. Et après la première fois, quand elle s'est aperçue que la pluie avait cessé et qu'elle a pensé peureusement qu'il allait proposer de partir, il l'a reprise dans ses bras pour recommencer...

— Tu as un rendez-vous à neuf heures ? demande-t-elle le lendemain matin, quand il arrête la voiture dans l'allée du jardin.

Il est déjà près de neuf heures et il a encore toute la route à faire pour retourner en ville.

— Non, j'ai prévenu vendredi que je n'arriverais qu'après dix heures.

Joanne ressent un regain d'anxiété bizarre. Il a dit à son cabinet qu'il n'arriverait pas avant dix heures, le lundi matin ? Savait-il déjà ce qui se passerait entre eux ? En était-il donc si sûr ? Elle chasse cette pensée inquiétante. Cela n'a pas d'importance, après tout. Il a prévu qu'ils se réconcilieraient pendant ce week-end, voilà ce que cela signifie. Pourquoi se sent-elle si troublée ? Pourquoi est-elle aussi nerveuse depuis qu'il s'est tiré du lit ce matin, pour se dépêcher de prendre une douche et de s'habiller. Ensuite, il est resté muet sur la route du retour et ne lui a souri que lorsqu'il n'a pu éviter son regard.

Paul la suit jusqu'à la porte d'entrée. Il porte les sacs des filles : des choses qu'elles leur ont données à emporter, des choses dont elles n'ont plus besoin. Il les pose sur le seuil et Joanne ne sait si elle doit lui demander maintenant quand il a l'intention de revenir. Elle dit simplement :

— Tu as le temps pour un café ?

— Je ne crois pas. Il faut que je me rase et que je me change.

— Je te verrai ce soir ? hasarde-t-elle lorsqu'elle ne peut plus supporter l'incertitude.

— J'espérais que tu comprendrais, pour hier soir...

— Que je comprendrais quoi ? Je comprends que nous avons fait l'amour, que tu m'as dit que tu m'aimais...

— Mais je t'aime !

— Qu'y a-t-il d'autre à comprendre ?

— Que cela ne change rien, dit-il. (Joanne a un mouvement de recul, comme pour repousser ces mots.) J'ai eu tort, hier soir, mais je le voulais et, entre nous, Joanne, tu le voulais aussi. Nous sommes des adultes consentants.

— Que cherches-tu à me dire ?

— Que ce qui s'est passé hier soir ne change rien. Que je ne suis pas prêt à rentrer à la maison.

— Hier soir...

— Ne change rien, répète-t-il.

Joanne se met à fouiller fébrilement dans son sac.

— Je ne trouve pas mes clefs.

— Je ne voulais pas de malentendu.

— Pourquoi ne m'as-tu pas dit tout ça avant que nous couchions ensemble ? Ah, zut ! Je ne trouve pas mes clefs !

Elle jette son sac par terre et plonge son visage dans ses mains.

— Joanne...

— Fiche-moi la paix !

— Je ne peux pas te laisser comme ça, en larmes, devant ta porte, voyons !

— Trouve-moi mes clefs et je pleurerai à l'intérieur. Tu n'es pas obligé de me regarder.

— Joanne...

— Trouve-moi mes clefs ! glapit-elle.

Paul ramasse le sac de Joanne et, en quelques secondes, il trouve les clefs et les lui tend.

— Je vois que tu as retrouvé ton ancien trousseau, observe-t-il distraitement.

Elle le lui arrache des mains et contemple les clefs qu'elle croyait égarées depuis longtemps.

— C'est un miracle que tu parviennes à retrouver quoi que ce soit là-dedans, dit-il pour plaisanter.

Joanne tâtonne maladroitement dans la serrure. Tout à coup, la main de Paul se pose sur la sienne, tourne la clef ; elle entend le déclic du pêne et la porte s'ouvre. Elle reste figée sur le seuil, incapable de bouger tandis qu'il retire sa main. Il s'écarte. Mission accomplie, pense-t-elle, il est temps de prendre la fuite.

— Tu ne débranches pas le système d'alarme ? demande-t-il.

Comme un automate, elle marche vers la boîte pendant que Paul porte les bagages dans le vestibule.

— Je te demande pardon, Joanne, murmure-t-il quand il comprend qu'elle ne fera rien pour faciliter son départ. Je te téléphonerai...

Joanne ne dit rien. Elle attend qu'il ait démarré et que la voiture se soit éloignée avant d'allonger la jambe pour refermer la porte d'un coup de pied.

25

Le vieux monsieur dort quand Joanne entre dans la chambre.

Elle contemple le visage parcheminé, le corps amaigri caché sous les draps grisâtres, la casquette de l'équipe de base-ball des Yankees à côté de lui, sur l'oreiller, révélant le crâne ovale sur lequel il ne reste que quelques rares mèches blanches. Elle ne l'a jamais connu avec des cheveux, même quand elle était toute petite. Cette tête chauve est naturelle, normale. Les grands-pères sont faits pour être chauves. Chauves, un peu ventripotents et joyeux. Comme nos stéréotypes sont réconfortants, pense-t-elle en s'asseyant à côté du lit, une main posée sur le monceau de couvertures. Les idées toutes faites sont tellement plus agréables que la réalité !

Elle n'a pas l'habitude des lundis. Depuis trois ans, elle vient dans cette chambre tous les samedis, quand les couloirs sont pleins de familles venues rendre leur visite hebdomadaire à leur passé. Elle ne se doutait pas que tout était si calme en semaine. A part le pas des infirmières et, de temps en temps, une plainte émanant d'une chambre à la porte ouverte, on n'entend aucun bruit. Comme son grand-père, la plupart des patients sont endormis, bien qu'il soit près de midi. Elle est venue à l'heure du déjeuner. Ron lui a dit de prendre le reste de la journée, de prendre tout le temps qu'elle voudra.

Il n'a eu qu'à jeter un coup d'œil à ses yeux gon-flés pour deviner qu'elle avait pleuré. « Parlez-moi », a-t-il dit en l'attirant hors du salon d'attente bondé, loin des regards curieux de ses patients, pour la faire entrer dans une des petites salles de consulta-tion. Sans faire de réflexion sur son retard, il lui a simplement demandé ce qui lui était arrivé. Et elle a craqué encore une fois, elle lui a raconté tout ce qui s'était passé entre elle et Paul ; et elle a attendu son jugement. Mais il n'a pas jugé ; il l'a prise dans ses bras pour la consoler et il lui a donné le reste de la journée en affirmant qu'il se débrouillerait sans elle. Ils ont ri tous les deux. « D'accord, a-t-il aussitôt rectifié, je ne peux pas me débrouiller. Mais prenez tout votre temps pour déjeuner, tout le temps que vous voudrez », a-t-il répété gentiment.

Mais elle était incapable de rien avaler ; elle n'arrivait pas à retenir ses larmes. Alors elle a repris sa voiture et a démarré, sans savoir très bien où elle allait, avant de se retrouver devant la maison de santé.

Et maintenant, elle est là, assise à côté d'un vieil homme à qui elle doit un trésor de souvenirs et qui ne la reconnaît plus. Elle ne sait plus très bien elle-même qui elle est. Que fait-elle dans cette chambre en compagnie de deux vieillards endormis qui n'ont aucune conscience de sa présence ? Joanne se tourne vers le vieux Sam Hensley et lui trouve l'air abandonné, en l'absence de sa fille et de son petit-fils. Elle a l'habitude de le voir avec eux.

Son grand-père bat des paupières. Il la regarde et un petit sourire plisse sa figure ridée.

— Joanne ?

— Grand-papa ! Tu me reconnais ?

Les larmes qu'elle a eu du mal à retenir débordent et ruissellent sur ses joues. Il est perplexe et fait un effort pour se redresser.

— Attends, je vais t'aider.

Elle se lève pour lui arranger ses oreillers et dégager ses bras des draps amidonnés.

— Je crois qu'il y a quelque chose au pied du lit, qu'on tourne, dit-il d'une voix claire.

Elle est aussitôt au pied du lit pour tourner la manivelle qui soulève le matelas et permet à son grand-père de prendre confortablement une position assise. La casquette de base-ball tombe de l'oreiller sur ses genoux. Il s'en empare et la remet sur sa tête, le regard heureux, les yeux pétillants.

— Nous allons gagner la coupe, cette année, annonce-t-il avec un grand sourire ; Joanne s'aperçoit qu'il est édenté, on dirait un dauphin, mais il ne semble pas s'en soucier.

— Pourquoi pleures-tu ? demande-t-il.

— Parce que je suis heureuse, répond-elle avec sincérité. Je suis si contente de te voir.

— Tu devrais venir plus souvent. Ta mère me rend visite toutes les semaines.

— Je sais. Je regrette, j'essaie de...

— J'ai soif.

— Tu veux un peu d'eau ?

— Il y a un verre sur la table.

Il montre, sur la table de chevet, un verre à demi plein d'eau muni d'une pipette.

— Je vais t'en donner de la fraîche, propose Joanne.

— Non, ça ira comme ça, je veux simplement m'humecter les lèvres. Elles se dessèchent. Ils n'arrivent jamais à régler l'humidité, dans cette boîte. Ça fait des années que je leur dis.

Il suce la pipette et rend le verre à Joanne qui le pose sur la table.

— Comme tu as grandi ! s'exclame-t-il. (Elle rit en essuyant quelques larmes.) Quel âge as-tu, maintenant ?

— Quarante et un ans.

— Quarante et un ? Alors, ta mère en a... combien ?

— Soixante-sept, murmure Joanne.

— Soixante-sept ans ! Ma petite Linda a soixante-sept ans. Je ne peux y croire. Comment va ton mari ?

Les questions se suivent rapidement, à présent, comme s'il savait qu'il lui reste peu de temps pour les poser.

— Très bien, répond automatiquement Joanne. Il va bien.

— Et tes enfants ? Combien en as-tu ?

— Deux.

— Deux. Pardonne-moi. Il m'arrive d'oublier. Leurs noms... ?

— Robin et Lulu. Lana, en réalité. Mais nous l'avons toujours appelée Lulu.

— La petite Lulu, je me souviens. Tu as leur photo ?

Joanne fouille dans son sac.

— Rien que celles-là, dit-elle en montrant un vieux porte-photos en cuir. C'était il y a quelques années. (Elle chasse la poussière sur l'enveloppe de plastique.) Elles sont plus grandes, maintenant. Surtout Robin, qui a beaucoup changé... Elles sont dans un camp de vacances, pour l'été. Nous sommes allés les voir hier. Elles s'amusent beaucoup. Elles t'embrassent, ajoute-t-elle. (Il sourit.) Dès qu'elles seront de retour, je te les amènerai. Ça te ferait plaisir ?

Il hoche la tête et la visière de la casquette lui tombe sur les yeux. Joanne la relève vivement.

— Minnie m'a apporté cette casquette, dit-il fièrement. Et pourtant, elle a toujours été pour les Dodgers.

Minnie est la grand-mère de Joanne. Il ferme les yeux et elle craint un instant de l'avoir perdu, qu'il se soit enfui dans son monde plus confortable, mais quand il les rouvre, ils sont encore clairs, vifs, presque malicieux.

— Est-ce que tu as le temps de faire quelques parties de gin ? demande-t-il.

Joanne pousse un cri de joie.

— Tout va bien ici ? demande quelqu'un, sur le seuil. Ah, bonjour, Mrs Hunter. Nous ne nous attendions pas à vous voir aujourd'hui. Votre grand-papa va bien ?

— Avez-vous des cartes ? demande Joanne à l'infirmière.

— Des cartes ?

— Oui, des cartes à jouer, vous savez, pour le rummy. Des cartes, répète Joanne.

— Il me semble que votre grand-papa en a dans son tiroir. Je me souviens d'en avoir vu. Regardez dans le tiroir. S'il n'y en a pas, je vais voir si je peux vous en trouver.

— Elles sont là ! s'exclame triomphalement Joanne. (Elle sort du tiroir un vieux jeu usé.) Je les ai trouvées !

Elle les fait glisser hors de leur boîte rose et blanche fanée.

— Vous avez très bonne mine aujourd'hui, Mr Orr, dit l'infirmière en entrant dans la chambre pour prendre la main du vieux monsieur et lui tâter le pouls. Oui, ça m'a l'air d'aller. Amusez-vous bien, tous les deux. Et ne la battez pas plus d'une fois, Mr Orr.

Elle a disparu avant que Joanne ait fini de donner les cartes sur les draps empesés. Ses mains tremblent quand elle les dispose en bon ordre, trop surexcitée pour se concentrer.

Elle ne pense qu'à cette partie de cartes avec son grand-père. Elle a de nouveau dix ans et ils sont assis à la table ronde, dans le living-room de ses grands-parents, écoutant la pluie tomber au-dehors. La table est couverte d'un tapis de feutre vert bordé de glands de coton blanc. Elle est dans le coin droit de la pièce carrée. Sur le mur d'en face, il y a une collection de petits tableaux. (Des reproductions, comprend-elle aujourd'hui.) Van Gogh, Gauguin, Degas. Les deux portes donnent sur les chambres, celle de ses parents et de son jeune frère, et celle qu'elle partage avec ses grands-parents. Son petit lit étroit est en face du leur, à deux places ; et quand elle est couchée, elle voit les branches de l'arbre, de l'autre côté de la fenêtre. Quand celle-ci est ouverte, comme elle l'est généralement, elle entend le bruissement des feuilles contre les volets, agitées par la brise. Elle respire l'odeur de l'herbe, elle perçoit le sifflement lointain d'un train, ululement nostalgique qui, aujourd'hui encore, lui donne une impression de sécurité.

Pendant le week-end, quand les hommes sont revenus de la ville, une autre senteur se mêle à celles de l'été, l'odeur de la lotion qu'applique son grand-père sur ses joues, après s'être rasé. C'est cette odeur, plus que le soleil ou les bruits du matin, qui la réveille le samedi et le dimanche. C'est cette odeur qui fait que Joanne, contrairement à la plupart des gens, contrairement à Ève, ne se sent pas mal à l'aise dans les cabinets de médecins et les couloirs d'hôpitaux.

— Tu prends cette carte ? demande impatiemment son grand-père.

Joanne s'aperçoit qu'elle contemple depuis plusieurs secondes le deux de cœur sans le voir.

— Non, dit-elle en se rendant compte, trop tard, qu'elle aurait dû la prendre.

Son grand-père se hâte de glisser le deux de cœur dans son jeu et se débarrasse du sept de carreau. Joanne examine ses cartes pour s'assurer qu'elle n'en a pas besoin avant d'en prendre une sur le paquet. C'est le dix de pique. Elle le prend et le glisse entre le huit et le valet de même couleur. Il lui manque le neuf.

Son grand-père est très absorbé. Il tire une carte du paquet et la rejette aussitôt, puis il observe Joanne qui en fait autant et s'empare de la carte rejetée. Elle examine son jeu. Il ne lui manque qu'une carte pour faire gin, le neuf de pique. Elle hésite à se débarrasser d'une autre carte utile, pour prolonger la partie, pour laisser gagner son grand-père, pour lui remonter le moral. Et pour remonter le sien par la même occasion.

— Gin ! annonce soudain son grand-père, fièrement. (Il étale ses cartes et Joanne les regarde avec stupéfaction.) Tu croyais que j'allais te donner celle-là, hein ? demande-t-il avec un sourire narquois, en retournant sa carte de gin, le neuf de pique.

— C'est incroyable ! s'exclame-t-elle. Tu penses pouvoir me battre une deuxième fois ?

— Je peux essayer.

La seconde partie ressemble à la première.

— Gin ! s'exclame-t-il avec une joie d'enfant.

La troisième et la quatrième seront à peu près identiques, mais un peu plus longues. Chacune est ponctuée, à la fin, par le même cri de victoire.

— Gin ! annonce-t-il, mais sa voix commence à se fêler.

— Encore une, grand-papa ? demande Joanne.

— Distribue les cartes, murmure-t-il.

— Nous pouvons nous arrêter, si tu as envie de te reposer un moment.

— Distribue les cartes, répète-t-il.

Joanne donne dix cartes à chacun et examine rapidement les siennes. Elle remarque que son grand-père ne prend pas cette peine, il n'en a pas besoin.

— Le quatre de trèfle, grand-papa, dit-elle en levant les yeux de la carte exposée. Tu le veux ?

Il secoue la tête.

— Alors, je le prends.

Il acquiesce, elle sourit et se débarrasse du huit de cœur.

— Un huit, grand-papa. Tu veux le huit ?

Il secoue la tête et elle lui dit doucement de prendre une carte. Il s'est passé quelque chose ; ils jouent à un jeu différent désormais.

Elle regarde la vieille main aux veines noueuses se tendre et prendre une carte sur le paquet. Il la hausse devant ses yeux et l'examine comme si c'était un objet inconnu.

— Tu as besoin de cette carte, grand-papa ? demande-t-elle. (Elle refuse de reconnaître qu'il ne la voit plus ; il hausse les épaules.) Pose-la sur la pile, alors... C'est le trois de pique, grand-papa. Tu es sûr de ne pas en avoir besoin ?

Il secoue la tête et la considère avec perplexité.

— Dans ce cas, je la prends, dit-elle en continuant de jouer, obstinément. Et je te fais cadeau du roi de cœur. Tu veux le roi, grand-papa ?

Elle le regarde fixement. Le dauphin s'est transformé en une vieille tortue ; les yeux souriants ont disparu ; le long cou s'étire et retombe contre les oreillers, les yeux se ferment.

— Grand-papa ! crie-t-elle. (Il ouvre un instant les yeux avant de les refermer.) Je t'en prie, ne me quitte pas, grand-papa ! Je t'en supplie, ne t'en va pas. J'ai besoin de toi !

Elle tend ses mains tremblantes et rassemble les cartes, les range dans leur boîte défraîchie ;

quelques-unes tombent par terre, elle se baisse pour les ramasser, les remet dans le paquet, va ranger la boîte dans le tiroir. Debout au pied du lit, elle attend quelques instants avant de tourner la manivelle pour abaisser le matelas. Enfin, elle retourne à côté de son grand-père, lui saisit le bras et s'étonne de le trouver si léger.

— Je t'en prie, grand-papa, réveille-toi, implore-t-elle. Je suis tellement perdue. Je ne sais plus que faire. J'ai besoin de toi. Tu m'as demandé comment allait Paul et je t'ai dit qu'il allait bien... mais, en réalité, il est parti. Je te l'ai déjà raconté, il m'a quittée... J'ai toujours pensé qu'il reviendrait. Je croyais que je n'avais qu'à attendre, lui accorder un peu de temps. Je l'aime tant ! Il a été toute ma vie pendant vingt ans. Maintenant, il veut une vie différente, et je ne sais pas quoi faire. Je ne sais plus qui je suis. Peux-tu comprendre ça ? Tout s'écroule. Je perds mes filles : elles grandissent, elles s'éloignent de moi. Et Ève... Tu te souviens d'Ève ? Celle qui ne savait pas distinguer sa gauche de sa droite ?

Joanne cherche en vain sur la figure de son grand-père une étincelle de compréhension. Elle persiste :

— Eh bien, il arrive quelque chose à Ève, grand-papa. Quelque chose de bizarre. Elle est persuadée qu'elle meurt. Elle a vu des centaines de médecins. Tout le monde lui dit qu'elle n'a rien, toutes les analyses sont négatives, mais elle ne veut pas le croire. Elle se conduit très bizarrement. Je ne peux pas l'expliquer. Elle est ma meilleure amie depuis trente ans et, tout à coup, je ne sais plus qui elle est... Je n'ai plus confiance en elle. Elle me fait peur ! s'écrie Joanne. Elle s'interrompt, suffoquée par son aveu. Je n'ai encore jamais dit cela à haute voix, je crois que je ne l'ai même pas pensé, mais c'est vrai. Elle me fait peur... Et ces coups de téléphone, grand-papa. Des coups de téléphone menaçants, effrayants, de dément. Une voix qui menace de me tuer. La semaine dernière, une nuit, je suis descendue dans le jardin; il devait être minuit, et j'étais là, debout, je regardais ce grand trou ridicule et j'ai entendu cette voix du téléphone qui m'appelait par mon nom et j'ai eu terriblement peur; j'ai cru qu'il était venu me tuer... C'était Ève! C'était sa voix! Et, dans un sens, c'était pire que tout ce que je craignais. Je n'arrive pas à chasser son expression de mon esprit. J'ai peur, grand-papa, j'ai peur que ce ne soit Ève qui me téléphone. J'ai peur qu'elle ne veuille me faire du mal. Je ne peux pas le croire, même maintenant en te le racontant. De toute façon, je ne pouvais pas croire les choses qui me sont arrivées ces derniers mois. Je t'en supplie, aide-moi, grand-papa. Je ne sais pas quoi faire.

Lentement, son grand-père ouvre les yeux.

— Tu veux changer de place avec moi? demande-t-il d'une voix douce.

Joanne se laisse tomber sur la chaise à côté du lit. Les mots se répercutent dans son esprit. Il lui prend la main et la porte à ses lèvres sèches.

La chambre est subitement pleine de bruit.

— *It's a long way to Tipperary!* chante à pleine voix Sam Hensley.

Joanne est incapable de réagir. Elle a l'impression de se trouver dans un tableau surréaliste, une toile de Dali ou de Magritte.

— *It's a long way to Tipperary...*

— Tu veux changer de place avec moi?

— *To the sweetest girl I know...*

— Linda? demande son grand-père, surpris par le vacarme soudain.

— *It's a long way to...*

— Linda?

Joanne se lève, se penche sur le lit, embrasse la joue de son grand-père.

— Non, grand-papa, chuchote-t-elle tandis qu'il se rendort, c'est Joanne.

Quand elle arrête sa voiture dans l'allée de son jardin, Joanne croit apercevoir Ève qui l'observe de la fenêtre de la petite pièce de devant. Elle descend de voiture et regarde l'heure. Il est plus de cinq heures. Tout l'après-midi, elle a roulé au hasard ; sa tête était une chambre d'écho où se bousculaient les mots entendus et les pensées muettes, en se heurtant, comme les coureurs unijambistes d'Ève sur les routes d'Amérique. Elle ne veut plus qu'une chose : prendre un bain et se coucher, laisser les coureurs se reposer, mais quelque chose l'attire vers la maison d'Ève.

En traversant la pelouse de son amie, elle lève les yeux vers la petite chambre de devant, la pièce qu'Ève avait préparée pour le bébé tant espéré et qui n'est pas venu, mais il n'y a personne à la fenêtre. Personne ne l'observe. Ève l'a-t-elle vue arriver ? Est-elle en train de descendre pour lui ouvrir ?

Joanne frappe plusieurs fois avant de sonner. Personne ne vient à la porte mais elle entend les échos d'une dispute.

— Ève ! crie-t-elle enfin. Je sais que tu es là ! Ça va ?

Des pas s'approchent de la porte et elle recule un peu. La mère d'Ève apparaît.

— Ève ne veut pas te voir, dit-elle simplement.

— Pourquoi ? !

Joanne n'en croit pas ses oreilles.

— Elle dit qu'elle est fatiguée de devoir se défendre contre tout le monde, que si tu étais vraiment son amie, elle n'y serait pas obligée.

— Mais je suis son amie !

— Je sais, dit tristement Mrs Cameron. Et, au fond de son cœur, je crois qu'elle le sait, mais...

— Je suis fatiguée, Mrs Cameron, trop fatiguée pour discuter. J'ai eu une dure journée, moi aussi. Je rentre chez moi. Je vais prendre un bain et me coucher. Dites à Ève que je suis passée et... dites-lui que je l'aime.

Elle essaie de sourire, échoue lamentablement et y renonce.

— Je lui dirai de te téléphoner.

Joanne dévale les marches et court à travers sa pelouse. Elle saute sur son perron, tourne sa clef dans la serrure, pousse sa porte et allonge le bras pour débrancher le système d'alarme. Mais il n'est pas branché.

Elle recule involontairement d'un pas. Le voyant vert est éteint, ce qui signifie que le système n'est pas branché. L'aurait-elle oublié ?

Elle revient par la pensée à la matinée. Elle était toute retournée en quittant la maison, fatiguée, déprimée. Elle ne pensait qu'à la journée, à la nuit de la veille, au dernier abandon de Paul. Il n'y a rien de changé, avait-il dit. Elle entend ses mots comme elle les a entendus ce matin, en sortant. Elle se revoit prendre son sac et refermer la porte à clef. Il est tout à fait possible qu'elle ait oublié le système d'alarme. Stupide ! pense-t-elle, et elle se dit qu'elle ferait bien de vérifier les portes et les fenêtres pour s'assurer que tout est bien fermé. Il est possible que quelqu'un ait essayé de s'introduire dans la maison. En dépit des promesses de Brian, elle n'a jamais vu le moindre véhicule de police patrouiller dans le quartier.

Ses pensées passent de Brian à Ève. Qu'arrive-t-il à son amie ? se demande-t-elle en s'approchant avec précaution de la porte de verre coulissante, dans la cuisine. Elle est verrouillée. Personne n'y a touché. Elle se détend légèrement, se traite d'idiote ; ses pas la conduisent dans le living-room et dans la salle à manger. Rien n'a été dérangé. Les fenêtres sont fermées.

Presque à regret, elle descend dans la grande pièce familiale du dessous. Là aussi, les portes de verre sont solidement verrouillées. Personne n'est passé par là.

Dans les chambres, c'est la même chose, elles sont silencieuses et désertes, comme elle les a laissées.

Après s'être assurée que personne n'a cherché à ouvrir les fenêtres d'en haut, Joanne se laisse tomber sur son lit et renonce à son bain. Elle a envie de se glisser tout de suite entre les draps, pour essayer de dormir.

Le téléphone sonne comme elle commence à s'assoupir. Elle décroche à la première sonnerie.

— Allô, Ève ?

— Vilaine fille ! gronde la voix. Putain ! Salope !

Joanne raccroche violemment et cache sa figure dans ses mains. Une seconde plus tard, elle se précipite dans l'escalier, court à la cuisine, parcourt rapidement son carnet d'adresses, trouve le numéro de Brian à son bureau. Ses mains tremblent quand elle forme le numéro, elle se trompe d'un chiffre et doit recommencer.

— Le sergent Brian Stanley, s'il vous plaît, dit-elle à l'agent qui lui répond.

— Il n'est pas là pour le moment. Je peux vous aider ?

— Qui est à l'appareil ?

— L'agent Wilson.

— J'ai besoin de parler au sergent Stanley ou à son supérieur, insiste Joanne.

— C'est le lieutenant Fox.

— Eh bien, passez-le-moi, s'il vous plaît.

— Ne quittez pas.

Une nouvelle voix se fait entendre au bout du fil, plus grave que la précédente, mais pas plus autoritaire.

— Lieutenant Fox. Que puis-je pour vous ?

— Je suis Joanne Hunter, lieutenant Fox. J'habite à côté de chez Brian Stanley.

— Oui ?

— Depuis quelque temps, je reçois des coups de téléphone menaçants et Brian, le sergent Stanley, m'a promis de vous parler pour faire surveiller ma maison par une voiture de police. Je n'en ai vu aucune et je viens de recevoir encore un de ces

308

appels. Je sais qu'il n'y a pas de quoi s'inquiéter mais je me demandais quand la police était passée par ici, pour la dernière fois...

— Un instant. Doucement, s'il vous plaît. Vous dites que le sergent Stanley vous a promis de me parler, pour faire surveiller votre maison par une voiture de patrouille ?

— Eh bien, oui. Il a dit qu'il allait le faire, mais il y a déjà plusieurs jours... il a peut-être oublié... il n'a peut-être pas eu le temps... Il ne vous a jamais rien dit ? demande-t-elle.

Elle devine la réponse.

— Comment vous appelez-vous, déjà ? demande le lieutenant tandis qu'elle raccroche.

— Je m'appelle Joanne, murmure-t-elle.

26

— C'est délicieux, Joanne, merci.

Brian Stanley a l'air d'avoir perdu trois kilos et il a vieilli de dix ans depuis la dernière visite de Joanne chez ses voisins. Il lui sourit de sa place, à la table de la cuisine, en face d'elle. Il vient de terminer une énorme part de tarte aux framboises que Joanne a confectionnée dans l'après-midi.

— Exactement ce qu'il te faut, dit Ève avec un sourire, mais d'une voix glaciale. Une bonne ration de cholestérol !

— Je me suis servie de farine brute pour la pâte, explique Joanne, et j'ai mis seulement la moitié de la quantité de sucre indiquée par la recette.

— Quelle prévenance ! dit ironiquement Ève.

— Ça suffit, Ève, grogne Brian.

— Ah, nous jouons les grands méchants flics ! J'adore ça ! Pas toi, Joanne ?

Joanne baisse le nez sur son assiette. La petite part de tarte qu'elle s'est servie est intacte. Elle n'a aucun appétit. Pourquoi est-elle venue là, ce soir ? Pourquoi s'est-elle fourrée dans cette situation ?

— C'est très gentil d'avoir pensé à nous, dit Brian comme s'il devinait ce qu'elle pense. J'adore les framboises.

— Tu aimes tout ce qui te rappelle la vue du sang, lui lance Ève.

— Je les aime beaucoup, moi aussi. (Joanne est résolue à poursuivre une conversation normale.) C'est mon fruit préféré depuis toujours. Dommage qu'elles soient si chères...

— Tu veux peut-être que nous te remboursions la tarte ? demande Ève.

— Ève, vraiment !

— Vas-y, Brian. Demande de l'argent à ma mère !

— Nom de Dieu, Ève ! s'exclame Brian en abattant sa fourchette dans son assiette.

— Je devrais vous laisser... hasarde Joanne.

— Mais non, reste, je t'en prie, lui dit Brian.

— Mais oui, reste, je t'en prie, singe Ève. Nous avons besoin de toi. Pas vrai, Brian ?

Joanne dévisage son amie et reconnaît à peine cette fille qu'elle connaît et qu'elle aime depuis des années. Comme Brian, Ève a maigri et ses traits anguleux, naguère si élégants et séduisants, sont maintenant pointus et sévères. Ses cheveux roux, qui ont poussé et perdu leur coupe à la mode, semblent curieusement déplacés, et ses yeux verts n'ont plus rien de leur vivacité naturelle. Ève est aussi dure et méchante à voir qu'à entendre. Elle n'est plus celle qu'elle était. L'amie intime est devenue une effrayante inconnue.

— Tu as passé de nouveaux examens cette semaine ?

— Est-ce que j'ai passé de nouveaux examens cette semaine ? répète cruellement Ève. Qu'est-ce que ça peut te faire ? Tu es trop occupée avec ton propre médecin pour te soucier de moi.

— Je me fais du souci pour toi, Ève.

— Pas assez pour me téléphoner ou venir me voir.

— J'ai téléphoné et je suis venue. Je suis ici en ce moment même.

— Quand as-tu téléphoné ?

— Plusieurs fois dans la semaine. Ta mère m'a dit que tu ne voulais pas me parler. Je suis passée lundi, tu n'as pas voulu me voir.

— Pourquoi je le voudrais ! s'écrie Ève. Tout ce que j'entends de ta bouche, c'est que je suis folle !

— Je n'ai jamais dit que tu étais folle.

— Tu le dis chaque fois que tu l'ouvres. (Les yeux d'Ève vont de Joanne à Brian.) Il t'a fait un lavage de cerveau complet, on dirait. Combien de fois vous êtes-vous rencontrés en secret, derrière mon dos ?

— Ta gueule, Ève ! ordonne Brian avec force.

— Ah, c'est parfait ! Le grand méchant flic. Parle-moi grossièrement ! J'adore quand tu me parles grossièrement.

— Tu ne penses pas ce que tu dis, Ève, murmure Joanne.

— Ah, non ? Pourquoi ? Je n'ai rien aux yeux, du moins pas encore. Je vois comment vous vous regardez tous les deux. Je vois comment tu t'épanouis, comment tu te pomponnes...

— C'est toi, Ève, qui me répètes depuis des années que je devrais me faire faire des mèches coup de soleil !

— Et tu as attendu tout ce temps. Pourquoi ?

Joanne hésite et répond franchement :

— Je ne sais pas. Je ne sais plus rien de rien, depuis quelque temps.

— Ha ! Tu n'es pas la seule. (Ève fond en larmes.) Ah, Dieu, j'ai horreur de ça !

Elle fait un effort pour se ressaisir.

— Pleure un bon coup, lui conseille Joanne. Défoule-toi, ça te fera du bien.

— Comment peux-tu savoir ce qui me fera du bien ? crie méchamment Ève. Tu veux me voir

craquer ? Ça te fait plaisir, de me voir comme ça ?
Ça te donne un sentiment de supériorité ?

— Bien sûr que non ! Ça me fait de la peine. Je
ne demande qu'à t'aider.

— Comment ? En apportant ici des desserts trop
riches dont tu sais qu'ils me feront mal à l'estomac ?
En essayant de me voler mon mari parce que tu n'as
pas été foutue de garder le tien ?

— Ève ! s'écrie Brian en se levant d'un bond. Pardon, Joanne, je suis navré.

— Je t'interdis de faire des excuses à ma place !
glapit Ève. Tu n'as pas le droit !

Elle laisse tomber sa tête dans ses mains. Joanne
pose doucement la sienne sur son bras.

— Ève...

— Tu sais ce qu'il a fait, Joanne ? demande Ève.
(Sa voix est soudain celle d'une enfant.) Il a renvoyé
ma mère, hier. Il l'a forcée à retourner chez elle.

— La pauvre femme était à bout de nerfs, explique Brian.

— C'est moi qui suis à bout de nerfs !

— Tu ne laisses personne te venir en aide.

— Il ne veut pas que je me fasse faire une opération qui me sauverait la vie, gémit Ève.

Surprise, Joanne se tourne vers Brian pour avoir
une explication.

— Elle a vu un charlatan cette semaine...

— Ce n'est pas un charlatan !

— C'est le dixième gynécologue que tu consultes et il est le seul à recommander une hystérectomie !

— Il est le seul à savoir de quoi il parle !

— Qu'a-t-il dit, au juste ? demande Joanne, ébahie
par cette nouvelle tournure des événements.

Ève lui prend la main et la serre convulsivement.

— Il dit que j'ai un utérus gravement déformé, et
un fibrome...

— Un minuscule fibrome. Nous le savons depuis
des années, intervient Brian.

— Et il dit que c'est sans doute ça qui provoque ces épouvantables douleurs dans mon bas-ventre.

— Et les douleurs dans ta poitrine, dans ton dos, ton estomac, ça vient de là aussi ? rétorque Brian.

— Sans parler du mal aux seins ! raille Ève.

Elle regarde son mari droit dans les yeux. En temps normal, une telle réflexion rassurerait Joanne mais il est trop tard désormais.

— Que dit-il de tes autres douleurs ? demande-t-elle.

— Il ne sait rien des autres douleurs, répond Ève, irritée. Il est gynécologue. Il connaît les utérus et les ovaires. Il ne prétend pas connaître autre chose.

— Et il recommande une hystérectomie ? N'est-ce pas un peu radical ?

— Qu'est-ce que je dois faire, Joanne ? implore Ève. Tu crois que j'envisagerais une chose pareille si je ne souffrais pas ? Tu sais combien j'ai horreur des hôpitaux !

— Franchement, je ne sais que te dire.

— Dis-lui que son toubib est aussi cinglé qu'elle, grommelle Brian. Dis-lui que si elle consulte suffisamment de médecins, elle en trouvera fatalement quelques-uns qui lui diront ce qu'elle veut entendre. Les chirurgiens aiment opérer, quoi, bon Dieu ! Ils sont là pour ça. Tu as une douleur dans le bas-ventre, parfait. On va te faire une hystérectomie. Quoi, tu as mal à l'estomac ? Ablation de l'estomac ! Tu as du mal à respirer ? A-t-on vraiment besoin de poumons, dans le fond ?

— Tais-toi, Brian. Tu es ridicule.

— Ah oui, je suis ridicule ? !

— Calme-toi, Ève, conseille Joanne.

— Pourquoi es-tu venue ? Ce n'est pas samedi, le jour des visites à ton grand-père ?

— J'y suis allée cet après-midi. Il dormait. Il ne s'est pas réveillé.

— C'est de ça que j'ai peur, chuchote Ève. J'ai peur de ne pas me réveiller si je ferme les yeux et si je m'endors.

— Mais bien sûr que tu te réveilleras !

— J'ai peur de m'endormir le soir.

— Tu as besoin de sommeil, voyons !

— J'ai peur de mourir.

— Tu ne vas pas mourir.

— Je ne veux pas mourir, Joanne !

— Mais tu ne mourras pas !

— Alors, qu'est-ce que j'ai ? Pourquoi personne ne peut me dire ce que j'ai ?

— Parce que tu n'as rien, sacré nom de Dieu ! hurle Brian de l'autre bout de la pièce.

— Brian... hasarde Joanne.

— Ça suffit, Joanne, cesse de la dorloter. Elle te manipule. Comme elle manipule tout le monde, ici, toi, sa mère, moi, tous ceux qui l'aiment.

— Tu ne m'aimes pas ! glapit Ève.

— Et il faut que ça cesse, poursuit Brian sans s'occuper des protestations de sa femme. Plus nous cédons à ses folies, plus nous les écoutons, et plus nous leur donnons de l'importance. C'est pour ça que j'ai renvoyé sa mère. C'est pour ça que je te dis de cesser de la dorloter. Ève a besoin d'être soignée...

— C'est toi qui es fou !

— Je vais certainement le devenir si ça doit durer plus longtemps !

— Eh bien, tu n'as qu'à t'en aller, persifle Ève. C'est ça que tu veux faire, hein ?

— Pas du tout.

— C'est à ça que tu veux en venir, hein ? Vas-y, abandonne-moi. Tu n'es jamais là, d'ailleurs. Va-t'en chez Joanne. Elle a un congélateur plein de bonnes tartes maison et un lit géant...

— Ève, calme-toi, supplie Joanne.

— Il est épatant au lit, tu sais, susurre Ève. Il connaît un petit truc qu'il fait avec la langue...

— Ève ! Je t'en prie !

— Et il a une longue queue. Pas trop grosse. Mais bien longue et agréable.

314

— Tu vas la boucler ? crie Brian en marchant sur sa femme, les poings crispés.

— Et de belles petites fesses bien rondes. Des fois, il aime qu'on enfonce son doigt...

La minute suivante est une vision floue. Les poings de Brian s'ouvrent, son bras se détend ; Ève est giflée à toute volée ; sa tête est rejetée en arrière, ses cheveux roux retombent sur sa joue rougie ; elle vacille sur sa chaise et tombe dans les bras de Joanne.

— Brian, arrête ! crie Joanne d'une voix stridente en s'efforçant de retenir la chaise d'Ève. Elle est stupéfaite par la violence soudaine dont elle est témoin.

Les mains de Brian restent en l'air. Il titube un instant. Joanne se demande s'il va perdre connaissance mais il regarde simplement autour de lui, égaré, comme si quelqu'un venait de dire quelque chose qu'il ne comprend pas. Puis il finit par tourner les talons et s'enfuit à la cuisine sans un mot.

Joanne se retourne vers son amie.

Ève la regarde avec une haine féroce.

— Fous le camp, lui dit-elle.

Joanne est dans sa cuisine quand elle entend frapper à la porte d'entrée. Il y a près d'une heure qu'elle est assise à la table, sans bouger. Elle ne cesse de repasser la scène devant ses yeux : les poings crispés de Brian, sa carrure quand il marche sur sa femme, sa main levée, la gifle, la tête d'Ève rejetée en arrière, la chaise qui bascule, les yeux fixes de Brian, la haine dans ceux d'Ève. Fous le camp, Joanne, entend-elle. Fous le camp !

Les coups persistent contre la porte, suivis d'un coup de sonnette. Joanne se force à se lever pour aller à l'interphone. Elle presse le bouton.

— Qui est là ? demande-t-elle.

Sa voix porte jusque dans la rue.

— C'est Brian, Joanne.

Elle ôte son doigt de l'interphone et regarde ses pieds. Que veut-il ? Que reste-t-il à dire ? Elle se dirige vers la porte mais s'arrête brusquement. Pourquoi n'a-t-il pas parlé au lieutenant Fox comme il l'a promis ?

Ses larges épaules bloquent l'entrée.

— Je te rapporte ton plat à tarte, dit-il en le lui tendant. Je l'ai lavé.

— Merci.

— Je peux entrer ?

— Tu peux laisser Ève seule ?

— Elle s'est enfermée dans la salle de bains.

— Tu n'as pas peur qu'elle se fasse du mal ?

Brian manque d'éclater de rire.

— Tu plaisantes ? Pas avant de nous avoir tous enterrés ! s'écrie-t-il. (Il surprend l'expression de détresse de Joanne.) Je t'en prie. Je peux entrer ?

Elle recule pour le laisser passer. Il referme la porte et la suit dans la cuisine.

— Tu veux du café ? propose Joanne en espérant qu'il va refuser.

Il secoue la tête.

— Je ne dors pas en ce moment... Je n'ai encore jamais frappé une femme, dit-il enfin. (Il regarde la nuit par la porte de verre.) Je ne sais pas ce qui s'est passé... J'ai eu un passage à vide, pendant quelques minutes. J'entendais des voix inconnues qui disaient des choses horribles, et vlan ! Quelque chose a craqué. Tout à coup, mes doigts me picotaient, j'avais mal au creux de la main... Je ne voulais pas la frapper, Joanne. Je ne sais pas ce qui s'est passé...

— Que veux-tu que je te dise ? Je ne sais vraiment pas quoi te dire.

— Je devrais faire ce que dit Ève, peut-être. Je devrais partir.

— Tu ne peux pas faire ça !

— Je ne peux pas lui taper dessus chaque fois qu'elle perd les pédales !

Joanne soupire.

— Non, bien sûr. Mais tu ne peux pas la quitter. Qu'est-ce qu'elle ferait ? Comment se débrouillerait-elle ?

— Sa mère reviendrait.

— Tu crois que ce serait bon ?

— Je ne sais pas. Ce que je sais, c'est que je me sens incapable de supporter ça beaucoup plus long-temps. Je vais te parler franchement. Je suis bien près de craquer. Enfin, quoi ! Je viens de battre ma femme ! J'aurais pu la tuer si tu n'avais pas été là ! s'exclame-t-il. (Il rit et ce bruit incongru plane dans l'air qui les sépare.) Qu'est-ce que je raconte ? Elle aurait pu me tuer, elle !

— Elle devrait peut-être se faire faire cette hysté-rectomie, hasarde Joanne.

— Hein ? Pourquoi ?

— C'est peut-être de ça qu'elle a besoin.

— Personne n'a besoin d'une opération inutile !

— Une fois que tu auras réussi à la faire hospita-liser tu pourras peut-être la persuader de voir le psychiatre... (Joanne pense tout haut.) Et si la fausse couche est à la racine de ses angoisses, eh bien, le problème sera supprimé et les autres disparaîtront aussi.

— Ce serait prendre un sacré risque, tu ne crois pas ?

— Je ne sais plus que croire.

— Je prendrai peut-être un café, si ça ne te dérange pas.

Joanne se retourne vers la cafetière. Elle espère cacher son irritation. Pourquoi veut-il du café, maintenant ? bougonne-t-elle *in petto*. Il en a déjà bu deux tasses avec la tarte. Pourquoi est-il venu ici ? Qu'est-ce qu'il attend pour rentrer chez lui ? Elle s'inquiète pour Ève, pour eux tous. C'est facile de perdre tout contrôle, pense-t-elle.

— Tu as vu Paul, dernièrement ? demande Brian quand elle pose la tasse de café sur la table.

— Le week-end dernier, répond-elle, la voix morne et les yeux baissés. Nous sommes allés au camp de vacances voir les petites.

— C'est un bon signe, non ?

Joanne ne dit rien.

— Il y a du progrès ? insiste Brian.

— Pas tellement.

Elle ne veut pas en parler ; elle veut qu'il finisse son café rapidement et qu'il retourne chez lui.

— J'ai du mal à croire que Paul serait assez fou pour t'abandonner, reprend Brian.

Mais où diable mène cette conversation ?

— Tu as quelqu'un ?

Joanne le regarde avec stupéfaction. Elle n'a jamais vu Brian aussi loquace. Où veut-il en venir ?

— Non, réplique-t-elle vivement.

— Et ce prof de tennis ?

— Quoi, ce prof de tennis ?

— Je croyais...

— Il est venu dîner ici un soir, se défend Joanne avec mauvaise humeur. Il est parti de bonne heure.

— Pas de son plein gré, j'en suis sûr.

Joanne pince les lèvres. Qu'est-ce qu'il entend par là ?

— Ève a raison sur un point, poursuit-il. Tu es sensationnelle, depuis quelque temps.

— Je me sens merdeuse, réplique Joanne, le mot exprimant parfaitement son état d'âme. Rien ne vaut une bonne dose de malheur pour vous embellir !

— Comment te débrouilles-tu ?

Il a posé sa tasse et fait le tour de la table pour s'approcher d'elle.

— Eh bien, j'ai découvert où était la boîte à fusibles. Je suis capable de changer toute seule une ampoule électrique. J'ai annulé notre abonnement à *Sports Illustrated.*

Il pose les mains sur ses épaules.

— Je ne me débrouille pas trop mal.

Elle sent la chaleur des doigts de Brian à travers son léger chandail.

— C'est bien vrai ? Ce doit être dur, après toutes ces années...

Joanne repousse sa chaise en arrière, force Brian à la lâcher. Elle se lève.

— Les hommes ne sont pas aussi formidables qu'on le dit. Tu veux encore du café ?

— Non.

Il se rapproche d'elle. Elle sent le rebord du comptoir dans son dos.

— Brian...

Mais il est trop tard. Il n'est qu'à deux doigts de sa bouche ; il l'enlace ; il la serre contre lui ; il lui prend les lèvres. Qu'est-ce que je dois faire, à présent ? se demande-t-elle. Pourquoi lui arrive-t-il tous ces ennuis ? Un prof de tennis de douze ans de moins qu'elle, le mari de son amie folle, un cinglé qui veut la fesser avant de la tuer... Quel est le secret de cette singulière attirance ?

Elle jette un coup d'œil furieux au téléphone tandis que Brian écrase ses lèvres sur sa bouche. Pourquoi ne me téléphones-tu pas maintenant, espèce de salaud ? crie-t-elle en silence.

— Brian...

— Ne me repousse pas, Joanne, j'ai besoin de toi !

— Brian...

— Tu as besoin de moi.

Elle parvient à se dégager de ses bras.

— Je n'ai pas besoin de toi ! crie-t-elle. La seule chose dont j'ai besoin, c'est d'un peu de raison dans ma vie ! Ce qu'il me faut, c'est qu'on me fiche la paix !

Chaque fois que je veux parler à une personne intelligente...

— Pourquoi n'as-tu pas demandé au lieutenant Fox de faire surveiller ma maison ? demande-t-elle tout à coup.

— Quoi ?

— Tu m'avais promis de le faire.

— Qu'est-ce que tu racontes, Joanne ?

— Tu m'as dit que tu demanderais à ton lieutenant de faire surveiller ma maison par une voiture de police.

Il finit par comprendre.

— Je le lui ai demandé.

— Ce n'est pas vrai. J'ai parlé à ton lieutenant Fox. Il ne savait même pas à quoi je faisais allusion.

— Joanne...

Elle s'écarte de lui, rageusement, soulagée d'avoir quelque chose à lancer entre eux.

— Pourquoi ne lui as-tu pas demandé ?

Un long silence plane.

— Je ne pouvais pas, avoue-t-il enfin.

— Pourquoi ? Tu ne me crois pas, toi non plus ? Tu crois que j'imagine ces coups de téléphone ?

— Non.

— Alors, pourquoi ? Tu penses que mon inquiétude n'est pas fondée ? Tu cherchais simplement à ne pas me contrarier ?

— Non.

— Alors, pourquoi ?

— Parce que j'ai peur, marmonne Brian en se détournant du regard furieux de Joanne.

C'est un mot auquel elle ne s'attendait pas.

— Peur ? Peur de quoi ?

Un nouveau silence tombe.

— Peur que ce ne soit Ève qui te téléphone, confesse-t-il d'une voix à peine perceptible.

Joanne reste muette. Ces mots ne sont, après tout, que l'écho de ses propres craintes.

— Es-tu en train de me dire qu'Ève pourrait être l'étrangleur de banlieue ? souffle-t-elle.

Il secoue vigoureusement la tête et son rire incongru résonne de nouveau. Il trouve l'idée très amusante. Son rire se prolonge.

— Dieu, non ! Mais je ne pense pas non plus que la personne qui te téléphone soit l'assassin. Je crois que les deux choses n'ont aucun rapport, dit-il avec un sourire triste. Je crois que nous devrions revenir en arrière. Nous avons tous l'air de devenir fous... Que veux-tu que je te dise, Joanne ? Je suis navré. Pour tout. De ne pas avoir parlé à Fox, de ce qui s'est passé tout à l'heure chez moi, de ce qui s'est passé ici il y a quelques minutes...

Le téléphone sonne.

— Tu veux que je réponde ? propose Brian. Je reconnaîtrais Ève même si elle fait tout pour déguiser sa voix. Tu dois avoir un poste annexe dans ta chambre, dit-il. (Il est déjà dans l'escalier.) Donne-moi une minute avant de décrocher. Laisse sonner encore trois fois. Tu décrocheras à la troisième sonnerie à partir de maintenant.

Le téléphone continue de sonner. Elle écoute les pas de Brian au-dessus de sa tête. A la fin de la troisième sonnerie, elle prend lentement le combiné. A l'autre bout du fil, une voix lui annonce brièvement la nouvelle.

Brian redescend immédiatement auprès d'elle.

— Je suis désolé, Joanne, murmure-t-il.

Il fait un geste inachevé, levant ses mains qui, par sa faute, ont perdu leur pouvoir de consolation.

— Ça devait arriver, lui dit Joanne. Il avait quatre-vingt-quinze ans.

27

Joanne contemple le petit groupe affligé réuni dans la salle. Ils ne sont que sept personnes. Son frère Warren et sa femme Gloria, arrivés par avion de Californie deux jours plus tôt, sont assis à sa droite et à sa gauche, les mains jointes. Derrière elle, son patron, le Dr Ronald Gold et, de l'autre côté de la travée, Paul et la mère d'Ève. Ève n'est pas venue, elle va trop mal ; Brian non plus, il a trop de travail. Joanne a été surprise de voir arriver la mère d'Ève mais elle lui en est reconnaissante. Elle sourit dans sa direction. C'est Paul qui lui rend son sourire.

Leurs filles ne sont pas là. Joanne a jugé qu'il était inutile de les faire revenir du camp, même si Paul offrait d'aller les chercher en voiture. Elle n'est pas abusivement protectrice, se dit-elle, satisfaite de sa décision ; c'est une question de sens pratique. Pour le moment, elle n'a que faire de deux bouches de plus à nourrir, de deux autres ego à soigner. Elle veut, comme le répétait paraît-il Greta Garbo autrefois, qu'on la laisse seule, et elle est ravie que son frère et sa belle-sœur repartent pour la Californie tout de suite après l'enterrement. Elle se sent à l'aise dans sa solitude. Elle sait à quoi s'attendre.

Gloria lui prend la main et chuchote :

— C'est ça le plus triste, quand on vit si longtemps. On survit à tous ses amis. Et presque à toute sa famille.

Joanne hoche la tête. Elle avait oublié que Gloria était si jolie. Le type même de la jeune Californienne avec sa peau bronzée, paraissant bien moins que ses trente-cinq ans. Seule sa voix accuse son âge, vaguement gutturale, avec des accents presque masculins, une voix qui convient très bien au travail qu'elle fait dans la publicité, à la radio et à la télévision. Comme la plupart de ses amies, a avoué un jour Gloria, elle rêvait d'être actrice et d'épouser un médecin. Contrairement à la plupart de ses amies, cependant, elle a réussi à faire carrière à la périphérie du « showbiz », et son mariage s'est révélé durable et réussi. Ses filles sont saines, belles et à l'image de l'époque : elles veulent être mannequins et épouser des idoles du rock. Vivant en Californie, elles s'attendent à réaliser leurs rêves. Ce qui arrivera probablement, pense Joanne.

— C'est difficile de croire qu'il est vraiment mort, dit Warren en contemplant le cercueil ouvert, dans le fond de la chapelle. J'ai toujours cru qu'il allait durer éternellement.

— Il a duré, lui rappelle doucement Gloria.

— Il a l'air si petit. C'était un homme si grand et si fort. Je ne sais pas si tu te souviens de lui, Gloria...

— Comment pourrais-je l'oublier ? répond Gloria dont la voix grave emplit la petite salle. Il était maître de cérémonie à notre mariage, voyons ! Quand il t'a présenté comme mon « amant », j'ai cru que mes parents allaient tomber raides morts !

— Je crois qu'il avait déjà bu quelques verres, chuchote Joanne, et elle pouffe en se rappelant la scène.

— Il n'arrivait pas à se rappeler mon nom, il m'appelait constamment Glynis.

— Il a toujours aimé ce nom-là, Glynis, dit Warren. Joanne et lui se mettent à rire.

— On croirait tout à fait mon grand-père, intervient Ron Gold en se penchant pour s'accouder sur le dossier de leur banc. Il était presque aveugle et tout à fait sénile quand je me suis marié. Alors que nous nous approchions du juge de paix, ma future femme et moi, mon grand-père qui était assis au premier rang s'est écrié : « Qui est ce charmant jeune couple ? »

Son rire se mêle à celui des autres. La mère d'Ève quitte le banc de Paul pour venir s'asseoir à côté de Ron Gold.

— Ton grand-père a toujours dit exactement ce qu'il pensait, dit-elle à Joanne. J'ai téléphoné chez toi un soir ; j'interrompais une réunion de famille pour demander où était Ève, et c'est ton grand-père qui a décroché ; il m'a dit de me mêler de mes affaires. Je lui ai dit qu'Ève était justement mes affaires, alors il a répliqué : « En effet. Mais comme elle n'est pas la nôtre, elle n'est pas ici ! » Et il m'a raccroché au nez !

Elle aussi se met à rire. Joanne se souvient de cet incident, elle revoit l'expression d'horreur sur le visage de sa mère, elle entend ses protestations : « Comment as-tu osé lui répondre comme ça, papa ! » Et son grand-père de s'esclaffer en haussant les épaules.

Elle regarde du côté de Paul. Il est assis tout seul et son attitude révèle un débat intérieur, il se demande s'il va rester où il est ou rejoindre le petit groupe. Joanne est un instant tentée de prendre la décision pour lui, d'aller le chercher et de le ramener. Une vieille chanson lui passe par la tête : « Nous sommes une fami-i-ille ! » Non, se dit-elle en coupant net le concert impromptu. Nous étions une famille. Maintenant, il a des jambes pour marcher. Elles l'ont conduit exactement là où il veut être... à l'écart. Les yeux de Joanne reviennent vers le fond de la chapelle.

La cérémonie est brève. Un psaume est récité, quelques paroles indispensables sont prononcées. C'est terminé.

— Je ne vais pas venir au cimetière, murmure la mère d'Ève en prenant les deux mains de Joanne.

— C'était déjà si gentil de votre part de venir assister à la cérémonie.

— J'ai toujours admiré ton grand-père. Je tenais à ce que tu le saches.

— Merci.

— Ève serait venue mais...

— Je sais.

— J'ai essayé de la persuader de m'accompagner...

— Oui, bien sûr, ça ne fait rien.

— Elle souffrait tellement...

— Je vous en prie, Mrs Cameron. Je comprends.

— Vraiment ?

— Je m'y efforce.

— Sois patiente avec elle, Joanne ! Ne l'abandonne pas. Elle a besoin de toi. Tu as toujours été la seule personne qu'elle a écoutée.

— Vous inversez les rôles, Mrs Cameron. C'est moi qui faisais toujours ce qu'Ève me disait de faire, pas le contraire. Ève était la plus forte.

— Non ! rectifie la mère d'Ève avec assurance. Elle était la plus bruyante. C'était *toi*, la plus forte.

— De quoi s'agit-il ? demande Gloria en effleurant le bras de Joanne.

— Je ne sais trop, avoue tout bas Joanne.

— Tu es prête à partir pour le cimetière ?

— J'aimerais passer quelques minutes seule avec mon grand-père, dit Joanne en se tournant vers le cercueil.

— Nous t'attendrons dehors, murmure Warren.

Elle regarde son frère et sa belle-sœur disparaître derrière Paul et Ron, qui ont échangé un petit salut sec de la tête.

Lentement, Joanne s'avance vers le fond de la chapelle.

Ils ont choisi un cercueil de sapin tout simple. Le corps de son grand-père y est allongé, vêtu d'un costume bleu marine, les yeux fermés, un peu de fard aux joues.

— Tu avais raison, grand-papa, murmure Joanne, certaine qu'il l'entend. Merci.

Elle ouvre son sac et en retire la casquette fripée de Sherlock Holmes qu'elle lui a donnée pour ses quatre-vingt-cinq ans.

— Il faut que tu emportes cette casquette avec toi, dit-elle en souriant.

Et elle pose la coiffure sur les mains jointes du mort.

Elle croit le voir sourire. Elle se penche et embrasse le vieux visage plein de bonté, elle sent la peau froide sous ses lèvres.

— Je t'aime, grand-papa, lui chuchote-t-elle une dernière fois.

— Je regrette vraiment que nous soyons obligés de partir si précipitamment, dit Warren.

Gloria est en train de desservir. Ils sont revenus du cimetière et sont assis dans la cuisine de Joanne, pour boire du café et manger une tarte à la rhubarbe de pâtissier dont Paul a déclaré, d'une voix déçue, qu'elle est bien moins bonne que celles de Joanne.

— Ne dis pas de bêtises, réplique Joanne à son frère. Tu dois rentrer. Tu vas devenir une vedette de cinéma. C'est ta chance !

— Je n'ai pas pu retarder le tournage.

— Tu n'as besoin ni de t'expliquer ni de t'excuser. Je ne risque rien. Vraiment, assure Joanne.

Comment pourrait-elle leur faire comprendre qu'elle a hâte qu'ils s'en aillent ?

— Pourquoi ne viendrais-tu pas avec nous ? demande subitement Gloria.

— Je ne peux pas.

— Pourquoi ? demande Warren en sautant sur la suggestion de sa femme. Tu as encore quinze jours avant que les filles reviennent de vacances.

— Je travaille !

Joanne jette un coup d'œil à Ron Gold, qui paraît aussitôt soulagé.

— Je serais perdu sans elle, dit-il avec un petit rire. J'aimerais faire preuve de noblesse, mais franchement, j'ai besoin d'elle. Si elle me quittait pendant deux semaines, tout s'écroulerait, mon travail, ma vie...

Paul regarde le médecin assis en face de lui.

— Je croyais que Joanne devait vous quitter à la fin du mois.

— J'ai décidé de rester, tranche Joanne.

Paul est visiblement surpris.

— Dieu soit loué ! soupire Ron Gold.

— Je ne savais pas... Quand as-tu pris ta décision ?

— La semaine dernière, répond Joanne. A vrai dire, mon grand-père y est pour beaucoup.

C'est au tour de Warren de s'étonner.

— Grand-papa ? De quelle façon ?

— C'est assez compliqué. Il m'a fait comprendre certaines choses... Ne devriez-vous pas bientôt partir pour l'aéroport ?

— Je ne demande pas mieux que de vous conduire, propose Paul.

— Ce n'est pas nécessaire.

— Ça me ferait plaisir.

— D'accord, dit Warren.

Il regarde sa sœur.

— Tu es sûre que nous ne pouvons pas te persuader de venir avec nous ? demande Gloria.

Mais les deux femmes savent que ce n'est qu'une question de pure forme.

— Pour Noël, peut-être ? hasarde Joanne.

— Superbe ! Je connais exactement l'homme...

Gloria s'interrompt gauchement, en évitant soigneusement le regard de Paul.

— Ce sera parfait ! Laisse-moi tout arranger.

— Je m'en fais une joie par avance.

Le petit groupe se dirige vers la porte.

— Salue Ève de notre part, dit Warren. Dis-lui que je regrette de l'avoir manquée et que j'espère qu'elle va se remettre.

— Promis.

— Vous n'avez pas d'autres bagages ? demande Paul en regardant la petite valise posée par terre, dans l'entrée.

— C'est tout, répond Gloria.

Un silence gêné tombe. Personne ne sait que faire de ses mains ou de ses pieds.

— Prends soin de toi, dit enfin Warren en prenant sa sœur dans ses bras. Si tu as besoin de quoi que ce soit...

— Je téléphonerai.

— J'ai des remords, murmure-t-il avec embarras.

Joanne se recule, pour regarder les yeux troublés de son frère.

— Le remords est une perte de temps.

Il sourit et l'embrasse légèrement sur la joue.

— Comment es-tu devenue si intelligente ?

— Je ne suis pas intelligente, mais je ne suis pas aussi stupide que je l'étais, lui avoue-t-elle à l'oreille.

— Tu n'as jamais été stupide.

— Je t'aime.

— Je t'aime aussi. Embrasse mes ravissantes nièces.

— Fais-en autant pour les miennes.

— Au revoir, Joanne, dit Gloria en embrassant sa belle-sœur. Si les choses ne se sont pas arrangées avant Noël, je connais l'homme idéal.

Sa voix grave baisse encore d'un ton tout en restant parfaitement claire.

— J'ai hâte de le connaître !

Paul s'impatiente et ouvre la porte.

— Prêts ?... Vous venez ? demande-t-il à Ron Gold alors que Warren et Gloria sortent de la maison.

— Je crois que je vais rester encore un moment pour tenir compagnie à Joanne.

Si Ron a conscience de la tension, il n'en laisse rien paraître. Paul hoche la tête et son sourire se fige sur ses lèvres. Il se tourne vers Joanne.

— Je crois que nous devrions avoir une conversation, lui dit-il.

— Ce ne serait pas une mauvaise idée.

— Je pourrais passer ce soir ?

— Très bien.

Il hésite sur le seuil et finit par demander :

— A quelle heure ?

Joanne se demande si elle ne devrait pas l'inviter à dîner, puis elle se rend compte qu'elle n'a pas envie de cuisiner.

— Huit heures et demie, ce serait très bien.

— D'accord. A ce soir.

Paul jette un dernier coup d'œil à Ron Gold avant de suivre Warren et Gloria.

— Croyez-vous qu'il va essayer de vous faire renoncer à votre emploi ? demande Gold quand elle a refermé la porte.

Elle fait un geste vague et lui donne une petite tape rassurante sur l'épaule avant de retourner dans la cuisine. Il la suit.

— Votre frère est charmant, dit-il. Je ne me souviens pas du tout de lui au lycée.

— Il était plus jeune que nous, quelques classes au-dessous.

— Vous êtes certaine de ne pas vouloir aller en Californie avec eux ? Je vous en supplie, dites-moi que vous en êtes sûre.

— Tout à fait sûre, réplique Joanne en riant.

— Je dois avouer que vous m'avez étonné, aujourd'hui.

— Ah oui ? Comment ça ?

— Je pensais que vous alliez...

— Que j'allais craquer ?

— Que vous alliez craquer, répète-t-il.

Elle le considère d'un air songeur.

— Combien de fois peut-on craquer ? On finit toujours par se ressaisir, ou alors on découvre qu'il ne vous reste rien.

— Et vous vous êtes ressaisie ?

— Disons que je suis en train.

— Je suis heureux de l'apprendre. La visite de Paul ne va pas vous bouleverser, ce soir ?

— Probablement.

— Vous croyez que vous serez capable de venir au travail demain ?

— Soyez réaliste, Ron, déclare-t-elle en gardant son sérieux. Sans moi, vous n'êtes bon à rien.

— C'est ce que j'ai compris à l'instant où vous avez retrouvé mon stylo !

Paul entre nerveusement dans le vestibule, ce soir-là, à huit heures et demie précises. Joanne remarque qu'il s'est changé. Il porte une tenue plus décontractée, un pantalon de sport marron et une chemise beige qui fait ressortir ses yeux noirs.

— Comment vas-tu ? demande-t-il en la suivant dans le living-room.

Joanne s'assied promptement dans le fauteuil pivotant que Paul a toujours réquisitionné pour lui ; elle le laisse s'installer dans le canapé, sans savoir si elle le fait exprès.

— Tu veux boire quelque chose ? propose-t-elle.

Paul est immédiatement debout.

— Oui, volontiers. Je peux te servir ?

— Non, merci.

Elle remarque une certaine hésitation dans la démarche de Paul, en dépit de l'apparente assurance de sa voix. Il a conscience d'un changement subtil dans cette maison qu'il a toujours considérée comme la sienne. Tout est pourtant à sa place, mais il est curieusement désorienté, comme s'il ne savait plus où étaient les choses. Elle l'entend se servir à boire, perçoit une nouvelle hésitation sur le seuil du salon.

— Ça m'a fait plaisir de revoir Warren, dit-il en se rasseyant, son verre à la main.

— Il m'a l'air d'aller bien.

— Je ne peux pas dire que je sois fou de sa femme.

— Tu ne l'as jamais été.

— Je n'ai pas confiance en elle.

— Elle n'est pas mal. Je suis sûre qu'elle est pleine de bonnes intentions.

— Ce doit être parce que je n'aime pas les femmes qui ont une voix plus grave que la mienne. (Joanne sourit.) Dommage qu'ils aient dû partir aussi vite.

— Ma foi, je suis une grande fille, maintenant, dit Joanne, agacée par cette conversation. Il faut que j'apprenne à me débrouiller seule.

Cette affirmation paraît dérouter Paul.

— Tu penses sérieusement à aller les voir à Noël ?

— J'y songe, oui. Pourquoi ?

— Simple curiosité.

— Il y a longtemps que je ne suis pas allée en Californie.

— Tu es certaine que Ron t'accordera un congé ?... Tu crois que c'est une bonne idée, de continuer de travailler ?... demande-t-il en considérant son verre pour éviter le regard de Joanne.

— Oui, certainement.

— Et les filles ?

— Quoi, les filles ?

— Elles sont habituées à t'avoir à la maison.

— Elles s'habitueront à me voir travailler.

— Ce sera difficile d'avoir un emploi à plein temps et de t'occuper de ton ménage.

— Eh bien, nous prendrons davantage de repas à l'extérieur, et il faudra que les filles apprennent à m'aider. Je pense que cela leur fera du bien. Et ce sera bon pour moi aussi, affirme-t-elle d'une voix assurée.

Paul vide son verre et le pose sur la table basse, entre eux.

— Tu as changé, constate-t-il après un long silence.

— Tu ne m'as guère laissé le choix.

Cette calme réponse le trouble visiblement.

— Tu n'as pas besoin de travailler, Joanne. Je t'ai promis que tu ne manquerais jamais d'argent. Tu n'as pas à t'inquiéter pour ça.

— Il ne s'agit pas d'argent. Quoique ce ne soit pas tout à fait vrai. Il s'agit aussi d'argent ; en partie... J'aime en gagner par moi-même. Ça me donne une impression de... de liberté, je suppose. D'indépendance. Je ne dis pas que je ne m'attends pas à ce que tu m'aides. Ce que je gagne n'est pas énorme, et j'ai à m'occuper d'une maison. Tu as deux filles que tu dois entretenir...

— Tu parles comme si je ne devais plus revenir !

— Reviendras-tu ?

— Je t'ai demandé de me laisser un peu de temps.

— Je t'ai laissé beaucoup de temps. Le délai est écoulé.

Il redresse vivement la tête.

— Je ne comprends pas. Il y a quelques semaines...

— Il y a quelques semaines, mon mari et moi avons couché ensemble et j'ai cru que toutes les difficultés étaient aplanies. Je me suis réveillée le lendemain matin pour apprendre que rien n'avait changé, et j'ai compris que rien ne changera tant que j'accepterai de supporter la situation.

— Ron Gold a-t-il quelque chose à voir avec cette révélation soudaine ?

Machinalement, Joanne se lève et marche de long en large.

— Ron Gold est un homme charmant et généreux, qui m'a rendu un peu de ce que j'avais perdu au fil des années, ce que j'avais donné, l'estime de moi-même. Pour cette raison, je l'aimerai toujours et je lui serai toujours reconnaissante. Nous n'avons pas de liaison, si c'est ce que tu insinues.

Paul est soulagé.

— Alors, pourquoi cette brusque date limite ? Pourquoi cette précipitation ?

— Voilà près de quatre mois, Paul. Je ne peux pas me permettre de perdre plus de temps à attendre que tu saches ce que tu veux faire de ta vie. Je dois m'occuper de la mienne. C'est ce que mon grand-père m'a fait comprendre. Je suis allée le voir, quand nous sommes revenus du camp. J'étais bouleversée. Comme d'habitude, je lui ai ouvert mon cœur, en me plaignant de toutes les choses terribles qui m'arrivaient quand, soudain, il a ouvert les yeux et m'a demandé si je voulais échanger ma place avec la sienne... Je ne sais pas ce qui s'est passé. Quelque chose a craqué en moi, et j'ai compris que je n'avais pas envie de changer de place avec un vieil homme agonisant. Je suis jeune, ou du moins je ne suis pas encore vieille, et il y a beaucoup de choses que je veux faire... Je t'aime, Paul. Je t'aime de tout mon cœur. Tu es le seul homme que j'aie jamais aimé. Je veux que tu reviennes à la maison. Mais je refuse d'être manipulée plus longtemps, et je n'ai aucune envie d'attendre encore que tu retrouves la raison pour t'apercevoir que je vaux mieux que toutes les Judy de la terre !

Une expression d'étonnement passe dans les yeux de Paul.

— Et si tu ne l'as pas encore découvert par toi-même, poursuit-elle, c'est ton problème, pas le mien. Plus maintenant... Les filles vont rentrer dans moins de quinze jours. Nous redeviendrons une famille, ou pas. J'attendrai jusque-là avant de consulter un avocat.

— Joanne...

— Je ne veux pas te revoir, Paul, dit posément Joanne. A moins que ce ne soit pour te voir arriver avec tes valises.

Elle se dirige vers la porte d'entrée.

— Va-t'en, je t'en prie.

Le lendemain matin, Joanne est réveillée par des coups bruyants au-dehors, juste avant sept heures. Elle tend la main vers son réveil qui se met brusquement à sonner.

— Mon Dieu ! s'exclame-t-elle en sursautant.

Comprenant qu'il y a quelqu'un à la porte, elle se lève et va à l'interphone, sur le mur de sa chambre.

— Allô ? dit-elle d'une voix encore ensommeillée. Il y a quelqu'un ?

Personne ne répond.

Joanne reste parfaitement immobile. Ces coups n'étaient pas un rêve. Elle sait qu'il y a quelqu'un, ou quelque chose, qui l'attend en bas.

333

Lentement, elle ouvre sa penderie et prend sa robe de chambre. Ses pieds nus foulent le tapis de l'escalier.

Elle arrive dans le vestibule, colle son corps contre la lourde porte de chêne pour regarder par le judas. Elle ne voit rien. Avec précaution, elle tend la main vers le bouton du système d'alarme et la retire vivement en s'apercevant qu'il n'est pas branché. En regardant la porte comme si elle pouvait voir au travers, elle repasse rapidement dans sa tête les événements de la soirée. Elle voit Paul sortir dans la nuit tiède, elle regarde sa voiture démarrer et sortir en marche arrière de l'allée, elle sent le poids de la porte contre son épaule alors qu'elle la referme sur lui. Elle se voit dans la cuisine où elle se prépare du thé, elle se rappelle la chaleur du liquide dans sa gorge sèche, la soudaine fatigue qui pèse sur elle alors qu'elle se déshabille et se glisse dans son lit pour un long sommeil sans rêves. Et les coups bruyants à la porte, juste avant la sonnerie de son réveil réglé sur sept heures.

Elle n'a aucun souvenir du système d'alarme. Elle l'a oublié... encore une fois. Tu oublierais ta tête si elle n'était pas bien vissée sur tes épaules, gronde gentiment sa mère.

— Allons-y, Joanne ! s'exclame-t-elle tout haut.

Elle ouvre la porte.

La chose est là, à ses pieds, à côté du journal du matin, grande et noire et singulièrement appropriée.

Joanne se baisse et ramasse la couronne mortuaire. Elle la porte dans la maison et dégage lentement la petite enveloppe glissée dans le feuillage délicat. Avec un calme surprenant, elle la décachette et en retire la petite carte. Il n'y a qu'un seul mot sur le bristol blanc, en grandes capitales noires : BIENTÔT.

28

Joanne met de l'ordre dans sa maison.

On est samedi soir. Elle a passé la journée à aller d'une pièce à l'autre, à faire le ménage, à désodoriser, à réorganiser... Le grand nettoyage de printemps, bien que l'automne arrive. Depuis plusieurs heures, elle range les chambres des filles ; elle jette des papiers dont elles n'ont plus besoin, fait le tri dans les placards des vêtements trop petits, trop vieux ou trop usés pour être encore portés. Elle prend soin de ne pas sacrifier les vieilles choses qu'on adore, de ne pas imposer ses goûts à ses filles. Elles doivent prendre elles-mêmes leurs décisions. Elle n'est là que pour leur faciliter les choses à leur retour de vacances, la semaine prochaine. Ce sera déjà assez difficile pour elles de rentrer et d'apprendre que leur mère n'est plus là. Elle n'a pas l'intention de disparaître sans se défendre.

Elle a encore du temps ; elle pourrait téléphoner en Californie pour dire à son frère qu'elle a changé d'idée et qu'elle prend le premier avion. Mais cela ne ferait que retarder l'inévitable, et elle en a assez des retards, assez d'attendre. L'attente ne servirait qu'à mettre en danger la vie de ses filles et ne sauverait pas la sienne. Elle ne pourrait pas rester éternellement à Los Angeles. Un jour, il lui faudrait revenir et il serait là, à la guetter. Finissons-en, se dit-elle en replaçant sur l'étagère les livres époussetés de Robin.

Tout est en ordre, à présent. La maison est propre. Les vêtements d'automne remis à neuf sont accrochés dans les penderies, le congélateur est plein de provisions. Elle est prête pour le mois de septembre, même si elle ne sait pas si elle sera là pour en profiter. Elle sait, instinctivement, que son tortionnaire frappera cette semaine. Avant le retour des filles. Avant que les voisins qui sont partis pour l'été rentrent chez eux.

Joanne retourne dans sa chambre et va tout droit au téléphone. Elle a plusieurs coups de fil à donner. Assise sur le bord du lit immense, elle décroche et forme un numéro. Elle s'étonne quand Paul répond à la première sonnerie.

— Je pensais justement à toi, dit-il.

Comme il n'ajoute aucune explication, elle dit ce qu'elle a à dire :

— Je voulais m'assurer, pour la semaine prochaine, que tu irais bien chercher les petites à la gare routière.

— Dans huit jours, confirme-t-il. A treize heures.

— Tu l'as noté ? insiste-t-elle. Tu n'oublieras pas ?

— Joanne ! Tout va bien ?

— Mais oui, très bien, affirme-t-elle d'une voix ferme. Je voulais simplement être certaine. Paul...

Elle s'interrompt. Comment peut-elle lui demander, sans l'alarmer, de prendre soin des filles si jamais il lui arrivait quelque chose ? Elle ne peut pas. Elle ne peut que se fier à lui. Elle sait qu'il ira les chercher.

— Oui ?

— Ne sois pas en retard, dit-elle. Tu sais comment elles sont, si on les fait attendre.

Elle lui dit au revoir avant qu'il ait le temps de poser une nouvelle question. Ensuite elle appelle son frère, en Californie.

— Warren ?

— Joanne ! Tout va bien ?

— Tout va très bien. Je voulais simplement vous dire bonjour, savoir comment s'est passé le tournage de ton film.

— J'ai été très bien. Une étoile est née, que veux-tu que je te dise ! Quoi de neuf ?

— Rien, répond-elle. (Elle sent que ce qu'il veut savoir, c'est s'il y a quelque chose de changé, mais il

n'y a rien de changé, à part elle-même.) Et maintenant, que vas-tu faire ?

— Retomber dans la même ornière : des seins à
gonfler aux silicones, même scénario tous les jours.
Des seins et des culs. C'est la Californie, que veux-tu
que je te dise ? répète-t-il en riant.

— Je t'aime, Warren.

— Je t'aime bien aussi.

En raccrochant, Joanne regarde l'heure. Près de
neuf heures du soir. Elle a un dernier coup de téléphone à donner mais elle doit descendre rechercher
le numéro.

Rapidement, elle va à la cuisine, feuillette son carnet d'adresses et trouve ce qu'elle cherche.

— Camp Danbee, répond une voix féminine quelques instants plus tard.

— Je voudrais parler à mes filles, dit Joanne. Je
sais que c'est interdit par le règlement du camp
mais c'est important.

— Le nom de vos filles, s'il vous plaît ? demande
sa correspondante qui a compris qu'il serait inutile
de discuter.

— Robin et Lulu... Lana... Hunter.

Une pause, pendant laquelle elle entend un bruissement de pages tournées.

— Elles sont au centre de récréation, en train de
regarder un film.

— Pourriez-vous aller les chercher, s'il vous plaît ?

— Cela demandera quelques minutes. Voulez-
vous qu'elles vous rappellent ?

— Dans combien de temps ?

La personne est manifestement perturbée.

— Eh bien, au moins deux minutes pour aller là-
bas, autant pour les ramener. Pas plus de cinq minutes en tout. Est-ce que c'est un cas urgent, Mrs Hunter ? Est-il arrivé un malheur auquel je doive les
préparer ?

— Non, non. Ce n'est pas ce genre d'urgence. J'ai
simplement besoin de leur parler.

— Elles vous rappellent dans quelques minutes.

— Merci.

Joanne raccroche et garde une main sur le combiné, en attendant que le téléphone sonne.

Ce qui ne tarde pas.

— Allô, Robin ?

La voix au bout du fil est stridente et complètement affolée.

— Joanne ! C'est la maman d'Ève !

— Mrs Cameron ? (Joanne est vaguement inquiète mais ne veut pas occuper la ligne.) Qu'y a-t-il ? Il est arrivé quelque chose à Ève ?

Les mots qui suivent sont précipités, entrecoupés, et Joanne a du mal à comprendre de quoi il s'agit.

— Je ne sais pas. J'ai appelé pour savoir comment elle allait et elle s'est mise à hurler, à me traiter de tous les noms ; je suis une sorcière, dit-elle, j'ai gâché sa vie et elle aimerait que je sois morte !

— Je vous en supplie, Mrs Cameron, calmez-vous. Je suis certaine qu'Ève ne le pense pas. Vous savez qu'elle n'en pense pas un seul mot.

— Je ne sais plus rien, gémit la pauvre femme. Tu aurais dû l'entendre, Joanne ! Ce n'était même plus sa voix. Elle était comme inhumaine. Ce n'était pas sa voix. Elle dit qu'elle est ma petite Ève, Joanne, mais ce n'est pas elle. C'est quelqu'un qui se sert de son corps. Ce n'est pas ma petite fille. Un bébé ne souhaiterait pas la mort de sa maman !

— Que voulez-vous que je fasse ?

Joanne regarde sa montre et devine la réponse.

— Va la voir, Joanne. Je t'en supplie. Brian n'est pas à la maison. Elle est seule. Je lui ai dit que j'allais venir mais elle a répliqué qu'elle me tuerait si j'essayais de m'approcher d'elle. Je ne sais que faire. Tu habites tout près. Elle ne te fera pas de mal, à toi. Je t'en prie, va la voir. Assure-toi qu'elle va bien.

Joanne contemple la nuit, à travers la porte de verre coulissante.

— D'accord, dit-elle après une brève hésitation.
— Et rappelle-moi !
— Quel est votre numéro ?

Impatiente, Joanne cherche dans le tiroir de la petite table un crayon taillé ; elle en trouve un avec tout juste assez de mine pour écrire et griffonne le numéro que lui dicte Mrs Cameron.

— Rappelle-moi ! entend-elle encore en raccrochant.

Sa main est encore sur l'appareil quand la sonnerie reprend.

— Allô, Robin ? dit-elle immédiatement.
— Maman ? demande une petite voix effrayée mais claire. Tout va bien ?

Tout le monde me demande ça, pense Joanne, soulagée d'entendre sa fille.

— Tout va très bien, ma chérie.
— Alors, pourquoi téléphones-tu ?
— Vous me manquez... Je voulais simplement vous parler pendant deux minutes.

La voix de Robin devient très douce, très basse. Joanne croit la voir changer de position, mettre une main autour du combiné pour que personne, auprès d'elle, n'entende ce qu'elle dit.

— Maman, tu sais que le règlement l'interdit. Tout le monde me regarde comme si quelqu'un était mort ou quelque chose de ce genre. Qu'est-ce que je vais leur dire ?

— Dis-leur que tu es navrée de les décevoir mais que pour le moment, au moins, je suis encore bien en vie.

— Maman !... Tu as bu ?!

Joanne rit tout haut.

— Faut-il que je sois ivre pour avoir envie de parler à mes filles, que j'aime tendrement ?

— Ma foi, bafouille Robin, le règlement l'interdit.

— Dis-leur qu'il y a eu un changement dans les dispositions prises pour aller vous chercher et que j'ai dû téléphoner, parce que j'avais peur qu'une lettre n'arrive pas à temps.

— Plutôt vaseux, comme prétexte.

— Eh bien, trouve quelque chose de mieux.

Un silence tombe, plus long que le premier.

— Et si je leur disais que tu appelles pour nous annoncer que papa et toi vous êtes de nouveau ensemble ?

Joanne ne dit rien.

— C'est ça, maman ? C'est pour ça que tu appelles ?

— Non.

Nouveau silence.

— Je t'aime, maman.

— Moi aussi, mon trésor.

— Lulu est là qui rouspète parce qu'elle rate le film. Tu ferais bien de lui parler.

— Au revoir, ma poupée, dit Joanne.

Robin passe l'appareil à sa sœur.

— Qu'est-ce qui se passe ? gémit Lulu et, curieusement, sa petite voix plaintive est rassurante.

— Rien du tout, ma chérie. Vous me manquez, c'est tout, et je voulais vous dire bonsoir.

— C'est défendu !

— Je sais.

— Je suis en train de rater le film, maman. Mrs Saunders est venue nous chercher juste au moment le plus passionnant !

— Tu as passé un bon été ?

— Ouais, c'était super.

Joanne voit l'impatience et la perplexité dans les yeux de sa fille cadette.

— Tu crois que tu seras prête à reprendre l'école dans quelques semaines ?

— Probable. Dis, maman, nous ne pourrions pas parler de ça plus tard, quand nous serons de retour à la maison ?

— Bien sûr. Excuse-moi, ma chérie. Retourne vite voir ton film.

— Papa va bien ?

— Très bien.

— Et ton grand-père ?

Cette question, à laquelle Joanne ne s'attend pas, la surprend.

— Il est mort, dit-elle finalement, ne sachant comment répondre autrement.

— Quoi ? Pourquoi tu ne nous l'as pas dit ?

Joanne imagine Lulu qui se tourne vers sa sœur et les autres personnes présentes, s'il y en a.

— Le grand-papa de maman est mort, leur annonce-t-elle.

— Quoi ? s'écrie Robin à l'arrière-plan.

Joanne entend un peu de remue-ménage et Robin reprend l'appareil.

— Notre arrière-grand-père est mort ? répète-t-elle en faisant pour la première fois un rapprochement entre le grand-père de sa mère et elle-même. Quand ?

— Il y a une semaine... dix jours, peut-être. Mais ça va, ajoute précipitamment Joanne. Maintenant, tu peux leur dire qu'il y a eu un décès dans la famille, conclut-elle en réprimant une brusque envie de rire.

— Maman !

— Retourne vite voir ton film, mon petit lapin. Ton père ira vous chercher à la gare routière, la semaine prochaine. Je vous aime toutes les deux.

— Je t'aime aussi.

— Moi aussi ! crie Lulu à côté de sa sœur.

— Mrs Hunter ? murmure une autre voix, plus âgée.

— Oui ?

— Ici Mrs Saunders. Je voulais simplement vous présenter mes condoléances.

— Merci, répond Joanne avant de raccrocher.

Elle s'approche de la porte de verre et contemple la nuit. Lentement, sans aucune intention consciente, elle ouvre les deux verrous et fait coulisser la porte. L'air tiède de la nuit l'enveloppe, l'attire sur la terrasse comme les bras d'un amant pour un baiser furtif.

Elle regarde au fond de la fosse qui occupe presque tout son jardin. Une nuit idéale pour un bain de minuit, pense-t-elle, en descendant lentement les marches qui attendent encore leur dernière couche de vernis. Elle se voit glisser gracieusement d'un bout à l'autre de la piscine. Le bassin est assez long pour nager confortablement, pas seulement pour barboter. Malgré tout, barboter est encore ce qu'elle fait de mieux. Elle se promet de prendre des leçons de natation, si elle survit à cet été-là. Peut-être pourrait-elle même se remettre au tennis, se dit-elle en s'approchant du bord pour chercher des yeux, dans l'obscurité, la raquette de tennis qu'elle y a jetée. Elle ne la voit pas. Elle décide soudain de s'acheter cette nouvelle raquette dont lui a parlé Steve Henry, si elle survit à l'été.

Tout est calme. Une douce brise caresse ses bras nus. Elle entend le bruissement familier des feuilles dans les arbres et retourne par la pensée au cottage de ses grands-parents. Elle ferme les yeux, perçoit les voix basses de ses parents et de ses grands-parents dans la pièce voisine. Dans sa tête, elle entend le lointain sifflement nostalgique d'un train. Elle se sent paisible, presque sereine.

La sonnerie du téléphone, dans la cuisine, la ramène brusquement dans le présent. Elle se retourne vers le bruit et aperçoit Ève qui la regarde, furieuse, par la fenêtre de sa chambre, dans la maison voisine.

Joanne monte rapidement les marches de la terrasse et rentre en laissant la porte coulissante ouverte derrière elle.

— Allô ? dit-elle au téléphone, hors d'haleine.
— Tu as parlé à Ève ?
— Mrs Cameron...
— Tu l'as vue ?

— Je n'ai pas encore eu le temps...

— Comment, tu n'as pas eu le temps ?!

— Je vais lui téléphoner tout de suite, Mrs Cameron, et je vous rappellerai dès que je lui aurai parlé.

— Ne téléphone pas. Vas-y !

— Je vous rappelle, promet-elle.

Depuis quelque temps, toute sa vie tourne autour du téléphone. D'une main hésitante, elle forme le numéro de la maison voisine. Elle entend cinq, six sonneries avant qu'on décroche. Puis c'est le silence.

— Ève ? demande-t-elle. Tu es là, Ève ?

La voix qui répond est lointaine, comme si sa correspondante était au bout du monde.

— Que veux-tu ?

— Je veux savoir ce qui se passe ! Ta mère vient de me téléphoner. Elle est bouleversée...

— Tout comme autrefois, ricane la voix lointaine.

— Où est Brian ?

— Qui ?

— Tu es seule ?

— Seule avec mes douleurs. (Ève rit d'un rire qui est bien le sien.) Tu veux nous rejoindre ?

— Tu veux que je vienne ? Vraiment ?

— Je meurs, Joanne.

Ève se met soudainement à pleurer.

— Tu ne meurs pas.

— Si, je meurs ! glapit Ève. Je meurs et personne ne veut me croire !

— Je viens.

— Tout de suite !

— Tout de suite.

— Je meurs, Joanne.

— Attends au moins que je sois arrivée.

— Je ne sais pas si je pourrai.

— Mais si, mais si, affirme Joanne. Tiens bon. J'arrive.

— Dépêche-toi !

— J'arrive tout de suite.

Joanne raccroche précipitamment et s'élance vers la porte d'entrée en oubliant ses clefs. Elle revient à la cuisine, les cherche dans son sac, retourne à la porte et se souvient brusquement qu'elle a laissé celle de la cuisine grande ouverte.

— Idiote, marmonne-t-elle en courant la fermer et la verrouiller. Tu oublierais ta tête si elle n'était pas bien vissée.

Le téléphone sonne. Sa main se lève automatiquement pour décrocher.

— Je suis en train de partir, Ève ! crie-t-elle.

— Mrs Hunter, susurre la voix et le cœur de Joanne se serre atrocement. Vous avez aimé les fleurs, Mrs Hunter ?

Elle ne dit rien, elle serre ses clefs dans sa main, à se faire mal.

— J'ai été navré d'apprendre la mort de votre grand-père, reprend la voix. Dans un sens, je parie que vous êtes ravie. Une obligation de moins. Ça vous laisse plus de temps pour vous amuser.

— Qui êtes-vous ? demande Joanne en maîtrisant sa voix.

— Ah, si je vous le disais, ça gâcherait la surprise, pas vrai, Mrs Hunter ? Et nous ne voulons pas de ça, n'est-ce pas ? D'autant plus que je serai bientôt là, vous pourrez me voir de vos yeux. Je viens vous chercher, Mrs Hunter.

Un soupir s'échappe de la gorge de Joanne.

— Ah, j'aime ça, Mrs Hunter. Très sexy. La peur et la surprise, c'est ma combinaison favorite.

— Vous êtes fou ! Malade !

— Et vous êtes morte, réplique la voix. (Elle cesse un instant de la taquiner mais reprend presque aussitôt ses accents rauques, sa cadence envoûtante.) Je viens pour vous, Linda.

— Attendez ! Non... Mon nom n'est pas... Vous vous trompez de...

Qu'allait-elle dire ? se demande-t-elle quand l'inconnu a raccroché. Vous vous trompez de numéro.

C'est une autre Mrs Hunter que vous voulez ?
Qu'est-ce que cela peut faire, si elle est la Mrs Hunter qui va mourir ?

Elle entend l'affreuse voix répéter : « Et vous êtes morte. »

Elle court vers la porte, ses clefs à la main, branche le signal d'alarme et se précipite dehors.

29

Joanne traverse les deux pelouses, en jetant un coup d'œil furtif dans la rue. Elle glisse ses clefs dans la poche arrière de son jean. Il y a une cabine téléphonique, au coin de la rue. A cette distance, dans le noir, il est impossible de savoir si elle est occupée. Les lampadaires éclairent peu, ils ne servent qu'à définir et à accentuer les ombres. Y a-t-il quelqu'un, là-bas ?

« Je viens pour vous, Linda. »

C'est bien ma chance, pense-t-elle en sautant sur le perron d'Ève pour frapper bruyamment à la porte. Elle n'est pas celle qu'il veut. L'histoire de ma vie, se dit-elle. L'histoire de ma mort.

Personne ne vient lui ouvrir.

— Ève ! crie-t-elle. (Elle garde le doigt sur le bouton de sonnette et frappe encore.) Ève, c'est moi, Joanne ! Ouvre-moi !

« Je viens pour vous, Linda. » Sa tête lui tourne.

— Ouvre-moi, Ève. Allons ! Je ne vais pas rester plantée là pendant cent sept ans !

Elle entend une faible voix, à l'intérieur.

— Je ne peux pas ouvrir, Joanne.

— Pourquoi ?

— Je mourrai si j'ouvre la porte.

Et je mourrai si tu ne l'ouvres pas, pense Joanne.

— Ève, pour l'amour du ciel ! Ouvre !

« Je viens pour vous, Linda. »

— Je ne peux pas.

— Ouvre cette bon Dieu de porte ! hurle Joanne.

La porte s'ouvre immédiatement. Elle se rue à l'intérieur et la claque derrière elle.

— Qu'est-ce que c'est que cette histoire, tu meurs si tu ouvres la porte ? demande-t-elle avec rage, mais soulagée d'être à l'abri.

— J'ai si peur, geint Ève.

Elle recule vers l'escalier et s'assied lourdement sur la dernière marche, repliée sur elle-même.

Joanne regarde fixement son amie. Ses cheveux sont relevés, tirés et retenus par toute une collection de pinces géantes, son peignoir de coton sale sent la sueur, ses pieds nus flottent dans de vieilles pantoufles avachies.

— Peur de quoi ?

— Je ne veux pas mourir.

— Tu ne vas pas mourir.

— Je veux vivre, Joanne. Qu'est-ce qui m'arrive ? Aide-moi !

Joanne va rejoindre Ève au pied de l'escalier. Elle lui met un bras autour des épaules et la sent frémir involontairement.

— Écoute-moi, Ève. Écoute-moi jusqu'au bout. Ce que j'ai à te dire va probablement te déplaire...

— Dis-le, murmure Ève, étonnamment docile.

— Tu fais une dépression nerveuse, explique Joanne aussi affectueusement qu'elle le peut. Tu n'es pas en train de mourir. Je sais que c'est l'impression que tu as, mais tu n'es *pas* en train de mourir.

Ève, toujours aussi étonnamment, ne discute pas. Elle relève simplement la tête, interroge Joanne des yeux et demande posément, cliniquement :

— Comment définis-tu une dépression nerveuse ?

Joanne rit presque, en pensant qu'elle fait peut-être elle-même une dépression nerveuse. Le paralytique conduisant l'aveugle, exemple classique.

— Je ne suis pas sûre, commence-t-elle avec franchise, de savoir comment un psychiatre la définirait, mais, pour moi, quelqu'un qui est déprimé, c'est quelqu'un qui a cessé de fonctionner.

— Et tu crois que c'est mon cas ?

— Ça ne l'est pas ?

Ève ne dit rien.

— Il y a quatre mois, explique Joanne, tu étais une femme active, débordante de vie : un professeur de psychologie qui suivait des cours du soir pour passer son doctorat, une centrale électrique qui s'arrangeait pour avoir des journées de trente heures, tous les jours, qui prenait des leçons de tennis et faisait de la gymnastique, qui n'arrêtait pas. Je te contemplais avec stupeur, avec admiration. Je ne pouvais croire qu'une seule personne en faisait tant !

— Et maintenant ? demande Ève d'une voix morne.

— Maintenant, tu ne fais rien. Tu te consacres tout entière à être malade.

— Je souffre ! réplique Ève en s'arrachant à l'étreinte de son amie. Qu'est-ce que tu me veux ? Tu crois que ça me plaît d'être impotente ?

— Je ne pense pas que tu aies le contrôle de...

— Qu'est-ce que je dois faire, Joanne ? Qu'est-ce que je suis censée faire, pour mes douleurs ?

Elle se relève et se met à marcher de long en large dans l'entrée, comme un animal en cage.

— Je sais que tu ne crois pas à mes douleurs...

— J'y crois, Ève !

— Tu penses que c'est mon esprit qui les crée.

— Oui, reconnaît Joanne avec simplicité. Supposons que je me mette le doigt dans l'œil... Disons qu'il y a une raison physique à tes souffrances qui a échappé à tous les médecins. Il y a des milliers de gens dans ce pays qui souffrent de douleurs chroniques que les médecins sont incapables de diagnostiquer ou de soigner. Finalement, ces gens doivent faire un choix. Ils peuvent faire de la souffrance le centre de leur vie, ce qui est exactement ce que tu fais, ou bien ils reconnaissent que la souffrance est là, qu'elle va rester là, et qu'ils ne peuvent pas y faire grand-chose, sauf réussir leur vie malgré tout.

— Je devrais ignorer la douleur...

— Autant que tu peux. Je sais que tu penses que c'est facile à dire...

— En effet...

— Pourtant ça ne l'est pas! Ça ne l'est pas parce que je passe par une épreuve semblable depuis des mois.

Ève s'arrête d'arpenter le vestibule.

— Qu'est-ce que tu racontes?

Joanne hésite, puis elle murmure:

— Les coups de téléphone.

Ève met quelques secondes à comprendre et répète avec dédain:

— Les coups de téléphone! Tu es persuadée que tu es la prochaine victime de l'étrangleur, et c'est *moi* qui suis folle?

— D'accord, d'accord! C'est peut-être moi qui suis folle. Franchement, je n'en sais trop rien. Mais ça n'a pas d'importance, dans le fond. Je crois, moi, que je reçois ces coups de téléphone de quelqu'un qui dit qu'il va me tuer. Il m'a appelée ce soir, juste avant que je vienne ici. Il a dit qu'il allait venir bientôt. (Ève éclate de rire.) Le fait est que ça dure depuis des mois et que personne ne veut me croire; ou si l'on me croit, on me dit qu'il n'y a aucune raison de s'inquiéter et qu'on ne peut rien y faire. J'ai fini par comprendre que je ne peux rien y faire non plus. J'ai fait tout ce que j'ai pu: j'ai prévenu la police, j'ai changé deux fois de numéro de téléphone, j'ai fait poser de nouvelles serrures et installer un système d'alame. Ensuite, j'ai le choix: ou je m'enferme dans ma maison pour l'éternité, ou je profite de mon mieux de ce qui me reste de vie, je continue de *vivre!* (Elle guette, dans les yeux d'Ève, une lueur de compréhension, mais son regard demeure vide.) Je ne veux pas mourir ! Mon grand-père me l'a fait comprendre. Il reste néanmoins certaines choses qui dépassent mon contrôle et je suppose que c'est ça, être adulte : apprendre à accepter les choses contre lesquelles on ne peut rien. Ça ne me plaît pas. Pour tout te dire, ça me fait même une peur bleue. Mais je n'ai pas le choix, n'est-ce pas ? Je peux faire de ma peur le centre de ma vie ou je peux...

— Vivre avec ? ironise lourdement Ève.

— D'accord, j'arrête. Je commence à me répéter.

— Nos deux situations ne sont pas comparables, déclare résolument Ève.

— Je crois que si.

— Je me fous de ce que tu crois comme d'un pet de lapin ! glapit furieusement Ève et elle repousse Joanne pour monter quatre à quatre.

— Ève !

— Va-t'en chez toi, Joanne !

— Laisse-moi t'aider ! implore Joanne. (Elle la suit dans l'escalier et entre dans la plus grande des pièces de devant, celle qui sert de bureau à Brian.) Mon Dieu ! Qu'est-ce qui s'est passé ici ?

Joanne contemple avec stupeur la pièce naguère en ordre ; on dirait qu'il y a eu une tentative de cambriolage. Des livres jonchent le tapis, le fauteuil de bureau est renversé, il y a des papiers et des dossiers par terre, jetés n'importe où, piétinés.

— Qu'est-ce qui est arrivé ici ? répète-t-elle dans un souffle.

— Le cyclone Ève.

Et elle tend la main pour faire basculer quelques papiers encore en équilibre au bord du bureau de Brian.

— Mais pourquoi ?

— Il a dit qu'il allait me faire interner. (Ève ricane en s'asseyant au centre du chaos et elle rafle une poignée de papiers qu'elle roule en boule.)

Il se sert d'une bouteille, ajoute-t-elle énigmatiquement.

— Quoi ? Qu'est-ce que tu racontes ?

— L'étrangleur de banlieue, chuchote Ève d'une voix chantante. Il paraît qu'il ne peut pas faire le travail tout seul... J'ai beaucoup lu, ces temps-ci. Il paraît que ça pourrait même être une femme.

Son ton a un côté bizarre, macabre, insinuant. Joanne regarde fixement celle qui est son amie intime depuis trente ans et la voit sourire, s'amuser visiblement.

— Ce pourrait être moi.

— Ne dis pas de bêtises ! proteste Joanne.

— Comment sais-tu que ce n'est pas moi ? Tu crois que je suis folle. Pourquoi ne serait-ce pas moi ?

— Parce que je te connais. Parce que je sais que tu ne peux faire de mal à personne sauf...

— Sauf quoi ? demande vivement Ève. Tu t'es arrêtée. Finis ce que tu allais dire !

— Tu ne peux faire de mal à personne, sauf à toi-même, dit tout bas Joanne. (Elle laisse retomber les papiers qu'elle a ramassés machinalement.) Tu as fait une fausse couche, Ève. Cela ne fait pas de toi une mauvaise femme. Ça ne veut pas dire que tu as échoué ou que tu es une ratée. C'est un accident qui a échappé à ton contrôle. Pendant combien de temps vas-tu te punir pour ça ?

— Aussi longtemps que tu t'entêteras à exercer illégalement la psychiatrie, rétorque Ève sans sourire en donnant un coup de pied dans un dossier.

— Très bien, je suis arrivée jusqu'ici, autant aller jusqu'au bout...

— J'ai hâte de t'entendre !

— Je ne pense pas que tu aies peur de la mort. Je crois que tu as peur de la vie.

— Une hypothèse intéressante...

— Je crois que tu te fixes des buts impossibles à atteindre. Tu n'es pas la seule. Je suis aussi coupable que toi. A un moment donné, nous nous sommes fourré dans la tête qu'il ne suffisait pas d'être une épouse et une mère mais qu'il fallait être de *parfaites* épouses et mères. Et pendant que nous dirigeons parfaitement nos parfaites petites maisons, on attend de nous que nous soyons aussi de parfaites femmes d'affaires qui réussissent dans leur profession. Et, bien sûr, il vaut mieux être jeune et belle, pour faire tout ça. Eh bien, merde ! Nous vieillissons. Nous grossissons. Nous avons des veines apparentes et des rides, et nous sommes fatiguées. Nous ne sommes pas parfaites. Ça ne fait pas de nous des ratées, Ève ! Est-ce que tu comprends ce que je veux te dire ? Ce n'est pas ta faute si tu as fait une fausse couche...

— Je le sais.

— Tu en es sûre ?

Ève pose sa tête sur ses genoux, se balance d'avant en arrière et quand elle répond, sa voix n'est qu'une plainte :

— N'importe quelle imbécile peut avoir un enfant. Pourquoi pas moi ?

Joanne ne sait que dire. Elle s'approche doucement de son amie, lui met un bras réconfortant autour des épaules.

— Nos mères avaient la vie plus facile, dans un sens, dit-elle distraitement alors qu'Ève commence à sangloter. Elles avaient à obéir à des règles et à des principes, elles avaient un rôle à jouer. Et non pas *tous* les rôles à la fois. Elles... Ah, mon Dieu !

Ève, surprise par l'arrêt brusque du flot de douces paroles apaisantes, demande à travers ses larmes :

— Qu'est-ce qui t'arrive ?

— Nos mères...

— Et alors ?

— Ma mère s'appelait Linda.

— Tu te sens bien, Joanne ?

Joanne se relève brusquement.

— Il m'a appelée Linda! Ce n'était pas une erreur!

— Je ne comprends rien à ce que tu dis.

— Ce n'était pas une erreur sur la personne. Il m'a appelée Linda parce qu'il croit que c'est mon nom, et c'est naturel! C'est le seul nom qu'il a jamais entendu; jamais grand-papa ne m'a appelée autrement.

— Je ne comprends rien à ce que tu dis, répète Ève.

— Tout se tient. Voilà d'où il tenait ses renseignements, comment il savait tout ce que je faisais. Il était tout le temps là, à m'écouter raconter ma vie et me défouler, tous les samedis après-midi. Dieu, Ève! Je sais qui il est!

— Écoute, Joanne, tu me fais peur.

— Il faut que je téléphone! Où est ce foutu téléphone?

Joanne se rue sur le bureau; l'appareil est sous les papiers, par terre, débranché.

— Tu ne peux pas t'en servir! glapit Ève d'une voix aigre.

— Il faut que j'appelle la police, Ève!

— Non! Je sais ce que tu veux faire! Tu veux appeler l'hôpital. Tu crois que je suis folle. Tu veux qu'on vienne me chercher. Brian t'as dit de faire ça.

— Non, Ève, je te jure...

— Je veux que tu fiches le camp d'ici!

— Ève, je sais qui me téléphone, qui menace de me tuer. C'est ce garçon de la maison de santé. Il se peut qu'il soit l'étrangleur de banlieue. Il faut que je prévienne la police!

— Non!

Ève arrache le téléphone des mains de Joanne et le jette à l'autre bout de la pièce; elle pousse un cri de triomphe quand il s'écrase contre le mur en faisant sauter des éclats de peinture.

— Va-t'en d'ici! hurle-t-elle. Va-t'en d'ici avant que je te tue moi-même.

— Ève, je t'en supplie...

— Va-t'en !

— Appelle Brian, supplie Joanne en fuyant les poings de son amie. Je t'en prie, dis-lui que je sais qui me téléphone, que je sais qui est le tueur ! Dis-lui de me téléphoner...

— Fous le camp !

Ève se baisse et ramasse un livre. Joanne le voit voler vers elle mais elle est incapable de s'écarter à temps et elle reçoit le volume dans le dos. En larmes, elle se jette dans l'escalier tandis qu'Ève continue de hurler derrière elle. Elle ouvre la porte d'entrée et s'enfuit.

Quelques secondes plus tard, Joanne est à sa porte, elle entend claquer celle d'Ève, dans la nuit, cherche fébrilement ses clefs dans les poches de son jean. Elle entend un bruit, tout près, et se retourne vivement.

Il n'y a rien.

Calme-toi, se dit-elle. Pas de panique. Tes clefs sont là, quelque part, tu les as mises dans ta poche, se rappelle-t-elle en priant le ciel qu'elles ne soient pas tombées au cours de sa mêlée avec Ève. Il faut qu'elles soient là !

Elle les découvre enfin, dans sa poche arrière, sous de vieux mouchoirs en papier.

— Heureusement ! marmonne-t-elle et elle tourne la clef en hâte dans la serrure, pousse la porte, la referme, tend le bras vers le système d'alarme.

Le voyant vert n'est pas allumé.

— Oh non ! gémit-elle. Encore ! Mais comment puis-je être aussi bête ? A quoi bon avoir un système d'alarme si j'oublie constamment de brancher ce foutu bidule ?

D'un geste rageur, elle appuie sur le bouton, puis elle respire profondément et va décrocher son téléphone pour former le 911, le numéro d'urgence de police secours. Au bout de trois sonneries, elle a une réponse et se met aussitôt à parler :

— Allô ? Je voudrais qu'un agent...

— Vous avez demandé police secours...

— Oui, je voudrais qu'un...

— Ceci est un enregistrement. Toutes les lignes sont présentement occupées...

— Ah, merde !

— Si vous avez besoin du secours de la police, ne quittez pas, quelqu'un répondra dès que possible à votre appel. Si vous souhaitez qu'une voiture de police aille chez vous, laissez votre nom et votre adresse après le signal sonore...

Joanne raccroche, se frotte le front. A quoi bon laisser son nom et son adresse ? Mais, immédiatement, elle décroche et redemande police secours. Ce qui importe, c'est de vivre, se dit-elle en écoutant l'enregistrement qui la prie, encore une fois, de décliner son identité après le signal.

— Joanne Hunter, dit-elle en énonçant clairement, puis elle donne son adresse complète et implore : Je vous en supplie, dépêchez-vous !

Ensuite, elle décide de rester au bout du fil, au cas où un être humain entendrait son appel.

Trente minutes plus tard exactement, Joanne entend une voiture s'arrêter devant la maison. Elle guette le bruit des pas sur les marches du perron, des coups à la porte, mais elle ne perçoit rien d'autre que le flot de musique enregistrée ruisselant du téléphone.

Elle fait passer l'appareil d'une main dans l'autre. Ses doigts sont raides, ankylosés. Elle étire sa nuque qui craque, ses épaules sont crispées. Lentement, prudemment, elle tourne la tête à droite et à gauche, et son regard se pose distraitement sur la porte de verre de la cuisine.

Elle le voit debout, dans l'obscurité, le visage pressé contre la vitre, cherchant à voir à l'intérieur. Avant de prendre le temps de réfléchir, avant de remarquer l'uniforme, elle pousse un hurlement dément.

— Police, annonce l'ombre en brandissant quelque chose dans sa main droite, une plaque, comprend Joanne.

Au même instant, on tambourine à la porte de devant. Joanne lâche le téléphone. Le combiné se balance et frappe contre le rebord d'un élément, au rythme des coups à la porte.

Elle se précipite dans le vestibule.

— Qui est là ? crie-t-elle en regardant par le judas l'agent en uniforme.

— Police, répond-il. Nous avons reçu une demande de secours d'urgence à cette adresse.

— Oui, j'ai téléphoné, s'exclame Joanne en s'apprêtant à ouvrir.

Elle se souvient que le système d'alarme est branché, appuie sur le bouton, ouvre vivement la porte. Le policier est mince et jeune ; il paraît à peine plus âgé que Robin ; il regarde nerveusement de tous côtés.

— Quel est le problème ? (Il s'avance vers la cuisine et montre son collègue, derrière la vitre.) Vous permettez ?

Joanne hoche la tête et le laisse ouvrir le verrou sur le côté.

— Il y en a un autre, en bas, indique-t-elle.

Un instant plus tard, le second policier, un peu plus grand et peut-être un peu plus âgé que le premier, les rejoint.

— Je suis l'agent Whitaker, annonce le premier policier, et voici l'agent Statler. Quel est le problème, au juste ?

Joanne est sur le point de répondre quand elle perçoit une petite voix. Les agents l'entendent aussi et tous trois tournent la tête vers le combiné du téléphone qui se balance au bout de son fil. Joanne se précipite.

— Allô ?

— Ici police secours, lui répond une voix humaine. Que pouvons-nous pour vous ?

— C'est police secours, explique Joanne aux deux agents. Je ne voulais pas quitter.

L'agent Statler prend l'appareil.

— Ici l'agent Statler. Nous sommes sur les lieux. Merci, dit-il avant de raccrocher. Alors, qu'est-ce qui vous arrive, exactement ? demande-t-il en faisant le tour de la cuisine du regard. Vous avez aperçu un rôdeur ? Vous êtes blessée ?

— Non. Je sais qui est l'étrangleur de banlieue, annonce-t-elle.

Le deux hommes échangent un coup d'œil agacé et sceptique.

— Nous représentons le secours d'urgence de la police, madame, lui rappelle l'agent Whitaker.

— Il s'agit d'une urgence ! affirme Joanne avec véhémence.

— Je vois. Cette personne est ici avec vous, en ce moment ?

— Non... Mais il vient de téléphoner... tout à l'heure, il a dit qu'il arrivait.

— Gentil de sa part de vous avertir, observe l'agent Statler en dissimulant à peine un sourire ironique.

— Écoutez, je ne suis pas folle ! (Elle sait que c'est exactement l'impression qu'elle donne.) Le sergent Brian Stanley habite à côté. Il peut vous dire que je ne suis pas folle.

— D'accord, Mrs Hunter, dit l'agent Whitaker après un coup d'œil à ses notes pour vérifier le nom. Vous avez téléphoné et signalé une urgence. Vous avez demandé qu'un véhicule de police vienne à votre adresse. Nous sommes ici, maintenant. Dites-nous ce que vous pensez savoir et nous ferons de notre mieux pour enquêter dans ce sens dès que nous pourrons.

— Dès que vous pourrez ? Qu'est-ce que ça veut dire ?

— Dites-nous ce que vous croyez savoir, répète-t-il.

Joanne se hérisse en percevant la condescendance implicite de ces mots.

Dites-nous ce que vous *croyez* savoir ! Comme si elle ne savait rien du tout, mais croyait seulement savoir ! Pourquoi a-t-elle pris la peine de téléphoner ? Qu'est-ce qu'elle espérait ? Qu'est-ce qu'elle *croyait* espérer ?

— Depuis des mois, il me téléphone, leur dit-elle quand même. Pour me dire que je suis la suivante...

— Vous avez signalé ces appels à la police ?

— Oui, mais je ne savais pas qui c'était. La voix me paraissait familière mais c'était une voix très bizarre, difficile à identifier. Maintenant, je comprends qu'il imitait la voix de mon grand-père, pas très exactement bien sûr, mais cette voix cassée des vieilles personnes et...

— Je ne vous suis pas.

— Tous les samedis, voyez-vous, je rends visite à mon grand-père, ou plutôt je lui rendais visite, jusqu'à sa mort, il y a une dizaine de jours. Et tous les samedis, il y avait un jeune garçon qui venait voir son grand-père à lui. Il était toujours avec sa mère, mais la mère ne pouvait pas être l'assassin, parce qu'elle n'était pas constamment dans la chambre quand je parlais à mon grand-père. Elle sortait parfois, pour aller fumer une cigarette, et le garçon avait l'air de dormir mais, en réalité, il devait faire semblant : il écoutait. Il écoutait tout ce que je racontais à mon grand-père. C'est comme ça qu'il savait que les filles seraient en camp de vacances, que mon mari m'avait quittée...

— Vous êtes divorcée ? interrompt l'agent Statler.

— Nous sommes séparés, précise-t-elle. (Elle se demande si cela la rend moins intéressante et voit qu'il note cette information dans son carnet.) Enfin, c'est seulement après que Sam Hensley a été transféré dans la chambre de mon grand-père que j'ai commencé à recevoir des coups de téléphone. Ève m'a demandé une fois quand ils avaient commencé, et je n'ai pas su lui dire...

— Sam Hensley ? Ève ? demande l'agent Whitaker.

— Sam Hensley est le grand-père du garçon. Ève est mon amie, la femme de Brian Stanley, du sergent Brian Stanley. Tout se tient, comprenez-vous. Comment il connaissait mon numéro de téléphone, comment il savait que je l'avais fait changer...

— Ce garçon s'appelle Hensley ? demande l'agent Statler. (Le sérieux de sa voix est démenti par le pétillement amusé de ses yeux.) Vous pouvez m'épeler ça ?

— C'est le vieux monsieur qui s'appelle Hensley. Le nom du garçon est différent... Mon Dieu, qu'est-ce que c'est ? murmure Joanne en fouillant dans sa mémoire.

Elle voit le jeune homme devant elle, mais ses traits sont indistincts, flous. Elle n'a jamais remarqué son visage, son allure. Il était simplement là, à chaque fois, il faisait partie des meubles. Un gentil garçon, se souvient-elle, mais pas de ceux dont on se souvient. Elle revoit la mère qui écarte son fils sans ménagement. Elle est la plus facile à décrire, elle a de la substance, du poids, une voix sonore qui se grave dans votre mémoire. Joanne entend la mère qui tente d'arracher son fils au petit écran de télévision en noir et blanc du salon d'attente de la clinique : « Alan ! »

— Dieu, comment s'appelle-t-il déjà ? Alan... Alan quelque chose... Alan Crosby ! s'écrie-t-elle triomphalement. C'est ça. Alan Crosby. Il doit avoir dix-neuf ou vingt ans. C'est tout ce dont je me souviens. Je n'ai jamais fait très attention à lui.

— Merci, Mrs Hunter, nous allons étudier ça, dit l'agent Statler en refermant son carnet.

— Quand ? demande Joanne.

— Nous allons commencer tout de suite, promet l'agent Whitaker en devançant son camarade. On est samedi soir, mais nous ferons ce que nous pourrons.

— Essayez de ne pas vous faire de mauvais sang, Mrs Hunter, conseille l'agent Statler en ouvrant la porte de devant. Nous avons arrêté un type, hier soir, que nous soupçonnons d'être l'étrangleur. Nous faisons simplement quelques dernières vérifications avant d'annoncer son arrestation. Mais fermez quand même à double tour vos portes et fenêtres. Il y a pas mal de dingues lâchés dans la nature. Si cet Alan Crosby vous a menacée, nous y mettrons fin bientôt. Je crois que vous n'avez pas à vous inquiéter, mais si cela peut vous aider à dormir plus tranquillement, nous ferons des rondes par ici, plusieurs fois dans la nuit.

— Je vous remercie infiniment, dit Joanne.

Elle ferme la porte sur eux, à double tour, et rebranche le système d'alarme.

— Et voilà, dit-elle tout haut. Il paraît que je suis en sécurité !

Elle éteint dans le vestibule et monte dans sa chambre.

30

Joanne est épuisée. La journée a été longue, la soirée encore plus. Mais le cauchemar est terminé et en contemplant son lit immense, elle ne pense qu'au bonheur de poser enfin sa tête sur l'oreiller. Elle s'habitue même à dormir seule. C'est comme n'importe quel espace, se dit-elle en jetant ses affaires sur le fauteuil bleu. On s'y fait sa place.

Traînant ses pieds nus sur l'épaisse moquette, elle entend sa mère la morigéner : « Soulève tes pieds en marchant, voyons ! » Elle entre dans la salle de bains et ouvre les robinets de la baignoire. Elle est courbaturée, ses muscles sont douloureux ; elle a besoin d'un bon bain chaud pour se détendre, pour s'assurer d'une bonne nuit de sommeil.

Elle pense à Ève, à la police, à Alan Crosby. Elle voudrait faire le vide et chasse résolument ces lambeaux d'idées.

En apercevant son corps nu dans la glace, elle ne se détourne pas, au contraire. Elle marche vers son reflet, prend le temps de s'examiner des pieds à la tête. Elle se regarde dans les yeux et se juge à haute voix :

— J'ai plus de quarante ans. Je suis une femme d'un certain âge... adulte...

Elle baisse les yeux sur ses seins, sur son ventre bombé, sur la toison, au-dessous.

— Je suis une femme.

Impulsivement, elle s'assied brusquement sur le tapis de bain, devant la glace, et prend une des poses qu'elle se souvient d'avoir vues dans le magazine de Paul, il y a des mois. Les épaules en arrière, les genoux remontés et bien écartés, elle lance un défi à son reflet.

— Tu as toujours l'air ridicule, dit-elle en riant à son image qui rit avec elle. Nous devrions peut-être poser pour un de ces magazines !

Montrer au monde de vrais seins et de vrais culs, pas de ces imitations trafiquées qu'on essaie de faire passer pour de l'authentique, des aberrations parfaitement rondes qui ne bougent ni ne vieillissent. Rappeler au monde ce qu'étaient les femmes avant que les silicones et la chirurgie essaient de leur faire croire qu'elles peuvent rester éternellement jeunes.

Joanne se relève d'un bond et se penche pour toucher ses orteils, en se regardant entre ses jambes écartées.

— Tiens, bonjour, Joanne Hunter, je vous aurais reconnue n'importe où ! dit-elle et elle se tire la langue. Même chose pour toi, ma vieille.

360

Elle se redresse à demi et pivote sur les hanches, son torse décrit un cercle presque complet, et elle se félicite.

— Pas mal du tout pour une femme de plus de quarante ans.

Penchée sur la baignoire, elle ferme les robinets. L'eau est très chaude, un peu trop peut-être, pense-t-elle en entrant dans le bain. Elle appuie ses épaules contre la porcelaine blanche et l'eau clapote sous son menton. Des gouttes de sueur se forment sur son front et sa lèvre supérieure. Elle ferme les yeux, étire devant elle ses bras et ses jambes. Je pourrais m'endormir maintenant, se dit-elle. Me laisser simplement aller et sombrer dans le sommeil.

Elle entend un bruit et son corps se crispe aussitôt. Elle décolle ses épaules, se redresse, remonte les genoux vers sa poitrine, tend l'oreille. Mais c'est le silence et, au bout de quelques instants, elle se détend et se rallonge dans son bain. Il n'y a aucune raison de s'inquiéter. Le système d'alarme est branché ; l'étrangleur de banlieue a été appréhendé, la police surveille la maison. Le cauchemar est fini. Presque, chuchote une petite voix. Ne ferme pas les yeux. Ne t'endors pas.

Elle ferme les yeux malgré le conseil silencieux, mais il est déjà trop tard. Elle n'est plus seule dans la baignoire. Ève l'y a rejointe ainsi que les deux agents qui étaient là, il y a une éternité, et Alan Crosby, les traits flous derrière un odieux sourire. Ils ne lui laissent aucune place pour se détendre, pour s'étirer. Joanne rouvre les yeux, prend la savonnette et se hâte de se savonner et de se rincer ; elle enjambe le rebord de la baignoire qui est devenue une véritable piscine publique. Il y a trop de monde. Elle a besoin de solitude.

De retour dans sa chambre, Joanne prend un T-shirt dans un tiroir et le passe. Elle se dirige vers son lit lorsque quelque chose la fait changer d'idée, la force à se détourner. Presque contre sa volonté, elle marche sur la pointe des pieds dans le couloir, elle regarde d'abord dans la chambre de Robin, puis dans celle de Lulu, s'assure que les deux pièces sont désertes et pense fugitivement que tout ira mieux quand elles seront de nouveau occupées, la semaine prochaine. Elle se surprend à anticiper avec plaisir le retour de ses filles, la venue de l'année suivante. Sa première année d'adulte à part entière, pense-t-elle.

En passant devant l'escalier, elle décide de vérifier une dernière fois le système d'alarme. Elle se souvient de l'avoir branché lors du départ des agents, mais depuis quelque temps, sa mémoire lui joue des tours et elle veut en être assurée.

Quelques secondes plus tard, dans le vestibule, elle voit briller le voyant vert : tout est branché, elle ne risque rien.

En passant dans la salle à manger, elle regarde par la fenêtre et elle est rassurée quand elle voit passer une voiture de police qui ralentit devant la maison. Elle agite la main, pour faire signe aux agents, mais la pièce est obscure et ils ne doivent pas la voir. Malgré tout, elle se sent mieux de les savoir là.

Elle est fatiguée, si fatiguée qu'il y a comme un martèlement dans sa tête. A peine est-elle entre les draps qu'elle ferme les yeux. Ne ferme pas les yeux, prévient la petite voix. Ne t'endors pas !

— Va-t'en, lui dit-elle impatiemment en regardant le jeune Kevin McCarthy embrasser pour la dernière fois la belle Dana Wynter.

Joanne dort déjà quand sa tête retombe sur l'oreiller.

Elle joue aux cartes avec son grand-père.

Il gagne, ce qui ne la surprend pas. Ce qui l'étonne, c'est le nombre de personnes réunies dans cette chambre de la maison de santé de Baycrest, pour les regarder jouer. Au début, leurs figures sont indistinctes, elles se confondent, croquis impressionnistes réduits à un simple contour ; les traits sont mal définis, ce ne sont que de vagues taches de couleur et de lumière. Joanne les examine, les traits familiers se mélangent, se combinent, disparaissent. Les yeux de sa mère sous les cheveux roux flamboyants d'Ève. Les bras de Lulu accrochés aux épaules de Robin, le grand rire sonore de son père sortant de la bouche de Paul.

Allez-vous-en, leur dit-elle silencieusement. Je ne peux pas me concentrer si vous me tournez autour, tout le temps. Ne bougez pas ou allez-vous-en ! Mais le singulier public s'incruste, les cartes s'évanouissent. Elle est à présent dans une cabine insonorisée ; son grand-père, un vieil animateur de jeux, lui pose une question. Elle participe à un jeu télévisé, comprend-elle ; elle carre ses épaules et rentre son ventre pour la caméra. Si elle répond bien aux questions, lui dit quelqu'un, elle gagnera un petit pain au lait géant. Mais la sono est mauvaise, dans la cabine, les phrases commencent clairement mais finissent en borborygmes. Comment peut-on répondre à une question si l'on ne l'entend pas ? demande-t-elle en saisissant des bribes d'encouragements criés par le public.

Nous te soutenons, énonce clairement sa mère, mais elle n'entend pas les mots. Elle hoche la tête, elle s'inquiète. Joanne ne veut pas décevoir sa mère, elle a été sage, elle a bien étudié. Tous ses amis sont là et elle ne veut pas les décevoir.

Tu ne peux pas nous faire ça, lui dit nettement son père, puis le son est coupé. Nous t'aimons, articule-t-il en silence.

Nous devrions partir, maintenant, dit Ève. Te laisser te concentrer.

Je t'aime, lui dit Paul.

J'ai besoin de vous, lui rappelle Ron Gold.

Ils sont enfin partis. Elle est seule. Il y a un craquement menaçant, dans la cabine, comme si elle venait d'être électrocutée. L'air crépite autour d'elle.

Es-tu... ta question ? demande son grand-père d'une voix cassée qui s'éloigne et revient.

Je n'entends pas. Joanne gesticule mais il ne la voit pas, ou alors il fait exprès de l'ignorer.

Voilà... question, dit la voix.

Je ne t'entends pas. Je n'ai pas saisi...

La date... commencement de... ?

Pardon ? Je ne t'entends pas. Des mots m'échappent. Je ne connais pas la question.

Joanne est prise de panique, elle sait que sa cabine de verre est devenue une prison sans air. Elle veut sortir mais elle doit d'abord répondre correctement à la question, avant d'être délivrée. Frénétiquement, elle interroge les visages qui l'entourent, mais il n'y a là que des inconnus dont les figures se fondent, dont les corps sont inséparables des murs contre lesquels ils s'adossent. Le souffle coupé, elle s'aperçoit qu'elle est dans une salle pleine d'Alan Crosby.

La cabine de verre n'est pas une prison, comprend-elle avec une détresse soudaine en la regardant disparaître. C'était ce qui la gardait en vie. Maintenant, elle est seule et sans protection, dans une salle pleine d'assassins.

Quelle est la date du commencement de la guerre des Boers ? demandent les voix collectives et les corps se rapprochent.

Je ne sais pas, gémit Joanne.

Mais si, tu le sais, insistent les voix. Tu n'as qu'à demander à Lulu. Elle nous a dit qu'elle ne l'oublierait jamais.

De quoi parlez-vous donc ?

Linda...

Nous étions là quand tu l'as dit à ton grand-père.

Linda...

Nous connaissons la combinaison de ton système d'alarme.

Linda...

La voix d'Ève tranche soudain parmi les autres. Je meurs, Joanne, crie-t-elle. Aide-moi !

J'arrive ! hurle Joanne en repoussant le cercle étouffant des Alan Crosby, ses clefs serrées dans sa main. Elle s'arrête un instant pour appuyer sur les boutons de son système d'alarme, avant de sortir en courant.

Quelle est la date du commencement de la guerre des Boers ?

J'ai branché le système d'alarme.

Linda...

Je l'ai branché avant de partir mais il ne l'était plus quand je suis revenue.

Linda...

Je l'ai branché. Quelqu'un l'a débranché.

Il est dans la maison.

Il y a toujours été.

Joanne s'assied tout à coup dans son lit, les yeux grands ouverts de terreur.

— Linda...

La voix emplit la chambre.

— Linda...

Les yeux de Joanne se tournent vers l'interphone, sur le mur. Elle ne dort pas. Elle est bien réveillée. La voix qu'elle entend ne fait pas partie de son rêve. Elle est réelle. Elle fait partie de son cauchemar. Elle est bien réelle.

Alan Crosby est dans la maison.

— Réveillez-vous, Linda, chantonne la voix enfantine. Je viens vous chercher.

Joanne se met à trembler violemment. Elle a la nausée. Où est-il ? De quelle pièce lui parle-t-il ? Où peut-elle se cacher ? Comment peut-elle s'enfuir ?

Pourquoi n'a-t-elle pas fait installer les fameux boutons de panique ? Elle s'en veut à mort. Karen

Palmer lui a bien dit de faire installer des boutons de panique.

— Linda... Je sais que vous êtes réveillée, maintenant. Je le sens. Je sens votre peur. J'arrive.

Ça n'aurait rien changé, pense-t-elle. Il aurait trouvé un moyen de passer outre, tout comme il a trouvé le moyen d'entrer ce soir. Il a dû prendre les clefs dans son sac et les remettre en place après les avoir fait reproduire. Elles ont disparu après une visite à son grand-père, elles ont reparu après une autre de ces visites. Pourquoi n'a-t-elle pas fait le rapprochement ?

— Prête ou non, Linda... j'arrive !

Il joue avec elle. Un jeu d'enfant stupide. Un jeu mortel. Cache-cache. Le chat et la souris.

Joanne regarde autour d'elle, affolée, alors qu'un silence total l'environne. La voix a disparu. La maison est absolument silencieuse à part le bruit léger de sa propre respiration. Il est là, quelque part dans la maison, il se déplace, il vient la chercher.

Tu vas rester là à l'attendre dans ton lit ? demande une petite voix furieuse. Remue-toi !

Joanne reste pétrifiée sous les couvertures.

Remue-toi, espèce d'idiote !

Elle saute à terre. Où dois-je aller ? implore-t-elle, les jambes flageolantes. Maintenant que je suis levée, que dois-je faire ?

Elle saute sur son téléphone, coince le combiné entre son oreille et son épaule et s'efforce de former le numéro. Mais ses doigts se bloquent dans les petits cercles de plastique et elle doit recommencer. Les yeux rivés sur la porte, elle tâtonne sur les trois chiffres qui la mettront en communication avec la police.

— Vous avez demandé police secours, lui apprend bientôt un enregistrement familier. Toutes nos lignes sont présentement occupées...

Joanne entend un autre déclic, une voix différente au bout du fil.

— Je peux vous aider, Linda ? demande la voix, moins humaine que l'enregistrement.

Joanne raccroche et retient son souffle, trop terrifiée pour bouger.

Elle peut s'enfermer dans la salle de bains, pense-t-elle, mais elle y renonce immédiatement. Comme son sosie imaginaire dans la cabine de verre, elle serait prise au piège. Une épingle à cheveux suffirait pour ouvrir la porte, et il n'y a rien, dans la salle de bains, pour se défendre. Paul a emporté son rasoir.

Son seul espoir est de sortir de la maison.

Elle regarde par la fenêtre de sa chambre. Elle est au deuxième étage. Même si elle réussit à sauter, elle risque de se blesser grièvement dans sa chute, et il n'aurait plus alors qu'à la trouver et à l'achever.

Il faut qu'elle sorte. La police continue peut-être ses rondes. Elle se tourne vers la pendule. Plus de deux heures du matin. Les agents sont-ils encore là, dehors ? Elle doit sortir.

Où est Alan Crosby ? Dans quelle pièce l'attend-il ? Est-il toujours près du téléphone dans la cuisine ou est-il monté subrepticement ?

Elle retient sa respiration, guette le moindre son, mais n'entend rien. Elle regarde fébrilement de tous côtés. Que peut-elle utiliser pour se défendre ? Un cintre ? Un soulier ? Ses yeux reviennent vers le téléphone. Pourquoi pas ? se dit-elle en arrachant le fil du mur et en le brandissant devant elle, comme un fouet.

Lentement, elle va vers la porte de sa chambre.

Elle scrute l'obscurité du couloir mais ne voit rien. Se cache-t-il dans la chambre de Lulu ? Dans celle de Robin ? Était-il là, sous le lit, quand elle y a jeté un coup d'œil tout à l'heure ? L'a-t-il observée avec un plaisir morbide pendant qu'elle dormait ? Son cœur remonte dans sa gorge, l'étouffe, son estomac se révulse. Joanne se force à sortir de la chambre. Si seulement elle pouvait arriver jusqu'à l'escalier !

Ses pieds nus glissent sur le tapis, lentement, vers la première marche. Va-t-il la laisser descendre ?

Prudemment, son pied s'y pose. Elle descend. Elle est en bas. Il suffit d'arriver jusqu'à la porte de devant...

Elle voit le mouvement avant de percevoir le bruit, elle entend un cri perçant et crie à son tour ; des mains se tendent vers sa gorge. En pleine panique, elle laisse tomber le téléphone qu'elle a pris pour se défendre, un autre cri monte, de douleur cette fois ; le mot « merde ! » échappe à Alan Crosby, ses mains s'éloignent, tout se passe si vite qu'elle est presque à la porte avant de se rendre compte qu'elle lui a lâché le téléphone sur les pieds ; les cris du garçon se mêlent à ses propres hurlements de terreur.

Elle est dehors et la sirène d'alarme lance son appel strident dans tout le quartier.

Ève la regarde à l'une des fenêtres de sa chambre.

— Ève ! glapit-elle. (Elle court sur la pelouse vers la maison voisine, mais Ève disparaît.) Ouvre-moi !

Elle s'arrête un instant entre les deux maisons, attendant qu'Ève ouvre sa porte. Tournant la tête, elle voit Alan Crosby lui sourire, dans la lumière de son perron. Il tient quelque chose à la main. Elle distingue le scintillement d'une longue lame argentée.

Remue-toi ! ordonne la petite voix en elle et elle obéit instantanément, ses pieds nus frappent les dalles de l'allée entre les deux maisons, en direction de son jardin.

Et maintenant ? gémit-elle en silence, en contemplant le grand trou bétonné. Ma tombe, pense-t-elle. Et elle court vers les trois marches basses pour descendre dans la piscine vide.

Il n'y a pas de lune et seulement quelques étoiles. Il ne la verra pas. Il ne verra pas la fosse. Il tombera dedans et se rompra les os !

Allons donc ! se dit-elle aussitôt en entendant les battements de son cœur contre ses côtes. Comme s'il n'avait pas examiné avec soin chaque centimètre carré de son jardin. Elle tâtonne contre la paroi de la piscine, elle se glisse vers le grand bain, tandis que la sirène continue de hurler dans la nuit. Où est la police ? Si seulement elle pouvait échapper à ce garçon jusqu'à l'arrivée de police secours !

Peut-être est-il déjà parti. Le bruit de la sirène l'a chassé. Elle ne risque plus rien.

Elle l'entend. Il est là, au-dessus d'elle, il suit le bord du bassin. Peut-il la voir ? L'a-t-il déjà vue ?

Joanne baisse la tête, s'efforce de respirer sans bruit. Elle sent la rugosité du béton contre ses jambes nues. Comment est-elle habillée ? Elle baisse les yeux, porte ses mains vers le renflement de ses seins, les grandes lettres blanches lui sautent aux yeux, comme imprimées en trois dimensions : J'AI PASSÉ LA NUIT AVEC BURT REYNOLDS... proclament-elles fièrement. Bon Dieu ! se dit-elle en plaquant ses mains sur l'inscription pour ne plus la voir. Entre tous les T-shirts, pourquoi faut-il qu'elle ait choisi celui-là ?

Je ne peux pas croire que je me soucie de ma tenue ! Les réflexions de Karen Palmer lui reviennent. A quoi pensent les gens quand ils affrontent une mort certaine ? Je n'ai jamais eu de pensées bien profondes, dit-elle à l'image de Karen, pour s'excuser. Je ne peux pas me transformer en Kant ou en Hegel sous prétexte qu'il ne me reste que quelques minutes à vivre...

— Linda ?

La voix s'insinue dans l'obscurité comme un serpent dans l'herbe. Il est quelque part, au-dessus d'elle, de l'autre côté de l'endroit où elle se blottit. Est-ce qu'il la regarde ? Il est possible qu'il ne l'ait pas vue. Peut-être espère-t-il que le son de sa voix va l'effrayer et la faire se trahir. Il est essentiel de ne pas bouger.

— Linda ? appelle encore la voix, bien plus près.

Où sont ces foutus policiers ? Pourquoi ne sont-ils pas là ? A quoi bon un système d'alarme si personne n'y fait attention quand il se déclenche ?

La pauvre folle qui criait au loup, pense-t-elle en se rappelant toutes les fausses alertes. Où sont les agents Whitaker et Statler ? Ils disaient qu'ils allaient surveiller la maison. Mais c'était il y a des heures. Il est plus de deux heures du matin. Ils doivent être au lit, à présent, endormis depuis longtemps.

Un léger mouvement se fait au-dessus de sa tête et elle comprend une fraction de seconde trop tard que c'est une main qui descend vers elle. Instantanément, ses cheveux sont saisis, la force de son assaillant la soulève. Elle se tord le cou et voit étinceler un couteau dans la nuit. Un glapissement horrifié s'échappe de ses poumons tandis que le couteau s'abat et lui tranche les cheveux.

— Les cow-boys et les Indiens ! s'écrie joyeusement le garçon alors que Joanne retombe et s'affale de l'autre côté de la courbe du boomerang, au fond du grand bain.

— Lâchez-moi ! crie-t-elle en levant les yeux vers lui.

— Je n'en ai pas fini avec vous, réplique-t-il en riant, attendant de voir de quel côté elle va bondir.

— La police va arriver...

— J'ai tout mon temps, déclare-t-il avec assurance.

— Je vous en prie...

— Vous avez raison. Je ne devrais pas être trop confiant. Je devrais commencer tout de suite à vous faire passer ce bon moment que je vous ai promis...

Joanne se glisse contre la paroi de la piscine, vers le petit bain. Il avance en même temps qu'elle.

— C'est ça. Venez donc dans les bras de papa !

Joanne voit avec horreur Alan Crosby sauter dans le petit bain, devant elle.

Affolée, elle se précipite vers les marches ; ses orteils heurtent quelque chose par terre qui ricoche douloureusement contre ses tibias et lui fait perdre l'équilibre. Elle trébuche et se sent tomber, tente de se retenir ; ses doigts se referment sur les cordes de sa raquette de tennis alors qu'elle tend les mains pour amortir sa chute. Miraculeusement, elle conserve son équilibre, ramasse la raquette et s'élance sur les marches. Des mains hostiles jaillissent et agrippent son T-shirt.

Elle se débat pour échapper à l'étreinte furieuse du garçon, mais il tient bon et la tire vers lui comme un gros poisson au bout d'une ligne. Elle entend le déclic menaçant du couteau à cran d'arrêt.

— Vous m'avez promis un bon moment, dit-elle tout à coup, et sa véhémence la surprend. Eh bien, je ne passe pas du tout un bon moment !

Mais qu'est-elle en train de dire ? se demande Joanne. Les mains qui la retiennent l'abandonnent et elle profite d'un instant d'hésitation de la part de son agresseur pour s'arracher à son étreinte.

Elle veut courir mais il est sur ses talons. Elle le sent dans son dos ; elle entend siffler l'arme. La lame lacère le dos de son T-shirt, Joanne revoit la série de clichés en noir et blanc des victimes de l'étrangleur.

— Non ! hurle-t-elle, sa main gauche rejoignant la droite sur le manche de la raquette.

Elle s'observe et pivote, presque au ralenti, fléchit les genoux, un pied fermement planté derrière elle et, en partant du sol, elle balance la raquette de toutes ses forces, en suivant le coup.

31

Joanne entend la voiture s'arrêter devant la maison. Elle en est à sa troisième tasse de café du matin. Elle la pose, attend le carillon familier. Jetant un coup d'œil furieux à l'interphone, elle se lève et va regarder par le judas de la porte de devant.

— Salut, dit-elle en ouvrant.

— Salut, répond-il. (Mari et femme se dévisagent d'un air gêné, de part et d'autre du seuil.) Je peux entrer ?

Joanne ne dit rien, elle recule simplement pour le laisser passer. Il referme la porte.

— Tu as l'air fatigué, dit Joanne. Tu veux du café ?

— Je suis crevé. Oui, j'aimerais bien un café.

Il la suit dans la cuisine, s'approche de la porte de verre et regarde dans le jardin.

— Sacrée semaine ! dit-il presque distraitement, comme s'il s'apercevait à peine qu'il parle tout haut.

Joanne laisse échapper un son, mi-rire, mi-sanglot, et pose le café sur la table.

— J'ai essayé de te joindre, poursuit Paul. Dès que j'ai appris ce qui s'était passé, j'ai téléphoné... je suis venu. C'est la mère d'Ève qui m'a appris que tu étais en Californie.

— J'avais besoin de deux ou trois jours de repos. Je suis désolée, j'aurais peut-être dû te téléphoner mais je n'avais pas les idées claires. Tout s'est passé si vite... Ce n'est pas tous les jours que je manque de tuer quelqu'un.

— C'est un sacré swing que tu as, plaisante Paul. Il paraît qu'il a eu un bras et une jambe cassés à cause de sa chute dans la piscine. Une chance pour lui qu'elle n'ait pas été remplie, après tout.

— Les événements ont une manière à eux de s'arranger, répond Joanne en souriant. Ton café refroidit.

Paul s'assied à la table, à ce qui a toujours été *sa* place. Joanne pousse une chaise en face de lui et se demande pourquoi il est venu. Les filles reviennent de vacances dans moins d'une heure.

— J'ai des remords terribles, dit-il enfin. (Joanne fait un geste vague et ne dit rien. Qu'y a-t-il à dire ?) J'aurais dû être ici. J'aurais dû être ici pour toi. Rien de tout cela ne serait arrivé si j'avais été à la maison.

— Ce n'est pas vrai. Et je ne dis pas ça pour te faire du bien. Je le dis parce que c'est la vérité. (Paul la regarde d'un air perplexe.) Ces autres femmes que l'étrangleur de banlieue a assassinées avaient toutes des maris pour les protéger. Elles sont mortes quand même. Pas moi. C'est peut-être parce que tu n'étais pas là, parce que je ne pouvais compter que sur moi, que j'ai eu la vie sauve. Je ne sais pas. C'est une hypothèse sympathique. Maintenant, c'est fini et je vais très bien. A moins que ce sentiment ne te fasse plaisir, tu n'as aucune raison d'avoir des remords.

Paul considère Joanne, étonné.

— Tu n'avais pas à subir cela, murmure-t-il.

— Non, en effet. Mais c'est comme ça.

Elle tourne la tête vers la piscine, voit les ténèbres de l'autre nuit ; le couteau déchire le léger jersey de son T-shirt ; elle entend le sifflement de sa raquette avant qu'elle s'abatte sur la tête du garçon ; elle le regarde plonger dans le trou de béton.

— J'aimerais vendre la maison, annonce-t-elle posément.

— Je te comprends.

Joanne hoche la tête. Elle lui est reconnaissante de ne pas discuter.

— Trouver quelque chose sans piscine.

— D'accord, dit-il calmement avant de goûter son café. Comment était la Californie ?

— C'était le calme plat !

— Comment va ton frère ?

— Très bien. Il voulait me convaincre de m'installer là-bas.

— Tu l'envisages ?

Paul se redresse brusquement bien que sa voix reste posée.

— Franchement, non. Les filles seraient déracinées, il faudrait leur trouver de nouveaux lycées, les emmener loin de leurs amis. D'ailleurs, j'ai mon travail ici...

— Tu as l'intention de continuer ?

— Oui.

Paul se détend un peu.

— C'est une bonne idée.

— Je compte emmener les filles avec moi, demain. Leur montrer où je travaille, ce que je fais.

— Ça leur fera sûrement plaisir.

— Il est important qu'elles sachent que leur mère est autre chose qu'un paillasson avec l'inscription « Bienvenue ».

— Je suis certain qu'elles ne te voient pas comme ça.

— Et comment ne me verraient-elles pas comme ça, d'après toi ? Je me suis si bien employée à exécuter ce que tout le monde attendait de moi que j'ai disparu. Je ne te reproche rien, ce n'était pas de ta faute. Tu ne m'y forçais pas. Je le faisais de moi-même. Au fil des années, j'ai peu à peu oublié comment c'était être soi-même. Je ne te reproche pas d'être parti. Franchement. Comment pouvais-tu vivre avec une ombre ?

— Je ne valais pas grand-chose non plus.

— Allons, tu étais franc, au moins.

— Franc ? Ha ! Un beau salaud stupide et égoïste, oui ! s'écria Paul. (Il se leva pour aller rincer sa tasse dans l'évier.) Qu'est-ce que je croyais trouver, au-dehors ? L'aventure ? La jeunesse ? Il n'y a rien de plus triste qu'un homme d'un certain âge qui tente de se raccrocher à sa jeunesse enfuie, dit-il avec un rire amer. Je ne suis peut-être pas le plus grand ténor du barreau, mais je suis quand même un excellent avocat. J'ai finalement découvert que je ne voulais pas être autre chose, quand je serais grand.

Il regarde Joanne, il attend qu'elle parle mais elle ne dit rien, elle soutient simplement son regard.

Il est le premier à détourner les yeux vers la porte.

— Comment va Ève ? demande-t-il en cherchant un terrain moins dangereux.

— Elle est à l'hôpital. Elle a accepté que Brian l'y emmène. Je crois que ce qui s'est passé cette nuit-là l'a secouée et lui a rendu un peu de raison. C'est elle qui a appelé la police, qui a alerté Brian, qui s'est assurée qu'ils arrivent à temps. Elle m'a sauvé la vie.

— Quel été !

— C'est un été que je n'aimerais pas recommencer, entre nous, avoue Joanne en passant une main dans ses cheveux. Il m'a fait cadeau d'une belle coupe punk, non ? Tu crois que ça va plaire aux filles ?

— Tu le leur demanderas quand nous irons les chercher.

— Je ne crois pas que ce soit une bonne idée, Paul, répond lentement Joanne, un peu agacée.

— Pourquoi ?

— Si elles nous voient ensemble à la gare routière, elles reprendront espoir et ne seront que plus déçues ensuite.

— Pas forcément...

Joanne regarde fixement son mari.

— Que cherches-tu à me dire, Paul ?

Il hésite à peine.

— J'aimerais revenir à la maison.

— Pourquoi ?

La question est brutale dans sa simplicité.

— Parce que je t'aime. Parce que ces quatre mois de séparation m'ont appris qu'il n'y a rien là, dehors...

— Il y a tout, dehors !

Il sourit tristement. Joanne se tourne vers la porte de verre.

— Il s'est passé tant de choses... J'ai changé.

— Ce changement me plaît.

— C'est ça le problème ! Je ne vais pas toujours avoir un fou homicide à ma disposition pour faire ressortir ce qu'il y a de meilleur en moi !

Ils éclatent de rire tous les deux.

— Nous devrions y aller, dit enfin Joanne.

— J'ai quelque chose à faire, avant.

Paul retourne à la porte d'entrée. Joanne le suit et le regarde descendre les marches du perron, vers sa voiture, pour récupérer ses valises sur le siège arrière.

Avec un sourire confiant, elle voit son mari depuis près de vingt ans revenir et poser ses bagages sur le perron.

2586

Achevé d'imprimer en Europe (France)
par Brodard et Taupin à La Flèche (Sarthe)
le 8 décembre 1997. 1808T-5
Dépôt légal déc. 1997. ISBN 2-290-02586-0
1er dépôt légal dans la collection : mai 1989
Éditions J'ai lu
84, rue de Grenelle, 75007 Paris
Diffusion France et étranger : Flammarion